UM
JOGO
DO
DESTINO

Também de Scarlett St. Clair

SÉRIE HADES & PERSÉFONE

Vol. 1: *Um toque de escuridão*
Vol. 2: *Um jogo do destino*
Vol. 3: *Um toque de ruína*

SCARLETT ST. CLAIR

UM
JOGO
DO
DESTINO

Tradução
RENATA BROOCK

Copyright © 2020, 2021 by Scarlett St. Clair

Publicado por Companhia das Letras em associação com Sourcebooks USA.

Grafia atualizada segundo o Acordo Ortográfico da Língua Portuguesa de 1990, que entrou em vigor no Brasil em 2009.

TÍTULO ORIGINAL   A Game of Fate
CAPA   Regina Wamba/ReginaWamba.com
MAPA   vukam/Adobe Stock
ADAPTAÇÃO DE CAPA   BR75 | Danielle Fróes
PRODUÇÃO EDITORIAL   BR75 texto | design | produção

Dados Internacionais de Catalogação na Publicação (CIP)
(Câmara Brasileira do Livro, SP, Brasil)

St. Clair, Scarlett
   Um jogo do destino / Scarlett St. Clair; tradução Renata Broock. – 1ª ed. – São Paulo : Bloom Brasil, 2025. – (Hades & Perséfone ; 2)

   Título original: A Game of Fate.
   ISBN 978-65-83127-00-6

   1. Ficção norte-americana I. Título. II. Série.

24-240654   CDD-813

Índice para catálogo sistemático:
1. Ficção : Literatura norte-americana 813

Eliete Marques da Silva – Bibliotecária – CRB-8/9380

Todos os direitos desta edição reservados à
EDITORA SCHWARCZ S.A.
Rua Bandeira Paulista, 702, cj. 32
04532-002 – São Paulo – SP
Telefone: (11) 3707-3500
facebook.com/editorabloombrasil
instagram.com/editorabloombrasil
tiktok.com/@editorabloombrasil
threads.net/editorabloombrasil

*Este livro é dedicado a uma das mulheres mais poderosas que conheço:
Leslie, minha motivadora, minha mentora, minha irmã de alma.
Obrigada por me mostrar meu próprio poder.
Eu te amarei em todas as vidas, eu te amarei para sempre.*

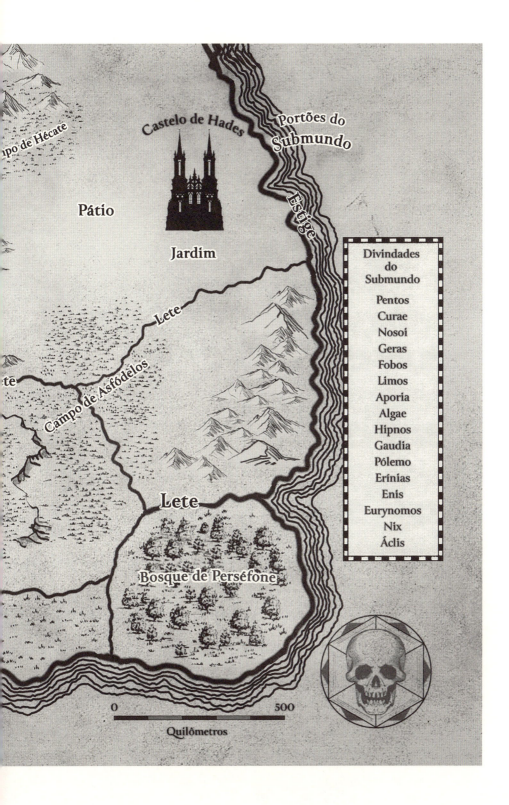

1

UM JOGO DE EQUILÍBRIO

Hades se manifestou perto da Costa dos Deuses.

À luz do sol, o litoral ostentava águas azul-turquesa cristalinas e praias de areia branca, tudo diante do cenário de falésias, grutas e um mosteiro feito de mármore branco e verde que podia ser acessado depois de subir trezentos degraus. Os mortais iam ali para nadar, velejar e mergulhar com snorkel. Era um oásis, até que o sol fazia sua ardente descida no céu.

Após o crepúsculo, o mal se movia em meio à noite escura, sob um céu de estrelas e um oceano de luar. Vinha em navios e atravessava a Nova Grécia, e Hades estava ali para neutralizá-lo.

Ele se virou, com o cascalho farfalhando sob seus pés, e caminhou na direção da Companhia Coríntia, uma empresa pesqueira cujas propriedades ocupavam grande extensão da costa. A fachada de gesso do armazém, que tinha aparência desgastada, embranquecida e ao mesmo tempo charmosa, combinava perfeitamente com a arquitetura antiga que adornava a orla. Uma lâmpada preta simples destacava uma placa com o nome da empresa, escrito em uma fonte que transmitia prestígio e poder: características admiráveis quando pertenciam aos melhores da sociedade.

E perigosas quando pertenciam aos piores.

Um mortal se moveu nas sombras. Já estava ali quando Hades chegou e, sem dúvida, achava que estava bem escondido — e talvez estivesse, para outros mortais —, mas Hades era um deus e dominava as sombras.

Quando o homem se moveu, Hades se virou e agarrou com força a mão dele, que apertava uma arma entre os dedos. O deus observou a arma e depois o encarou, e um sorriso perverso se estampou em seus lábios.

No instante seguinte, estacas afiadas se estenderam das pontas dos dedos dele e afundaram na carne do sujeito. A arma caiu no chão e o mortal caiu de joelhos, com um grito gutural.

— Por favor, não me mate, milorde — implorou o homem. — Eu não sabia.

Hades sempre achava intrigantes os instantes que precediam a morte. Em particular quando ele encontrava um mortal como aquele, que havia matado levianamente e ainda assim temia a própria morte.

Hades afundou mais as estacas e riu quando o homem tremeu.

— Não vou te matar — disse Hades, e o mortal o encarou. — Mas vou conversar com seu chefe.

— Meu chefe?

Hades quase bufou. Então, o mortal ia se fazer de desentendido.

— Sísifo de Éfira.

— E-ele não está aqui.

Mentira.

O conhecimento cobria sua língua feito cinzas e deixava seca sua garganta.

Hades levantou o homem pelo braço, com as estacas ainda enfiadas na pele, até que seus olhares estivessem nivelados. Foi desse ângulo que o deus reparou em uma tatuagem no pulso dele: um triângulo, que agora combinava com as lanças cravadas.

— Não preciso de sua ajuda para entrar naquele armazém — disse Hades. — O que eu preciso é que você sirva de exemplo.

— E-exemplo?

Hades preferia que suas ações falassem por ele: deu dois talhos profundos no rosto do mortal. Enquanto o sangue cobria a pele, o pescoço e as roupas do homem, o deus o arrastou até a entrada do armazém, abriu as portas com um chute e entrou devagar.

Aquilo que da costa parecia um prédio agora estava mais para um muro, porque, em vez de entrar em um espaço fechado, Hades se viu em um pátio aberto para o céu escuro. O chão era de terra batida, e havia grandes tanques com peixes. O ar cheirava a mar, peixe podre e sal. Hades detestou o fedor.

Trabalhadores vestidos com macacões pretos se viraram para assistir enquanto o deus empurrava o mortal que sangrava. O homem se debatia, mas se conteve antes de cair no chão. De frente para Hades, outro homem se aproximou, ladeado por dois grandes guarda-costas. Ele vestia um terno branco, e seus dedos eram gordos e sufocados por anéis de ouro. Seu cabelo era curto e preto, e sua barba, grisalha e bem cuidada.

— Sísifo, n-não foi minha culpa — disse o homem enquanto cambaleava para a frente. — Eu...

Sísifo sacou uma arma e atirou nele, que desabou com um baque alto. Hades olhou para o corpo imóvel e, depois, para Sísifo.

— Ele não estava errado — disse Hades.

— Eu não matei esse infeliz porque ele deixou você entrar em minha propriedade. Eu o matei porque ele desrespeitou um deus.

Uma demonstração como aquela geralmente vinha de um súdito leal. Desses, Hades tinha poucos, e sabia que Sísifo não era um deles.

— Isto é o que você chama de sacrifício?

— Depende — respondeu o homem, que estalou o pescoço e entregou sua arma ao guarda-costas à direita. — Você aceitaria?

— Não.

— Então, foram apenas negócios.

Sísifo endireitou as lapelas de seu paletó e ajustou as abotoaduras, e Hades notou que ele tinha no pulso a mesma tatuagem do funcionário.

— Vamos? — O mortal gesticulou para Hades seguir em direção a um escritório no lado oposto do pátio. — Divinos primeiro.

— Eu insisto, vá você na frente — Hades retrucou.

Apesar de seu poder, ele não gostava de ficar de costas para ninguém.

Os olhos de Sísifo se semicerraram. O mortal talvez interpretasse o gesto de Hades como desrespeito, principalmente porque indicava desconfiança, o que era irônico, considerando que Sísifo havia quebrado uma das regras de hospitalidade mais antigas — a lei de Xênia — ao matar um adversário depois de convidá-lo para o seu território.

Esta era justamente uma das transgressões de Sísifo que Hades estava ali para resolver.

— Muito bem, milorde — o mortal deu um sorriso frio antes de se dirigir para seu escritório, com os guarda-costas a reboque.

A presença deles era engraçada, como se dois mortais pudessem proteger Sísifo de Hades.

Hades se viu pensando em como iria matá-los. Tinha várias opções: poderia invocar as sombras para que consumissem os dois ou poderia ele mesmo resolver a situação. Supôs que a única dúvida real era se queria ou não sujar seu terno de sangue.

Os dois guarda-costas tomaram seus lugares, um de cada lado da porta, quando Sísifo entrou em seu escritório. Hades não olhou para eles quando passou.

O escritório de Sísifo era pequeno. Sua mesa era de madeira maciça, tingida de um tom escuro, e estava cheia de papéis empilhados. Havia um telefone antigo de um lado e, do outro, uma garrafa de cristal e dois copos. Atrás dele, uma série de janelas dava para o pátio, tapadas por persianas.

Sísifo escolheu ficar atrás da mesa; um movimento estratégico, imaginou Hades, colocando algo físico entre eles. Ali provavelmente também era onde ele guardava um estoque de armas. Não que armas fossem úteis contra Hades, mas ele existia havia séculos, e sabia que mortais desesperados tentariam qualquer coisa.

— Bourbon? — Sísifo perguntou enquanto abria a garrafa.

— Não.

O mortal olhou para Hades por um momento antes de se servir. Tomou um gole e perguntou:

— A que devo o prazer?

Hades olhou para a porta. Dali podia ver os tanques e acenou para eles.

— Sei que está escondendo drogas em seus tanques. Também sei que usa esta empresa como uma fachada para traficar as drogas pela Nova Grécia e mata qualquer um que entre no caminho.

Sísifo olhou para Hades por um momento e tomou um gole lento de seu copo antes de perguntar:

— Você veio até aqui para me matar?

— Não.

Não era mentira. Hades não ceifava almas — Tânatos, sim, mas o Deus do Submundo podia ver que em breve chegaria a hora de Sísifo receber uma visita deste. A visão viera espontaneamente, como uma lembrança muito antiga: Sísifo, vestido com elegância, desmaiava ao sair de uma sala de jantar sofisticada.

Nunca recuperaria a consciência.

E antes que isso acontecesse, Hades teria equilíbrio.

— Então devo supor que você quer uma porcentagem?

Hades inclinou a cabeça para o lado.

— Pode-se dizer que sim.

Sísifo riu entre dentes.

— Quem diria... O Deus dos Mortos veio para barganhar.

Hades cerrou os dentes. Não gostou da insinuação nas palavras de Sísifo, como se o mortal pensasse que tinha vantagem sobre ele.

— Como penitência por seus crimes, você doará metade de seus lucros aos sem-teto. Afinal, você é responsável por arruinar a vida de muitos deles.

As drogas traficadas por Sísifo tinham destruído vidas. O vício devorava os mortais de dentro para fora e inflamava a violência nas comunidades; e, embora ele não fosse o único responsável, foram seus navios que as trouxeram para o continente, seus caminhões que as transportaram por toda a Nova Grécia.

— A penitência não é atribuída na vida após a morte? — perguntou Sísifo.

— Considere isso um favor. Estou permitindo que comece desde já a pagar pelos seus crimes.

Sísifo passou a língua por entre os dentes e depois riu baixinho com escárnio.

— Você sabe que nunca te descrevem como um deus justo.

— E não sou justo.

— Forçar bandidos como eu a doar para instituições de caridade é ser justo.

— Não, isso é manter um equilíbrio. Um preço a pagar pelo mal que você causou.

Hades não acreditava em erradicar o mal do mundo, pois não achava possível. O que era maldade para um era a luta pela liberdade para outro, e a Grande Guerra tinha sido um exemplo disso. Um lado lutava por seus deuses, sua religião, e o outro, pela liberdade de seu opressor. O melhor que ele podia fazer era oferecer um toque de redenção para que sua sentença no Submundo pudesse, no fim das contas, levar essas almas aos Campos de Asfódelos.

— Mas você não é o Deus do Equilíbrio. Você é o Deus dos Mortos.

Não adiantaria explicar o trabalho das Moiras, o equilíbrio que elas lutavam para criar no mundo, de modo que ele permaneceu em silêncio. Sísifo tirou um estojo de metal do bolso interno do paletó e pegou um cigarro.

— Vou dizer uma coisa. — Ele levou o cigarro aos lábios e o acendeu. O cheiro de nicotina encheu o pequeno escritório... um cheiro de cinzas e coisas velhas. — Vou doar um milhão e não vou mais violar a lei de Xênia.

Hades parou um momento e usou o silêncio para reprimir a onda de raiva que as palavras do mortal desencadearam, suas mãos se fechando em punhos. Não muito tempo atrás, teria deixado a fúria dominá-lo, e enviaria o mortal para o Tártaro sem pensar duas vezes. Em vez disso, deixou a escuridão fazer o trabalho por ele. Do lado de fora do escritório de Sísifo, Hades invocou as sombras, que deslizaram pelo exterior do prédio e escureceram as janelas à medida que avançavam.

Hades observou enquanto Sísifo se virava, com os olhos seguindo as sombras até elas se aproximarem dos dois guarda-costas parados da porta do escritório. No instante seguinte, elas entraram em todos os orifícios de seus corpos e os guardas caíram, mortos.

Sísifo voltou o olhar para o de Hades, e ele sorriu.

— Pensando bem, acordo fechado, Lorde Hades — disse Sísifo. — Duzentos e cinquenta milhões.

— Trezentos e cinquenta — replicou Hades.

Os olhos do mortal brilharam, desafiadores.

— Isso é mais da metade dos meus lucros.

— Punição por desperdiçar meu tempo — disse Hades. Ele começou a se virar para sair do escritório, mas parou e olhou por cima do ombro. — E eu não me preocuparia com a lei de Xênia, mortal. Você não tem muito tempo de sobra.

Sísifo ficou em silêncio após as palavras de Hades. Espirais de fumaça flutuaram entre seus dedos. Depois de um momento, ele apagou o cigarro em sua bebida.

— Me diz uma coisa. Por quê? Negociar e equilibrar? Você tem esperança na humanidade?

— Você não tem? — Hades retrucou.

— Eu vivo entre os mortais, milorde. Vai por mim, se tiverem a opção de inclinar a balança para um lado ou para o outro, escolherão as trevas. É o caminho mais curto com o benefício que chega mais rápido.

— E o caminho em que se tem mais a perder — disse Hades. — Não venha me ensinar sobre a natureza dos mortais, Sísifo. Venho julgando sua espécie há milênios.

Hades parou do lado de fora do escritório e ficou olhando para os dois homens que estavam a seus pés. Ele não se deleitava com a ideia de devolvê-los à vida para que causassem mais violência e morte, mas sabia que as Moiras exigiriam um sacrifício — uma alma por outra —, e era provável que escolhessem almas boas, puras e inocentes.

Equilíbrio, pensou Hades, e de repente odiou a palavra.

— Acordem — ordenou.

E, à medida que eles arquejavam, Hades desapareceu.

2

UM JOGO DO DESTINO

Hades apareceu em seu escritório na Nevernight, uma de suas casas noturnas mais populares em Nova Atenas. Eram quase onze horas e, à meia-noite, ele costumava vagar pelo lounge do andar superior, para escolher mortais que ansiavam por barganhar por seus maiores desejos e vontades: saúde, amor e riquezas. Essas eram as únicas coisas que ele podia conceder. Pedidos como criar vida, devolver a vida ou atribuir beleza não estavam incluídos.

— Você está atrasado.

A voz de Minta era como um chicote que fustigava seus pensamentos. Ele sentiu a presença no momento em que ela entrou na sala — toda fogo e gelo — e preferia ignorá-la quando ela estava assim.

Ele se concentrou em ajustar a gravata e as abotoaduras, silenciosamente aliviado por ter escolhido usar a magia das sombras para derrubar os guarda-costas de Sísifo, de modo que não teria que ouvir a ninfa exigindo respostas. Com a aparência restaurada, se virou para a ninfa de cabelos flamejantes. Os lábios dela, um tom mais escuro que o cabelo, estavam franzidos em um beicinho. Ela não gostava de ser ignorada.

— Como posso estar atrasado, Minta, se não me atenho aos horários de mais ninguém além dos meus?

Minta era sua assistente desde o início e havia passado por fases em que tentara reivindicar direitos com relação a ele — direitos ao seu tempo, ao seu reino e ao seu corpo. Sua ânsia por controle não passou despercebida e Hades reconheceu nela o mesmo traço que ele próprio possuía.

— Atrasos não são atraentes, Hades, nem mesmo os de um deus — retrucou ela.

Um sorriso ameaçou se formar nos lábios de Hades, mas ele permaneceu indiferente. Sua diversão só iria irritá-la ainda mais.

— Enquanto você estava *enrolando* — ela continuou, e Hades semicerrou os olhos quando ouviu a alfinetada —, *eu* tive que entreter seus convidados.

Ele franziu a testa, e pavor subiu pelo fundo de sua garganta.

— Quem está esperando por mim?

Pela expressão de Minta — a forma como seus olhos se semicerraram, a ligeira curva de sua boca —, ele sabia que não ia gostar da resposta.

— Lady Afrodite.

— *Porra* — resmungou Hades.

Minta nem tentou esconder sua diversão, e seus lábios se curvaram em um sorriso sarcástico.

— É melhor se apressar — disse Minta. — Quando insisti que esperasse por você aqui, milady disse que tinha muito entretenimento para ela lá embaixo.

Fantástico. A única coisa que acontecia quando Afrodite se entretia era guerra. Ele suspirou.

— Obrigado, Minta.

Claramente satisfeita com a gratidão de Hades, ela descruzou e baixou os braços.

— Quer que eu lhe traga um drinque, milorde?

— Sim. Na verdade, não quero que meu copo fique vazio esta noite.

Hades desapareceu e reapareceu na pista de sua casa noturna, por onde andou silencioso e invisível. Como sempre, estava cheia de mortais e humanoides — ninfas, sátiros, quimeras, centauros, ogros e ciclopes. Alguns se disfarçavam por meio de ilusão, outros, não. Alguns apenas desejavam experimentar a emoção de frequentar a casa noturna com a pior reputação de Nova Atenas; outros olhavam ansiosos para o lounge do andar de cima, à espera de que um dos funcionários de Hades lhes desse a senha da noite.

Uma senha não garantia um jogo com o Deus dos Mortos: era apenas mais uma etapa do processo. Assim que os mortais passavam pelas portas do lounge, o medo se instalava, o que os afastava ou os deixava desesperados. Era nos desesperados que Hades estava mais interessado: aqueles que poderiam mudar se tivessem uma oportunidade.

Era um processo delicado e envolvia muitos jogadores. Hades havia perdido seu quinhão de barganhas, e ele podia senti-las em sua pele, um eterno lembrete do fracasso, mas, se pudesse livrar uma vida do caminho da destruição, sentia que aquilo valia a pena.

Hades sentiu o cheiro da magia de Afrodite — sal marinho e rosas —, e a encontrou sentada no colo de um homem de meia-idade. Ele tinha cabelos escuros e ralos. Sua testa estava oleosa e seu rosto era meio gordo, se fundindo a um pescoço suado, em volta do qual os braços de Afrodite estavam entrelaçados. Os seios dela pressionavam o peito do sujeito. Hades reparou em uma aliança de ouro na mão esquerda do homem. Não precisava olhar para a alma do mortal para saber que era um canalha infiel.

— Por que não vamos para a minha casa, querida? — sugeriu o homem enquanto suas mãos exploravam o corpo de Afrodite, deslizando pela cintura e pelas coxas. Hades se encolheu ao observar a interação.

— Ah, eu realmente gostaria de ficar um pouco mais — disse Afrodite.
— Você não quer barganhar com Hades?

O homem cravou os dedos em seu traseiro.

— Não quero mais. Você é tudo que eu preciso.

— É mesmo? — disse Afrodite, ofegante, e se inclinou para mais perto, seus lábios rosados a centímetros dos dele.

Hades teve que admitir: a Deusa do Amor era uma grande atriz. Ela escondia seu ódio pelo homem e o distraía com suas mãos, que subiam pelo peito dele. Hades sentiu sua magia aumentar, sabia que ela estava obrigando o homem a lhe dizer a verdade quando fez sua próxima pergunta:

— E o que estava faltando antes?

Hades sabia a resposta porque podia vê-la. As inseguranças do mortal ganhavam garras à medida que ele envelhecia, e se entrelaçavam com seu narcisismo e sua necessidade de se sentir importante. Ele guardava ressentimentos no mesmo lugar que mantinha o amor pelo filho e isso envenenou seu sangue, alimentou suas mentiras e fez com que começasse a trair a esposa com frequência. O pouco de humanidade que restava era a culpa que carregava nos ombros como uma gárgula maliciosa. Para apaziguar a dor, ele bebia, mas sua tolerância ao álcool havia crescido nos últimos anos, o que significava que ele precisava beber mais para se sentir desapegado daquilo que sua vida havia se tornado.

O homem tinha uma alma despedaçada, e Hades tinha a sensação de que Afrodite estava prestes a destruí-la.

— Sou inseguro. Preciso saber que ainda sou desejado por outras mulheres além da minha esposa.

— E não é suficiente saber que é desejado por sua esposa? — Os lindos lábios de Afrodite se torceram em uma careta. Os olhos do homem se arregalaram, sua mente em desacordo com o que estava saindo de sua boca. Hades já tinha visto aquilo antes, quando usara o feitiço.

— Eu amo minha esposa — disse ele. — Estou apenas procurando sexo.

— Isso é tudo? — Ela pestanejou e então falou com uma voz que ocultava escuridão e era cheia de promessa. — Nesse caso, quando você voltar para sua esposa esta noite, ela não o desejará mais. Vai se encolher ao seu toque e ficar nauseada quando seus lábios tocarem os dela. Vai negar você, vai deixá-lo, e você nunca mais vai se recuperar.

O homem arregalou os olhos e afastou as mãos como se a deusa estivesse em chamas.

Esta era a verdadeira Afrodite. O mundo mortal acreditava que ela não era nada além de um ser sexual, que buscava diversão e prazer tanto de deuses quanto de mortais, mas a verdade era que podia ser uma deusa vingativa, especialmente com aqueles que traíam o amor.

Talvez fosse a hora de Hades se revelar.

— Afrodite — cumprimentou ele, se desfazendo da ilusão.

A deusa se virou para encontrar seu olhar e sorriu.

— Hades — ronronou com voz sensual, e embora tivesse acabado de amaldiçoar o mortal que ainda usava como cadeira, os olhos dele ficaram turvos de desejo ao ouvir o som.

— Eu acho que esse senhor já teve emoção suficiente por uma noite. Por que não deixa ele escapar?

A feição de Afrodite mudou à menção do mortal, então ela se virou para encarar o sujeito antes de sair de seu colo.

— Corra, cobra.

O mortal obedeceu e vagou em meio à multidão, atordoado.

— O que foi? — retrucou Afrodite quando olhou novamente para Hades.

Ele ergueu as sobrancelhas, surpreso com a maldade dela.

— Nada. Só que você não vai ajudar o ego desse homem ao tirar dele o único amor que ele já conheceu.

Afrodite fez um gesto como o de quem lava as mãos.

— Ele traiu o amor, e jamais o terá de volta.

— Eu não acho que sua punição seja injusta — explicou Hades. — Mas pode acabar criando um monstro.

Ela sorriu travessa.

— Nesse caso, ele é todo seu. Monstros são da sua alçada, Hades.

Minta se aproximou naquele momento, equilibrando uma bandeja de bebidas. Era assim que a ninfa passava a maior parte de suas noites na Nevernight: servindo bebidas, flertando com mortais e imortais e coletando informações dos *clientes* VIP de Hades.

— Lady Afrodite — disse Minta, passando para a deusa uma taça de rosê. — Lorde Hades.

Ela entregou um copo de uísque e se afastou. Hades se virou para Afrodite, que ergueu a sobrancelha pálida para ele.

— Pois não? — indagou ao ver a expressão inquisidora da deusa.

— Aquela ninfa quer dar para você — disse ela.

Um erro que nunca mais cometerei, pensou ele.

Hades não respondeu ao comentário. Em vez disso, falou:

— Você não costuma dar o ar de sua graça em meus salões, Afrodite. O que posso fazer por você?

Ela tomou um gole do vinho, com seus olhos de espuma do mar fixos nos dele.

— Tinha a esperança de que você se interessasse por uma pequena aposta.

— Não aposto com deuses.

— É só um jogo, Hades — disse, inocente, e então instigou: — está com medo?

— Um jogo sob este teto nunca é *somente* um jogo. — *Nem mesmo para mim*, pensou. Sempre havia a possibilidade de perder, e ele tendia a perder tanto quanto os mortais com quem negociava; mas os pedidos dos mortais ele podia atender. Ele não confiava no que Afrodite pediria. — Por que solicitar um jogo? O que é que você quer, Deusa?

— Por que você acha que quero alguma coisa? — perguntou ela. — Talvez eu esteja apenas entediada e precisando de diversão.

— Não há nada mais perigoso do que uma Afrodite entediada — ponderou Hades.

Ela fez beicinho.

— Por favor, Hades.

Ele encontrou seu olhar e tomou um gole de seu copo antes de responder.

— Não, Afrodite.

Ela estava atrás de mais do que diversão. Hades podia ver isso pela maneira como ela se portava, rígida e tensa. Algo a tinha levado até ali, e se ele tivesse que dar um palpite, era relacionado ao marido.

— Tudo bem. — Ela ergueu o queixo em desafio. — Você está me obrigando.

Ele a fulminou com o olhar, sabendo o que ela diria em seguida.

— Quero cobrar o favor que você me deve, Hades.

Um favor devido entre deuses era como um pacto de sangue. Depois de invocado, não poderia ser retirado.

— Você desperdiçaria um favor em um jogo de cartas? — perguntou. Ele sabia a resposta: o que quer que tivesse levado Afrodite até ali, valia o favor.

Os olhos dela brilharam.

— *Não é desperdício.*

Ele tomou outro gole de uísque, o que o impediu de dizer qualquer coisa de que pudesse se arrepender, e então falou entre dentes:

— Um jogo só, Afrodite. Nada além disso.

Ela se iluminou como se tivesse ganhado as estrelas no céu.

— Obrigada, Hades.

Hades estalou os dedos e os dois se teletransportaram para a suíte Rubi, no andar de cima. Era uma das várias salas que Hades usava para negociar com os mortais. Todas tinham nomes de pedras preciosas. Ele escolheu aquela intencionalmente, para provocar Afrodite. Rubi simbolizava a paixão — algo de que ela carecia nos últimos tempos. As paredes eram vermelhas, e um tecido preto cobria do chão ao teto, emoldurando fotos monocromáticas sensuais. Havia um baralho fechado no centro de uma mesa, que estava posicionada sob uma luz fraca.

Quando Hades tomou seu assento, ofereceu o baralho a Afrodite.

— Gostaria de dar as cartas?

— Não. — Um sorriso curvou seus lábios. — Vou deixar você manter um pouco de poder, Edoneu.

Ele lançou outro olhar fulminante para ela. Não gostava daquele apelido, que os mortais usavam por medo e Afrodite usava como um insulto.

— *Blackjack*, então.

— Cinco mãos — disse Afrodite. — Quem ganhar mais decide os termos.

Hades concordou e deu a primeira mão... e perdeu. Seu punho se cerrou sobre sua coxa.

— O que você vê quando olha para a minha alma, Hades? — perguntou de improviso Afrodite, franzindo os lábios enquanto ele dava as cartas novamente.

A pergunta não era nada surpreendente. Ele recebia com frequência, mas não de Afrodite.

— Por que quer saber isso?

Quando se encararam, ele viu que ela estava falando sério e que também temia a verdade. Era visível: uma sombra cintilava em sua expressão. Ela ficou um tempo sem olhar para ele e se concentrou nas cartas.

— Me dê outra carta — pediu, e Hades o fez antes de os dois revelarem as cartas que tinham nas mãos: Hades, dois ases e um doze de ouros; Afrodite, uma mão ruim, que somava mais de 21 pontos. Ela franziu a testa com a derrota, mas continuou a falar enquanto Hades dava as cartas para uma terceira rodada.

— Só me pergunto se sou tão horrível quanto Hefesto parece achar.

Afrodite não era horrível, mas sua união com Hefesto tinha endurecido seu coração e partido seu espírito. O que restou foi uma casca rancorosa e cínica.

Hades também tinha sido amargo, mas, ao contrário de Afrodite, que lidava com sua raiva e solidão se divertindo com mortais e deuses, ele se isolou cada vez mais de todos e de tudo, até que a única coisa que as pessoas podiam fazer era inventar histórias sobre o esquivo Deus do Submundo.

— Hefesto não acha que você é horrível, Afrodite. Ele só tem medo de te amar. — Ela ofereceu uma risada zombeteira, de modo que Hades a desafiou: — Você já disse a ele que o ama?

— Que relevância isso tem para a minha pergunta?

Toda, era o que ele queria dizer.

— Você foi um presente para Hefesto numa época em que ostentava seus amantes. Do ponto de vista dele, você era uma noiva relutante.

Não importava que Hades soubesse a verdade. Ele sabia que Afrodite sempre fora encantada pelo Deus do Fogo. Nos tempos antigos, nas raras ocasiões em que fora ao Monte Olimpo, ele flagrou Afrodite observando Hefesto, ainda por cima fechando a cara porque ele não lhe dava a menor bola.

Mas Hades também conhecia Hefesto muito bem. Aquele deus era diferente. Ele não queria ser o centro das atenções e falava pouco. Tinha prazer na solidão e na inovação, e em seu coração, se sentia... indigno, sobretudo devido ao seu tratamento na Antiguidade. Como era um deus que só tinha uma perna, era frequentemente — e injustamente — zombado. Com o tempo, Hefesto se adaptou, confeccionou uma prótese, e agora ostentava uma perna de ouro.

— Não me surpreende que Hefesto não esteja interessado em forçar você a ser monogâmica.

Afrodite ficou em silêncio por um momento, concentrada no jogo e, quando eles viraram suas cartas, Hades mordeu a língua: uma mão ruim, somando mais de 21 pontos. Ele tinha dado uma carta a mais para si mesmo.

Afrodite estava na liderança.

Por fim, ela admitiu:

— Pedi o divórcio a Zeus. Ele se recusa a conceder.

As sobrancelhas de Hades se ergueram.

— Hefesto sabe disso?

— Imagino que agora saiba.

— Se quer o amor de Hefesto, por que pedir o divórcio?

— Eu não vou ficar ansiando por ele.

— Você está enviando mensagens confusas, Afrodite. Quer o amor de Hefesto, mas pede o divórcio. Já tentou falar com ele?

— E você, já tentou? — retrucou ela, encarando Hades. — Ele parece que é mudo!

Hades fez uma careta. Ele tinha a sensação de que Hefesto era calado porque o temperamento dela era instável.

— Você não respondeu à minha pergunta — disse Hades.

O deus observou Afrodite por um momento. Ele detestava especialmente responder a perguntas sobre a alma. Muitas vezes, deuses e mortais não estavam prontos para ouvir o que ele tinha a dizer. Afrodite não era diferente. Parte de sua alma era um jardim cheio de rosas e lírios. Um lugar solar, onírico e calmo. A outra parte era uma tempestade furiosa e devastadora que desabava sobre um mar revolto. Ela estava partida, dividida em duas metades feito um espelho rachado, montada sobre a linha divisória. Um dia, escolheria um lado.

— Você tem uma alma linda, Afrodite. Apaixonada. Determinada. Romântica. Mas está desesperada por ser amada, e se acha detestável.

Ele falou enquanto jogavam a última rodada e, quando Afrodite virou suas cartas, um largo sorriso surgiu em seu rosto. O que quer que ela sentisse sobre os comentários de Hades se perdeu em meio ao seu entusiasmo.

— É hora de decidirmos os termos, Hades.

Ele fez uma careta e se recostou na cadeira, fulminando-a com o olhar. Afrodite jogou a cabeça para trás, rindo.

— Alguém não gosta de perder.

As palavras dela eram como um atiçador de fogo que lhe espetava o flanco. Hades não se importava em perder. Perdia o tempo todo quando negociava com mortais, só não queria perder para Afrodite.

A deusa pressionou o dedo no queixo e suspirou, como se não soubesse o que pedir a ele. Ela estava desperdiçando seu tempo. Ela sabia o que queria, mas quando ele estava prestes a reclamar, ela falou:

— Quero que você se apaixone, Hades. Melhor ainda: encontre uma mulher que se apaixone por você. — Então, Afrodite bateu palmas e exclamou: — É isso! Faça alguém se apaixonar por você!

A mandíbula de Hades trincou, e Afrodite o encarou como se desejasse ver sua alma. Seus termos eram insultantes. Se fosse tão fácil assim se apaixonar, ele não estaria sozinho agora.

— Acha isso engraçado? — perguntou, sua voz baixa e calma, apesar da raiva que torcia suas entranhas. Ele agora teria que torturar alguém apenas para liberar a tensão em seu corpo.

— Não é uma piada — respondeu Afrodite, levantando a sobrancelha loira fina. — Você me deu conselhos de amor. É só seguir o que disse.

Não era uma piada, então, mas um revide. Ela estava frustrada com ele por ter opinado em seu casamento.

— E se eu não conseguir atender a esses termos?

Seu sorriso cortou seu rosto perversamente.

— Então você vai libertar Basílio do Submundo.

— Seu amante? — Hades não conseguiu disfarçar o nojo. Eles tinham acabado de passar os últimos minutos discutindo seu amor por Hefesto, e aqui estava ela pedindo por um homem, pedindo por seu herói, para ser exato. Basílio lutou e morreu por ela na Grande Guerra. — Por quê? Você não quer que Hefesto admita que te ama?

Ela lançou um olhar de fúria para ele.

— Hefesto é uma causa perdida.

— Você nem tentou!

— *Basílio*, Hades. É *ele* quem eu quero.

— Porque você se imagina apaixonada por ele?

— O que você sabe sobre o amor? Nunca amou em toda a sua vida.

Essas palavras não o machucaram, mas o deixaram constrangido. Ele se inclinou em direção à deusa.

— Basílio ama você, é verdade, mas você não sente o mesmo.

— Melhor ter um amor unilateral do que não ter amor nenhum.

Você é tola, Hades queria dizer, mas, em vez disso, respondeu:

— Tem certeza de que é isso que quer? Você já pediu o divórcio a Zeus, agora me pediu para ressuscitar seu amante caso eu não consiga cumprir os termos de seu contrato. Hefesto ficará sabendo.

Afrodite ficou calada, e ele reconheceu a dúvida que ela sentia pelo jeito que brincava com o lábio.

Finalmente, ela respondeu:

— Sim. É isso o que eu quero. — Respirou fundo e sorriu. — Seis meses, Hades. Deve ser tempo suficiente. Obrigada pelo entretenimento. Foi... *revigorante.*

Com isso, a Deusa do Amor desapareceu.

3

UM JOGO DE MODERAÇÃO

Faça alguém se apaixonar por você.

As palavras eram uma provocação cruel que ecoava na mente de Hades enquanto ele rondava a escuridão de sua casa noturna para desanuviar os pensamentos.

Talvez tenha ido longe demais ao criticar a decisão de Afrodite de pedir o divórcio a Zeus, mas sabia que a deusa amava Hefesto e, em vez de admitir isso, ela teve a ideia de provocar o Deus do Fogo até forçá-lo a expressar seus sentimentos. O que Afrodite não conseguia entender era que nem todo mundo pensava como ela, muito menos Hefesto. Se queria conquistar o amor dele, seria com paciência, gentileza e atenção.

Para isso, teria que ser vulnerável, algo que Afrodite, deusa e guerreira, desprezava.

E ele entendia muito bem. O desafio de Afrodite o forçou a reconhecer suas próprias vulnerabilidades, suas *fraquezas*. Ele franziu a testa com a ideia de encontrar alguém que quisesse carregar sua vergonha, seus pecados, sua malícia; mas se fracassasse, as Moiras se envolveriam, e ele sabia o que exigiriam se devolvesse Basílio à terra dos vivos.

Uma alma por outra.

Alguém teria que morrer, e ele não poderia opinar sobre quem seria a vítima das Moiras.

Aquele pensamento fez seu corpo se retesar; era mais um fio adicionado aos outros que lhe desfiguravam a pele. Ele odiava isso, mas era o preço para manter o equilíbrio no mundo.

Um cheiro familiar o distraiu e o fez parar: flores silvestres, tanto amargas quanto doces.

Deméter, pensou.

O nome da Deusa da Colheita era amargo em sua língua. Deméter tinha poucas paixões na vida, e uma delas era o seu ódio pelo Deus dos Mortos.

Ele inalou outra vez, e sentiu o cheiro mais profundamente. Havia algo de errado. Junto com o cheiro familiar, sentia a doçura da baunilha e uma leve nota de lavanda. Um mortal, talvez? Alguém que havia caído nas graças da deusa?

O cheiro o tirou da escuridão e o levou até a sacada, onde ele esquadrinhou a multidão e a encontrou imediatamente.

A mulher que cheirava a baunilha, a lavanda e a sua inimiga estava sentada na beira de um de seus sofás em um vestido rosa muito revelador. Ele gostou de como o cabelo dela se enrolava, caindo em ondas luminosas pelas costas. Seus dedos coçaram para tocá-lo, puxá-lo até que a cabeça daquela mulher inclinasse para trás e ela o olhasse nos olhos.

Olhe para mim, ordenou, desesperado para ver o rosto dela.

E a mulher pareceu olhar para todos os lados antes de se deter nele. Hades apertou o copo e a balaustrada da sacada.

Ela era linda: lábios exuberantes, maçãs do rosto salientes e olhos verdes como a primavera. A princípio, sua expressão era assustada, mas depois se transformou em algo feroz e apaixonado à medida que o olhar dela percorria o rosto e o corpo dele.

Ela é sua, disse uma voz em sua cabeça, e algo dentro dele estalou. *Reivindique-a.*

O comando era impetuoso. Ele teve que ranger os dentes para se controlar, e pensou que poderia acabar quebrando o copo de tanta força que fazia. O impulso de sequestrá-la para o Submundo era forte, como um feitiço. Ele nunca havia se considerado tão fraco assim, seu autocontrole era um fio fino e puído.

Como podia querer tanto aquela mulher? Que atração fatal era aquela? Ele a encarou com mais intensidade, procurando uma resposta, e percebeu que não era o único a sentir os efeitos daquela conexão. Ela ficou inquieta sob o olhar dele, com o peito arfando e ruborizada. Ele gostaria de traçar aquele rubor com a boca.

Daria qualquer coisa para saber o que ela estava pensando.

Estava tão preocupado com seus próprios pensamentos lascivos que não sentiu quando braços serpentearam em volta de sua cintura. Ele reagiu rapidamente, agarrando as mãos e se virando para Minta.

— Distraído, milorde? — ronronou ela, se divertindo.

— Minta — retrucou ele, se soltando. — Posso ajudá-la?

Ele ficou frustrado com a interrupção, mas também ficou grato. Se tivesse encarado a mulher por mais tempo, poderia ter deixado sua posição na sacada e ido até ela.

— Já está se concentrando em sua presa? — perguntou ela.

Por um instante, Hades não entendeu, e então ligou os pontos. Minta pensou que ele estava procurando por um possível interesse amoroso, alguém que pudesse ajudá-lo a cumprir a barganha de Afrodite.

— Ouvindo atrás da porta de novo, Minta?

A ninfa deu de ombros.

— É o meu trabalho.

— Você coleta informações *para* mim e não *sobre* mim.

— De que outra forma vou mantê-lo longe de problemas?

Hades riu.

— Tenho milhões de anos. Eu posso me cuidar sozinho.

— E mesmo assim acabou em uma barganha com Afrodite?

Ele semicerrou os olhos e ergueu o copo.

— Não pedi para você não deixar meu copo vazio esta noite?

Ela deu o seu melhor sorriso de *foda-se* e fez uma mesura.

— Claro, milorde.

Ele se certificou de que Minta não estava mais à vista antes de voltar a olhar para baixo. A mulher tinha voltado a conversar com os amigos.

Hades estudou o grupo em uma tentativa de discernir o tipo de companhia que ela mantinha quando notou alguém de quem não gostava nem um pouco: um homem chamado Adônis. Ele era um dos mortais favoritos de Afrodite. O motivo, Hades não fazia ideia. Aquele mortal era um mentiroso e tinha um coração tão escuro quanto o Estige, mas Hades presumia que a Deusa do Amor tinha dificuldade de enxergar qualquer coisa além do seu rosto bonito.

Ele esperava que a mulher não fosse assim. Franziu a testa, imaginando se ela deixaria a casa noturna com aquele sujeito esta noite, e então se repreendeu. Deveria era temer pelo bem-estar da garota pelo simples fato de que Afrodite gostava de castigar qualquer um que desse atenção demais aos seus amantes.

— Sua bebida, milorde — disse Elias.

Hades olhou para o sátiro, aliviado por ter sentido sua aproximação.

A melhor maneira de descrever Elias era como mais um assistente. Ele trabalhava para Hades havia quase tanto tempo quanto Minta, e se ocupava de qualquer coisa de que seu senhor precisasse: era bartender na Nevernight, gerenciava seus restaurantes e reforçava o domínio de Hades no Mundo Superior. Ele se saía melhor nesta última função. Com uma aparência despretensiosa e agradável, os inimigos de Hades sempre se surpreendiam com a crueldade de Elias.

Hades não costumava empregar sátiros. Eles eram indômitos, propensos à embriaguez e à sedução, mas Elias era diferente — embora não por opção. Ele havia cortado os laços com sua comunidade depois que eles o traíram ao estuprar a mulher que ele amava. Ela havia se matado e Elias havia matado eles.

Hades pegou o copo e, antes que pensasse muito no assunto, disse:

— Tenho um trabalho para você.

— Pois não, milorde.

Hades acenou para a mulher que o havia provocado com seus cabelos dourados e olhos verdes.

— Aquela mulher... quero que você me avise se ela sair daqui acompanhada.

O silêncio seguiu a ordem de Hades. O sátiro encarou o deus de sobrancelha erguida.

— Ela está em perigo, milorde?

Sim, pensou ele, ela corria o risco de nunca mais sair daquele lugar. Hades queria desconsiderar toda a civilidade e *possuí-la*. Algo nela o atraía... um fio puxava seu coração.

Ele congelou quando essa ideia lhe veio à mente, então semicerrou os olhos e pensou: *não pode ser*.

Hades descascou camada após camada de ilusão que o impedia de ver os etéreos Fios do Destino. Eram como teias cintilantes que conectavam pessoas e coisas: algumas eram fiapos, outras eram sólidas, e sua força aumentava e diminuía ao longo da vida. O salão inteiro era como uma rede, mas Hades estava concentrado apenas em um cordão frágil que corria de seu peito até a mulher de rosa.

Malditas Moiras.

— Milorde? — chamou Elias, sentindo a mudança repentina no humor do patrão.

Não pode ser, pensou ele. O fio e a sua posição perto de seu coração tinham um significado que ele não era capaz de entender... as Moiras haviam tecido essa mulher em sua vida.

Ela estava destinada a ser sua amante.

— Lorde Hades?

— Sim. — finalmente respondeu o deus, olhando para Elias. — Sim, ela está em perigo.

Hades saiu atordoado e parou em meio às sombras para organizar seus pensamentos. Seu peito estava apertado, o fio, esticado, e ele pensou que, se continuasse com sua retirada, o fio poderia se romper.

Isso é algum tipo de jogo.

Não seria a primeira vez que as Moiras o incitariam ao colocar diante dele um de seus desejos para, depois, fazê-lo desaparecer. Essa era provavelmente a maior habilidade delas: extrair seus desejos mais profundos, tecê-los em sua vida, para depois desfiá-los quando bem entendessem.

Era tortura.

Quando ele era mais jovem, aquilo era mais divertido para as Moiras, porque suas reações eram cruéis, sua retaliação, violenta, mas, quanto mais irritado ele ficava, mais as Moiras tomavam. Era como se as irmãs quisessem vê-lo arruinar o mundo.

Por algum tempo ficou obcecado com isso e tentou barganhar por amor. Quando não deu certo, decidiu desafiar as Moiras. Ele encontraria um amor, nem que fosse à força. Os resultados foram um caso de uma noite com Minta e um relacionamento tumultuado com outra ninfa chamada Leuce, que o traiu.

Sua ira fora rápida, e seu desejo de lutar contra as Moiras, anulado. Ele se resignou a uma existência solitária e ergueu muros em volta de seu coração e sua alma. Ele existia sem expectativa de felicidade ou amor, e se concentrava em barganha e equilíbrio.

Até agora.

Ele se lembraria para sempre da reação violenta que seu corpo teve quando viu pela primeira vez a mulher de rosa. Suas entranhas ainda tremiam. Como podiam as Moiras lhe oferecer um gostinho de se ter uma alma gêmea apenas para depois levá-la embora?

Tão facilmente quanto posso condenar uma alma ao Tártaro, pensou ele, rangendo os dentes.

Ainda estava frustrado enquanto se dirigia ao lounge. Quando ele se aproximou, Euríale, a Górgona que ficava de guarda na entrada, acenou para ele apesar de sua invisibilidade.

— Milorde — disse.

O deus sorriu e se desfez da ilusão.

A Górgona era cega. Séculos atrás, seus olhos tinham sido arrancados e as cobras venenosas que enfeitavam sua cabeça foram decepadas: um castigo por sua beleza. Hades a encontrou na floresta. Ela estava deitada em posição fetal onde tinha sido atacada, soluçando e tremendo. Ele a resgatou, levou para o Submundo e deu tempo para que ela se curasse antes de oferecer um emprego.

Apesar do horror que ela vivenciara e das tentativas de seus atacantes de tirar seu poder, eles fracassaram, pois, sob aquela venda, o olhar de Euríale ainda era potente. Depois que ela se curou, Hades a soltou sobre seus atacantes, e a górgona transformou todos eles em pedra.

— Seu olfato me surpreende, Euríale.

— Você torna isso muito fácil — respondeu a Górgona. — Para de usar perfume.

Hades riu, pressionou a mão no ombro da Górgona e entrou no lounge.

O ambiente era muito mais tranquilo: uma mistura de mortais e criaturas antigas conversando, bebendo e jogando. Alguns estavam relaxados; outros estavam aflitos ou inquietos enquanto esperavam ser chamados a uma das suítes nas sombras, prontos para negociar seus desejos mais profundos, não importando as consequências. Hades vagou entre eles, avaliando e procurando, tentando escolher seu primeiro contrato da noite, quando contornou uma das mesas de jogo e parou, vislumbrando um vestido rosa familiar e cabelos sedosos.

Aquela mulher era como uma sereia que o atraía com seu perfume, sua beleza, sua presença.

Ele deveria se virar, fundir-se com a escuridão e fingir que nunca a vira, mas observar seu perfil fez o peito dele doer, e em parte se ressentia da sensação. Nunca quis que as Moiras tivessem controle sobre sua vida amorosa; no entanto, era inevitável.

Eu poderia ter o controle, disse a si mesmo. *Usar isso a meu favor para cumprir minha barganha com Afrodite.*

Hades não costumava se sentir culpado, mas aquele pensamento deixou seu peito doente e pesado.

Faça alguém se apaixonar por você.

A barganha era cruel e injusta, mas Hades queria vencer.

Malditas Moiras.

Afastando seus pensamentos tumultuosos, ele aproximou dela.

— Você joga? — perguntou ele.

Quando ela se virou, Hades perdeu o fôlego, estupefato com a beleza da mulher. Os olhos dela eram grandes e ornados com cílios escuros. Sardas tênues salpicavam a ponta de seu nariz e as maçãs de seu rosto, depois desapareciam sob um rubor que coloria sua pele clara.

Hades tomou um gole de seu copo para molhar sua garganta, mas o movimento chamou a atenção dela para a sua boca, e ele reprimiu um gemido enquanto se perguntava se o gosto dela era como o seu cheiro: doce e proibido.

Depois de um instante, ela sorriu, com um brilho divertido em seu olhar.

— Estou disposta a jogar se quiser me ensinar.

Você não diria isso se soubesse quem sou, pensou, tomando outro gole.

Qualquer um que entrasse em um jogo com ele estava sujeito às regras da Nevernight: uma derrota significava um contrato.

Você é um canalha, disse a si mesmo enquanto se aproximava da mesa e se sentava ao lado dela. O movimento agitou o ar, e o cheiro dela continuou a invadir sua mente. Havia algo a mais na atmosfera — uma eletricidade que fazia seu coração disparar e os pelos de seus braços e da nuca se arrepiarem.

— Muita coragem sua se sentar em uma mesa sem saber o jogo — falou.

Pensou que ela poderia ter detectado o aviso em seu tom, porque ela arqueou a sobrancelha e perguntou:

— De que outra forma eu aprenderia?

— Hum.

Ela tinha razão, mas Hades não aconselharia ninguém a colocar o carro na frente dos bois, especialmente quando se tratava de barganhas com ele. Ainda assim, a resposta dela demonstrou sua astúcia e a vontade de tentar coisas novas, e ele achou isso incrivelmente atraente.

— Esperta.

Agora que estava perto dela, não conseguia parar de olhar. Queria saber por que ela cheirava a flores silvestres. Qual era a ligação dela com

Deméter? Para Hades, parecia intrusivo e errado remover as barreiras que impediam que seus olhos vissem a alma dela, mas ele estaria mentindo se dissesse que não queria saber quem ela era sob aquele exterior perfeito.

Ela estremeceu. Estava com frio ou se sentia incomodada?

— Eu nunca te vi aqui — disse ele finalmente, esperando que isso explicasse por que a encarava.

— Bem, eu nunca estive aqui antes — respondeu ela, e então semicerrou os olhos. — Você deve vir aqui com frequência.

Ele sorriu maliciosamente com o tom da voz dela.

— Eu venho.

— Por quê? — Ela parecia mais curiosa do que enojada, mas depois corou e tentou consertar, acrescentando: — Quer dizer, não precisa responder.

— Eu vou responder. — Ele encontrou seu olhar, desafiador. — Se você responder uma pergunta minha.

Diga que sim, implorou em silêncio, mas ele jamais a obrigaria. *Diga que sim para que eu possa aprender tudo sobre você.*

Um pequeno vinco apareceu entre suas sobrancelhas enquanto ela considerava a proposta. *A resposta a uma pergunta é um preço baixo a se pagar se você perder*, queria dizer Hades. *Outros arriscam a própria alma.* Mas ele permaneceu quieto.

— Tudo bem — consentiu ela.

Foi um desafio não sorrir.

Ele respondeu à sua pergunta anterior:

— Venho porque é... divertido.

Não era uma mentira completa: soava como algo que um mortal diria; e, naquele instante, era isto que ele pretendia ser, frágil e humano.

— Agora você: por que está aqui esta noite?

— Minha amiga Lexa estava na lista — explicou, olhando para as mãos enquanto entrelaçava os dedos no colo.

— Não — disse ele. — Essa é a resposta para uma pergunta diferente. Por que *você* está aqui esta noite?

Ela tinha um brilho travesso nos olhos, e ele se viu desesperado para perseguir aquele lampejo de desafio, aquele toque de paixão.

Finalmente, ela falou:

— Vir hoje me pareceu um ato de rebeldia.

— E agora você já não tem tanta certeza?

— Ah, tenho certeza de que fui rebelde — respondeu ela enquanto arrastava os dedos sobre a mesa de feltro. O olhar de Hades os seguiu, e ele pensou que gostaria que aqueles dedos explorassem sua pele. Depois de um momento, ergueu o olhar para ela. — Só não tenho certeza de como me sentirei amanhã.

Agora ele estava curioso.

— Contra quem você está se rebelando?

O sorriso dela era como uma flecha no peito dele: devastador, secreto, sedutor.

— Você disse uma pergunta.

— Disse.

Boa jogada, meu bem, pensou ele com um sorriso.

Ela estremeceu novamente.

— Está com frio?

— Por quê? — Ela pareceu surpresa com a pergunta.

— Você está tremendo desde que se sentou aí.

Ela corou e se remexeu sob o olhar dele novamente, e então deixou escapar:

— Quem era aquela mulher com você antes?

Ele franziu a testa, mas depois se lembrou.

— Ah, Minta. Está sempre com as mãos onde não deve.

Ela empalideceu e ele percebeu que tinha dito a coisa errada.

— Eu... acho que devo ir.

Não.

Eles não tinham falado o suficiente. Ele não sabia o nome dela e queria ensinar... queria ensinar muitas coisas a ela. Antes que ele mesmo se desse conta, sua mão estava pousada sobre a dela e alguma coisa faiscou entre eles, arrancando um suspiro dos lábios perfeitos dela antes que ela se afastasse depressa.

— Não — protestou ele, mas saiu como um comando, e ela lhe lançou um olhar fulminante.

— Perdão?

— Eu quis dizer que ainda não te ensinei a jogar. — Ele baixou a voz, afastando a histeria que o fez estender a mão para ela. — Permita-me.

Por favor.

Ela desviou o olhar, e ele pensou que ela poderia fugir. *Confie em mim*, ele quis implorar, embora soubesse que era uma coisa ridícula de se pedir. Hades era a última pessoa em quem ela deveria confiar.

Finalmente, a mulher parecia decidida e disse na voz mais erótica que ele já tinha ouvido:

— Então me ensina.

Eu vou te ensinar. Tudo, pensou ele.

Embaralhou as cartas e explicou o jogo.

— Isto é pôquer. Nós vamos jogar pôquer fechado, começando com uma aposta.

— Mas não tenho nada para apostar — disse ela.

Eu ficaria feliz em aceitar seu vestido.

— Uma resposta, então. Se eu ganhar, você vai responder a qualquer pergunta que eu fizer e, se você ganhar, eu responderei a qualquer pergunta sua.

Ela fez uma careta, mas sua expressão parecia em conflito com o seu corpo, porque, enquanto ouvia, ela se inclinou na direção dele. O ar entre eles ficou mais denso, e Hades achou difícil respirar.

— Combinado.

Empolgado, Hades continuou a explicar o jogo:

— Existem dez classificações no ranking de mãos do pôquer. A mais baixa é high card, e a mais alta é o royal flush. O objetivo é receber uma mão mais alta no ranking do que a do outro jogador. Se você pegar uma mão ruim, descarte. É a melhor opção. Check e call se aplicariam se estivéssemos jogando por dinheiro, mas, como nossa moeda são respostas, essas ações seriam irrelevantes. Talvez a habilidade mais importante no pôquer seja a de blefar.

— Blefar? — Isso pareceu despertar seu interesse.

— Às vezes, o pôquer é apenas um jogo de blefes... Especialmente quando se está perdendo.

Hades deu a cada um deles cinco cartas, e eles demoraram olhando para as mãos e depois um para o outro. Finalmente, a mulher colocou suas cartas viradas para cima, e Hades fez a mesma coisa.

— Você tem um par de rainhas — disse ele. — E eu tenho uma full house.

— Então você venceu. — Ela não parecia tão chateada, mas contemplativa, ainda tentando se lembrar das regras e entender o jogo. Hades, por outro lado, estava impaciente e aproveitou a chance de fazer sua pergunta.

— Contra quem você está se rebelando?

Ela sorriu, sarcástica.

— Minha mãe.

Ele ergueu a sobrancelha.

— Por quê?

— Você terá que ganhar outra mão para eu responder.

Ele estava muito ansioso. Quando ganhou pela segunda vez, não repetiu a pergunta, apenas olhou para ela com expectativa.

— Porque... — Ela fez uma pausa e ficou com o olhar perdido, franzindo o cenho. Estava procurando por uma resposta. *Por uma maneira de evitar dizer a verdade*, percebeu Hades. Sorriu com tristeza quando disse: — Ela me irritou.

Havia um algo de sombrio em suas palavras, e ele queria aproveitar aquele momento. Foi a primeira vez que sentiu que ela estava se reprimindo. Ele esperou por uma explicação mais detalhada, mas ela simplesmente sorriu com escárnio.

— Você não disse que a resposta precisava ser detalhada.

Ele deu o mesmo sorriso que ela.

— Anotado para o futuro, garanto.

— Futuro?

— Bem, espero que esta não seja a última vez que jogamos pôquer.

Especialmente agora. Ela estava ensinando a ele como sua mente funcionava, e Hades estaria mais do que preparado para o próximo jogo. Não seria tão bonzinho no futuro. Os termos seriam detalhados e as apostas, maiores.

A expressão da mulher ficou cautelosa, e ele teve a sensação de que ela não tinha a intenção de vê-lo novamente.

Adrenalina percorreu o corpo dele... uma emoção semelhante ao medo. *Tenho que vê-la novamente. Ou vou enlouquecer.*

Ele afastou esses pensamentos. *Termine o jogo*, disse a si mesmo, e deu outra mão e ganhou.

— Por que você está com raiva de sua mãe? — indagou ele.

Ela ficou pensativa por um momento e então disse:

— Porque... ela quer que eu seja algo que não sou.

Foi isso o que eu senti à flor da pele? Sua verdadeira natureza desesperada para ser livre?

Ela baixou o olhar para as cartas.

— Não entendo por que as pessoas fazem isso.

Ele inclinou a cabeça.

— Você não está gostando do nosso jogo?

— Estou. Mas... não entendo por que as pessoas jogam contra Hades. Por que elas iriam querer vender a alma para ele?

Você nunca esteve desesperada por algo?, quis perguntar, mas sabia a resposta. Podia sentir a resposta queimando entre eles dois.

— As pessoas não aceitam jogar porque querem vender a alma. Elas jogam porque acham que podem ganhar.

— E ganham?

— Às vezes.

— E você acha que isso o irrita?

Ela franziu os lábios com a pergunta, e o pavor deixou o peito dele apertado. Aquela mulher tinha conexões com Deméter, o que significava que tinha ouvido as piores coisas sobre ele. Para conseguir desbancar o mito relacionado a ele, Hades teria que conviver mais com ela, e isso significava que precisava se revelar. Portanto, respondeu sua pergunta com sinceridade:

— Meu bem, eu ganho de qualquer maneira.

Ela arregalou os olhos e se levantou rapidamente, quase derrubando a cadeira. Ele nunca tinha visto alguém tão ansioso para deixar sua companhia. Ela pronunciou seu nome como uma maldição:

— *Hades.*

Ele estremeceu. *Diga de novo,* queria ordenar, mas manteve a boca fechada. Seus olhos escureceram e ele crispou os lábios. O olhar dela iria assombrá-lo por uma eternidade. Ela ficou chocada, assustada, envergonhada.

Ela cometeu um erro. Ele pôde ver isso nas feições dela.

— Tenho que ir.

Ela deu meia-volta, e fugiu como se ele fosse a própria Morte vindo roubar sua alma.

Ele pensou em persegui-la, mas sabia que não importava se a seguisse ou não. Ela voltaria. Havia perdido para ele e sido marcada por ele.

Hades engoliu o resto do uísque e sorriu.

Talvez a barganha de Afrodite não fosse tão impossível assim, afinal.

— O caminho mais curto, o benefício que chega mais rápido — murmurou.

4

MALDITAS MOIRAS

— Milorde. — A voz de Minta o tirou de seu devaneio. — Seu primeiro compromisso chegou.

Merda. Ele definitivamente não estava com cabeça para fazer outra barganha. Franziu a testa e foi beber de seu copo, mas percebeu que estava vazio. Quando olhou para a ninfa, ela tinha a sobrancelha arqueada.

— Está apaixonado, milorde? — perguntou ela em tom de reprovação.

— Sim — disse. Não tinha motivos para mentir. — Estou.

O choque de Minta ficou estampado em seus olhos arregalados, e seus lábios se apertaram.

— Desespero não é nada lisonjeiro, Hades.

— Nem o ciúme — respondeu, empurrando o copo vazio para ela.

Ela fez uma careta.

— Onde está o mortal?

Os olhos de Minta brilharam quando respondeu:

— Na Suíte Diamante.

No final da noite, Hades havia conquistado três contratos: dois homens em busca de riqueza, um jovem e um velho, e uma mulher em busca de amor. Todos agora enfrentavam o desafio de superar o que mais pesava em suas almas.

O mais jovem dos dois homens queria recuperar sua poupança, que ele havia torrado em cocaína, para a faculdade. Ele teria que largar seu vício para que Hades concedesse seu desejo. O mais velho estava tentando pagar a quimioterapia de sua esposa; e o maior fardo para sua alma? Ele a estava traindo antes do diagnóstico. Os termos de Hades eram que ele tinha que confessar a traição.

A mulher pediu amor, ou melhor, pediu que um homem específico se apaixonasse por ela. Um colega de trabalho que ela vinha cobiçando havia anos.

Era um pedido que Hades ouvia com frequência e que nunca poderia conceder.

Ela se sentou em frente a Hades, com aparência desesperada e cansada. Quando ele olhou para a alma dela, viu que estava tão entrelaçada com o homem que a mulher não se parecia mais com seu verdadeiro eu. Era um emaranhado de trepadeiras, cheias de espinhos, que se tornaram afiados por conta de anos de rejeição.

— Mude seus termos — aconselhou Hades.

Ela semicerrou os olhos, trincou os dentes e ousou levantar a voz:

— Mas é ele quem eu quero!

Era a segunda vez que ele ouvia aquele apelo naquela noite, e nas duas o apelo tinha sido uma mentira.

— Eu não posso fazer outro mortal te amar — explicou Hades. — Você sempre pede amor ou nada.

Ela o fulminou com o olhar por um tempo, tentando segurar as lágrimas, antes de concordar. Ele presumiu que ela tinha decidido que, no fim das contas, era melhor ser amada por alguém. Mas não ganhou o jogo e, após a derrota, se encontrava aterrorizada e chorosa.

— Pare com esse desejo inútil por seu colega de trabalho — disse Hades.

Ela olhou para ele com fúria.

— Não posso simplesmente... *parar* de amá-lo.

— Você tem que dar um jeito — falou ele. — Talvez depois disso seus olhos se abram para um novo amor.

Hades começou a se levantar.

— Por acaso você nunca se apaixonou? — perguntou ela, e quando ele fez uma pausa, os olhos da mulher se arregalaram com a percepção. — Você nunca se apaixonou.

Hades crispou os lábios.

— Cuidado, mortal. Esta vida é passageira. Sua existência no Submundo dura uma eternidade.

Ele foi se levantar novamente, e a mulher agarrou sua mão.

— Por favor! Você não entende! Eu não consigo escolher por quem me apaixono!

Hades afastou a mão.

— Você desperdiça suas palavras e sentimentos, mortal.

Ele poderia ter falado mais. Poderia ter explicado que o amor dela por aquele homem indiferente a deixava ressentida e que, no instante em que ela decidisse liberá-lo de seus afetos, sua vida melhoraria, mas ele sabia que ela não lhe daria atenção. Apenas desapareceu, retirou-se para o Submundo.

Mas não para descansar.

Ele se teleportou para a Biblioteca das Almas, localizada no palácio espelhado das Moiras. Hades havia presenteado as três deusas com uma porção de seu reino: uma ilha que flutuava no éter do Submundo. Era acessível apenas para ele, e as Moiras eram incapazes de deixá-la.

Uma jaula dourada, chamara Láquesis.

Uma prisão glorificada, cuspira Cloto.
Uma cela espelhada, dissera Átropos.
As Moiras podem ter escolhido descrevê-la como uma jaula, uma prisão, uma cela, mas sabiam tão bem quanto Hades que fora construída de acordo com suas especificações e para a sua proteção.

— Vocês preferem viver entre as almas e divindades do Submundo? — perguntava a elas toda a vez que reclamavam. — Eles as apedrejariam, e eu não impediria.

Nenhuma delas aprovava resposta, e exigindo que Hades mudasse os jardins externos do palácio; era um pedido que faziam com frequência, e que ele atendia.

Não havia janelas na biblioteca, exceto por uma cúpula de vidro que deixava entrar uma luz acinzentada. As paredes eram compostas por estantes do chão ao teto, cheias de volumes encadernados em veludo preto. Os volumes detalhavam a vida de cada humano, criatura e deus.

Hades estendeu a mão e invocou o nome de Deméter, a Deusa da Colheita. O livro veio até ele, e caiu em suas mãos com um baque. Ao abri-lo, uma projeção de fios ilustrava uma linha do tempo que ia desde o nascimento da deusa até o presente, e que podia ser lida ou assistida como um filme.

Hades escolheu assistir, e seguiu o fio desde o nascimento em meio a batalhas, passando por sua fase vingativa após a Titanomaquia até a criação do culto a ela. Então o fio se ramificou, o que significava a criação de outro fio de vida.

— Quero ver a quem este fio pertence — disse, e o ouro se partiu até formar a imagem da garota da Nevernight.

Quando Hades olhou para ela, sentiu um aperto no peito.

Não à toa tinha o mesmo cheiro de Deméter... era sua filha.

— Curioso sobre sua futura rainha? — Láquesis apareceu, vestida de branco, o rosto emoldurado por longos cabelos escuros e, na cabeça, uma coroa de ouro. Era a irmã do meio, e tinha um cetro de ouro com o qual media a vida mortal.

Futura rainha. As palavras o fizeram estremecer, e ele teve que cerrar os dentes para não reagir.

— O nome dela? — perguntou Hades.

Ele não desviou o olhar da imagem cintilante.

— Chama-se Perséfone — respondeu Láquesis.

— *Perséfone* — murmurou ele, testando o nome em sua língua, surpreso com quão certo parecia, quão perfeito soava.

— A Deusa da Primavera.

Ele encarou os olhos escuros sem fundo e sem emoção da Moira.

— Você quer me provocar.

Deusa da Primavera, Deusa do Renascimento, Deusa da Vida. Como poderia uma filha da primavera tornar-se a noiva da morte?

— Hades... sempre desconfiado — disse Cloto, aparecendo do nada. A mais jovem das três Moiras tinha a mesma aparência de Láquesis, vestida e coroada de ouro. — Talvez queiramos recompensar nosso deus favorito.

— Vocês não gostam de deus nenhum — respondeu Hades.

— Nós desgostamos menos de você.

— Fico lisonjeado — retrucou.

— Se está descontente, desfaremos o fio — disse Átropos, aparecendo diante de Hades e arrancando o livro de suas mãos. Ela era a mais velha e mesmo assim tinha a mesma aparência de suas irmãs, vestida de vermelho-sangue, com um par de tesouras de ouro abomináveis penduradas em uma corrente em volta do pescoço.

Hades olhou feio para as três.

— Conheço vocês muito bem — falou, dirigindo-se a todas de uma vez. — Quem estão castigando?

Elas trocaram um olhar. Finalmente, Cloto respondeu:

— Deméter implorou por uma filha.

— Um desejo que foi concedido — disse Láquesis.

— Você é o preço que ela pagou — acrescentou Átropos.

— Eu sou o castigo — afirmou Hades.

As Moiras estavam cientes do ódio de Deméter por Hades. Ele tinha razão quando suspeitou que havia algum truque.

— Se é assim que prefere entender — retrucou Cloto.

— Mas gostamos de pensar de forma diferente — falou Láquesis.

— É o preço pago pelo nosso favor — explicou Átropos.

Era assim que as Moiras operavam, mesmo que se tratasse de deuses.

— Deméter está ciente? — perguntou Hades.

— Claro. Não temos o hábito de guardar segredos, Lorde Hades.

Hades ficou calado. Se Deméter estava ciente, não era de se admirar que ele sequer tivesse ouvido falar da Deusa da Primavera.

— Vocês quiseram castigar Deméter, mas, na verdade, estão punindo Perséfone — afirmou Hades.

A ironia não passou despercebida para ele, que havia feito a mesma coisa. Ela estava ligada a ele pela barganha — a maior que ele já havia feito, porque no final das contas ela não precisava amá-lo. Milhares de mortais, assim como as divindades, tinham destinos fiados pelas Moiras. Isso não garantia um casamento amoroso, e entre ele e a filha de Deméter seria ainda menos provável.

Láquesis semicerrou os olhos.

— Você está com medo, Hades?

O deus lançou um olhar de fúria, e as três Moiras riram.

— Nós podemos tecer os Fios do Destino, milorde, mas você mantém o controle sobre como seu futuro se desenrola. — Cloto desapareceu.

— Vai governar seu relacionamento como governa seu reino? — Láquesis desapareceu.

— Ou deleitar-se com o caos? — Átropos desvaneceu.

E quando ele ficou sozinho, as risadas alegres delas ecoavam à sua volta.

Você nunca se apaixonou?

As palavras da mortal voltaram para ele, enterrando-se sob sua pele como um parasita.

Não, ele nunca tinha se apaixonado, e agora se perguntava... Perséfone o teria escolhido se tivesse liberdade?

Hades deixou a mansão das Moiras e se viu do lado de fora da casa de Hécate. A Deusa da Bruxaria era uma residente de longa data do Submundo. Hades permitiu que ela se instalasse onde quisesse, e ela escolheu um vale escuro para construir sua cabana coberta de trepadeiras. Depois, passou meses cultivando beladona.

Hades apenas ergueu a sobrancelha quando descobriu o que ela tinha feito.

— *Não finja que meus venenos não lhe foram úteis, Hades.*

— *Não tive tais pensamentos* — *respondeu ele.*

Hades sorriu satisfeito com a lembrança. Desde então, Hécate se tornou sua confidente, provavelmente sua amiga mais próxima.

Ela estava do lado de fora, parada sob um trecho de luar que vinha de uma abertura na copa das árvores. No início, a deusa elogiou sua capacidade de criar o que ela chamava de noite encantada, mas não era de surpreender. Hades era um deus nascido das trevas. Era o que ele mais conhecia.

— O que o incomoda, meu rei? — perguntou ela quando ele se aproximou. — É Minta? Posso sugerir lixívia para remediar a situação. É bastante dolorosa quando engolida.

Hades ergueu a sobrancelha.

— Mas você já está tendo pensamentos assassinos, Hécate? Ainda não é nem meio-dia.

Ela sorriu.

— Sou mais criativa à noite.

Hades riu entre dentes, e eles ficaram em um silêncio agradável. Hades, perdido em seus próprios pensamentos; Hécate, olhando para a Lua. Depois de um instante, ela perguntou novamente:

— O que está incomodando você?

— As Moiras — disse ele.

— Ah, as queridas. O que fizeram?

— Me deram uma esposa — respondeu, erguendo as sobrancelhas. — A filha de Deméter.

Hécate riu e rapidamente cobriu a boca quando Hades olhou enviesado.

— D-Desculpe — falou, e limpou a garganta, se recompondo. — Ela é horrível?

— Não — disse Hades. — Essa é provavelmente a pior parte. Ela é maravilhosa.

— Então, por que está tão triste?

Hades resumiu a sua noite: a barganha de Afrodite, ter visto Perséfone pela primeira vez, perceber que seu desejo primitivo pela jovem era anormal e descobrir o fio que os conectava.

— Você deveria ter visto como ela olhou para mim quando soube quem eu era. Ficou horrorizada.

— Duvido que tenha ficado horrorizada — replicou Hécate. — Surpresa, talvez; quem sabe até mortificada, caso os pensamentos dela tenham sido parecidos com os seus.

Hécate lançou um olhar de cumplicidade, mas Hades não tinha tanta certeza assim. A amiga não estava lá.

— Nunca vi você desistir de um desafio, Hades.

— Não desisti — disse. Tinha feito o oposto: ligado os dois pelos próximos seis meses.

Hécate esperou que ele se explicasse.

— Ela jogou comigo.

— O quê?

— Ela me convidou para um jogo em sua mesa e perdeu — explicou Hades.

Até a manhã seguinte, sua marca apareceria na pele de Perséfone, e quando ela voltasse, ele diria os termos de seu contrato. Se ela fracassasse, seria uma residente do Submundo para sempre.

— Hades, diga que não fez isso.

Ele apenas olhou para a deusa-bruxa.

— É a Lei Divina — disse.

Hécate o fulminou com o olhar, pois sabia que não era verdade. Hades poderia ter escolhido deixá-la ir sem exigir nada e decidiu não fazer isso. Se as Moiras iriam conectá-los, por que não assumir o controle?

— Você não quer o amor dela? Por que a forçaria a fechar um contrato?

Depois de um instante, ele admitiu:

— Porque não achei que ela voltaria.

Hades não olhou para Hécate, mas o silêncio dela lhe disse que sentia pena dele, e ele odiava isso.

— O que você vai pedir a ela? — perguntou Hécate.

— O que eu peço a todos — respondeu ele.

Hades desafiaria as inseguranças da alma de Perséfone. No fim das contas, ele criaria uma rainha ou um monstro. Ainda não sabia qual seria o resultado disso.

— Como você se sente quando olha para ela? — indagou Hécate.

Hades não gostou dessa pergunta, ou talvez não tenha gostado de sua resposta, mas falou com sinceridade mesmo assim:

— Como se eu tivesse nascido do caos.

Hécate escancarou um sorriso.

— Já pressinto que vou gostar dela. — Então seus olhos brilharam com diversão. — Quando eu estiver presente, diga a Minta que vai se casar. Ela vai ficar furiosa!

5

UM CONTRATO SELADO

Hades apareceu no Tártaro.

No início de seu reinado, era o lugar do seu reino que ele mais frequentava. Depois da Titanomaquia, os tempos ficaram sombrios. Nascido da guerra, Hades não conhecia nada além de sangue e dor, mas não ficava no Tártaro por um desejo de conviver com o que lhe era familiar, era pelo desejo de punir os responsáveis por seu começo sombrio: os Titãs.

Com o tempo, passou a precisar disso cada vez menos.

Em raras ocasiões, ele aparecia para descarregar alguma raiva remanescente.

Aquela noite não era diferente.

Estava em seu escritório, uma sala cavernosa mas moderna, no pico de uma das montanhas. Também funcionava como uma câmara de tortura, com paredes cobertas por armas que Hades havia usado em muitos humanos e humanoides desafortunados que se viram presos diante dele, muitos guardando segredos, até mesmo na vida após a morte. Parte do piso era de vidro, e deste espaço elevado, Hades podia ver cada nível de tortura.

Ao longo dos anos, a prisão havia aumentado. Começara no subsolo, com níveis que se expandiam por quilômetros, todos dedicados a punir os crimes mais perversos e torturar almas de maneiras absurdas: com vento, chuva gélida e fogo, e com as outras sentenças mais eficientes, como afogamento no piche, águias e abutres comendo fígados e carne sendo arrancada de corpos por dentes afiados.

Enquanto essas formas de tortura ainda existiam, Hades evoluiu com o Mundo Superior, esculpiu as montanhas e criou celas isoladas para várias formas de tortura psicológica. Qualquer que fosse a variedade, Hades só se importava que tivesse o mesmo resultado: sofrimento.

Ele pegou uma garrafa de uísque de sua mesa e tomou um gole antes de estalar os dedos, para invocar uma alma. O homem era aquele que Sísifo matara a tiros no pátio de sua empresa pesqueira.

Isidoro Ângelo.

As mãos do sujeito estavam amarradas às costas, as pernas, presas. O queixo descansava contra o peito. Estava dormindo.

As almas tendiam a viver no Submundo como viviam no Mundo Superior, o que significa que se apegavam à rotina, mesmo que não precisassem mais dela.

O sono era um exemplo disso.

— Bem, ele não é lindo? — disse Hermes, aparecendo no escritório de Hades.

O Deus da Trapaça muitas vezes ia e vinha de seu reino, tendo assumido o papel de psicopompo — guia para as almas — séculos atrás. Hades olhou para ele. O deus estava em sua forma divina, dourado e espalhafatoso. Tinha grandes asas brancas e chifres curtos que saíam das laterais da cabeça, quase invisíveis em meio aos seus cachos. Os olhos dourados avaliaram o mortal.

— Não cobice os prisioneiros, Hermes — falou Hades.

— O quê? Posso apreciar beleza.

— Com seu histórico? Não. Você tende a esquecer o que há por baixo da pele.

— Também tendo a fazer sexo alucinante — retrucou Hermes, suspirando. — É um sacrifício que estou disposto a fazer.

Com isso, Hades se afastou do deus, revirou os olhos e girou o líquido no copo antes de tomar outro gole.

— Se você transasse com mais frequência, talvez não sentisse a necessidade de torturar seus súditos — disse Hermes.

Hades rangeu os dentes, algo que vinha fazendo o dia todo. Sua mandíbula doeria amanhã. As palavras de Hermes o frustraram por dois motivos: por expor sua vida sexual e por fazê-lo pensar na bela Perséfone.

Ele sentiu uma fisgada na virilha que quase o fez gemer.

— Alguém já lhe disse que talvez você precise fazer terapia? — indagou Hermes. — Porque tenho certeza que torturar pessoas é um sinal de psicopatia.

Hermes agora estava segurando um aguilhão, que de repente faiscou, soltando cliques terríveis. O deus gritou e o largou imediatamente.

Hades ergueu a sobrancelha. Às vezes era difícil lembrar que Hermes era na verdade um guerreiro habilidoso.

— O que houve? — perguntou ele em tom de desafio. — Quase morri de susto!

Hades pegou o aguilhão do chão, se virou para o homem chamado Isidoro, que estava sentado no centro de seu escritório, e então disse:

— Acorde.

A cabeça do homem balançou, e seus olhos se abriram e se fecharam, pesados de fadiga.

Hades esperou enquanto o mortal se familiarizava com o ambiente e só falou quando viu o reconhecimento no rosto dele.

— Bem-vindo ao meu reino — cumprimentou Hades.

Isidoro arregalou os olhos.

— Estou... no Tártaro?

Hades não respondeu. Em vez disso, falou:

— Você é Ímpio.

Os Ímpios eram tanto mortais quanto imortais que rejeitaram os deuses quando eles vieram à Terra durante a Grande Descida por várias razões: alguns se sentiram abandonados, outros achavam que os deuses eram hipócritas, e outros não desejavam mais ser governados. No fim das contas, os dois lados entraram em guerra, os Ímpios e os Fiéis. Hades não estava ansioso para se juntar à luta; afinal, não importava de que lado ele ficasse, seu reino cresceria de qualquer maneira.

— E um membro leal da Tríade — acrescentou Hades.

A Tríade era um grupo de mortais Ímpios que se opunham aos deuses, e exigiam justiça, livre-arbítrio e liberdade. Eles se denominavam ativistas, mas os olimpianos os chamavam de terroristas.

— Tr-Tríade? O que o faz pensar que sou um membro da Tríade?

Hades encarou o homem por um instante. Ele não gostava de responder a perguntas, não gostava nada de falar, mas responderia dessa vez, pois isso poderia impedir o homem de tentar mentir mais.

— Três razões — disse Hades. — Primeira: você gagueja quando mente. Segunda: mesmo que não gaguejasse quando mente, posso sentir mentiras. As suas são amargas e têm gosto de cinza, uma marca de sua alma. Terceira: se não quer declarar sua lealdade, não deve tatuá-la em sua pele.

Hades reparou como os olhos do homem se voltaram para o braço direito, no qual o triângulo — o símbolo da Tríade — tinha sido tatuado.

— Então você vai me torturar por minha lealdade?

— Vou torturá-lo por seus crimes — disparou Hades. — O fato de você ser um membro da Tríade é apenas um bônus.

Isidoro soltou um grito gutural quando Hades empurrou o aguilhão em seu flanco. O cheiro de carne queimada encheu suas narinas. Depois de alguns segundos, ele se afastou. As costas do mortal estavam arqueadas, sua respiração, penosa.

— Pelos deuses, Hades! Você realmente tem que fazer isso? — indagou Hermes, mas não tentou cobrir os olhos nem parecer enojado.

— Não finja que nunca torturou um mortal, Hermes. Todos nós sabemos que esse não é o caso — cuspiu Hades. Quando o aguilhão faiscou novamente, Isidoro olhou furioso para Hades e o desafiou.

— Já fui torturado antes.

Hades sorriu maliciosamente.

— Não por mim.

O aguilhão era apenas o começo da tortura de Isidoro. Hades passou das descargas elétricas para o fogo e incendiou o chão sob os pés do homem, mantendo-o vivo enquanto as chamas lambiam sua pele. Isidoro gritou e inalou fumaça, o que o fez tossir até cuspir sangue.

Em algum momento, Hades apagou as chamas com sua magia e, em meio ao silêncio que se seguiu, Hermes falou:

— Você está completamente fora de si, Hades.

— Vocês... — Isidoro falou rouco, arquejando lentamente. — Vocês pensam que são intocáveis porque são deuses.

— É exatamente por isso que somos intocáveis — replicou Hermes.

Hades ergueu a mão, silenciando o Deus da Trapaça.

— Vocês não sabem o que está por vir — prosseguiu Isidoro, quase sem voz. Sua cabeça pendeu para o lado, e ele já não olhava para Hades, mas para a parede. O deus agarrou o rosto carbonizado de Isidoro para que o mortal pudesse encará-lo.

— Hum, Hades... — começou Hermes.

— O que está por vir? — Hades exigiu saber.

— Guerra — respondeu o homem.

Era quase meio-dia, e Hades ainda não tinha dormido. Parecia haver areia em seus olhos, e a voz de Hermes chiava em seus ouvidos. O deus o seguira de volta ao seu palácio e agora caminhava ao seu lado até o quarto. Hades tomou um gole da garrafa que havia trazido de seu escritório no Tártaro.

— Você poderia ter me dito que estava torturando o cara para obter informações — reclamou Hermes.

— Saber a verdade teria impedido você de me julgar? — perguntou Hades.

Hermes abriu a boca para responder, mas Hades falou em vez disso; uma rara ocasião.

— A Tríade está se reorganizando. Preciso de seus olhos e ouvidos.

Hermes riu.

— Não está *com medo* deles, está?

— Fomos à guerra contra a Tríade, Hermes. Outra guerra pode ocorrer. Não subestime mortais desesperados por liberdade.

Hermes semicerrou os olhos.

— Parece que você simpatiza com eles.

Hades encontrou o olhar do deus e respondeu como de costume:

— O mal para um é a luta pela liberdade para outro.

Já havia dito isso antes, e diria novamente. O problema de Hades com a Tríade eram as vidas inocentes que levavam com eles durante a luta.

45

— Não deixe sua arrogância te cegar, Hermes.

Desta vez, quando Hades começou a andar em direção a seus aposentos, Hermes não o seguiu.

Assim que Hades entrou em seu quarto, suspirou e pressionou os dedos contra sua têmpora. Fazia muito tempo que não tinha uma dor de cabeça, mas aquele dia estava sendo interminável. Hades atravessou o cômodo, foi até a lareira e terminou seu uísque. Olhou para a garrafa vazia e contemplou os acontecimentos. Havia barganhado, assassinado e torturado.

E estava certo de que sua futura esposa reprovaria tudo isso.

Futura esposa.

Malditas Moiras.

Hades jogou a garrafa, e ela se estilhaçou contra a parede de mármore preto.

Vou ter que parar de quebrar as coisas quando ela chegar aqui, pensou, e então se repreendeu por soar tão... esperançoso.

Bufou, foi em direção à sua cama e afrouxou a gravata. Seus olhos começaram a arder. Precisava dormir. Em questão de horas tinha que estar de pé novamente. Tinha outro compromisso importante. Este em seu próprio território, Iniquity, um clube exclusivo onde o pior da sociedade se reunia sob sua proteção e governo.

Assim que puxou as cobertas, ouviu uma batida na porta.

— Vá embora — disse ele, pensando que só podia ser Minta.

Em vez disso, Elias respondeu:

— Acho que vai querer ouvir isso, milorde.

Hades suspirou.

— Diga.

Elias entrou, arqueando a sobrancelha escura e sorrindo ironicamente.

— Aqui se faz aqui se paga. A mulher da noite passada está do lado de fora da Nevernight brigando com Duncan. Ele colocou as mãos nela. É melhor se apressar.

Hades não conseguia descrever a sensação que o dominara, mas era como se tudo dentro dele tivesse congelado por um segundo: seu sangue não fluía, seu coração não bombeava, seus pulmões não se expandiam.

O gelo se esvaiu tão rápido quanto entrou em suas veias, substituído por uma fúria incandescente.

— Por que você não me disse nada antes? — retrucou ele antes de se teleportar para a entrada da Nevernight.

Do outro lado da porta, uma voz familiar ameaçou:

— Eu sou Perséfone, Deusa da Primavera, e se você quiser manter sua vida fugaz, vai me obedecer.

Hades abriu a porta com violência. Ele se sentia muito inquieto até que seus olhos se fixaram na deusa, e então ficou atordoado.

Ela estava na calçada cinza, sob o sol muito forte, despojada de sua ilusão humana. Chifres brancos de antílope brotavam de seu cabelo selvagem e, apesar de sua altura, ele não conseguia deixar de pensar em quão delicada ela era. Ele gostou de vê-la assim. Aquilo parecia íntimo de alguma forma, porque a estava vendo *em sua forma real*. Aquela era Perséfone, a deusa que seria sua rainha, e ela era *tudo*.

Ela não encontrou seu olhar, mas seus olhos estavam definitivamente *nele*, trilhando seu corpo com uma intensidade que ele não conseguia identificar, mas queria entender.

Apesar de se sentir como se não tivesse controle sobre seu corpo, suas emoções, sua magia, ele se recompôs o melhor que pôde e falou:

— Lady Perséfone.

O título parecia pesado em sua língua e chamou a atenção dela. Ele tornou a se assustar com seus olhos brilhantes... tão selvagens quanto os rios do Tártaro e tão verdes quanto os Campos de Asfódelos. Algo mudou em sua compostura quando ela olhou para ele. Ela endireitou os ombros e ergueu o queixo.

— Lorde Hades.

Ela se dirigiu a ele formalmente e fez um breve aceno com a cabeça. Hades não tinha certeza do que não gostava naquilo: o fato de que ela havia usado seu título, ou sua linguagem corporal cerimonial. Ele franziu a testa, mas não conseguiu pensar muito no assunto, porque Duncan chamou sua atenção.

— Milorde. — O ogro caiu de joelhos e abaixou a cabeça. — Eu não sabia que ela era uma deusa. Aceito punição por meus atos.

— Punição? — repetiu Perséfone, e cruzou os braços como se aquela ideia a incomodasse. Hades cerrou os dentes, e a mesma fúria que o dominara no Submundo brilhou novamente.

— Eu coloquei minhas mãos em uma deusa — disse o monstro.

— E uma mulher, em primeiro lugar — acrescentou Hades, infeliz.

Duncan estava errado. Sua punição iminente não tinha nada a ver com o fato de que havia tocado alguém de sangue divino: era porque havia machucado uma mulher. Hades não tolerava violência contra mulheres ou crianças. Na verdade, ele odiava tanto que havia um nível especial no Tártaro para os responsáveis por tais crimes, e suas punições eram distribuídas pelas próprias Fúrias, as três entidades da justiça; por Nêmesis, a Deusa da Vingança; e por Hécate, que se encarregava de punir pessoalmente os agressores.

Nenhum humano ou humanoide seria perdoado, fosse ou não funcionário de Hades.

— Cuidarei de você mais tarde — prometeu Hades. — Agora, Lady Perséfone.

Ele deu um passo para o lado, abrindo espaço para que ela entrasse na Nevernight. Ela não hesitou como ele pensou: entrou na escuridão da casa noturna como se fosse a dona. Ele fechou a porta e, por um instante, ficaram presos juntos e o cheiro da magia dos dois se misturou e dominou o ambiente. Hades reconheceu a rigidez na postura de Perséfone, porque ele também tinha ficado com o corpo todo retesado. A reação dela o acalmou, com esperança de que sua presença a afetasse tanto quanto era afetado pela dela.

Ele considerou desafiar o que estava se formando entre eles, se aproximando e afastando o cabelo sedoso de Perséfone do pescoço. Praticamente podia ouvir a respiração dela estremecer quando deu um beijo em sua pele macia. Será que ela se derreteria em seus braços? Ou lutaria contra aquilo?

Ele se aproximou. Não achava que fosse possível, mas ela ficou ainda mais rígida, as costas eretas. Estava tensa, como uma víbora pronta para dar o bote. Era uma mordida que Hades suportaria de bom grado, então se inclinou, o queixo roçando a bochecha dela, os lábios tocando a orelha.

— Você é cheia de surpresas, meu bem.

Ele foi muito arrogante, percebeu, despreparado para a reação de seu corpo a ela. O cheiro dela penetrou em sua pele e inflamou seu sangue. Ele ficou ofegante e excitado ao pensar em passar o braço pela cintura dela, puxá-la contra o seu corpo, consumi-la.

Porra.

Uma respiração audível o trouxe de volta à realidade, e antes que ela pudesse encará-lo, ele estava abrindo a porta interna para a Nevernight, o que quebrou o estranho feitiço entre eles.

— Depois de você, Deusa.

Ele notou a confusão em sua expressão. Talvez ela pensasse que o que acabara de vivenciar fosse uma ilusão. Ele meio que esperava que ela fugisse, mas, novamente, aquela faísca de rebeldia se acendeu em seus olhos. Ela manteve os olhos fixos nos dele enquanto passava: um desafio e uma provocação.

Ele a seguiu e observou enquanto ela se aproximava da sacada, os olhos examinando o andar inferior. Imaginou o que ela estaria procurando, mas não perguntou, apenas esperou até que Perséfone olhasse para ele e continuasse descendo as escadas.

Seus saltos estalavam enquanto ela o seguia pela pista, e foi assim que ele soube que ela tinha parado, porque a casa noturna ficara silenciosa.

— Aonde estamos indo? — perguntou ela. Havia suspeita em sua voz, e Hades lembrou a si mesmo de que o fato de ela ter entrado na Nevernight voluntariamente não era uma demonstração de confiança.

Hades fez uma pausa e virou-se para ela.

Ele não deveria ter olhado para trás, pois aquilo quase o fez questionar o que estava fazendo, ao atrair aquela bela deusa cada vez mais para dentro de seu reino.

— Para o meu escritório. Imagino que seu assunto comigo exija privacidade.

Ela levantou a sobrancelha e olhou para o espaço vazio.

— Aqui parece que temos privacidade suficiente.

— Não temos. — Ele se virou e subiu as escadas, satisfeito ao ouvir o clique dos saltos de Perséfone logo atrás.

No topo da escada, ele se virou para seu escritório e abriu uma das duas grandes portas ornadas com um de seus símbolos em ouro — um bidente — envolto por trepadeiras e flores. Quando se virou para Perséfone, ela ainda estava a alguns metros dele. Aquela distância o frustrava.

— Vai hesitar a cada passo, Lady Perséfone?

Ela fez uma careta.

— Eu estava apenas admirando sua decoração, Lorde Hades. Não reparei ontem à noite.

— As portas dos meus aposentos costumam ficar ocultas durante o horário de funcionamento da casa — respondeu ele, indicando a porta aberta. — Podemos?

Ela ergueu o queixo e passou por ele, se familiarizando com o escritório, os olhos se fixando primeiro na parede com janelas que davam para a pista da casa noturna. Era uma característica comum à maioria de seus escritórios: uma forma de observar de cima. Apesar do calor lá fora, Hades mantinha o fogo em sua lareira. Ele gostava do fogo, gostava de como as chamas dançavam, gostava de observá-lo de sua mesa de obsidiana, mas raramente usava as cadeiras disposta diante da mesa. Talvez ele o fizesse hoje, e convidasse a Deusa da Primavera para se sentar.

Mas isso parecia muito civilizado, e Hades teve a sensação de que não eram palavras educadas que a deusa tinha vindo lhe dizer.

Quando ele fechou a porta, ela novamente ficou rígida. Foi então que ele percebeu que deveria ter se esforçado mais para tranquilizá-la de que estava segura ali depois de sua terrível interação com Duncan. Hades se movimentou pelo cômodo ruidosamente, não querendo assustá-la, então parou na frente dela, os olhos procurando seu rosto, passando por seus lábios, antes de cair em seu pescoço. A pele perfeita estava avermelhada pelo aperto do ogro.

Precisou dar tudo de si para ficar onde estava e não se teleportar para o Submundo para torturar Duncan.

Antecipação é parte do tormento, lembrou a si mesmo.

Hades estendeu a mão para ela, querendo curar aquelas marcas em sua pele, mas ela agarrou seu braço. Seus olhares colidiram.

— Você está ferida? — perguntou ele.

— Não — sussurrou ela.

Havia algo íntimo naquela troca. Talvez fosse a proximidade deles, a centímetros um do outro, pele contra pele. Depois de um instante, ele soltou o braço e foi para o outro lado do cômodo, pois precisava de distância para não fazer algo estúpido. Como beijá-la.

O cheiro da magia de Deméter o alertou de que ela estava prestes a aumentar sua ilusão.

— É um pouco tarde para ser modesta, não acha? — perguntou ele, inclinando-se contra sua mesa e afrouxando a gravata. Não gostava da sensação da gravata contra a pele, como uma restrição, mas o movimento atraiu o olhar de Perséfone, e ele reconheceu a fome em seus olhos porque sentia o mesmo em seu âmago.

— Interrompi alguma coisa?

O tom dela era quase acusatório, e ele considerou questionar o ciúme dela, mas decidiu que não o faria.

— Eu estava quase indo dormir quando ouvi você exigindo entrar no meu estabelecimento. Imagine minha surpresa quando encontrei a deusa de ontem à noite na minha porta.

Ela olhou carrancuda.

— A górgona te contou?

Ele lutou contra a vontade de sorrir ao ver sua frustração.

— Não, Euríale não me contou. Eu reconheci a magia de Deméter em você, mas você não é Deméter. — Ele inclinou a cabeça, e a estudou da mesma maneira que tinha feito na Biblioteca de Almas. — Quando você saiu, consultei alguns textos. Não lembrava que Deméter tinha uma filha. Presumi que você fosse Perséfone. A questão é: por que você não está usando sua própria magia?

— Foi por isso que você fez isto aqui? — indagou, removendo do pulso um bracelete e segurando o braço, no qual uma faixa de pontos pretos marcava sua pele.

Ele reparou que ela havia evitado responder sua pergunta. Não importava, ele voltaria ao assunto. Mas agora, concentrou-se na marca na pele dela, a marca dele, e sorriu satisfeito.

— Isso é o que acontece quando se perde para mim.

— Você estava me *ensinando* a jogar — argumentou ela.

— Semântica. — Ele deu de ombros. — As regras da Nevernight são muito claras, Deusa.

— Elas são tudo, menos claras. — Ela ergueu as mãos e apontou para ele. — E você é um babaca!

Hades se afastou de sua mesa e foi em direção a ela. Queria exigir respeito e também argumentar que ele era o Rei do Submundo, Deus dos Mortos, mas quando se aproximou dela, lembrou quem ela era: Perséfone, Deusa da Primavera, sua futura rainha. O pensamento o acalmou; no entanto, ela deve ter visto algo mais brilhar em seus olhos, porque deu um passo para longe.

— Olha como fala comigo, Perséfone — disse, segurando o pulso dela suavemente e sentindo uma estranha energia entre eles ao restabelecer a conexão. Traçou a sombra que borrava sua pele, e ela estremeceu sob suas mãos.

— Quando me convidou para sua mesa, você fez um acordo comigo. Se tivesse ganhado, poderia ter deixado a Nevernight sem exigências e quando quisesse. Mas você não ganhou e, agora, temos um contrato.

Eu poderia dar-lhe a liberdade. As palavras entraram em sua cabeça, espontâneas, nascidas de seus pensamentos anteriores, e ele foi subitamente dominado pela culpa. Era verdade que não havia Lei Divina nesse caso, de modo que ele poderia deixá-la ir.

Mas enquanto a observava, espiou por baixo de seu belo exterior e viu sua alma pelo que era: uma deusa poderosa, enjaulada em dúvida e medo. Era a razão pela qual usava a magia de sua mãe: a dela estava trancada, adormecida.

Quanto mais ele olhava, mais fundo caía. Ela era inebriante, e sua magia cheirava a rosas doces, glicínias e algo completamente pecaminoso. Sua própria magia cresceu dentro dele, desejando se envolver com a dela. Ele queria despertar a magia dela, persuadi-la a libertar seu poder.

Porra, porra, porra.

Ele não sabia o que Perséfone tinha visto em sua expressão, mas notou que ela engoliu em seco e pensou que gostaria de beijar aquele pescoço, senti-la estremecer sob ele.

Ela falou, e suas palavras escorriam com raiva contida.

— E o que isso significa?

— Significa que devo escolher os termos — disse ele, determinado.

De repente, aquela barganha assumira um significado totalmente novo para Hades. Ele quebraria as correntes que prendiam o corpo dela, iria libertá-la daquela jaula de ódio que ela mesma construíra, e, no fim das contas, se ela não o amasse, pelo menos seria livre.

— Não quero ter um contrato com você — disse ela, entre dentes, com os lindos olhos brilhando. — Tire isto daqui!

— Não posso.

Não quero, pensou ele.

— Você colocou, pode tirar.

Os lábios dele tremeram. Não deveria achar graça da situação dela. Ele sabia que aquilo era angustiante e que ela não entendia por que tinha que acontecer. Ainda assim, sorriu porque Perséfone era desafiadora e porque gostava de seu fogo e sua frustração.

— Está achando graça? — indagou ela.

— Ah, meu bem, você não faz ideia.

— Sou uma deusa. Somos iguais.

Ela disse aquelas palavras, mas ele sabia que Perséfone não acreditava nelas.

— Você acha que nosso sangue muda o fato de que você voluntariamente firmou um contrato comigo? São regras, Perséfone. A marca sumirá quando o contrato for cumprido.

— E quais são os seus termos?

Ele considerou o que tinha visto de sua alma. Ela era uma mulher que equiparava divindade com poder. Era o cerne de sua insegurança, e era isso o que ele desafiaria. Por fim, falou:

— Crie vida no Submundo.

Seus olhos se arregalaram e ela empalideceu, pois rapidamente se deu conta da impossibilidade contida nas palavras dele. Ela apertou os dedos contra o pulso.

— O quê?

— Crie vida no Submundo — repetiu ele. — Você tem seis meses. E, se falhar ou recusar, se tornará residente permanente de meu reino.

— Você quer que eu cultive um jardim em seu reino?

Ele fez uma careta. Ela já havia decidido que só havia uma maneira de cumprir a barganha: usando poder que ela não tinha... ainda.

Ele deu de ombros.

— Acho que essa é uma das formas de criar vida.

Aquilo tinha sido uma pista, mas ela não a captou. Em vez disso, olhou para ele.

— Se você me sequestrar e levar para o Submundo, enfrentará a ira da minha mãe.

— Ah, tenho certeza — meditou ele, imaginando aquilo; no entanto, era o preço que Deméter pagaria: primeiro, por barganhar com as Moiras; segundo, por esconder Perséfone dele. *Quando a Deusa da Colheita viria atrás dele?* — Assim como você sentirá essa ira quando Deméter descobrir o que fez de forma tão imprudente.

Ele odiou ter dito aquelas palavras e considerou tranquilizá-la de que a protegeria da mãe, mas então Perséfone se endireitou, encontrou seu olhar e aceitou seu desafio.

— Certo. Quando eu começo?

Ele quase sorriu.

— Venha amanhã. Eu vou te mostrar o caminho para o Submundo.

— Tem que ser depois da aula — disse ela.

Ele franziu as sobrancelhas.

— Aula?

— Eu estudo na Universidade de Nova Atenas.

Aquele era um exemplo de quão pouco ele sabia sobre aquela mulher, e ficou curioso. O que estava estudando? Há quanto tempo estava na faculdade? Onde morava antes de ir para Nova Atenas? O que Deméter havia ensinado a ela sobre os Divinos?

Tudo isso devo descobrir a seu tempo, lembrou a si mesmo.

— Depois da... aula, então.

Eles se encararam por um longo momento, ainda se tocando, ainda invadindo o espaço um do outro, e ele descobriu que estava contente com isso — o silêncio, a sensação da energia dela —, porque fazia seu peito ficar mais leve.

— E o seu segurança? — perguntou ela de repente.

Hades franziu a testa, sobrancelhas baixando.

— O que tem ele?

— Eu prefiro que ele não se lembre de mim nesta forma. — Ela apontou para os chifres, e os olhos de Hades a seguiram. Eram lindos chifres, graciosamente torcidos e com pontas afiadas, mas quando ele olhou, desapareceram de sua vista, cobertos pela ilusão que Perséfone havia invocado. Seus olhos, novamente, encontraram os dela.

— Vou apagar a memória dele... *depois* de puni-lo por ter maltratado você.

— Ele não sabia que eu era uma deusa.

Não tente defender, Hades queria dizer. *Ele não merece a sua gentileza.*

— Mas sabia que você é uma mulher e se deixou levar pela raiva. Então será punido.

E eu vou desfrutar disso profundamente.

— O que isso vai me custar?

Ele se concentrou nela novamente, em seus cílios grossos, olhos hipnotizantes e boca sensual.

— Esperta, meu bem. Já está sabendo como funciona. A punição? Nada. A memória? Um favor.

— Não me chame de meu bem — retrucou ela, e ele ergueu uma sobrancelha, estranhando sua súbita frustração. Talvez ela achasse que ele estava ganhando confiança rápido demais. — Que tipo de favor?

— O que eu quiser — disse ele. — Para ser usado no futuro.

Ela estreitou os olhos, cética em relação ao pedido dele, e deveria mesmo ficar. Os favores mais perigosos eram aqueles não especificados, e se ela concordasse, isso daria a ele uma ideia de quanto ela realmente sabia sobre o que significava ser Divino.

— Combinado.

Nada, pensou ele. *Ela não sabe nada.* Isso o deixou mais do que curioso. Como Deméter pôde deixar sua filha entrar em um mundo governado pelos Divinos sem saber nada sobre eles? Era improvável que Deméter não soubesse que, mais cedo ou mais tarde, Perséfone encontraria seu caminho até este mundo.

Apesar de seus pensamentos preocupantes, Hades sorriu para ela.

— Vou pedir ao meu motorista para levá-la em casa.

— Não precisa.

— Precisa, sim — insistiu ele.

Hades não tinha o hábito de confiar no mundo. Sabia muito sobre o que jazia sob sua superfície.

— Tudo bem — retrucou ela.

Ele franziu a testa. Ela provavelmente estava mais do que pronta para sair dali, mas ele não estava pronto para vê-la partir. Não depois de seu último pensamento.

Mantenha-a segura, pensou enquanto segurava os ombros dela, selando o espaço entre eles. Ele a desequilibrou, e os dedos dela agarraram a frente da camisa dele, com as unhas arranhando seu peito. Hades pressionou os lábios contra a testa de Perséfone, e o calor da pele dela percorreu o corpo dele, o que fez seu pau latejar e seus pensamentos se tornarem caóticos. Hades queria inclinar a cabeça dela, beijar sua boca e provar sua língua.

Concentre-se na tarefa, disse a si mesmo com raiva, e concedeu sua graça a ela. Nos tempos antigos, os heróis gregos que caíam nas graças dos deuses recebiam armas especiais e ajuda durante a batalha, e, em raras ocasiões, até uma segunda chance na vida. Nos dias atuais, uma graça poderia significar qualquer coisa — acesso a casas noturnas exclusivas, riqueza insuperável ou proteção contra danos corporais.

Hades ofereceu a Perséfone a última dessas graças, além de acesso ao seu reino. Ele a desvencilhou do beijo. A centímetros de distância, ela olhou para ele.

— Por que fez isso? — sussurrou.

Hades sorriu, passando o dedo em sua face quente.

— Estou te dando um benefício. Da próxima vez, a porta se abrirá para você. Prefiro que não irrite Duncan. Se ele te machucar de novo, terei que matá-lo e é difícil encontrar um bom ogro.

— Lorde Hades — a voz de Minta interrompeu. — Tânatos está procurando por você... Ah!

A presença da ninfa o frustrou, porque significava que Perséfone não estava mais olhando para ele. Ela tentou se afastar, mas Hades a segurou com mais força, recusando-se a soltá-la.

— Não sabia que você tinha companhia — disse Minta, sua voz cheia de julgamento. Talvez Hécate estivesse certa quando sugeriu que ele contasse a Minta sobre sua futura noiva.

— Um minuto, Minta! — gritou Hades sem olhar para a ninfa.

Quando ela se foi, o olhar de Perséfone se voltou para ele, que a estudou, lábios apertados.

— Você não respondeu à minha pergunta — falou Hades. — Por que está usando a magia da sua mãe?

Queria ver se ela admitiria o que ele já sabia, que ela não tinha magia própria. Em vez disso, Perséfone o surpreendeu sorrindo.

— Lorde Hades — começou, com voz ofegante e sensual. Ela passou um dedo pelo peito dele, e o movimento despertou seu desejo por ela mais uma vez. Depois daquilo, ele teria de se aliviar com as próprias mãos. Não aguentaria. Será que ela conhecia o próprio poder? — A única maneira de obter respostas minhas é se eu decidir entrar em outra aposta com você, o que, no momento, é improvável.

Então ela pegou as lapelas do paletó dele e as endireitou antes de se inclinar, assim como ele havia feito mais cedo no saguão, e sussurrar:

— Acho que vai se arrepender disso, Hades.

Os olhos dela se voltaram para a prímula vermelha no bolso do paletó dele, e quando ela roçou os dedos, as pétalas murcharam.

6

UMA ALMA POR OUTRA

Hades escoltou Perséfone para o andar de baixo. Queria garantir que ela aceitasse a carona e apresentá-la a Antoni, seu motorista.

O ciclope esperava pacientemente, de terno preto e gravata. Quando viu Perséfone, ele sorriu, e seus olhos brilharam.

— Lady Perséfone — disse Hades. — Este é Antoni. Ele vai garantir que você volte para casa em segurança.

Embora soubesse que o ciclope cuidaria dela, sentiu a necessidade de deixar isso claro, e encarou Antoni enquanto falava.

Ela é importante.

— Estou em perigo, milorde?

A pergunta dela chamou sua atenção, e Hades encontrou-a olhando para ele. Apesar do tom sarcástico na voz de Perséfone, Hades sentiu seu incômodo.

Ninguém vai te fazer mal, queria dizer, mas aquelas palavras só iriam inflamar o medo dela. Na verdade, Hades estava sendo excessivamente protetor. Talvez tivesse algo a ver com o mortal que ele havia torturado na noite anterior, o homem que ameaçou uma guerra com a Tríade.

— Só uma precaução — assegurou. — Não gostaria que sua mãe derrubasse minha porta antes de ter um motivo real para isso.

Eles se encararam por um longo momento antes de Antoni pigarrear e abrir a porta traseira do carro. Ambos olharam para Antoni, que apontou para o carro.

— Milady — falou Hades.

— Milorde. — Perséfone disse o título dele naquela voz calma e sussurrada. Isso o fez pensar em outras coisas: como ela diria o nome dele quando gozasse sob seu corpo?

Ela se virou e entrou no banco de trás do carro. Quando Antoni fechou a porta, ele olhou de soslaio para Hades. Hades conhecia aquele olhar, dizia *você vai me agradecer depois*, mas ele não tinha tanta certeza. Se Antoni não tivesse aberto a boca, ele talvez tivesse beijado a deusa do jeito que queria ter feito em seu escritório.

Mas talvez fosse disso que o ciclope o estivesse salvando, porque Hades não poderia garantir que fosse soltar Perséfone uma segunda vez.

Ele observou seu Lexus sair pela rua.

— Espero que você saiba o que está fazendo — disse Minta, inclinando-se na porta atrás dele. Estava bisbilhotando do vestíbulo enquanto ele via Perséfone partir.

Hades manteve os olhos no carro, quase fora de vista.

— O que você acha que eu estou fazendo?

— Incentivando-a — falou Minta. — Se você não tomar cuidado, ela vai se apaixonar por você.

Estava feliz por não estar olhando para a ninfa, porque um sorriso curvou seus lábios.

O Lexus finalmente sumiu de vista, e Hades se virou para Minta. As feições dela estavam contraídas, em parte devido ao brilho do sol e, em parte, por seu julgamento furioso.

— Tânatos estava procurando por mim, ou você estava espionando? — perguntou, referindo-se à sua intrusão anterior em seu escritório.

— Por que é que toda vez que te pego fazendo algo que não deveria, de repente sou uma espiã?

Hades não gostou daquelas palavras. A ninfa fingia que seu papel como assistente de alguma forma significava que era sua guardiã.

— E o que eu não deveria estar fazendo, Minta?

A ninfa cruzou os braços.

— Diga você, Hades. Teria beijado aquela mulher se eu não tivesse aparecido?

— Eu a beijei — respondeu ele. Os olhos da ninfa se arregalaram e depois se semicerraram enquanto ele prosseguia: — Se você viu algo de que não gostou, Minta, sugiro que, daqui por diante, bata na porta antes de entrar.

— Tânatos está esperando por você na sala do trono — disse, antes de sair batendo a porta.

Hades suspirou e se teleportou para o Submundo, onde encontrou Tânatos. O Deus da Morte era alto e esbelto, ostentava cabelos platinados e um par de chifres pretos de gaial. Hades gostava de Tânatos e confiava nele tanto quanto em Hécate. Era um deus bondoso e se importava com as almas. Tinha sido um dos maiores defensores delas, mais rei para elas do que Hades jamais fora.

Tânatos se curvou quando Hades apareceu, suas grandes asas pretas se arrastando como uma capa de seda.

— Milorde — disse, e quando se endireitou, os olhos azuis brilhantes encontraram os de Hades. — Temos um problema.

— O que é?

— As Moiras estão em alvoroço — explicou. — A tesoura de Átropos quebrou.

Hades ergueu a sobrancelha.

— Quebrou?

Tânatos assentiu.

— É melhor você vir.

O medo se acumulou no âmago de Hades, mas ele concordou e seguiu Tânatos até a ilha das Moiras. Encontrou as três irmãs em sua sala de tecelagem.

No centro da sala havia um globo preto brilhante em que milhões de fios haviam sido tecidos na superfície como uma tapeçaria. Cada fio representava uma pessoa — um destino — que as Moiras haviam tecido para a existência. Normalmente, as três irmãs sentavam-se em semicírculo em volta do globo. Cloto iniciava o Fio da Vida, tecendo-o na superfície do mapa, e quando fosse longo o suficiente, Láquesis começava seu trabalho, tecendo nele um destino, enquanto Átropos arrancava e desenrolava fios, determinando a morte de todas as almas, cortando suas linhas de vida com sua tesoura.

No entanto, quando Hades apareceu, Cloto e Láquesis estavam consolando Átropos, que chorava e soluçava com a cabeça afundada em suas mãos.

— Você tem que dar um jeito nisso, Hades! — exigiu Láquesis quando reparou na presença de Hades.

— Sim, tem mesmo! — gritou Cloto.

— Minha tesoura! Minha linda tesoura! — berrou Átropos.

— Não posso ajudar se não souber o que aconteceu — disse Hades, já frustrado com as três.

— Você não ouviu? — cuspiu Láquesis.

— A tesoura de Átropos quebrou! — Cloto fervilhava.

— Como? — Hades perguntou entre dentes, com os dedos se fechando em punhos. Ele estava perdendo a paciência, uma qualidade perigosa quando se tratava das Moiras. Hades sabia que teria que lidar com aquilo com cuidado, ou ficaria à mercê delas.

— Átropos? — insistiu Hades.

A moira demorou um instante até se acalmar. Então, ela falou, com seus olhos sombrios injetados de tanto chorar:

— Peguei um fio do globo, escolhi e teci uma morte. Só que quando fui cortar o fio, ele não se partiu. Tentei de novo, e de novo, e de novo, e de novo, até que minha tesoura quebrou.

Sua voz falhou, e ela começou a uivar novamente, um lamento horrível que perfurou os ouvidos de Hades e o fez se sentir violento. Respirou fundo e se segurou até se sentir um pouco menos assassino.

— O fio de quem? — perguntou Hades em seguida.

Respirando com dificuldade e choramingando, Átropos olhou para Hades novamente, com um olhar feroz e descontrolado. Ele reconheceu o sentimento: era o olhar de uma deusa, pronta para a vingança.

— É um mortal que tenta trapacear a morte! — fumegou. — Sísifo de Éfira.

Hades fez uma careta para o nome, e uma sensação sombria penetrou o seu peito. O mortal da empresa pesqueira. Não era de todo surpreendente que o homem de alguma forma tivesse conseguido encontrar uma maneira de desafiar as Moiras. Ele tinha contatos no submundo do crime da Nova Grécia, bem como na Tríade. Provavelmente tentara várias opções — poções mágicas e feitiços lançados por magos, mortais que praticavam magia das trevas, ou até mesmo relíquias — até encontrar algo que funcionasse.

— Dê um jeito nisso, Hades! — exclamou Cloto.

— Encontre-o! — gritou Láquesis.

— Dê um jeito nisso; encontre-o, Hades — disse Átropos. — Ou vamos desfiar a Deusa da Primavera da sua vida!

— Sim — todas sibilaram em uníssono. — Ou vamos desfiar a Deusa da Primavera da sua vida!

Então vocês vão começar uma guerra.

Os olhos de Hades faiscaram, e ele quase verbalizou a ameaça — a promessa — que estava fazendo naquele momento, quando as irmãs começaram a gritar.

Levou um instante até que Hades descobrisse o porquê, mas finalmente localizou a fonte de sua agonia. Um fio subira à superfície do globo entre eles e se desintegrou — e não foi devido à vontade das Moiras.

Uma alma por outra, pensou Hades. O universo teria equilíbrio, mesmo contra a vontade dos deuses.

— Tânatos — disse Hades, voltando-se para o Deus da Morte. Era uma ordem: — *Leve-nos a essa alma moribunda.*

O deus obedeceu, e os dois se viram no Mundo Superior do lado de fora de um apartamento em ruínas no distrito da Macedônia.

Hades reconheceu o cheiro da morte imediatamente: pungente, fétido e tangível. Era um odor ao qual nunca se acostumara, que tomou conta de sua mente e o enviou de volta aos seus primeiros dias no campo de batalha sangrento, onde ele conhecera toda a variedade dos cheiros de putrefação.

Trocou um olhar com Tânatos. Tinham chegado tarde demais.

Hades tocou a porta, e ela se abriu. Dentro, jazia um homem. Estava esparramado no chão, de bruços e com os braços abertos. Era como se ele tivesse acabado de entrar em sua casa e desmaiado, sem vida.

— Só deveria morrer daqui a um ano — disse Tânatos. Embora não fosse incomum que mortais tivessem mortes inesperadas, até essas mortes eram orquestradas por Átropos.

E alguém havia negado a ela esse direito.

Hades olhou longamente para o cadáver. O homem era jovem, mas seu rosto estava cheio de cicatrizes e cascas de feridas, e havia marcas e hematomas na dobra de seu braço.

Evangelina, pensou o deus com tristeza.

— Nome? — perguntou Hades.

— Alexandre Sotir — disse Tânatos. — Trinta e três anos.

Hades franziu a testa. Uma pontada no peito o pegou desprevenido, mas ele reconheceu o que era: tristeza. Gostaria de ter ajudado aquele homem a superar seu vício.

— Hades — disse Tânatos. — Olhe.

Hades viu os arranhões pretos no chão; estavam molhados e pareciam indicar que algo tinha sido arrastado. Hades os seguiu, e o que encontrou no canto da sala o enfureceu.

Era a alma de Alexandre, no chão em posição fetal, toda quebrada e machucada. Parecia mais esquelética do que humana. A pele em volta da alma era como uma membrana, enegrecida e pastosa. O estado da alma revelou para Hades duas coisas sobre a causa da morte: tinha sido traumática e não natural.

Hades tinha visto poucas almas naquele estado, e sabia que não havia esperança. Aquela alma não tinha chance de cura, nenhuma chance de reencarnar.

Aquele era o seu fim.

— Fale com Elias — indicou Hades para Tânatos. — Quero saber qual é a conexão de Sísifo com este homem.

— Sim, milorde — disse Tânatos. — Devo...

— Vou cuidar dele — disse Hades rapidamente.

— Muito bem — Tânatos assentiu e desapareceu, deixando Hades sozinho com a alma.

O deus ficou ali por um instante, incapaz de se mover. Não tinha dúvidas de que isso continuaria a acontecer. Será que cada morte quebraria uma alma? Será que cada morte desgastaria outro fio que o ligava à sua futura rainha?

Ele só tinha certeza de uma coisa: encontraria Sísifo e ceifaria sua alma pessoalmente.

Hades se ajoelhou, recolheu a alma em seus braços, e teleportou-se para os Campos Elísios. Apesar do fardo daquele dia, havia paz no silêncio daquele lugar, na forma como o vento movia a grama dourada. Era um espaço reservado para a cura, e embora Hades soubesse que a alma de Alexandre jamais se recuperaria dos traumas, ele lhe daria o melhor fim possível.

Sob o brilho do céu azul, Hades acomodou a alma sob as folhas de uma romãzeira, carregada de frutos carmesins.

— Descanse bem — disse ele, e no instante seguinte, a sombra se transformou em uma faixa de papoulas vermelhas.

Hades trocou a paz dos Campos Elísios pelo horror do Tártaro, ao se teleportar para a parte de seu reino carinhosamente conhecida como a Caverna. Era a parte mais antiga de seu reino, ostentava altíssimas formações rochosas, tapeçarias cintilantes e piscinas cristalinas de água gélida. A beleza natural era prejudicada pelos apelos desesperados das almas que eram torturadas ali; parte da miséria jazia nos gritos ecoantes que repercutiam pelos tetos altos.

Hades se aproximou de uma das lajes de pedra, onde Duncan estava esticado com os pulsos e tornozelos acorrentados. Ele havia sido despido, e um pano cobria a sua virilha. Arquejava rapidamente, de tanto medo. Sua pele áspera e marcada estava coberta de suor. Ele virou a cabeça e encontrou o olhar de Hades, seus olhos arregalados de desespero.

— Milorde, eu sinto muito. Por favor...

— Você bateu em uma mulher — disse Hades, cortando-o. — Uma que não fizera mal algum, exceto por algumas palavras mordazes.

— Isto jamais tornará a acontecer! — O ogro começou a se debater contra as amarras, ofegante à medida que a histeria se instalava.

Os lábios de Hades se curvaram em um sorriso diabólico.

— Ah, disso eu tenho certeza — respondeu, e uma lâmina preta se materializou em sua mão. O Rei do Submundo inclinou-se sobre o ogro e pressionou a lâmina contra sua barriga protuberante. — Pois a deusa que você tocou, que tentou sufocar, em quem deixou uma marca, será minha esposa.

Assim que Duncan gritou sua última objeção, Hades afundou a faca na barriga do ogro.

— Eu não sabia! — gritou Duncan.

Hades arrastou a faca para baixo e fez um corte fundo para expor o fígado da criatura e assim atrair abutres para se banquetearem com ele, mas, quanto mais Duncan se repetia — *Eu não sabia, eu não sabia* —, mais furioso Hades ficava. Quanto mais ele pensava em Perséfone, ágil e impotente, suspensa pela garganta na mão do ogro, mais sua raiva desabrochava. Ele afundou a lâmina na barriga do ogro uma vez, duas, de novo, e de novo, até que o monstro parasse de falar, até que poças de sangue escorressem de sua boca, até que estivesse morto.

Por último, Hades cortou as mãos do ogro e, quando terminou, recuou, respirando com dificuldade, o rosto salpicado de sangue.

Aquilo não tinha sido uma tortura.

Tinha sido uma execução.

Hades deixou cair a lâmina como se ela o queimasse e colocou as mãos atrás da cabeça. Fechou os olhos e respirou fundo até se sentir calmo novamente. Ele era louco, doente e violento. Como sequer poderia pensar que um dia seria digno de amor?

O pensamento era risível, e sua esperança era egoísta.

E então ele se deu conta de que a única maneira de ficar com Perséfone era se ela nunca descobrisse aquele lado dele. O lado que ansiava por brutalidade e derramamento de sangue.

Mais tarde naquela noite, Tânatos encontrou Hades em seu escritório e ofereceu um pacote embrulhado em pano branco.

— A tesoura de Átropos — disse ele.

Hades a levaria a Hefesto para que o Deus do Fogo pudesse restaurá-la.

Os dois estavam calados, cada um absorto em seus próprios pensamentos.

Depois de um momento, o Deus da Morte falou:

— Que tipo de poder destruiria a magia das Moiras?

— O poder delas mesmas — respondeu Hades.

O que significava que era mais do que provável que Sísifo de Éfira tivesse encontrado uma relíquia.

Após a Grande Guerra, catadores coletaram artigos do campo de batalha: pedaços de escudos, espadas, lanças, tecidos. Tratava-se de artigos que continham resquícios de magia e que ainda poderiam representar uma ameaça se caíssem em mãos erradas. Durante anos, Hades se ocupara de tirar de circulação as relíquias vendidas no mercado ilícito, mas havia milhares, e às vezes era preciso que ocorresse um desastre para que se descobrisse quem estava de posse de uma delas.

Um desastre como Sísifo de Éfira.

De maneira alguma Hades deixaria um mortal como aquele enganá-lo e impedi-lo de conhecer o amor.

Mais cedo, Elias trouxera um arquivo, que confirmava as suspeitas de Hades: Alexandre Sotir era viciado em evangelina e estava endividado com seu traficante, Sísifo, mas ligar esses dois pontos de nada serviria até que o deus localizasse o mortal.

— O que você vai fazer? — indagou Tânatos.

— Visitar o Olimpo — respondeu Hades, estremecendo.

7

MONTE OLIMPO

O Olimpo era uma cidade de mármore no topo de uma montanha. Era brilhante, bonito e vasto. Várias passagens estreitas passavam por um pátio cercado de estátuas dos Olimpianos, levando a casas e lojas onde viviam semideuses e seus servos.

Como os deuses e o Submundo, o Olimpo também se expandira. Zeus havia ordenado a instalação de um estádio e de um teatro além do ginásio, onde os deuses treinavam e os mortais lutavam ou se apresentavam para eles. Era um dos passatempos favoritos de Zeus e uma prática que não havia mudado, embora o Deus do Trovão agora vivesse na Terra.

Hades não costumava se aventurar no Olimpo. Mesmo antes da Grande Descida, era um lugar que ele preferia evitar, assim como Olímpia — o novo Olimpo —, mas havia alguns deuses que ainda residiam nas nuvens, entre eles Atena, Héstia, Ártemis e Hélio.

Era Hélio quem Hades queria ver naquele momento, o Deus do Sol, um dos poucos Titãs que não moravam no Tártaro.

Hades encontrou Hélio descansando na Torre do Sol, um santuário feito de mármore branco e ouro, que se erguia sobre os outros edifícios do Olimpo; um pilar que atravessava as nuvens. A superfície brilhava com sua própria luz interna, como o sol refletido na água. Era de lá que ele lançava sua carruagem dourada puxada por quatro cavalos pelo céu e para onde retornava à noite.

O Titã descansava em um trono de ouro, com a cabeça apoiada no punho como se estivesse entediado e não exausto por conta do seu trabalho. Vestia uma túnica roxa, e o cabelo louro platinado caía em ondas sobre os ombros, a cabeça coroada com a auréola do sol.

Hélio piscou lentamente para Hades, seus olhos caídos da cor de âmbar.

— Hades — falou, reconhecendo-o com um aceno preguiçoso, sua voz profunda e ressonante.

— Hélio. — Hades inclinou a cabeça.

— Você deseja saber onde o mortal Sísifo está escondido.

Hades não disse nada. Não ficou surpreso por Hélio saber o motivo de sua visita, pois era precisamente por isso que Hades estava ali. Hélio era onividente, o que significava que ele via tudo o que ocorria na Terra.

A questão era a seguinte: será que ele decidira prestar atenção, e será que decidiria compartilhar a informação com Hades naquele momento?

Hélio era um babaca notório.

— Ele não está se escondendo. Eu o vejo agora — respondeu o deus.

— *Onde*, Hélio? — perguntou Hades entre dentes.

— Na Terra — respondeu o Titã.

Como havia lutado ao lado dos Olimpianos durante a Titanomaquia, o Deus do Sol sentia que qualquer ajuda que oferecesse após a vitória deles era um favor, e um favor que ele não precisava fazer se não quisesse.

— Não estou com humor para seus jogos — disse Hades, sombrio.

— E não estou com disposição para receber visitas, mas todos devemos fazer sacrifícios.

Uma pontada de raiva percorreu o corpo de Hades e se manifestou em um conjunto de estacas pretas ejetadas de sua mão. Hélio sorriu.

— Posso ver que você ainda tem dificuldade para controlar a raiva. Como vai esconder sua verdadeira natureza da filha de Deméter? Encontrará mais almas para torturar?

— Talvez eu comece pelo seu filho.

A boca de Hélio se crispou. Seu filho, Faetonte, estava no Submundo havia muito tempo. O menino ingênuo havia tentado dirigir a carruagem de seu pai e perdera o controle dos cavalos. Foi derrubado por Zeus depois de causar grande destruição na Terra.

— Ele era um garoto burro que cometeu uma estupidez — disse Hélio, descartando a ameaça de Hades.

— Este mortal é um assassino, Hélio — asseverou Hades, tentando novamente.

— Não somos todos?

Hades lançou um olhar de fúria. Deveria saber que o apelo não funcionaria. Hélio não tinha nenhum senso real de injustiça, pois ajudara sua neta, Medeia, a fugir para Corinto depois que ela matou seus próprios filhos.

— É uma barganha que você quer? — perguntou Hades.

— O que eu quero é ser deixado em paz — retrucou Hélio em um tom mais grave do que o de qualquer coisa que ele tinha dito desde que Hades chegara. — Se quisesse me envolver em assuntos mortais, eu teria descido com o resto de vocês.

— No entanto, você se vale das terras deles para criar seu gado — apontou Hades, notando a sombra que passou sobre os olhos âmbar de Hélio.

Havia encontrado a fraqueza do Titã.

— Talvez eu tenha errado em mencionar seu filho, uma vez que você se importa mais com seus animais.

Hélio apertou os braços de seu trono. Pela primeira vez desde que Hades chegara, o deus se empertigou.

Hélio idolatrava seus bois, também chamados de Gado do Sol. Eram imortais, e ele os mantinha na ilha da Sicília, sob a guarda de duas de suas filhas. Qualquer um que os prejudicasse incorreria em sua ira. Odisseu e seus homens aprenderam isso na marra.

Mas Hades não temia a ira de Hélio, nem quando se tratava de um mortal que se atrevera a trapacear a morte, muito menos para salvar seu destino com Perséfone.

— Você tem sede de sangue, Hades.

— Se você está me perguntando se vou abater algumas cabeças de gado para conseguir o que quero, então sim, tenho sede de sangue — respondeu Hades. — Vou me deleitar pensando em sua agonia enquanto me sento em meu trono com cinquenta dos seus bois no Submundo.

Um silêncio tenso se seguiu à ameaça de Hades, e ele podia ver e sentir a raiva de Hélio. Queimava nos olhos tão quente quanto os raios do sol.

— O homem que você procura está sendo protegido por seu irmão.

Hades já sabia que não era Zeus; o Deus do Trovão nunca protegeria um mortal que tivesse quebrado uma de suas leis mais estimadas.

— Poseidon — sibilou Hades.

Hades não se dava com nenhum de seus irmãos, mas se tivesse que escolher um para sacrificar, seria Poseidon. O Deus do Mar era ciumento, ambicioso e violento. Não gostava de compartilhar o poder sobre o Mundo Superior com Hades ou Zeus, e mais de uma vez tentara derrubar o Rei dos Deuses, mas todas as tentativas fracassaram.

— Você não vai perturbar meu gado — disse Hélio. — Estamos entendidos, Hades?

Hades semicerrou os olhos, mas não disse nada. Ao dar meia-volta para deixar a Torre do Sol, ouviu Hélio chamar.

— Hades!

Hades voltou ao seu escritório na Nevernight. Considerou ir direto para Atlântida, ilha e lar de seu irmão, e exigir que ele contasse onde estava escondendo Sísifo; mas conhecia Poseidon, e sabia que a violência que ele nutria era maior do que a raiva que Hades tentava manter sob controle. Qualquer acusação dirigida a seu irmão, mesmo que fosse verdadeira, enfureceria o deus. Ao final do encontro, milhares estariam mortos.

Hades não pôde deixar de pensar na alma de Alexandre, partida demais para ser reparada. Uma só alma ceifada antes do tempo já era demais, e o deus sabia que haveria mais delas se não agisse rápido. Hades tinha que bolar um plano diferente, algo que lhe rendesse a verdade de que ele precisava e evitasse a destruição. Seus olhos foram atraídos para o pacote branco que ele havia deixado sobre sua mesa: a tesoura de Átropos.

Talvez Hefesto tivesse uma solução. Ele pegou o pacote para teleportar, quando Minta bateu em sua porta e já foi entrando devagar em seu escritório.

— Entrar antes de ser convidada anula o propósito de bater — asseverou Hades, frustrado pela interrupção. — Estou ocupado.

— Diga isso à sua amante — rebateu Minta. — Ela está lá embaixo.

As sobrancelhas de Hades se franziram.

— Perséfone está aqui?

Ela só deveria chegar à noite para a sua visita ao Submundo. Uma sensação estranha desabrochou no peito de Hades. Parecia algo excitante, quase como esperança, mas quando ele foi até as janelas que davam para a pista da Nevernight, esses sentimentos se tornaram mais sombrios. Perséfone viera acompanhada de um homem que Hades reconheceu imediatamente: Adônis, o mortal favorito de Afrodite.

Os olhos de Hades se turvaram.

— Eu disse que isso ia acontecer — provocou Minta. — Você deu confiança, e agora ela acha que pode exigir uma audiência. Vou dizer que você está... indisposto.

— Você não vai dizer nada. — Hades a deteve. — Traga-a até mim.

Minta ergueu uma sobrancelha.

— O homem também?

A provocação funcionou, porque Hades não pôde deixar de responder com um sibilo amargo:

— Sim.

Minta soltou uma risada abafada e saiu. O olhar de Hades se voltou para o andar de baixo.

Perséfone estava afastada de Adônis, os braços cruzados. Apesar de sua audácia, Hades queria vê-la, especialmente depois da ameaça das Moiras. Mandá-la embora seria um castigo autoinfligido. Além disso, queria saber por que ela viera com um mortal a tiracolo.

Quando Minta apareceu lá embaixo, ele se afastou da janela, colocou o pacote de Láquesis de lado e serviu-se de uma bebida. Se não tivesse algo para distraí-lo, andaria de um lado para o outro, e preferia não externar o caos de sua mente naquele momento.

Quando Minta voltou com Perséfone e Adônis a reboque, Hades se posicionou perto das janelas novamente. Ele mal registrou a aproximação de Minta, porque seus olhos se fixaram em sua deusa no instante em que ela entrou no escritório.

— Perséfone, milorde — anunciou Minta.

A deusa estava determinada. Dava para ver em sua expressão, a cabeça inclinada, os lábios pressionados em uma linha dura. Ela viera atrás de alguma coisa, e Hades se viu ansiando por um momento em que ela se aproximasse dele com um sorriso, sem reservas ou hesitações, porque o queria, e nada mais.

— E... seu *amigo*, Adônis — prosseguiu Minta.

À menção do nome do mortal, o humor de Hades piorou, e ele olhou para Adônis, cujos olhos se arregalaram sob seu escrutínio. Ele achou estranho que Afrodite tomasse aquele homem como amante, dada a sua atração por Hefesto. Eles eram opostos completos... e aquele mortal, intocado pelos sofrimentos do mundo. Sua pele era lisa, seu cabelo, brilhante e não chamuscado pela forja, seu rosto, jovem, como se deixar crescer a barba lhe fosse um suplício. E então havia a alma dele.

Manipulador, enganador e abusivo.

Hades olhou de soslaio para Minta e meneou a cabeça.

— Está dispensada, Minta. Obrigado.

Com a saída de Minta, Hades tomou o restante de sua bebida e atravessou o escritório para encher seu copo. Não ofereceu a nenhum de seus dois visitantes, nem os convidou a se sentar. Não era educado, mas não estava interessado em parecer agradável.

Encostado na mesa e com o copo cheio, ele falou:

— A que devo esta... *intrusão*?

Os olhos de Perséfone se semicerraram com suas palavras e o tom, e ela levantou a cabeça. Hades não era o único com dificuldade de ser simpático.

— Lorde Hades — disse ela, tirando um bloco de anotações de sua bolsa. — Adônis e eu somos repórteres do *Jornal de Nova Atenas*. Estamos investigando várias reclamações sobre o senhor e gostaríamos de saber se poderia comentá-las.

Outra coisa que ele não sabia sobre sua futura noiva: sua ocupação.

Jornalista.

Hades detestava a mídia. Gastava muito dinheiro para garantir que nunca fosse fotografado e negava todos os pedidos de entrevista. Não recusava por ter coisas a esconder, embora houvesse muitas que preferia guardar para si; simplesmente sentia que se concentravam nos aspectos errados de sua vida — como seus relacionamentos —, e Hades preferia dar destaque a organizações que ajudavam cães, crianças e moradores de rua.

Levou o copo aos lábios e tomou um gole; era beber ou mostrar sua raiva de uma maneira pior.

— *Perséfone* está investigando — disse Adônis com uma risada nervosa. — Estou apenas... dando apoio moral.

Covarde, pensou Hades antes de se concentrar no bloco que Perséfone havia tirado de sua bolsa. Apontou para ele.

— Isso é uma lista das ofensas a mim?

Estaria mentindo se dissesse que não esperava aquilo. Ela era a filha de Deméter; só ouvira as piores coisas sobre ele. Hades sabia disso porque ela tinha olhado com muito ódio quando descobriu quem ele era na noite do jogo de cartas.

Perséfone leu alguns dos nomes na lista: *Cícero Sava, Damen Elias, Tyrone Liakos, Chloe Bella*. Ela não fazia ideia do que significavam para ele, nem como o faziam se sentir. Já Hades se lembrava dos seus fracassos. Cada nome representava um mortal que havia feito uma barganha com ele, e cada um havia recebido termos na esperança de superar o vício que pesava em sua alma, mas nenhum deles teve sucesso, o que resultou em sua morte.

Ele ficou aliviado quando ela parou de ler a lista, mas então ela olhou para cima e perguntou:

— Você se lembra dessas pessoas?

De cada detalhe de seu rosto e de cada preocupação em sua alma.

Mais uma vez, tomou um gole de sua bebida.

— Lembro de cada alma.

— E de cada barganha?

Aquela não era uma conversa que ele queria retomar, e não pôde evitar a frustração na voz enquanto falava, zangado por ela estar trazendo aquilo à tona.

— O ponto, Perséfone. Vá direto ao ponto. Não se incomodou com isso no passado, por que agora?

Ela corou, e a tensão entre eles aumentou; era uma coisa sólida, que ele destruiria se pudesse. Isso fez seus pulmões doerem e seu peito ficar apertado.

— Você concorda em oferecer aos mortais tudo o que eles desejam se jogarem com você e ganharem.

Ela fez parecer que ele era um predador, como se os mortais não implorassem pela chance de jogar.

— Nem todos os mortais e nem todos os desejos — disse ele.

— Ah, perdão, você é seletivo nas vidas que destrói.

— Eu não destruo vidas — asseverou Hades. Ele oferecia uma maneira para os mortais melhorarem suas vidas, mas, uma vez que saíssem de seu escritório, ele não tinha controle sobre suas escolhas.

— Só divulga os termos do seu contrato depois de ganhar! Isso é manipulação.

— Os termos são *claros*: sou eu quem determina os detalhes. Não é manipulação, como você diz. É uma aposta.

— Você desafia o vício deles. Revela seus segredos mais sombrios...

— Eu desafio o que está destruindo a vida deles. É escolha deles conquistar ou sucumbir.

— E como conhece o vício deles? — perguntou ela.

Um sorriso perverso cruzou o rosto de Hades, e de repente ele pensou que entendia por que ela estava ali, por que estava fazendo aquelas acusações contra ele: porque agora Perséfone era uma de suas apostadoras.

— Eu vejo a alma dos mortais — falou. — O que os sobrecarrega, o que os corrompe, o que os destrói e os desafia.

— Você é o pior tipo de deus!

Hades se encolheu.

— Perséfone... — Adônis disse o nome dela, mas sua voz foi abafada pela reação de Hades.

— Estou ajudando esses mortais — argumentou o deus, dando um passo deliberado em direção a ela. Não era culpa dele se ela não gostasse de sua resposta.

Ela se inclinou para ele, exigindo:

— Como? Oferecendo uma barganha impossível? Se abstenha do vício ou perca a vida? Isso é completamente absurdo, Hades.

Os olhos dela brilharam, e ele notou que seu domínio sobre a ilusão de Deméter vacilava quanto mais irritada ela ficava.

— Já tive sucesso.

Ela saberia disso se não estivesse tão ansiosa para enxergar somente o mal nele. Não era essa a marca de um bom jornalista? Compreender e entrevistar todos os lados?

— Ah, é? E qual foi esse sucesso? Suponho que não importa, já que você ganha de qualquer maneira, certo? Todas as almas vêm para você em algum momento.

Ele se aproximou dela, com sua frustração fervendo. Nesse momento, Adônis se colocou entre os dois, e Hades fez o que queria fazer desde que o mortal entrara em seu escritório: ele o paralisou e o jogou para o chão, inconsciente.

— *O que você fez?* — Perséfone exigiu saber, e tentou alcançar Adônis, mas Hades pegou-a pelos pulsos e puxou-a contra si. Suas palavras foram ásperas e apressadas.

— Presumo que você não queira que ele ouça o que tenho a dizer. Não se preocupe, não vou pedir um favor para apagar a memória dele.

Ela olhou feio para ele.

— Ah, que gentil da sua parte — zombou, arquejando com cada respiração raivosa.

Naquele momento Hades tomou consciência da proximidade entre eles e se lembrou do beijo do dia anterior. O Deus dos Mortos sentiu um calor percorrer seu corpo e seus olhos se fixaram nos lábios de Perséfone.

— Que liberdades você tomou com meu favor, Lady Perséfone. — Sua voz estava controlada, mas ele sentia tudo menos calma. Por dentro era um ser bruto e primitivo.

— Você nunca especificou como eu deveria usar seu favor.

— Não especifiquei, mas esperava que você soubesse que não deveria arrastar *este* mortal para o meu reino. — Hades olhou de soslaio para Adônis.

Os olhos dela se arregalaram de leve.

— Você o conhece?

Hades ignorou a pergunta; ele voltaria àquele assunto mais tarde. Por enquanto, em primeiro lugar, ia questionar o motivo de ela ter vindo a Nevernight.

— Você planeja escrever uma história sobre mim? — Ele se pegou inclinando o corpo sobre o dela. Agora segurava Perséfone com mais força, seus corpos estavam unidos. Mais perto que isso só se estivesse dentro dela, um pensamento que lhe deu um calafrio e deixou seu pau duro. — Me diga, Lady Perséfone, vai detalhar suas experiências comigo? Como você imprudentemente me convidou para a sua mesa, me implorou para te ensinar a jogar cartas...

— Eu não implorei!

— Você poderia falar sobre como enrubesce da cabeça aos pés na minha presença e como eu te faço perder o fôlego...

— *Cala a boca!*

Ele se divertia com o fato de ela não querer ouvir aquilo, enquanto de todas as outras formas indicava seu desejo por ele, seu corpo traía suas palavras, flexível sob as mãos dele, e Hades sabia que se deslizasse a mão por entre as coxas dela, ali estaria quente e molhada.

— Você vai falar do favor que te fiz, ou está muito envergonhada?

— *Para!*

Ela se afastou, e ele a soltou. Perséfone cambaleou para trás, respirando com dificuldade; sua linda pele, corada. Embora não demonstrasse, Hades também estava desconcertado.

— Pode me culpar pelas escolhas que fez, mas isso não muda nada — disse Hades, e sentiu que estava questionando a verdadeira razão pela qual ela viera: para dizer que seu acordo era injusto, por vingança. — Você é *minha* por seis meses. E isso significa que, se escrever sobre mim, haverá consequências.

— É verdade o que dizem sobre você. Você não dá ouvidos a nenhuma oração. Não concede nenhuma misericórdia.

Sim, meu bem, pensou ele, com raiva. *Acredite no que todos dizem sobre mim.*

— Ninguém ora ao Deus dos Mortos, milady, e quando o faz é tarde demais.

Ele terminou a conversa. Tinha compromissos, e ela havia desperdiçado seu tempo com suas acusações.

Hades acenou com a mão e Adônis acordou ofegante. Ele se sentou rapidamente, parecendo estupefato. Hades achava tudo nele irritante, e quando seus olhares se encontraram, Adônis ficou de pé, pediu desculpas e baixou a cabeça.

— Não responderei mais nenhuma das suas perguntas — falou Hades. — Minta vai mostrar a saída.

Ele sabia que a ninfa esperava nas sombras. Ela jamais os deixara sozinhos de fato, e ele odiou o olhar presunçoso em seu rosto quando ela entrou em seu escritório pelo Submundo. Talvez tenha sido isso que o fez chamar sua deusa antes que ela partisse.

— Perséfone — Esperou até que ela o encarasse. — Vou adicionar o seu nome à minha lista de convidados esta noite.

Ela ergueu as sobrancelhas, provavelmente tinha pensado que o convite que recebera para visitar o reino dele seria revogado depois de seu comportamento, mas aquele convite era importante, agora mais do que nunca. Só assim ela enxergaria a verdadeira face dele.

Um deus desesperado por paz.

8

NA ILHA DE LEMNOS

Hades encontrou Afrodite esperando por ele nos degraus de sua mansão na ilha de Lemnos. Era uma bela casa, construída pelo próprio Hefesto, com uma mistura de linhas modernas, filigrana intrincada e paredes repletas de janelas que ofereciam uma vista de cada nascer do sol glorioso e do pôr do sol encantador.

Aquela ilha era um lugar sagrado para Hefesto. Foi ali que ele aterrissou quando Hera o expulsou do Olimpo. Como resultado da queda, ele quebrou a perna, e o povo de Lemnos cuidou dele. Mesmo depois de ser convidado a voltar ao Olimpo, o deus preferiu ficar, pois havia construído uma forja, ensinado ao povo o ofício da metalurgia e conquistado adoradores. Hades sempre considerou o fato de o Deus do Fogo estar disposto a compartilhar esta ilha com Afrodite um sinal de seu amor, mas nunca revelou a ela seus pensamentos... de todo modo, ela provavelmente não prestaria atenção.

— Veio se render? — perguntou Afrodite. Usava um vestido que parecia o interior de uma concha e uma túnica de espuma do mar debruada com penas esvoaçantes. Seu cabelo dourado brilhava e caía como ondas do mar em suas costas.

— Vim para falar com seu marido — respondeu Hades.

— Não o chame assim — retrucou, seus olhos brilhando com raiva.

— Por quê? Zeus concedeu seu divórcio?

— Ele se recusou — disse, e desviou o olhar em direção ao mar, onde o sol estava baixo no céu. Ela fez uma pausa por um instante, e Hades reconheceu o que significava aquele silêncio: tempo para se recompor. O que quer que estivesse prestes a compartilhar era difícil para ela. — Mesmo depois que Hefesto concordou que era melhor.

Maldito Hefesto, pensou Hades. Quando se tratava de dizer a coisa certa, o Deus do Fogo era pior do que ele.

— Ele não expressou uma *gota* de raiva quando eu disse o que tinha feito — prosseguiu Afrodite, tornando a olhar para Hades. — Ele trabalha numa forja o dia todo e não tem um pingo de fogo dentro de si mesmo.

— Você já considerou que ele não estava com raiva porque era algo que ele esperava?

Afrodite lançou um olhar fulminante, e Hades explicou:

— Você admitiu que nunca teve um casamento, Afrodite. Por que esperaria que Hefesto sentisse falta do que ele nunca teve?

— O que você sabe, Hades? Você também nunca teve um casamento.

Hades reprimiu o desejo de revirar os olhos. Todas as suas conversas com Afrodite terminavam com ela rejeitando levianamente sua opinião ou conselho e jogando na cara dele a solidão.

Por que sequer me dou o trabalho?

— Hefesto está em seu laboratório — disse Afrodite. Ela se virou, e seus pés descalços se moveram sobre os degraus de mármore.

Hades foi atrás. Ela não entrou em casa, pegando uma passarela que cortava um jardim cheio de flores tropicais brilhantes e gramados ornamentais. O caminho levava a uma ponte de vidro que ligava a mansão a uma ilha vulcânica onde Hefesto mantinha sua oficina, esculpida na maior montanha.

A oficina continha uma forja no nível inferior e um laboratório no nível superior, onde ele fazia experimentos com tecnologia e encantamentos. Ao longo dos anos, o Deus do Fogo criara armaduras e armas, palácios e tronos, correntes e carruagens... e pessoas. A mais famosa foi Pandora, que ele moldou e esculpiu do barro. Mais tarde, ela seria usada como bode expiatório, uma maneira de Zeus punir a humanidade. Hades nunca perguntou a Hefesto sobre o destino dela, mas tinha a sensação de que aquilo ainda aflige o deus.

— Ele está trabalhando em um projeto. Abelhas — contou Afrodite enquanto caminhava, com certo tom de admiração em sua voz. — São mecânicas, resistentes a doenças.

Abelhas estavam morrendo a um ritmo alarmante por várias razões: parasitas e pesticidas, má nutrição e questões ambientais. Os problemas com o meio ambiente podiam ser atribuídos a Deméter, pois a Terra tendia a sofrer quando ela estava de mau humor. Hades sentiu que aquilo era uma jogada estratégica da deusa, pois a perda de abelhas significava menos produção de alimentos, e consequentemente safras saudáveis dependiam da Deusa da Colheita.

As criações de Hefesto garantiriam que os mortais — e as abelhas — não estivessem à mercê de uma deusa. Por outro lado, suas criações poderiam ser interpretadas como uma afronta à deusa.

— Foi Hefesto quem te disse isso? — perguntou Hades com curiosidade, porque aquilo significaria que eles estavam se falando.

— Não — respondeu Afrodite, hesitando por um instante, como se quisesse dizer algo, mas ficou calada.

— Então você andou espionando? — indagou Hades, erguendo a sobrancelha.

Afrodite crispou os lábios.

— De que outra forma eu vou saber o que meu marido está fazendo?
— Você poderia... *perguntar* — sugeriu Hades.
— E receber um monossílabo como resposta? Não, obrigada.
— O que você esperava descobrir ao espionar ele?

Um silêncio pesado seguiu sua pergunta. Finalmente, ela respondeu:

— Pensei que ele pudesse estar me traindo.

Hades não pôde evitar; fez uma pausa para rir. Afrodite virou-se para encará-lo.

— Não tem graça! — retrucou. — Se ele não está me comendo, deve estar comendo alguém.

Hades ergueu a sobrancelha.

— Foi isso o que você descobriu ao espioná-lo?

Afrodite suspirou e desviou o olhar.

— Não.

Parecia decepcionada, como se preferisse que Hefesto estivesse sendo distraído por mulheres em vez de por coisas.

— Hum — murmurou Hades, e Afrodite lhe lançou um olhar contundente antes de prosseguirem até a entrada do laboratório.

— Os ciborgues vão te levar lá — disse ela.

Hades semicerrou os olhos, desconfiado de sua saída rápida.

— Você não vai sair só para espionar, vai?

Afrodite revirou os olhos e cruzou os braços.

— Tenho coisas melhores para fazer, Hades.

Ele considerou desafiar a resposta dela, mas achou melhor não. Entrou no laboratório de Hefesto sozinho.

Lá dentro, encontrou uma sala cavernosa cheia de invenções: escudos, lanças, armaduras, elmos, peças de ferro intricadas, tronos inacabados, humanos robóticos e cavalos. No centro de tudo, trabalhando com as costas curvadas sobre uma mesa de madeira, estava o Deus do Fogo. Apesar das invenções modernas de Hefesto, sua área de trabalho e estética geral prestavam homenagem às suas raízes antigas. Sua barba loira era longa, e seu cabelo da mesma cor estava preso com uma tira de couro. Trabalhava sem camisa, expondo as cicatrizes na pele, e usava uma calça que ia até o meio da panturrilha.

— Lorde Hades — disse Hefesto enquanto o outro se aproximava, e continuou a trabalhar, soldando uma placa de circuito. Hefesto era provavelmente o único deus que, por respeito em vez de desdém, tratava seus iguais pelo título.

Depois de mais alguns minutos de trabalho, Hefesto largou as ferramentas e colocou óculos transparentes. Levantou-se e olhou para Hades com olhos cinzentos profundos. Hefesto era enorme, seu físico, esculpido como uma estátua de mármore. Quando chegara a Lemnos, quebrara a perna, que acabou sendo amputada. Em seu lugar havia uma prótese que ele mesmo havia projetado. Era de ouro mas minimalista, feita de formas geométricas. Mesmo não sendo fisicamente perfeito, talvez fosse o mais forte e definitivamente o mais inteligente dos deuses.

— Hefesto. — Hades fez um meneio, olhando para o metal e os fios espalhados pela mesa. Apesar de já saber para que serviam aquelas peças, perguntou: — No que está trabalhando?

— Em nada — disse rapidamente o deus.

Não surpreendeu Hades que Hefesto fosse discreto sobre seu trabalho. Nunca fora de tagarelar, mas depois de seu exílio e o escrutínio que enfrentara de outros deuses devido ao seu rosto cheio de cicatrizes e à sua deficiência, ficou ainda mais quieto.

— Não pode ser nada — retrucou Hades. — Não se parece com nada.

Hefesto piscou para o deus e então respondeu:

— Um projeto. — Ele pigarreou. — O que posso fazer por você?

Hades olhou à sua volta enquanto falava.

— Preciso dos seus talentos. Preciso de uma arma. Para subjugar a violência e encorajar a verdade.

Hefesto ameaçou sorrir.

— Parece um enigma — disse ele.

— Você não ouviu a última parte — devolveu Hades. — É para um olimpiano.

Hefesto ergueu a sobrancelha, mas, assim como Hades suspeitava, o Deus do Fogo não fez perguntas.

— Posso criar algo — disse ele. — Volte daqui a um dia.

Fez-se silêncio por um momento, e então Hades comentou:

— Sabia que Afrodite espiona você?

Hades sentiu-se um fofoqueiro. Não sabia por que estava contando a Hefesto o segredo de Afrodite. Talvez sentisse que era uma vingança pela barganha dela. Talvez esperasse que aquilo fizesse com que eles engatassem uma conversa, mas Hefesto não reagiu à notícia e manteve uma expressão passiva, desinteressada.

— Ela está desconfiada — disse.

— Ou curiosa — retrucou Hades, porque era verdade.

— Presumo que ela possa estar tanto desconfiada quanto curiosa — respondeu, virando as costas para Hades e tornando a se concentrar em seu trabalho.

Hades esperou apesar do silêncio e, por fim, Hefesto falou com uma voz baixa e áspera:

— Ela pediu o divórcio a Zeus. Ele não vai conceder.

— É o que você quer? — indagou Hades. — O divórcio?

Ele observou o perfil do deus, a forma como sua mandíbula se apertou e seus dedos se curvaram ao som da palavra. O Deus do Fogo então olhou para Hades, suas sobrancelhas franzidas, e havia uma sinceridade em seus olhos que Hades nunca havia percebido antes.

— Quero que ela seja feliz.

Hades apareceu no centro de um prado perfeitamente verde na ilha da Sicília, onde cinquenta vacas brancas puras pastavam. A poucos metros de distância, as filhas de Hélio, Faetusa e Lampécia, dormiam debaixo de uma figueira, com suas respirações ofegantes rompendo o silêncio da noite.

Hades teve que admitir: sentiu-se um pouco culpado pelo fato de que as duas teriam de enfrentar a ira de Hélio pela manhã, mas não o suficiente para deixar o pai delas impune por sua virulência.

Assim que Hades começou a escolher as melhores cabeças gado de Hélio para levar consigo para o Submundo, seu telefone tocou.

O telefone dele nunca tocava.

Há algo de errado.

— Pois não? — Ele atendeu rapidamente, apesar da probabilidade de que aquilo acordasse as duas irmãs.

Era Elias.

— Milorde — disse. — Lady Perséfone está desaparecida.

Nunca tinha sentido uma sensação de pavor tão aterrorizante quanto aquela. Sentiu tantas emoções de uma vez só: raiva, medo e preocupação. Queria saber por que Elias não tinha vigiado melhor, queria saber por onde a tinha procurado, queria ameaçar acabar com a vida dele caso a encontrasse em qualquer condição que não fosse intocada.

Mas ele conhecia Elias e, àquela altura, também conhecia Perséfone.

A linda e desafiadora Perséfone.

Ela não era de obedecer, especialmente quando recebia ordens.

— Chego aí em segundos — Hades respondeu e desligou.

Fez-se um breve de silêncio, no qual Hades lutou contra seus demônios internos. Aquele medo era irracional, mas revelava algo importante.

Se as Moiras de fato a levassem embora, o mundo não sobreviveria.

Depois de um instante, ele olhou para cima, observando as vacas brancas, e falou:

— Eu pretendia escolher somente as melhores entre vocês para se juntarem a mim em meu reino, mas parece que estou sem tempo.

Quando Hades desapareceu, todas as vacas no prado também desapareceram.

9

UM JOGO DE MEDO E FÚRIA

Assim que os pés de Hades tocaram o solo do Submundo, ele pôde sentir Perséfone. A presença dela em seu reino era como uma extensão dele mesmo: pesava em seu peito tanto quanto o fio que os conectava.

Ele se teleportou novamente e apareceu nos Campos do Luto, onde brotos de gladíolos brancos e orquídeas cresciam. Os campos já tinham sido reservados para aqueles que desperdiçaram suas vidas com amor não correspondido. Havia sido uma das decisões que Hades tomara logo no início de seu reinado, por conta de sua raiva contra as Moiras. Se não estava destinado a amar, então castigaria aqueles que haviam morrido por causa disso. Desde então, passara a mandar as almas que ali residiam para outras partes do Submundo, para preservar a bela paisagem do campo, pois era a vista que as almas tinham a caminho do Campo do Juízo.

A poucos metros de onde ele apareceu, deitada na margem do Estige, estava Perséfone. Ele tentou admirar a cena apesar de sua raiva: Perséfone estava de costas, com cabelo molhado e coberta com o manto dourado de Hermes, o material fino e metálico grudado em seu corpo úmido. Hermes estava ajoelhado diante dela, com os lábios curvados em um sorriso. Estava claramente interessado em Perséfone, e Hades viu o deus bater nos lábios, falar e fazer Perséfone rir.

Foi quando Hades decidiu separá-los.

Enviou uma explosão de poder em direção a Hermes, que saiu voando para o outro lado do Submundo. Ainda assim, Hades franziu a testa quando o outro não pousou tão longe quanto ele esperava, mas o impacto de seu corpo batendo no chão foi satisfatório o suficiente.

Hades caminhou em direção a Perséfone, que se levantou e se virou, esticando o pescoço para encontrar seu olhar. Ela deslocou o manto de Hermes para que caísse sobre os ombros, o que revelou o vestido que ela usara na casa noturna, fino e prateado, com um decote que deixava a entrever a curva de seus seios. Agora que o vestido estava molhado, ficou colado, o que acentuou as pontas de seus mamilos duros.

Malditas Moiras, pensou Hades quando uma queimação desceu de seu peito direto para sua virilha.

— Por que você fez isso? — perguntou Perséfone.

O deus franziu a testa e trincou os dentes. Não sabia dizer se era para reprimir sua reação ao corpo dela ou por ela estar com raiva do que ele fizera com Hermes.

— Você testa minha paciência, Deusa, e meu favor.

— Então você é uma deusa! — gritou Hermes com entusiasmo, rastejando para fora do buraco que seu corpo havia criado com o impacto.

Perséfone semicerrou os olhos, e Hades percebeu que ele só conseguiu deixá-la mais frustrada ainda ao desmascará-la.

— Ele manterá seu segredo, ou será enviado ao Tártaro — prometeu Hades, e confirmou sua ameaça ao lançar um olhar fulminante para o Deus da Trapaça, que se aproximava naquele momento, sacodindo a poeira e a sujeira de seu corpo. Hades achou divertido ver o deus todo desalinhado, pois Hermes se orgulhava do esmero com que mantinha sua boa aparência, assim como muitos outros deuses.

— Sabe, Hades, nem tudo tem que ser uma ameaça. Você podia tentar perguntar de vez em quando, assim como poderia ter me pedido para ficar longe de sua deusa aqui, em vez de me lançar até quase o outro lado do Submundo.

— Eu não sou a deusa dele! E você... — A voz de Perséfone estava carregada de desdém enquanto ela se levantava. Hades semicerrou os olhos, incapaz de expressar o quanto ele odiava que falassem com ele daquela maneira diante de outro olimpiano, especialmente Hermes. — Você poderia ser mais legal com ele. Ele me salvou do *seu* rio!

— Você não teria que ser salva do *meu* rio se tivesse esperado por mim!

— Certo, porque você estava *ocupado no momento*. Gostaria de saber o que isso significa.

Ela revirou os olhos.

Ela por acaso estava... com ciúmes?, se perguntou Hades.

— Devo pegar um dicionário?

Quando Hades ouviu a risada alegre de Hermes, ele se virou contra o deus.

— Por que você ainda está aqui?

Assim que as palavras saíram da boca dele, Perséfone cambaleou. Automaticamente, Hades estendeu a mão para ela, pegou-a pela cintura e ficou surpreso com seu gemido profundo.

Dor. Ela está com dor.

— O que aconteceu? — Ele não estava acostumado com a histeria crescente que estava sentindo; parecia uma coisa estranha que rasgava a sua pele.

— Eu caí na escada. Acho que... — Ele a observou respirar fundo propositalmente e gemer de dor. — Acho que machuquei minhas costelas.

Hades poderia descrever o que sentia naquele momento como raiva, mas era mais do que isso. Ele estava com *ódio* por ela ter se ferido em seu reino. Isso o deixou enjoado, frustrado, o fez sentir como se tivesse perdido o controle. Ficou surpreso ao notar o olhar de Perséfone suavizar, e, depois de um instante, ela sussurrou:

— Está tudo bem. Estou bem.

Mas ela não estava. Havia desmaiado em seus braços.

Então, Hermes disse:

— Ela também tem um corte bem feio no ombro.

Aquela sensação de que estava perdendo o controle ainda o consumia, e era pesada, como se ele tivesse sido jogado em um poço de piche. Sentiu sua mandíbula trincar a ponto de achar que ia quebrar os dentes, e então colocou Perséfone em seus braços tão delicadamente quanto pôde, apesar do caos em sua cabeça.

— Aonde estamos indo?

— Para o meu palácio — disse.

Se pudesse curá-la, pelo menos passaria a controlar de algum modo a situação, e ela estaria segura.

Teleportou-os para o seu quarto, e quando olhou para Perséfone, ela abriu os olhos. Por um instante, pareceu dispersa.

— Você está bem? — perguntou Hades, e ela encontrou seu olhar.

Quando ela assentiu, ele caminhou até sua cama, colocou-a na beirada e ajoelhou-se no chão diante dela.

— O que você está fazendo? — perguntou Perséfone.

Ele não respondeu; em vez disso, estendeu a mão para tirar o manto de Hermes dos ombros dela. Perséfone se acalmou com o toque dele, e Hades pensou em dizer a ela para respirar, mas decidiu que ela talvez estivesse reagindo à dor, não à presença dele. Não estava preparado para o que o manto escondia: o corte no ombro era tão profundo que dava para ver o osso.

Corte bem feio? Hermes havia subestimado grosseiramente a ferida.

Hades sentou sobre os calcanhares e analisou a ferida. Precisaria limpá-la antes de curá-la; caso contrário, poderia infeccionar. Embora fosse raro que um deus ficasse doente, não era impossível, e ele não se arriscaria. Não com ela.

Deixou seu olhar vagar pelo corpo dela, à procura de outras feridas. Os mortos que habitavam o Estige eram cruéis, suas garras e dentes, afiados, e eles retalhavam suas vítimas. Perséfone teve sorte de ter saído do rio só com um ferimento no ombro.

Poderia ter sido pior.

O pavor que ele sentia era concreto e doloroso, como bater contra uma parede de tijolos. Hades havia criado seu reino de modo que ninguém tivesse curiosidade de explorá-lo; no entanto, lá estava Perséfone, inquisitiva e imperturbável.

Só quando ela colocou o braço sobre o peito foi que Hades a encarou; não tinha percebido que estava olhando fixamente para ela. Ele se repreendeu e ficou de joelhos, parando a centímetros do rosto dela. Mesmo tendo quase se afogado no Estige, ainda cheirava a baunilha, doce e quente.

— Qual lado? — ele perguntou baixinho.

Eles se entreolharam por um instante, e Hades reparou como ela engolira em seco antes de pegar a mão dele e guiá-la até o tronco. Ele sentiu um nó na garganta e não conseguiu se livrar da sensação.

Naquele momento, ele tampouco respirava.

Se concentrou na costela dela e enviou uma onda de poder de seu corpo para a mão, deixando a magia penetrar na pele de Perséfone.

Ela gemeu e se escorou nele, com a cabeça descansando em seu ombro, e algo parecido com fogo se acendeu na barriga de Hades.

Porra.

Respirou fundo várias vezes, inalando o ar pelo nariz e soltando pela boca, tentando se concentrar em sua magia, não em sua ereção crescente.

Quando teve certeza de que ela estava curada, moveu muito ligeiramente a cabeça, e os lábios dos dois ficaram nivelados enquanto ele falava.

— Melhor?

— Sim — sussurrou Perséfone, e ele notou como os olhos dela se fixaram em sua boca.

— Agora o ombro. — Hades se levantou e, quando Perséfone começou a olhar para o que ele estava fazendo, Hades deteve-a com uma das mãos em sua bochecha.

— Não. É melhor não olhar.

Doeria ainda mais se ela olhasse.

Hades entrou no banheiro e molhou um pano. Não demorou muito, mas quando voltou descobriu que Perséfone havia se virado de lado e estava deitada em sua cama com os olhos fechados.

Hades franziu a testa enquanto a observava.

Embora entendesse por que ela estaria exausta, Hades não gostou daquilo, pois temia ter demorado demais para ajudá-la ou que seus ferimentos fossem mais graves do que ele pensava.

Ele se aproximou e se inclinou em direção a ela.

— Acorda, meu bem.

Quando ela se mexeu, ele se ajoelhou ao lado dela novamente, aliviado ao ver que seus olhos estavam claros e brilhantes.

— Desculpe. — A voz dela era um sussurro abafado, e fez Hades sentir calafrios.

— Não se desculpe.

Era ele quem deveria estar se desculpando. Pretendia aconselhá-la sobre os perigos do Submundo em sua visita naquela noite, mas não teve a oportunidade.

Hades começou a limpar o ombro de Perséfone, e aplicou sua magia no pano úmido para que ela sentisse menos dor.

— Eu posso fazer isso — disse ela, e começou a se levantar, mas Hades a deteve.

— Permita-me. — Ele queria aquilo: cuidar dela, curá-la, garantir que ela estivesse bem. Não conseguia explicar por quê, mas a parte dele que desejava isso era primordial.

Ela assentiu, e ele retomou seu trabalho. Um instante depois, ela perguntou com voz sonolenta:

— Por que há pessoas mortas no seu rio?

Um sorriso ameaçou se formar nos lábios de Hades.

— São as almas que não foram enterradas com moedas — explicou ele.

Hades sentiu o olhar de Perséfone quando ela perguntou, horrorizada:

— Você ainda faz isso?

Seu sorriso se alargou.

— Não. Esses mortos são antigos.

— E o que eles fazem? Além de afogar os vivos?

— Mais nada.

A princípio, viver no Estige tinha sido um castigo, pois se tratava de um lugar ao qual eram condenadas as almas que não tinham moedas para atravessar o rio. A moeda era um sinal de que uma alma havia sido devidamente enterrada e, naquela época, Hades não tinha tempo para almas que não estavam sendo cuidadas no Mundo Superior.

Era uma lembrança dolorosa, que ele tinha decidido corrigir havia muito. Hades fez os Juízes avaliarem todas aquelas almas, e as que mereciam descanso receberam água do Lete e foram enviadas para os Campos Elísios ou o de Asfódelos. As almas que teriam sido enviadas ao Tártaro foram deixadas nas profundezas do rio.

Hades não tinha certeza de o que Perséfone achava de sua explicação, mas ela ficou em silêncio depois disso, e ele ficou feliz. As perguntas dela trouxeram lembranças que ele preferia manter isoladas no fundo de sua mente para sempre.

Aquela era a segunda vez que a presença de Perséfone desenterrava algo doloroso do passado de Hades. Seria aquilo uma ocorrência comum? Ou seria uma forma de as Moiras o torturarem?

Uma vez que terminou de limpar a ferida, Hades se concentrou na cura. Demorou mais do que a das costelas machucadas, pois ele teve que restaurar tendões, músculos e pele, mas, quando terminou, não havia sinal de que ela tivesse se machucado. Ele soltou um suspiro curto, aliviado, e então puxou o queixo de Perséfone para que ela olhasse para ele, em parte para garantir que ela estava bem, mas também porque queria ver sua expressão.

— Troque-se — aconselhou.

— Eu... não tenho nada para vestir.

— Eu tenho aqui — disse, e a ajudou a ficar de pé. Hades não sabia se ela estava tonta, mas preferia segurar sua mão com firmeza por precaução. Além disso, gostava de sentir seu calor, o lembrava de que ela era real.

Dirigiu-a para trás de um biombo e entregou-lhe um robe preto, reparando no olhar de surpresa dela à medida que reparava na peça.

Ela arqueou uma sobrancelha.

— Suponho que isto não seja seu.

— O Submundo está preparado para todos os tipos de convidados. — Era verdade, mas ele também não conseguia se lembrar a quem pertencia o robe.

— Obrigada. — A resposta dela foi curta. — Mas acho que não quero usar algo que uma de suas amantes também usou.

O comentário dela poderia tê-lo divertido, mas ele se pegou frustrado com a raiva dela. Será que a deusa reagiria assim toda vez que eles discutissem amores passados? Nesse caso, aquele assunto rapidamente se tornaria cansativo.

— É isso ou nada, Perséfone.

— Você não faria isso.

Ele semicerrou os olhos, e uma euforia percorreu seu corpo com aquele desafio.

— O quê? Despir você? Alegremente e com muito mais entusiasmo do que você imagina, milady.

Ela usou a energia que lhe restava para fulminá-lo com o olhar antes de se dar por vencida.

— Tudo bem.

Enquanto ela se trocava, Hades se serviu de um copo de uísque e conseguiu tomar um gole antes que ela saísse de trás do biombo. Quase se engasgou com a bebida; ele achava que o vestido prateado que ela estava usando era muito revelador, mas estava enganado. O robe acentuava sua cintura fina, a curva de seus quadris e suas pernas bem torneadas. *Dar a ela aquele retalho de tecido foi um erro*, pensou ele enquanto se aproximava e pegava o vestido molhado, que pendurou sobre o biombo.

— E agora? — perguntou Perséfone.

Por um instante, ele se perguntou se ela podia pressentir seus pensamentos pecaminosos.

— Agora descanse.

Ele a ergueu em seus braços e esperou que ela reclamasse, mas ficou aliviado quando ela não o fez. Hades não seria capaz de explicar por que precisava daquela proximidade, pois ele próprio não entendia muito bem; só queria tocá-la, saber que ela estava repleta de vida e calor.

Ele a deitou na cama e a cobriu. Perséfone parecia pálida e frágil, perdida em um mar de seda preta.

— Obrigada — disse ela calmamente, olhando para Hades com pálpebras pesadas. Ela franziu a testa e tocou o espaço entre as sobrancelhas de Hades com o dedo, traçando sua face e terminando no canto dos lábios. — Você está irritado.

Hades precisou dar tudo de si para permanecer onde estava, para não se inclinar em direção ao toque dela, para não pressionar os lábios nos dela. Se começasse a beijá-la, não conseguiria parar.

Depois de um instante, Perséfone baixou as mãos e fechou os olhos.
— Perséfone — disse ela.
— O quê?
— Eu quero ser chamada de Perséfone. Não de "lady".

Outro sorriso tênue ameaçou se formar nos lábios dele. "Lady" era um título com o qual ela teria que se acostumar; Hades havia ordenado à sua equipe que se dirigisse a ela como tal.

— Descanse. — Foi tudo o que ele disse. — Estarei aqui quando acordar.

Hades esperou e, quando teve certeza de que Perséfone estava dormindo, se teleportou de volta para o Estige, aparecendo na margem do rio. Sua magia brilhou em uma combinação de raiva, tesão e medo.

— Traga-me aqueles que cheiram ao sangue de Perséfone! — ordenou Hades, e quando levantou os braços, quatro dos mortos irromperam do Estige, a água escorrendo deles feito a cauda de um cometa. Os cadáveres gritaram e se pareciam mais com monstros do que com corpos de mortais de carne e osso. — Vocês provaram o sangue de minha rainha; portanto, deixarão de existir.

Quando ele fechou os punhos, o lamento aumentou e se tornou um chiado quase impossível, e os cadáveres viraram pó que foi varrido para as montanhas do Tártaro.

Em seguida, os ouvidos de Hades zumbiram e sua respiração ficou dificultosa, mas o alívio lhe provocou euforia.

Atrás dele, ouviu a risada familiar de Hermes. Hades se virou para encarar o Deus da Trapaça.

— Sabia que você voltaria — disse Hermes, e acenou com a cabeça em direção às montanhas do Tártaro. — Está melhor?

— Não. Por que ainda está aqui?

— Quanta falta de educação. Você ainda não me agradeceu por salvar sua... como devemos chamá-la? Amante?

— Não é minha amante — retrucou Hades.

Hermes não viu graça nenhuma naquilo e ergueu a sobrancelha pálida.

— Então você acabou de me jogar para o outro lado do seu reino por nada?

— É um esporte — respondeu Hades.

— Então, divirta-se, que eu vou me divertir também.

— O que você quer dizer com isso?

Hermes podia ser o mensageiro dos deuses, mas também era trapaceiro e ardiloso. Gostava de confusão, e fora responsável por muitas batalhas entre deuses.

— Que vou gostar de ver seu saco ficar cada vez mais dolorido por conta da ejaculação acumulada.

Hades deu um sorriso amarelo e, após uma pequena pausa, olhou para Hermes.

— Obrigado, Hermes, por salvar Perséfone.

Ele desapareceu antes que o deus pudesse dar uma gargalhada.

10

JOGOS PSICOLÓGICOS

Hades estava sentado em uma cadeira diante de sua lareira, bebendo e observando Perséfone dormir. A lenta subida e descida de seu corpo enquanto ela respirava acalmava seus nervos. Sua cabeça fervilhava com os eventos dos últimos dias: ter descoberto sua conexão com a bela deusa, sua barganha subsequente e a raiva dela dirigida a ele apenas por ele ser o Deus dos Mortos.

Perséfone talvez até o detestasse, mas tinha deixado que ele chegasse perto dela naquele dia, e Hades não tinha certeza de que tornaria a ser a mesma pessoa depois disso. Esperava manter um mínimo de controle sobre aquela situação que as Moiras haviam tecido para ele, mas sentia que estava perdendo a batalha cada vez que olhava para a mulher em sua cama.

Ele havia perdido a compostura duas vezes no espaço de uma hora — primeiro, com Hermes, depois, com os mortos no rio —, porque essa deusa era curiosa, porque vê-la sangrar despertou nele uma raiva tão intensa que não tinha outro jeito senão castigar aqueles que a feriram.

Talvez você deva meditar, Hades ouviu a voz de Hécate ecoando em sua cabeça.

— Foda-se a meditação — disse em voz alta.

Então, Perséfone se mexeu e ele se acalmou. Ela se sentou rapidamente e depois se deteve, fechando os olhos.

Está tonta, pensou ele, franzindo a testa.

Quando ela os abriu de novo, estavam num tom verde-garrafa e pareciam brilhar como a luz tênue que atravessa as frestas de uma janela. Ela o encarou por um tempo que pareceu uma eternidade. Seu corpo ficou tenso sob o olhar dela, a mão que segurava o copo apertou-o com mais força, e os dedos de sua outra mão pressionaram o couro da cadeira. Seu pau ficou duro, preso dentro das calças.

— Quanto tempo fiquei aqui? — perguntou ela, a voz rouca, e ele quis gemer. Em vez disso, conseguiu emitir um monossílabo:

— Horas.

Os olhos dela se arregalaram.

— Que horas são?

Hades deu de ombros, porque não sabia.

— Tarde.

— Tenho que ir.

Hades esperava que ela ficasse com raiva ou reagisse com histeria, mas ela não fez isso. Simplesmente ficou lá, sentada em meio aos lençóis de seda preta parecendo linda, rosada e quente.

— Você veio até aqui. Permita-me oferecer uma visita pelo meu mundo.

Hades se levantou e bebeu o resto de seu uísque. Os olhos dela não se afastaram dos dele quando o deus se aproximou e puxou as cobertas, revelando uma faixa de pele entre os seios no lugar em que o robe se abrira durante o sono. Hades teve que dar tudo de si para desviar os olhos enquanto ela fechava o robe. Depois de um instante, ele estendeu a mão, e os dedos dela deslizaram nos dele, que se pegou imaginando quando deixaria de se surpreender com a vontade dela de tocá-lo. Hades a ajudou a se levantar e perguntou:

— Você está bem?

— Estou melhor — respondeu baixinho Perséfone.

Hades correu os dedos pela curva da bochecha dela.

— Acredite, estou arrasado por você ter sido ferida em meu reino.

O olhar de Perséfone indicava que ela estava surpresa com suas palavras, ou talvez, com sua sinceridade.

— Estou bem — sussurrou ela, mas bem não era bom o suficiente.

— Não vai acontecer de novo. Venha.

Ele a levou para a sacada de seu quarto, onde a Floresta de Cinzas se estendia por quilômetros até chegar a uma parede de montanhas de obsidiana. Ela vagou na frente dele, seus dedos entrelaçados nos dele enquanto olhava a paisagem.

— Gostou? — perguntou Hades.

— É lindo — sussurrou ela. — Você criou tudo isso?

Ele assentiu.

— O Submundo evolui da mesma forma que o mundo acima.

Hades pegou Perséfone pela mão, e eles desceram até o jardim. Ele sentiu um arrepio de excitação quando a levou para o lugar onde as glicínias lilás pendiam, onde rosas pretas e peônias rosadas floresciam, e sálvias roxas e vermelhas se retorciam como serpentes na escuridão. Será que ela acharia aquilo tão surpreendente quanto a outra vista?

Sua resposta veio assim que os pés dela tocaram a trilha de pedra escura que levava ao jardim. Ela se desvencilhou da mão de Hades e se virou contra ele.

— Maldito!

Hades de súbito sentiu-se completamente ridículo. Seus lábios se retesaram.

— O palavreado, Perséfone.

— Não ouse! Isso... isso é maravilhoso!

Então ela estava impressionada. Mas por que a raiva?

— É — concordou ele.

— Por que você me pediria para criar vida aqui? — Ela parecia... arrasada, como se ver o reino dele e a flora que crescia ali lhe tirassem as esperanças. Será que lamentava por aquilo que sentia não ter poder para criar?

Com um aceno de sua mão, ele desmantelou a ilusão. Revelar o verdadeiro aspecto de seu reino era como revelar a verdade de sua alma. O Submundo era um deserto de cinzas.

— É uma ilusão — explicou ele. — Se é um jardim que você deseja criar, realmente será a única vida aqui.

Hades invocou a ilusão de volta e andou. Perséfone o seguiu, e ele se perguntou o que estaria pensando. Estaria chocada com o que ele havia mostrado? Será que ela menosprezava o Submundo só porque sua beleza era uma criação da magia dele? Hades não tinha a intenção de trazê-la para uma visita ao Submundo para fazê-la se sentir impotente... mas ele podia sentir a dúvida e a raiva dela aumentarem. Por mais que odiasse ser a causa daqueles sentimentos, sabia que era a única maneira de ela atingir o seu potencial. Um dia, Perséfone se cansaria de se sentir indefesa e sua rainha renasceria das cinzas. Uma deusa.

Hades parou perto de um muro de contenção na parte de trás de seu jardim. Do outro lado ficavam os Campos de Asfódelos. A seus pés, a terra era estéril e preta.

— Você pode trabalhar aqui — disse ele.

Se Perséfone queria cultivar um jardim, se aquela era sua maneira de criar vida no Submundo, ela teria que fazê-lo no solo cinzento dali.

— Ainda não entendo — disse Perséfone. — Ilusão ou não, você tem toda essa beleza. Por que exigir isso de mim?

Porque é a vontade da sua alma, pensou ele.

— Se não deseja cumprir os termos do nosso contrato, só precisa dizer, Lady Perséfone. Posso preparar uma suíte para você em menos de uma hora.

— Não nos damos bem o suficiente para morarmos juntos ainda, Hades.

O comentário dela despertou nele algumas imagens lascivas: pele nua e gemidos ofegantes.

Ele discordava.

— Com que frequência terei permissão para vir aqui e trabalhar?

— Quantas vezes quiser — disse ele, porque, depois daquele dia, ele garantiria que ela nunca mais passasse por aquele portal. — Sei que está ansiosa para completar sua tarefa.

Ela olhou para o chão e se abaixou para pegar um punhado de areia. Aquela areia não fora feita para nutrir a vida, e tinha a textura de osso moído.

— E... como vou chegar no Submundo? — perguntou ela. — Você não vai querer que eu pegue o caminho de mais cedo, né?

— Hum. — Era a pergunta que ele estava esperando, e sua resposta fez seu corpo se retesar de antecipação. Ele inclinou a cabeça para o lado, e ela olhou de volta para ele, com os lábios entreabertos.

Aquilo bastava como um convite.

Hades a pegou pelos ombros, puxou-a contra o seu corpo e levou seus lábios ao encontro dos dela. Ele poderia ter oferecido o favor sem encostar um dedo nela, mas era uma desculpa para tocá-la. Poderia também ter sido delicado, mas descobriu que era tudo menos isso. Seu corpo reagiu como se estivesse pegando fogo e desesperado para ser apagado. Ele se sentiu ridículo; já tinha beijado e fodido, mas nunca sentira *aquilo*... o que quer que fosse. Aquele desejo ardente, aquele desejo louco de reivindicar e proteger e *amar*.

No entanto, ele nunca tinha beijado ou fodido uma mulher destinada a ser sua amante. Seria o fio a razão pela qual ele se sentia assim, tão... descontrolado?

Ele beijou Perséfone, sua língua deslizou contra a dela e seus dentes roçaram seus lábios. Ela tinha gosto de vinho e sal. Seu cheiro lembrava um canteiro de rosas. O corpo dela extremeceu e Hades a segurou com mais força para que não houvesse espaço entre eles, sentindo todas as curvas suaves dela contra os contornos duros de seu próprio corpo. Ela estava tão entusiasmada quanto ele e o beijava sem o menor acanhamento. Ele pressentiu que Perséfone não queria carinhos delicados: ela ansiava por paixão, brusca e crua.

Os braços dela envolveram o pescoço dele, e Hades gemeu, o som vindo de algum lugar profundo e adormecido havia muito. Ele se moveu até pressioná-la contra as pedras do muro. As mãos dele desceram por sua cintura e sobre sua bunda redonda, que ele agarrou, erguendo-a do chão. Com as pernas dela firmes em volta da cintura dele, os calcanhares dela cravando suas costas, a ereção dele roçando contra o ponto mais sensível dela, Hades deixou seus lábios vagarem, contornando sua mandíbula, mordendo sua orelha, beijando seu pescoço. De vez em quando, ele parava e provava a pele dela, salgada do rio. Ela se arqueou contra ele, ofegante, até que assumiu o controle e correu os dedos pelo cabelo dele, soltando os fios até que caíssem no rosto. Perséfone controlava Hades pelos cabelos, porque, quando as mãos dele deslizaram por baixo de seu robe, roçando a pele quente e macia entre suas coxas, ela o agarrou com mais força, e foi esse puxão forte que trouxe Hades de volta à realidade.

Ele tinha ido longe demais. Parou o beijo e respirou com dificuldade, lutando para conter o desejo. A intenção dele ao beijá-la fora provocá-la para avaliar seu desejo, mas o beijo tinha se transformado em algo a mais.

Até mesmo naquele momento, ele continuava a abraçá-la e lutava contra o desejo de começar de onde eles haviam parado. Bastaria mover sua mão levemente, abrir seus lábios molhados com os dedos e já estaria dentro dela.

Mas não era assim que deveria ser. Ela não tinha nenhuma razão para confiar seu corpo a ele, nenhuma razão para confiar qualquer coisa a ele. Hades não permitiria que ela se arrependesse do tempo que passaram juntos, e quando fizesse amor com ela, não seria contra um muro do jardim.

Isso aconteceria mais tarde.

Ele a colocou no chão, mas não a soltou.

— Depois que entrar na Nevernight, você só precisa estalar os dedos e será trazida aqui.

Hades soube que havia dito algo de errado quando ela ficou pálida e tentou empurrá-lo.

— Não pode oferecer um favor de outra forma?

— Você não pareceu desaprovar — apontou ele, gostando do rubor que cobriu as bochechas e o pescoço elegante dela. Queria dizer a Perséfone que ela não deveria ficar envergonhada, mas quando ela tocou seus lábios com dedos trêmulos, Hades se esqueceu do que queria dizer.

— Preciso ir — falou ela.

Hades concordou. Se ela não saísse dali naquele instante, ele rescindiria sua declaração anterior.

Foda-se, não vou esperar para amá-la em outro lugar, o jardim é perfeito.

— O que está fazendo? — perguntou ela quando o braço dele apertou sua cintura.

Hades ficou em silêncio, estalou os dedos e teleportou os dois. Quando apareceram no quarto de Perséfone, ela estava agarrando seus braços como um gato assustado. Ele esperou que ela se recompusesse; Perséfone girou lentamente a cabeça e, quando reconheceu o ambiente à sua volta, tirou os dedos da pele dele um por um.

— Perséfone. — Havia mais uma coisa que ela precisava saber antes que ele a deixasse ali. — Nunca mais traga um mortal ao meu reino, especialmente Adônis. Fique longe dele.

Os olhos de Perséfone se semicerraram, brilhando com desafio.

— De onde você o conhece?

— Isso não é relevante.

Ele sentiu que Perséfone tentou se afastar, mas a deteve. Aquilo era importante. Ele não a salvara dos monstros do Submundo só para vê-la ser magoada pelos mortais.

— Eu trabalho com ele, Hades — revelou ela.

Ele ignorou o prazer que sentiu ao ouvir seu nome nos lábios dela.

— Além disso, você não pode me dar ordens.

— Não estou lhe dando ordens — asseverou ele. — Estou pedindo.

— Então significa que tenho escolha.

Hades a apertou mais forte e se inclinou sobre ela para que seus rostos ficassem a centímetros de distância. Mais uma vez, Hades pensou em seus lábios, seu gosto, seu toque, e sabia que ela estava tendo pensamentos semelhantes, porque fechou os olhos e engoliu em seco.

Ele falou em meio ao silêncio que se fizera entre eles:

— Mas se você o escolher, eu vou buscá-la, e posso não te deixar mais sair do Submundo.

Os olhos dela se abriram rapidamente.

— Você não faria isso.

Hades riu entre dentes, com sua respiração acariciando os lábios dela enquanto ele falava:

— Ah, meu bem. Você não sabe do que sou capaz.

Então, ele desapareceu como fumaça que se dissipa no ar.

11

UM JOGO PARA UM DEUS

— Eu pedi uma arma, Hefesto.

Hades olhou para a pequena caixa octogonal que o Deus do Fogo estendia para ele. Era linda, feita de obsidiana e incrustada com jade e ouro, mas não parecia algo que pudesse conter um deus.

Quando Hades encarou os olhos cinza de Hefesto, sabia que deixara de perceber alguma coisa. O deus sorriu com o canto da boca e largou a caixa aos pés de Hades. No instante seguinte, pesadas algemas se fecharam em seus pulsos, o peso delas mantendo seus braços presos ao lado do corpo, e quando Hades tentou levantá-los, descobriu que era impossível.

— E eu te dei correntes — respondeu o deus.

Hades tentou levantar os braços novamente, e seus músculos se contraíram, com as veias subindo à superfície de sua pele, mas parecia que, quanto mais força ele fazia, mais as correntes o oprimiam.

— Diga-me o que achou — disse Hefesto.

— Brilhante — respondeu Hades, e a palavra saiu de sua boca antes mesmo que ele tivesse a chance de pensar. Lembrou do que havia pedido ao Deus do Fogo: uma arma que pudesse subjugar a violência e encorajar a verdade. Hades sorriu, apesar de se sentir uma cobaia. A capacidade de Hefesto de criar e inovar nunca deixou de impressionar.

— Esta é uma arma perigosa — comentou Hades, mas, quando olhou para Hefesto, sabia que havia algo a mais na mente do deus. Seus olhos estavam ameaçadores e brilhavam como aço. O corpo de Hades ficou retesado; ele conhecia aquele olhar. Tinha visto em todos os mortais e imortais que desejaram sua morte.

— Você comeu minha esposa? — A pergunta não combinava com a compostura fria ou o tom de voz desapaixonado de Hefesto, mas Hades se reconheceu no Deus do Fogo e sabia que, sob o exterior calmo, estava furioso por dentro.

— Não.

— *Eleftherose ton* — disse Hefesto, virando as costas cheias de cicatrizes para Hades enquanto este era libertado das amarras, e as correntes retornaram para a caixa preta. Hades esfregou os pulsos à medida que se dava conta da seriedade da pergunta de Hefesto. Ele pensara que Hades estivesse dormindo com Afrodite e acreditara naquilo tão piamente que julgou precisar de magia para obter a verdade.

Hades pegou a caixa e se endireitou, olhando para as costas de Hefesto.

— Por que me perguntou isso? — Hades não pôde evitar a frustração em sua voz. Ele sabia o motivo: Hefesto, apesar de aparentar indiferença, se importava com a esposa e com quem ela escolhia transar. Ele a amava; no entanto, escolheu ser infeliz.

— Não revelei o suficiente da minha vergonha? — perguntou Hefesto.

— Não é vergonhoso amar sua esposa.

Hefesto não disse nada.

— Se você temia a infidelidade dela, por que a liberou dos laços do casamento para início de conversa?

Hefesto ficou tenso. Ele claramente não sabia o que Afrodite havia contado a Hades sobre a vida conjugal dos dois. Na véspera de seu casamento com a Deusa do Amor, Hefesto a tinha liberado de todas as obrigações matrimoniais.

— Ela foi forçada a se casar comigo — disse Hefesto, como se aquilo explicasse tudo. No entanto, era verdade. Zeus tinha arranjado seu casamento para manter a paz entre aqueles que queriam Afrodite como esposa.

— Você não precisava concordar — rebateu Hades.

Os músculos de Hefesto se retesaram, e o Deus dos Mortos sabia que o irritava. No entanto, quando o Deus do Fogo falou, sua voz estava calma, sem emoção:

— Quem sou eu para rejeitar um presente de Zeus?

Foi um comentário simples, mas revelava muito sobre como Hefesto se via: indigno de felicidade, graça e amor.

Hades suspirou. Na verdade, não cabia a ele se envolver no relacionamento de Hefesto e Afrodite. Ele já tinha preocupações demais com as Moiras, Sísifo e Perséfone.

— Obrigado, Hefesto — disse Hades, levantando a caixa. — Por ter ocupado seu tempo com isso.

Ele se teleportou do laboratório cavernoso, apareceu no céu sobre o mar e se deixou cair entre nuvens ondulantes. Hades pousou na Terra, na ilha de Atlântida. O impacto abalou o chão e danificou o mármore sob seus pés. À sua volta, o povo de Poseidon — mortais que se chamavam de atlantes — gritava. Levou alguns segundos para seu irmão aparecer, de peito nu e vestindo uma *pteruges*, uma saia decorativa feita de tiras de couro. Os antebraços estavam cobertos de braceletes de ouro, o cabelo, ondulado e loiro, coroado com lanças de ouro, e dois grandes chifres espirais de markhor se projetavam do topo de sua cabeça.

O Deus do Mar parecia estar preparado para a batalha, o que era compreensível. Hades só o visitava quando tinha contas a acertar, e daquela vez não era diferente.

— Irmão. — Poseidon acenou com a cabeça.

— Poseidon — disse Hades.

Fez-se um instante de silêncio tenso antes de Hades perguntar:

— Onde está Sísifo?

Poseidon sorriu.

— Você não é de gentilezas, não é mesmo, Hades?

Hades inclinou a cabeça para o lado e, ao fazê-lo, uma grande estátua de mármore de Poseidon rachou e se partiu. Quando os pedaços caíram no chão, mais membros do culto de Poseidon, que haviam parado para olhar, correram para se proteger, gritando.

— Pare de destruir minha ilha!

— Onde está Sísifo? — Hades perguntou novamente.

Os olhos de seu irmão se semicerraram e ele riu.

— O que ele fez? Diga que foi algo bom.

A raiva de Hades era aguda, e pela primeira vez desde que pedira a Hefesto uma arma para conter a fúria de Poseidon, percebeu que a arma servia também para si mesmo. Cansado de perder tempo, Hades jogou a caixa aos pés de Poseidon. No instante seguinte, o Deus do Mar se viu preso por correntes. Por alguns segundos, Poseidon piscou em choque com o metal em volta de seus pulsos. Puxou, tentando quebrar as correntes com sua força, músculos salientes, veias saltando; mas não importava o quanto ele tentasse: elas não cediam.

— Que porra é essa, Hades? — retrucou ele.

— Diga onde Sísifo está escondido! — A voz de Hades era brutal e áspera.

— Eu não sei onde seu maldito mortal está — cuspiu Poseidon. — Me solta!

Hades podia sentir o poder de Poseidon aumentando com sua raiva. O mar em volta da ilha se revolvia violentamente e lambia a orla. Hades só esperava que pudesse obter as respostas que procurava antes que a violência de seu irmão fosse desencadeada. Poseidon não lamentaria a perda de seu povo caso aquilo resultasse em uma vingança contra Hades.

— Cuidado, irmão. Sua raiva pode mandar adoradores ao meu reino.

Essa era a única coisa que ele poderia dizer que pelo menos faria Poseidon parar um pouco para refletir.

O Deus do Mar ainda ofegava de raiva, mas Hades sentiu sua magia diminuir. Dada a sua frustração, Hades havia esquecido que as correntes extraíam a verdade de seu cativo, o que significava que Poseidon realmente não sabia onde Sísifo estava.

Precisava fazer uma pergunta diferente:

— Como você conheceu Sísifo de Éfira? — perguntou Hades.

Poseidon rugiu, claramente tentando lutar contra as palavras que a magia arrancou de sua boca:

— Ele salvou minha neta de Zeus.

Ah. Agora estamos progredindo.

— E você o recompensou?

— Sim — sibilou Poseidon.

— Você concedeu algum favor a ele?

— Não.

— *O que concedeu a ele?*

— Um fuso.

Um fuso... uma relíquia, assim como Hades suspeitava. Aquilo explicava como Sísifo conseguira roubar a vida de outro mortal.

— Você deu a um mortal a *porra* de um fuso? — rosnou Hades. — Por quê?

Pela primeira vez desde que Hades começara o interrogatório, Poseidon pareceu falar com naturalidade:

— Para foder com você, Hades. Por que mais?

Era um motivo mesquinho, mas típico de Poseidon.

— Mas sabe do que mais? Vou fazer um acordo com você — falou Poseidon. — Uma barganha, como você chama.

— Essas são palavras corajosas vindas de alguém que não tem poder para lutar contra a magia que o mantém cativo — observou Hades.

— Eu ajudo você a encontrar Sísifo. Diabos, eu mesmo vou atraí-lo até aqui. Se...

Hades esperou, odiando quão devagar Poseidon falava, o *tempo* que ele desperdiçava.

— *Se* você libertar meus monstros do Tártaro.

— Não.

Hades nem precisava pensar. Não abdicaria de nenhuma das criaturas que viviam nas profundezas do Tártaro. Não tinham lugar no mundo moderno e definitivamente não tinham lugar nas mãos de Poseidon.

O chão começou a tremer, e o mar se ergueu por toda a ilha, brotando das rachaduras que Hades havia criado no mármore de Poseidon. Ele havia pressionado demais. Hades lançou sua magia como uma rede, envolvendo a massa de terra em sombra para controlar seu irmão.

— Você perdeu seus monstros porque tentou derrubar Zeus — disse Hades com os dentes cerrados. A magia de Poseidon era pesada, e Hades se sentiu como se estivesse sendo enterrado vivo enquanto aquela magia lutava contra sua parede de sombras. — Agora está com raiva pelas consequências de suas ações. Que infantil.

O asco que Hades sentia por seu irmão naquele momento alimentou a força de sua magia, apesar de a atitude de Poseidon não ter sido nada surpreendente. Sua vida tinha sido uma sequência de explosões infantis que tiveram consequências terríveis para os envolvidos.

— Você afirma ser um rei e ainda segue o comando de Zeus — cuspiu Poseidon.

— Sigo minhas próprias regras — replicou Hades. — Elas simplesmente não se alinham com a sua vontade.

Hades não costumava concordar com Zeus, mas pelo menos o Deus do Céu acreditava na existência de uma sociedade livre. Acreditava que todos os deuses tinham seu papel no mundo e que deveriam manter a ordem de acordo com a sua especialidade, e nada mais.

Poseidon não tinha a mesma opinião e, se pudesse se tornar o governante supremo, ele o faria.

O problema era que ele tinha dois irmãos igualmente poderosos que não só poderiam detê-lo como já o tinham feito e tornariam a fazer de bom grado.

Hades fechou os olhos e alcançou sua escuridão, a parte de si mesmo que nascera para a guerra, o caos e a destruição. Para a parte que estava desesperada por controle, ordem e poder. Ele aproveitou esse desespero, essa vontade, essa força, e atraiu-a para a superfície até que o poder que brotou no fundo de seu peito explodiu em um fluxo de sombra. Passou por Poseidon e sua parede de água, e o deus caiu de joelhos, com o chão tremendo.

Os dois deuses respiraram com dificuldade, se entreolharam e, quando a água se acalmou em volta deles, Hades falou:

— Salvei seu povo e sua ilha. Você me deve um favor.

Havia uma chance de Poseidon não concordar, de ir para o mesmo lugar escuro que Hades tinha ido recuperar o poder, mas Hades esperava que o Deus do Mar percebesse o que estava em jogo: muito mais do que apenas monstros. Se ele lutasse, isso significaria o fim da Atlântida, de seu povo e, talvez, de sua liberdade.

Zeus tinha tomado aquelas coisas antes. Nada o impediria de tornar a fazê-lo.

— Pense, Poseidon. Você realmente quer que seu império acabe por causa desse mortal?

Hades podia ver a indecisão guerreando nos olhos de Poseidon. Àquela altura, já não se tratava mais de um mortal. Tratava-se de Hades e do fato de que ele havia desafiado — e dominado — Poseidon na frente de seu próprio povo.

— Poseidon. — Uma voz musical e feminina chamou.

O olhar de Hades se dirigiu para Anfitrite, a esposa de Poseidon. Seus olhos eram grandes, redondos e da cor de peridoto. Eram inquietantes de se ver, em um rosto delicado. Longos cabelos ruivos envolviam seu corpo curvilíneo como uma capa. Ela era linda e profundamente apaixonada pelo marido, apesar da infidelidade dele.

Na presença dela, a raiva de Poseidon se esvaiu e seu corpo caiu. Hades observou como Anfitrite correu para ele, e o Deus do Mar a agarrou, e as correntes chacoalharam. Eles se abraçaram antes de se separarem e olharem nos olhos um do outro. Algo se passou entre eles, uma cumplicidade nascida de anos de parceria. Depois de um instante, Poseidon olhou para Hades.

— Um favor, então — concordou ele.

— Você vai me ajudar a capturar Sísifo — disse Hades. — Já que é responsável por esta praga que assola o mundo.

Aquilo equivalia a pedir a ajuda de Poseidon, e Hades detestava isso; mas provavelmente era a maneira mais fácil de tirar Sísifo das ruas e o fuso de circulação.

— Iniquity, meu clube — disse Hades. — Amanhã à meia-noite.

— Sísifo não chegará nem perto do seu território — disse Poseidon. — E não tão rapidamente, ainda mais depois da sua... demonstração de poder *nojenta*. Será daqui a alguns dias, e será no meu território.

Hades não gostou da ideia de se encontrar no território de Poseidon. Aquilo significava que o irmão teria mais suporte, tanto em termos de poder quanto de pessoas, mas o Deus do Mar tinha razão. Era melhor encontrá-lo em um lugar que não levantasse as suspeitas de Sísifo.

— Tudo bem — concordou Hades. — *Eleftherose ton*.

Quando Hades falou as palavras, Poseidon foi libertado de suas correntes. Anfitrite ajudou o deus corpulento a ficar de pé, o que era quase cômico, considerando que ela tinha metade do tamanho dele. Poseidon a puxou para perto, suas mãos grandes quase cobriram a cintura dela, e a beijou. Hades desviou os olhos, confuso por sua demonstração de afeto. Se seu irmão amava tanto assim a esposa, por que corria atrás de outras mulheres? Os dois pareceram perdidos um no outro por um instante, a raiva de Poseidon por seu irmão momentaneamente esquecida.

Hades usou sua magia para recuperar a pequena caixa preta que Hefesto lhe dera. Não havia como deixar algo tão útil e tão poderoso quanto aquilo escapar de suas mãos. Quando a caixa pousou na palma de Hades, Anfitrite olhou para ele. Podia ser sua cunhada, mas ele sabia muito pouco sobre ela, exceto que podia acalmar os mares e Poseidon.

Mas agora Hades sentia sua fúria.

— Acho que é hora de você ir embora, Lorde Hades — disse.

Ele deu um sorriso torto e assentiu antes de desaparecer.

12

UM JOGO COM UMA DEUSA

Hades voltou ao Submundo e convocou Elias. Estava exausto depois de gastar tanta energia mantendo a magia de Poseidon sob controle, mas tinha um plano para localizar Sísifo. Aquela era a primeira vez que ele de alguma forma se sentia bem-sucedido desde o início daquela provação.

Serviu um copo de uísque, que bebeu rapidamente, se aproximou da janela para olhar para o seu reino e avistou Hécate andando com Perséfone. As duas deusas conversavam e riam, e Hades não pôde deixar de pensar quão perfeita Perséfone parecia em seu reino, como parecia ter sido feito para ele.

— Milorde?

Hades virou e encontrou o sátiro de sobrancelha erguida.

— Apreciando a vista? — perguntou Elias, achando engraçado.

Hades preferia ter percebido que Elias havia chegado.

— Tenho um trabalho para você — disse. — Poseidon deu uma relíquia a Sísifo. Um fuso, para ser exato.

Os olhos do sátiro se arregalaram.

— Um fuso? Onde ele conseguiu isso?

— O seu trabalho é descobrir isso.

— E o que o senhor quer que eu faça quando descobrir?

Normalmente, Hades deixava Elias lidar com os traficantes como preferisse: organizando ataques, queimando lojas ou destruindo mercadorias. Em raras ocasiões, encontrou alguém digno de se tornar membro do Iniquity.

— Eu quero o nome deles — respondeu. Hades os visitaria pessoalmente.

— Considere feito. — Elias se curvou, mas não saiu do lado de Hades. Olhando para fora, acenando para Perséfone e Hécate. — Ela está curiosa sobre o senhor — disse.

— Está ansiosa para examinar meus defeitos — corrigiu Hades.

O sátiro riu entre dentes.

— Gosto dela.

— Não estou buscando sua aprovação, Elias.

— Claro que não, milorde.

Com isso, o sátiro partiu, e Hades ficou olhando até Perséfone sumir de vista, mas podia sentir a presença dela em seu reino, como uma tocha que traçava a fogo um caminho por sua pele. Considerou procurá-la, mas decidiu não o fazer. Por mais que esperasse mudar a opinião de Perséfone sobre ele, Hades também precisava que ela encontrasse consolo e amizade em seu reino.

Não precisava.

Queria.

Queria que ela encontrasse consolo em seus jardins, que percorresse os caminhos do Submundo com Hécate, celebrasse com as almas. Ele queria que ela algum dia enxergasse o Submundo como seu lar.

Um sentimento estranho o dominou, um que ele conhecia e odiava: vergonha. Se alguém pudesse ouvir seus pensamentos, riria. O Deus dos Mortos, esperançoso por amor, e, no entanto, era algo que ele não podia evitar. Quando tomou Perséfone em seus braços no jardim, quando a beijou, de repente entendeu o que a vida deles poderia ser: apaixonada e poderosa. Queria aquilo desesperadamente.

E apesar da antipatia de Perséfone por ele e por suas barganhas, ela não podia negar o desejo que sentia. Hades sentira aquilo quando os dedos dela puxaram seu cabelo, e o corpo macio dela se moldara ao seu, e o beijo dela era puro desespero.

Sentiu uma tontura, e um calor se espalhou por ele, indo direto para seu pau. Ele gemeu; teria que extravasar um pouco daquela energia.

Tirou o paletó e a camisa, e foi para os Campos de Asfódelos.

— Cérbero, Tifão, Órtros, venham! — chamou, e se virou na direção de seus dobermanns, que se aproximavam. Eles avançaram pela grama, determinados em seus passos.

— Alto — ordenou Hades quando eles se aproximaram, e os três obedeceram e se sentaram. Cérbero sentou-se no meio; Tifão, à direita; e Órtros, à esquerda. Eram cães bonitos com pelagem preta brilhante, orelhas pontudas e cabeças em forma de cunha.

Os três nunca estavam separados; sempre rodavam em bando, guardando o Submundo de intrusos ou divindades indesejadas que não moravam ali. Às vezes, Hécate os recrutava para executar várias punições, ordenando-lhes que se banqueteassem com vísceras ou maltratassem uma alma merecedora.

Hades preferia brincar.

— Como estão meus garotos, hein? — perguntou, acariciando as orelhas dos cães. O comportamento deles mudou de feroz para brincalhão. Os rabos balançavam e suas línguas pendiam de suas bocas. — Puniram muitas almas hoje?

Hades ficou algum tempo coçando atrás das orelhas deles.

— Bons garotos, bons garotos.

Ele materializou uma bola vermelha do nada. Quando os cães a viram, sentaram-se empertigados, ofegantes de empolgação. Hades sorriu e jogou a bola para cima uma, duas vezes, e os olhos dos cães a seguiram com atenção extasiada.

— Qual de vocês é o mais rápido, hein? Cérbero? Tifão? Órtros?

Enquanto ele chamava o nome de cada um, eles soltavam latidos e rosnados, impacientes.

Hades sorriu satisfeito, sentindo-se um pouco diabólico.

— Fiquem — ordenou, e então jogou a bola.

Brincar com Cérbero, Tifão e Órtros não era como brincar com cães normais. Hades era muito forte, e quando jogou a bola, ela correu por quilômetros, mas seus dobermanns eram anormalmente rápidos, capazes de viajar pelo Submundo em minutos.

Hades esperou até que a bola desaparecesse antes de se virar para os cães e dizer:

— Pega!

Com a sua ordem, os cães partiram, os músculos trabalhando intensamente. Hades riu enquanto os três corriam atrás da bola. Eles voltaram em pouco tempo, em sincronia, a bola vermelha apertada na boca de Cérbero, que a trouxe obedientemente para Hades e a deixou cair a seus pés. Ele continuou brincando com seus cachorros, correndo em círculos pelo prado, extravasando sua frustração e desejo até ficar ofegante e suado.

Jogou a bola mais uma vez, livre do peso de seus sentimentos, quando se virou e encontrou Perséfone parada na clareira, observando-o com os olhos arregalados.

Porra.

Perséfone era linda, e seus olhos percorreram o corpo dela, sem nenhuma vergonha. Ela tinha flores no cabelo — camélias, se ele tivesse que dar um palpite — trançadas em longas mechas loiras encaracoladas. Vestia uma regata azul com um decote profundo, que ressaltava seus seios. Seu short era branco e revelava suas longas pernas... pernas que estiveram em volta da cintura dele apenas alguns dias atrás. Enquanto seus olhos tornavam a percorrer o corpo dela, ele descobriu que o olhar dela fazia o mesmo percurso, e sorriu satisfeito.

Poderia tê-la desafiado a negar sua atração, mas a Deusa da Bruxaria estava ali também, e marchando direto para ele.

— Você sabe que eles nunca se comportam comigo depois que você os mima! — dizia ela, estendendo os braços na direção em que Cérbero, Tifão e Órtros haviam desaparecido. Sua reclamação era uma brincadeira, porque os três eram muito obedientes, especialmente se instruídos a retornar ao trabalho.

Hades escancarou um sorriso.

— Eles ficam preguiçosos sob seus cuidados, Hécate.

E obesos. Ela gostava de alimentá-los.

Os olhos de Hades deslizaram para Perséfone.

— Vejo que você conheceu a Deusa da Primavera.

Percebeu como ela se retesou.

— Sim, sorte dela, aliás. — disse Hécate, os olhos brilhando. — Como ousa não avisar sobre o Lete?

Seus olhos se voltaram para Perséfone, que estava se esforçando para não sorrir. Pareceu gostar de ouvir Hécate repreendendo-o, mas Hécate tinha razão: Hades deveria tê-la avisado para não se aproximar de nenhum dos rios do Submundo. O Lete, em particular, era poderoso, e sugava as lembranças das almas com a facilidade de um respiro.

O que Hades faria se Perséfone tivesse tocado ou bebido a água daquele rio? Ele sublimou aqueles pensamentos.

— Parece que lhe devo desculpas, Lady Perséfone.

Ela estava surpresa. Talvez não esperasse que ele se desculpasse, então o encarou com aqueles olhos cor de esmeralda e lábios entreabertos. Hades sentiu seu desejo renovado.

Então, a Trombeta do Tártaro soou, e ele e Hécate se viraram em sua direção.

— Estou sendo convocada — disse Hécate.

— Convocada? — Perséfone perguntou.

— Os juízes precisam do meu conselho.

Os Juízes, Minos, Radamanto e Éaco, muitas vezes convocavam Hécate para sentenciar certas almas ao castigo eterno, principalmente aquelas que haviam cometido crimes contra mulheres.

— Meu amor — disse Hécate a Perséfone —, me avise da próxima vez que vier ao Submundo. Voltaremos a Asfódelos.

— Eu adoraria — respondeu Perséfone com um sorriso, e isso fez o coração de Hades bater mais forte.

Ela gostava de passar tempo com as almas. Ótimo.

Quando estavam sozinhos, Perséfone virou-se para Hades.

— Por que os juízes precisariam do conselho de Hécate?

Hades inclinou a cabeça para o lado, curioso com o tom exigente dela, e respondeu:

— Hécate é a Senhora do Tártaro. E particularmente boa em decidir punições para os ímpios.

— Onde fica o Tártaro?

— Eu diria, se achasse que você fosse usar o conhecimento para evitá-lo.

Mas, dado o histórico, Hades não confiava nela.

— Você acha que eu quero visitar sua câmara de tortura?

— Acho que é curiosa e está ansiosa para provar que sou como o mundo supõe, uma divindade a ser temida.

Tudo aquilo provavelmente se confirmaria caso ela encontrasse o caminho para a câmara de tortura eterna de Hades.

Ela lançou um olhar desafiador.

— Você está com medo de que eu escreva sobre o que vejo.

Aquilo fez Hades rir.

— *Medo* não é a palavra certa, meu bem.

Ele temia pela segurança dela. Ele *tinha pavor* das suposições dela.

Perséfone revirou os olhos.

— Claro, você não teme nada.

Ah, meu bem, você não faz ideia, pensou enquanto pegava uma flor do cabelo dela. Ele girou a haste entre os dedos e perguntou:

— Você gostou de Asfódelos?

Ela sorriu, e a sinceridade daquele gesto deixou Hades sem fôlego.

— Sim. Suas almas... elas parecem tão felizes.

— Você está surpresa?

— Bem, você não é exatamente conhecido por sua bondade.

Hades apertou os lábios.

— Não sou conhecido por minha bondade com os mortais. Há uma diferença.

— É por isso que brinca com a vida deles?

Estudou-a, frustrado por sua pergunta e pela maneira como a fizera... como se esquecesse que os mortais vinham até ele para barganhar, e não o contrário.

— Parece que me lembro de ter dito que não responderia mais às suas perguntas.

Os lábios convidativos de Perséfone se separaram.

— Você não pode estar falando sério.

— Sério como a morte.

— Mas... como vou te conhecer?

Ele sorriu com o canto da boca.

— Você quer me conhecer?

Ela desviou o olhar, fulminante.

— Estou sendo forçada a passar um tempo aqui, certo? Não posso querer conhecer melhor o meu carcereiro?

— Tão dramática — murmurou ele, e ficou quieto, considerando. Queria responder às perguntas dela porque queria que ela entendesse seu ponto de vista, mas queria o controle. Queria a capacidade de limitar, de explicar até que a compreensão fosse alcançada; queria poder fazer perguntas a ela também.

— Ah, não.

A voz de Perséfone chamou sua atenção, e ele levantou uma sobrancelha.

— O que foi?

— Conheço esse olhar.

— Que olhar?

— Você fica com esse... olhar — explicou ela, e fez uma pausa, como se não soubesse bem como explicar. Ele gostava de vê-la procurar as palavras certas, com as sobrancelhas unidas sobre seus lindos olhos. — Quando sabe o que quer.

— Fico? — Ele não pôde deixar de provocá-la. — Você consegue adivinhar o que eu quero?

— Não leio mentes!

A pergunta dele a perturbou, e seu rosto ficou corado. Ela talvez fosse melhor leitora de mentes do que pensava.

— Que pena — falou ele. — Se você quer fazer perguntas, então proponho um jogo.

— Não — disse ela categoricamente. — Não vou cair nessa de novo.

— Sem contrato — prometeu ele. — Nem favores, apenas perguntas e respostas. Como você quer.

Ela ergueu o queixo e estreitou aqueles olhos adoráveis, e ele teve o pensamento fugaz de que gostaria que ela o olhasse assim enquanto sentasse com força no seu pau.

Senta em mim, pensou ele.

— Tudo bem — concordou ela finalmente. — Mas eu escolho o jogo.

Seu instinto foi rejeitar a oferta de Perséfone, e as palavras estavam na ponta de sua língua. *Não, eu dou as cartas*. Mas, enquanto considerava as consequências, Hades pensou que aquela poderia ser uma oportunidade de mostrar a Perséfone que ele sabia ser flexível.

Por fim, ele sorriu.

— Muito bem, Deusa.

Hades levou Perséfone para seu escritório, de onde a vira caminhar com Hécate mais cedo. Ele a deixou sozinha por alguns minutos, tempo suficiente para se trocar, e, quando voltou, ela estava parada perto das janelas. Quando ele apareceu, Perséfone olhou por cima do ombro.

Hades cambaleou e ficou parado na porta, observando.

Ela era linda, envolta pela paisagem do Submundo.

— É uma linda vista — comentou ela.

— Muito — suspirou ele, e depois, pigarreou. — Fala mais sobre o jogo.

Ela escancarou um sorriso e se virou completamente para ele.

— Se chama pedra, papel e tesoura.

Ela explicou o jogo e mostrou as várias formas — pedra, papel e tesoura — com as mãos. Apesar de seu entusiasmo, Hades não ficou impressionado.

— Este jogo parece horrível.

— Você só está bravo porque nunca jogou — retrucou ela. — O que foi? Está com medo de perder?

Hades riu da pergunta.

— Não. Parece bastante simples. A pedra vence a tesoura, a tesoura vence o papel e o papel vence a pedra. Como exatamente o papel vence a pedra?

— O papel cobre a pedra — explicou Perséfone.

— Não faz sentido algum. A pedra é claramente mais forte.

Perséfone deu de ombros.

— Por que um ás é um curinga no pôquer?

— Porque a regra é assim.

— Bem, a regra é que o papel cobre a pedra — disse Perséfone.

Hades sorriu com sua réplica. Tinha sorrido mais na última hora do que em toda a sua vida.

— Pronto? — perguntou ela, levantando a mão fechada. Hades imitou seus movimentos, e ela riu. Era óbvio que ela se divertia com aquilo, e Hades gemeu por dentro. Que tipo de coisas ele já não estava fazendo por ela.

— Pedra, papel, tesoura, vai! — Perséfone disse as palavras com fervor. Ela definitivamente estava se divertindo, e Hades estava feliz com isso.

— *Yes!* — gritou ela, braços voando no ar. — Pedra vence tesoura!

Hades franziu a testa.

— Maldição. Achei que você escolheria papel.

— Por quê?

— Porque você acabou de elogiar o papel — explicou.

Ela riu um pouco mais.

— Só porque você perguntou por que o papel cobre a pedra. Isso não é pôquer, Hades, não se trata de enganar o oponente.

— Não? — Ele discordava. Estava certo de que se jogasse aquele jogo por tempo suficiente, descobriria a tendência dela de escolher uma das três opções em detrimento das outras. Era um algoritmo, e a maioria das pessoas seguia um padrão, mesmo que não percebesse.

O silêncio se estendeu entre eles por um instante, e a animação que Perséfone demonstrara estava diminuindo. O clima estava mudando, e Hades não gostou daquilo. Queria voltar para seu devaneio anterior e não explorar segredos mais sombrios.

De repente, ele se perguntou se poderia distraí-la, diminuir a distância entre eles e pressionar seus lábios nos dela, mas Perséfone desviou o olhar, respirou fundo e perguntou:

— Você disse que teve sucesso antes com seus contratos. Me conta sobre eles.

Hades apertou os lábios antes de se retirar para o bar do outro lado do escritório para se servir de uma bebida. O álcool o ajudaria a relaxar e, com sorte, o impediria de dizer algo de que se arrependesse.

Queria uma chance de explicar, lembrou a si mesmo.

Sentou-se em seu sofá de couro preto antes de responder.

— O que tem para contar? Ofereci o mesmo contrato a muitos mortais ao longo dos anos. Em troca de dinheiro, fama, amor, eles deveriam abandonar um vício. Alguns mortais são mais fortes do que outros e conseguem mudar seus hábitos.

Era um pouco mais complicado do que aquilo, e enquanto falava, Hades podia sentir os fios que cobriam sua pele queimando por cada barganha fracassada que fizera com as Moiras.

— Vencer uma doença não é uma questão de força, Hades — falou Perséfone enquanto se sentava de frente para ele, dobrando uma perna sob seu corpo.

— Ninguém disse nada sobre doenças.

— O vício é uma doença. Não pode ser curado. Deve ser administrado.

— É administrado — argumentou ele.

Ele conseguia isso mantendo os mortais em seus acordos, lembrando-os de o que eles perderiam caso fracassassem: sua vida.

— Como? Com mais contratos?

— Essa é outra pergunta — retrucou, mas ela parecia imperturbável e levantou as mãos, indicando que estava pronta para outra rodada. Hades colocou sua bebida de lado e imitou a postura dela. Quando ela escolheu pedra e ele, tesoura, Perséfone perguntou:

— Como, Hades?

— Não peço a eles que desistam de tudo de uma vez. É um processo lento.

Hades não queria admitir que jamais dera aos mortais uma alternativa para administrarem seus vícios. Cabia a eles encontrar maneiras de ficarem sóbrios. Quando não deu mais detalhes sobre aquilo, os dois jogaram outra rodada.

Desta vez, para alívio de Hades, ele venceu.

— O que você faria? — perguntou ele, porque estava curioso, e não tinha respostas.

Ela piscou, franzindo as sobrancelhas.

— Como é?

— O que você mudaria? Para ajudá-los?

Mais uma vez, ele sentiu uma pontada de frustração quando a boca de Perséfone se abriu em surpresa com a pergunta, mas sua expressão mudou rapidamente, tornando-se determinada.

— Primeiro, eu não permitiria que um mortal apostasse sua alma.

Ele resmungou com a crítica dela, mas ela prosseguiu:

— Em segundo lugar, se você vai fazer uma barganha, desafie-os a ir para a reabilitação se forem viciados, e faça ainda melhor: pague por isso. Se eu tivesse todo o dinheiro que você tem, gastaria ajudando as pessoas.

Ela não tinha ideia da influência dele, nem de como ele mantinha o equilíbrio barganhando com a escória do mundo para alimentar os necessitados do mundo.

— E se eles tivessem uma recaída?

— E daí? — perguntou ela, como se aquilo não significasse nada. — A vida é difícil lá fora, Hades, e às vezes vivê-la é penitência suficiente. Os mortais precisam de esperança, não de ameaças e punição.

Hades considerou as palavras dela. Sabia que a vida era difícil, mas sabia disso porque podia ver o fardo sobre as almas quando elas chegavam à sua porta, não porque realmente entendia o que era ser mortal e existir no Mundo Superior.

Depois de um instante, ergueu as mãos como ela havia feito antes para indicar que queria jogar outra rodada. Quando ele ganhou, pegou o pulso dela e virou sua mão, colocando a palma para cima, com seus dedos roçando o curativo que ali havia.

— O que aconteceu?

Sua risada era ofegante, como se ela pensasse que ele era bobo por perguntar.

— Apenas um arranhão. Não é nada comparado com costelas machucadas.

Hades cerrou os dentes. Talvez não houvesse comparação, mas não gostou que ela tivesse se ferido de novo em seu reino. Na verdade, aquilo era uma pequena parte de um medo maior: não conseguir protegê-la daqueles que desejavam prejudicar *a ele*.

Depois de um instante, Hades beijou a palma da mão de Perséfone, enviando um choque de magia para sua pele, curando a ferida. Quando ele se afastou, encontrou seu olhar caloroso.

— Por que isso te incomoda tanto? — sussurrou ela.

Porque você é minha, queria dizer, mas aquelas palavras congelaram na sua garganta. Não podia dizê-las. Eles se conheciam havia uma semana, e ela não sabia do fio que os unia, só do acordo que a forçava a estar ali. Então, em vez disso, ele tocou o rosto dela. Queria beijá-la, expressar de alguma forma aquela necessidade desesperada que tinha de mantê-la segura em todos os sentidos; mas, assim que começou a se inclinar para a frente, a porta de seu escritório se abriu e Minta entrou. Ela parou de repente, seus olhos se estreitando.

Não tinha ordenado que ela batesse?

— Sim, Minta — falou Hades, trincando os dentes. Era melhor que tivesse um bom motivo para esta interrupção... mas ele duvidava.

— Milorde — disse ela com firmeza. — Caronte solicita a sua presença na sala do trono.

— Ele disse o motivo? — Não tentou esconder a irritação em sua voz.

— Ele pegou um intruso.

— Um intruso? — perguntou Perséfone, e seus olhos curiosos se voltaram para Hades. — Como? Não teria se afogado no Estige?

— Se Caronte pegou um intruso, é provável que ele tenha tentado entrar furtivamente em sua balsa — respondeu, levantando-se e estendendo a mão para ela pegar. — Você vem comigo.

De todos os modos, se ela estava curiosa sobre ele e seu reino, iria gostar de presenciar aquilo. Talvez assim visse como os mortais exigiam coisas dele.

Ela segurou a mão dele e foi conduzida pelos corredores de seu palácio até a cavernosa sala do trono, com Minta liderando o caminho.

No início de seu reinado, Hades usava aquela sala com mais frequência do que qualquer outra parte de seu palácio. Era o único lugar que as almas temiam mais do que o Tártaro, porque era um lugar de julgamento. Ele se sentava em seu trono de obsidiana, ladeado por bandeiras pretas com narcisos dourados e lançava as almas em uma eternidade sombria sem pensar duas vezes. Naquela época, ele era implacável, raivoso e amargo, mas atualmente aquele era o lugar de que ele menos gostava em seu reino.

Caronte esperou por eles, sua pele negra contrastando com suas vestes brancas. Ele era um daemon: criatura divina que transportava almas através do rio Estige. Olhou para Hades e Perséfone, os olhos escuros brilhando com curiosidade. Perséfone começou a soltar a mão de Hades, que apertou com mais força. Ele a conduziu até o seu trono e conjurou um menor ao lado dele, composto das mesmas bordas irregulares, mas em marfim e ouro.

Gesticulou para que Perséfone se sentasse, e sabia que ela estava prestes a reclamar.

— Você é uma deusa. Vai se sentar em um trono.

Aquelas palavras eram semelhantes ao que ele estava realmente pensando. *Você será minha esposa e rainha. Você vai se sentar em um trono.*

Ela não reclamou. Depois que ela se sentou, Hades sentou-se também, voltando sua atenção para o daemon.

— Caronte, a que devo a interrupção? — perguntou.

— *Você* é Caronte?

Hades trincou os dentes, não só pela interrupção da deusa, como também pela evidente admiração em sua expressão e tom de voz. Era verdade que Caronte não era como o mundo superior o representava. Era régio, um filho de deuses — não um esqueleto ou um velho —, e estava prestes a enfrentar uma temporada no Tártaro se não tirasse aquele sorriso do rosto.

— Sim, sou, milady.

— Por favor, me chame de Perséfone — pediu ela, seu sorriso combinando com o dele.

— Milady está bom — interrompeu Hades. O povo dele não a chamaria por seu nome de batismo. — Estou ficando impaciente, Caronte.

O barqueiro abaixou a cabeça, provavelmente para esconder uma risada, não por respeito, mas quando olhou para Hades novamente, sua expressão era séria.

— Milorde, um homem chamado Orfeu foi pego entrando sorrateiramente em minha balsa. Ele deseja uma audiência.

Claro, pensou ele. *Outra alma ansiosa para implorar pela vida: se não a sua própria, a de outra pessoa.*

— Faça-o entrar. Estou ansioso para voltar à minha conversa com Lady Perséfone.

Caronte convocou o mortal com um estalar de dedos. Orfeu apareceu de joelhos diante do trono, com as mãos amarradas às costas. Hades nunca tinha visto aquele homem antes, e não havia nada particularmente notável nele. Tinha um cabelo encaracolado que grudava no rosto, encharcado da água do Estige. Seus olhos eram opacos, cinzentos e sem vida. De todo modo, não era em sua aparência que Hades estava interessado, mas em sua alma, carregada de culpa. Aquilo *de fato* o interessava, mas, antes de olhar mais a fundo, ouviu a inspiração audível de Perséfone.

— Ele é perigoso? — perguntou ela.

Ela havia feito a pergunta a Caronte, mas o daemon olhou para Hades em busca de uma resposta.

— Você pode ver sua alma. Ele é perigoso? — indagou Perséfone, olhando para Hades. Ele não sabia bem o que o deixara tão frustrado na pergunta. Talvez fosse a compaixão dela?

— Não.

— Então, liberte-o dessas amarras.

O instinto de Hades era o de iniciar uma discussão com ela, repreendê-la por desafiá-lo na frente de uma alma, de Caronte e de Minta. Mas, olhando em seus olhos, vendo a alma *dela*, como ela estava desesperada para ver a compaixão *dele*, Hades cedeu e libertou o homem de suas amarras. O mortal não estava preparado e caiu no chão com um ruído gratificante. Ao se levantar, ele agradeceu a Perséfone.

Hades rangeu os dentes. *E o meu agradecimento?*

— Por que você veio para o Submundo? — A pergunta de Hades foi mais um rosnado. Estava achando difícil conter sua impaciência.

O mortal olhou nos olhos de Hades, sem medo. *Impressionante... ou arrogante.*

— Eu vim pela minha esposa. Desejo propor um contrato: minha alma em troca da dela.

— Eu não negocio almas, mortal — respondeu o deus.

O fato de sua esposa ter morrido foi um ato das Moiras. As três consideraram sua morte necessária, e Hades não iria interferir.

— Milorde, por favor.

Hades ergueu a mão para silenciar as súplicas do homem. Nenhuma explicação sobre o equilíbrio divino ajudaria, de modo que Hades nem sequer tentaria explicar. O mortal olhou para Perséfone.

— Não olhe para ela em busca de ajuda, mortal. Ela não pode ajudá-lo.

Hades até poderia ter dado liberdade para Perséfone circular em seu mundo, mas ela não podia interferir naquelas decisões.

— Me fale de sua esposa — disse Perséfone.

Hades franziu a testa. Sabia que ela o estava desafiando, mas qual era o objetivo?

— Qual era o nome dela?

— Eurídice — disse ele. — Ela morreu um dia depois de nos casarmos.

— Sinto muito. Como ela morreu?

Hades deveria desestimular essa conversa. Isso só daria esperança ao homem.

— Foi dormir e não acordou.

Hades engoliu em seco. Ele podia sentir a dor de Orfeu, mas a culpa ainda pesava sobre a alma do homem. O que ele tinha feito com sua esposa? Por que sentia tanta culpa por sua morte?

— Você a perdeu tão de repente. — Perséfone parecia muito triste, muito infeliz pelo homem.

— As Moiras cortaram o fio da vida dela — disse Hades. — Não posso devolvê-la aos vivos, e não negocio para devolver almas.

Hades reparou que os dedos delicados de Perséfone fecharam-se em um punho. Será que ela queria bater nele? O pensamento o divertiu.

— Lorde Hades, por favor... — arquejou Orfeu. — Eu a amo.

Seus olhos se estreitaram e ele riu. Ele a amava, sim, Hades podia sentir aquilo, mas a culpa lhe dizia que o mortal estava escondendo algo.

— Você pode tê-la amado, mortal, mas não veio aqui por ela. Veio por si mesmo. Não vou atender ao seu pedido. Caronte.

Hades recostou-se em seu trono enquanto Caronte obedecia ao seu comando, desaparecendo com Orfeu. Ele devolveria o homem ao Mundo Superior, ao qual ele pertencia, onde choraria como outros mortais por sua perda.

Em meio ao silêncio que se fez, Perséfone fervilhava. Hades sentiu que a raiva dela aumentava. Depois de um instante, ele disse:

— Você quer me dizer para abrir uma exceção.

— Você quer me dizer por que não é possível — retrucou ela, e os lábios de Hades se contraíram.

— Eu não posso abrir exceções, Perséfone. Você sabe quantas vezes sou solicitado a devolver almas do Submundo?

Constantemente.

— Você mal quis escutá-lo. Eles ficaram casados por apenas um dia, Hades.

— Trágico — disse ele, e era, mas Orfeu não era a única pessoa que tinha passado por aquilo. Hades não podia desperdiçar tempo *tendo pena* de cada mortal cuja vida não correu como se esperava.

— Você é tão desalmado assim?

A pergunta o frustrou.

— Eles não são os primeiros a ter uma triste história de amor, Perséfone, nem serão os últimos, eu imagino.

— Você trouxe mortais de volta por menos — disse ela.

A declaração dela o surpreendeu. A que ela se referia?

— O amor é uma razão egoísta para trazer os mortos de volta.

Ela ainda não tinha aprendido que os mortos eram realmente agraciados.

— E a guerra, não é?

Hades sentiu seu olhar ficar sombrio. A raiva que as palavras dela suscitaram ardia em seu corpo.

— Você fala sobre o que não sabe, Deusa.

As barganhas que Hades havia feito para devolver os heróis da guerra pesavam muito sobre ele, mas esse tipo de decisão não era tomada de modo impensado, e ele não se deixava influenciar por deuses ou deusas. Hades antevira o futuro e percebera o que estava por vir se não concordasse. O sacrifício era o mesmo: uma alma por outra, fardos que ele carregaria para sempre. Fardos que estavam gravados em sua pele.

— Me diz como você escolhe lados, Hades — disse ela.

— Eu não escolho — respondeu ele, entre dentes.

— Assim como não ofereceu outra opção a Orfeu. Teria sido abrir mão de seu controle oferecer a ele pelo menos um vislumbre de sua esposa, segura e feliz no Submundo?

Hades não havia pensado nisso, e tampouco tinha muito tempo para pensar naquele instante, porque Minta falou.

Ele havia esquecido que a ninfa ainda estava na sala.

— Como ousa falar com Lorde Hades...

— Basta. — Hades a interrompeu e se levantou. Perséfone o seguiu. — Terminamos aqui.

— Devo acompanhar Perséfone até a saída? — perguntou Minta.

— Você pode chamá-la de *Lady Perséfone* — retrucou ele. — E não. *Nós* não terminamos.

Ele percebeu o choque de Minta antes de se virar para Perséfone. Ela não estava olhando para ele, mas vendo Minta partir. Ele chamou a atenção de Perséfone ao tocar o queixo dela com seus dedos.

— Parece que você tem muitas opiniões sobre como gerencio meu reino.

— Você não demonstrou compaixão — disse ela com a voz embargada.

Compaixão? Não se lembrava do tempo que passaram no jardim? Quando ele lhe mostrou a verdade do Submundo? Não era compassivo ao usar sua magia para que suas almas pudessem viver uma existência mais pacífica?

— Pior, você zombou do amor do homem por sua esposa.

— Eu questionei seu amor, não zombei dele.

— Quem é você para questionar o amor?

— Um deus, Perséfone.

Aquele homem sentia culpa por algum motivo.

Ela semicerrou os olhos.

— Todo esse poder, e você não cria nada com ele, apenas sofrimento.

Hades se encolheu. Não podia evitar; as palavras dela eram como facas.

— Como pode ser tão apaixonado e não acreditar no amor?

Ele riu amargamente e disse:

— Porque paixão não precisa de amor, meu bem.

Hades havia dito a coisa errada. Ele sabia disso antes que as palavras saíssem de sua boca, mas estava com raiva e as suposições dela o fizeram querer machucá-la da única maneira que podia: com palavras, o que deu certo. Os olhos de Perséfone se arregalaram, e ela deu um passo para longe como se não pudesse suportar estar tão assim perto dele.

— Você é um deus cruel!

Perséfone desapareceu e ele deixou que ela se fosse. Se ela não o tivesse acusado de não fazer nada além de ferir os outros, ele poderia ter tentado ajudá-la a entender o seu lado, poderia até ter dito sobre a culpa que percebia na alma de Orfeu, mas não conseguiu fazê-lo.

Que ela pensasse o pior.

13

REDENÇÃO

Hades estava diante do terreno desolado que dera a Perséfone. O solo ainda estava seco feito osso, sem sinais de vida.

Ela não vinha havia quatro dias. Não voltara para visitar Hécate ou Asfódelos, nem para regar seu jardim.

Não voltara para *ele*.

Você é um deus cruel.

As palavras dela ecoaram em sua cabeça, amargas e raivosas e... verdadeiras. Ela tinha razão.

Ele era cruel.

As provas estavam por todos os lados, e Hades agora se dava conta disso, de pé no jardim do palácio, cercado por belas flores e árvores exuberantes. Estavam na ilusão de beleza que ele mantinha, nas obras de caridade que ele apoiava, nas barganhas que fazia. Era a sua tentativa de apagar a vergonha que sentia por quem fora: um deus impiedoso, sem coração, desconfiado.

— Por que você está deprimido? — A voz de Hécate veio por trás dele.

— Não estou deprimido — disse Hades, virando para a deusa. Cérbero, Tifão e Órtros sentaram-se obedientemente a seus pés. Hécate vestia uma túnica carmesim sem mangas e seu cabelo longo e farto estava trançado.

Hécate arqueou a sobrancelha.

— Parece que está.

— Estou pensando — respondeu ele.

— Em Perséfone?

Hades não respondeu imediatamente. Por fim, disse:

— Ela acha que sou cruel.

Ele explicou o que havia acontecido na sala do trono e reconheceu sua tendência a barganhar — trocar isso por aquilo —, em vez de fazer concessões. Perséfone estava certa, ele poderia ter oferecido a Orfeu um vislumbre de Eurídice no Submundo. Assim, talvez tivesse descoberto por que o mortal sentia tanta culpa pela morte da esposa.

— Ela não disse que você era cruel pelas razões que você pensa — afirmou Hécate.

O deus olhou nos olhos escuros dela.

— Como assim?

— Perséfone espera encontrar amor, assim como você, Hades, e em vez de confirmar isso, você zombou dela. Paixão não requer amor? O que você estava pensando?

O rosto de Hades estava quente, e ele fez uma careta. Odiava *sentimentos*, especialmente o constrangimento.

— Ela é... frustrante!

— Você também não é nada fácil.

— Diz a bruxa que usa veneno para resolver todos os problemas — resmungou Hades.

— É muito mais eficaz do que ficar deprimido.

— Não estou deprimido! — Hades bufou e então suspirou, apertando o dorso do seu nariz. — Me desculpe, Hécate.

Ela lhe deu um sorriso tênue.

— Diga o que você teme, Hades.

Ele demorou um instante para encontrar as palavras, porque de fato não sabia.

— Que ela esteja certa — disse ele. — Que ela veja em mim as mesmas coisas que a mãe dela vê.

— Bem, para sua sorte, Perséfone não é a mãe dela. Este é um fato de grande importância também, e você não deve se esquecer disso.

Hades presumiu que era tão injusto continuar comparando-a com Deméter quanto era para Perséfone compará-lo com as palavras de Deméter, mas no fundo se perguntava por que ele agonizava. Era apenas uma questão de tempo até que as Moiras passassem suas tesouras por aqueles fios que os mantinham entrelaçados.

— Se você quer que ela entenda, deve se abrir mais com ela.

— E dar a ela mais assunto para os artigos que quer escrever? Acho que não.

Hades ainda estava frustrado com a visita dela à Nevernight, só para acusá-lo de destruir vidas mortais.

Hécate ergueu a sobrancelha.

— Eu nunca vi você se importar com o que as outras pessoas pensam, Hades.

E ele agora sabia por que nunca se preocupara antes: porque se importar era um incômodo.

— Ela será minha esposa — disse Hades.

— E por acaso isso não dá a ela o direito de conhecê-lo de um modo diferente do que o de qualquer outra pessoa? — indagou Hécate. — Com o tempo, ela vai aprender mais sobre você, sobre como você pensa, como você se sente, como você ama, mas ela não vai conseguir fazer isso se você não se comunicar. Comece com Orfeu.

* * *

Quando Hades voltou ao palácio, encontrou Tânatos esperando por ele em seu escritório. O Deus da Morte parecia mais pálido do que o normal, seus olhos vibrantes, sem brilho, seus lábios vermelhos, sem cor. Normalmente, ele tinha uma presença calmante, mas Hades podia sentir seu incômodo.

— Tivemos outro intruso — disse Tânatos.

De alguma forma, Hades sabia o que o deus diria mesmo antes de ele abrir a boca. Foi como Hades antecipara: Sísifo não se contentou em apenas evitar a morte iminente. Ele queria evitar a morte completamente.

— Quem foi desta vez? — perguntou Hades.

— Seu nome era Éolo Galani.

Hades ficou quieto por um momento, atravessando o escritório até a sua mesa. Era uma tentativa de se afastar um pouco da fúria que sentia pelo mortal que estava desafiando a morte e prejudicando outros.

— A alma dele?

Tânatos assentiu.

Hades bateu os punhos na mesa. Uma fissura se formou no centro da obsidiana perfeita e brilhante. Os dois deuses ficaram em silêncio por um momento enquanto cada um deles pensava o que fazer dali em diante.

— Que ligação esse sujeito tem com Sísifo?

— Só uma. Ambos eram membros da Tríade — respondeu Tânatos. — Nossas fontes dizem que Éolo era um membro do alto escalão da organização.

Hades franziu as sobrancelhas. Entendia os motivos de Sísifo para matar Alexandre: era um subalterno cujo vício o fizera contrair uma dívida. Sísifo o via como descartável, mas um membro do alto escalão da Tríade era diferente. Sua morte tinha sido uma declaração de guerra. O que motivara Sísifo? Teria descoberto sobre o encontro de Hades com Poseidon? Estaria enviando uma mensagem? Achava-se invencível agora que estava de posse da relíquia?

— E as Moiras? — Hades perguntou depois de um instante.

— Furiosas.

Não tinha certeza do motivo de ter perguntado; sabia que estariam em alvoroço. Não visitava a ilha desde que devolvera a tesoura de Átropos, e até aquilo fora uma provação. Assim que entrou, as três começaram a lhe dar sermões e fazer ameaças. Só podia imaginar como soariam agora, gemendo em um coro horrendo, ameaçando Hades da única maneira que sabiam: desfazer o que ele sempre quis.

Quanto a isso, ele já estava fazendo um bom trabalho por conta própria.

— O que faremos? — perguntou Tânatos, e sua voz estava calma, cheia de uma melancolia que Hades sentiu em seu peito.

Virou-se, ajeitou a gravata e abotoou o paletó.

— Convoque Hermes — respondeu Hades.

Tânatos franziu as sobrancelhas.

— Hermes? Por quê?

— Porque eu tenho uma mensagem para enviar — disse Hades.

Para a sorte de Hermes, isso nem exigiria palavras.

Hades deixou o Submundo e se teleportou para a Nevernight. Esperava fazer suas rondas habituais, vagando sem ser visto entre os mortais e humanoides que se amontoavam no andar de baixo, enviando sua equipe para entregar senhas para o salão acima, antes de subir para barganhar; só que, quando chegou, foi convocado para a sacada por Elias.

— Milorde — disse o sátiro quando Hades se aproximou.

— Sim, Elias?

Ele acenou para algo à distância, e os olhos de Hades se semicerraram enquanto o seguia.

— Aquela ninfa. Acredito que seja de Deméter e esteja aqui para espionar Perséfone.

Deméter tinha todos os tipos de ninfas a seu serviço — alseídes, dafneias, melíades, náiades e crineias — mas aquela era uma dríade, uma ninfa do carvalho. Usava uma ilusão, provavelmente esperando que passasse despercebida, mas Hades podia ver sua pele verde sob a magia. Mesmo que sua natureza não fosse aparente, era óbvio que estava tramando algo. Seus olhos desconfiados percorriam a multidão. Estava claramente procurando por alguém.

— Lady Perséfone chegou? — perguntou Hades, mantendo seu tom neutro, e apesar da conversa constrangedora que tivera com Hécate em seu jardim, não pôde deixar de ficar esperançoso.

— Sim — respondeu Elias, e Hades sentiu uma mistura de alívio e tensão crescer dentro dele de uma vez, estava ansioso para vê-la. — A ninfa a seguiu até aqui. Eu não a impedi de entrar, pois achei que milorde pudesse querer falar com ela.

— Obrigado, Elias — disse Hades. — Retire-a da pista.

Elias falou em seu microfone. Em segundos, dois ogros emergiram das sombras. Os olhos da ninfa se arregalaram com a aproximação deles, um de cada lado. Houve um breve diálogo, mas ela não resistiu e permitiu que as duas criaturas a acompanhassem em meio à escuridão da casa noturna. Eles a deixariam em uma pequena sala sem janelas para esperar até que Hades estivesse pronto para confrontá-la.

— Você sabe o que fazer — disse Hades. — Estarei lá em breve.

Elias realizaria uma verificação de antecedentes da ninfa, descobriria seu nome, seus associados e sua família. Era uma espécie de arsenal, uma maneira de transformar palavras em armas para que Hades pudesse obter o que queria da ninfa — para que ela desafiasse as ordens de sua lady.

— Ah, e Elias: marque um encontro com Katerina quando terminar.

Katerina era a diretora da Fundação Cipreste, organização sem fins lucrativos de Hades. Se ele ia ajudar os mortais da maneira que Perséfone desejava, teria que criar algo especial, e sabia exatamente quando revelar o projeto: no próximo Baile de Gala Olímpico.

Hades saiu da sacada e invocou sua ilusão, movendo-se sem ser visto pelo salão da Nevernight em busca de Perséfone. Ela tinha que estar na casa noturna, porque ele havia selado as entradas do Submundo para impedi-la de ir e vir sem seu conhecimento.

Enquanto ele procurava nas sombras, encontrou Minta, que estava discutindo com Mekonnen. Hades revirou os olhos; não havia nada de incomum naquilo. A ninfa brigava com todos os funcionários.

— Nós não somos uma obra de caridade! — dizia Minta.

— Ela não está pedindo caridade. — Apesar da raiva de Minta, Mekonnen permaneceu calmo. Era uma característica que Hades admirava no ogro que havia indicado para o cargo antes ocupado por Duncan.

— Ela está pedindo o impossível. Hades não perde seu tempo com mortais de luto.

Aquilo até que era verdade; no entanto, ouvir as palavras em voz alta, ouvi-las ditas em um tom tão descuidado e tão grosseiro quanto aquele, foi como se uma lança tivesse sido arremessada direto no coração de Hades. Teria ele soado dessa forma ao dispensar Orfeu? Não admira que Perséfone tenha ficado horrorizada.

De repente, estava em desacordo com a maneira como Minta e Perséfone o viam, pois lhe ocorreu que elas tinham opiniões similares sobre ele. Minta esperava que ele recusasse os pedidos de um mortal em apuros, e Perséfone presumia a mesma coisa.

— Desde quando você decide o que Hades considera digno, Minta? — perguntou Mekonnen, e Hades sentiu verdadeiro apreço pelo ogro.

— Uma pergunta para a qual gostaria muito de ouvir a resposta — disse Hades, saindo da sombra.

Minta virou-se para Hades, com a surpresa evidente nas sobrancelhas levantadas e nos lábios entreabertos. Obviamente, não tinha tanta confiança ao falar em nome de Hades quando ele estava presente.

— Milorde — disse Mekonnen, inclinando a cabeça.

— Eu ouvi bem, Mekonnen? Há uma mortal aqui para me ver?

— Sim, milorde. É uma mãe. A filha dela está na UTI do Hospital Infantil de Asclépio.

Os lábios de Hades se retesaram de tristeza. A Fundação Asclépio era uma de suas instituições de caridade. Ser o Deus dos Mortos envolvia certas coisas desagradáveis, e uma delas era a morte de crianças. Por mais que entendesse o equilíbrio da vida, nunca aceitaria que a morte de uma criança fosse necessária.

— A criança ainda não se foi, milorde.

— Leve essa mãe até meu escritório — instruiu Hades. Ele começou a se afastar, mas se deteve. — E Minta, eu sou seu rei, e você deve se dirigir a mim como tal. Não deve falar em meu nome.

Hades cruzou o salão de sua casa noturna com Minta em seu encalço. A ninfa agarrou seu braço, e Hades se virou para encará-la.

— Coloque-se no seu lugar — sibilou.

Ela nem se mexeu, apenas olhou furiosa. Não se deixou intimidar pela raiva dele, nem sentiu medo da ira.

— Em qualquer outro momento, você teria concordado comigo! — retrucou ela.

— Eu nunca teria *concordado* com você — disse ele. — Você acha que entende como eu penso. Claramente, não.

Ele se virou e subiu, mas a ninfa continuou a segui-lo.

— Sei como você pensa — falou a ninfa. — A única coisa que mudou é Per...

Hades se virou para ela novamente e levantou a mão. Ele não tinha certeza do que pretendia fazer, mas acabou cerrando o punho.

— *Não diga o nome dela* — falou entre dentes, deu meia-volta e abriu a porta de seu escritório.

Sentiu Perséfone e Hermes lá dentro, mas não os viu. Os anos de batalha o impediram de hesitar na porta, mas estava no limite e não podia negar que pensar neles escondidos juntos naquela sala o fazia surtar.

Por que eles estão aqui juntos, para começo de conversa? Foi por isso que não a localizei na pista?

Hades trincou os dentes com mais força do que o necessário.

— Você está perdendo seu tempo! — exclamou Minta, retirando-o de seus pensamentos e redirecionando sua frustração. Hades se perguntou a quem ela se referia: à mortal ou a Perséfone?

— Eu tenho tempo de sobra — retrucou Hades.

Os lábios de Minta se retesaram.

— Isto é uma casa de jogos. Os mortais negociam por seus desejos, não fazem pedidos ao Deus do Submundo.

— Esta casa é o que eu digo que é.

A ninfa lançou um olhar fulminante.

— Você acha que isso vai convencer a deusa a pensar melhor de você?

Seus olhos se semicerraram, e ele rosnou:

— Eu não me importo com o que pensam de mim, e isso inclui você, Minta. Vou ouvir o pedido.

A expressão severa de Minta relaxou, seus olhos se arregalaram, e ela ficou em um silêncio atordoado por um instante antes de sair sem dizer nada.

Hades estava feliz por ter alguns segundos para controlar sua raiva, e era ainda mais importante fazer isso naquele momento, porque sabia que tinha uma audiência. As magias de Perséfone e Hermes esbarravam na magia dele, inflamando seu sangue de uma forma que o fez querer explodir, mas antes que pudesse surtar de vez, as portas de seu escritório se abriram e uma mortal entrou.

Estava desgrenhada, como se tivesse se vestido às pressas. A gola de seu suéter caía de um dos ombros, e ela vestia um casaco comprido que fazia seu corpo parecer um balão. Apesar de sua aparência descuidada, ela manteve a cabeça erguida, e Hades sentiu determinação sob seu espírito quebrantado.

Ainda assim, ela congelou quando o viu, e ele detestou o fato de aquilo lhe dar um aperto no peito. Ele sabia por que era o inimigo do Mundo Superior: porque carregava a culpa por levar todos os entes queridos embora, porque não tinha feito nada para contradizer aquelas crenças antigas sobre seu reino infernal; mas isso nunca o incomodara até aquela noite.

— Você não tem nada a temer.

A voz dela saiu trêmula enquanto ela ria:

— Eu disse a mim mesma que não hesitaria, que não iria deixar o medo me vencer.

Hades inclinou a cabeça para o lado. Houve muito poucos momentos em sua vida em que sentiu verdadeira compaixão por um mortal, mas naquele sentiu pela mulher. A essência dela era boa, gentil e... simples. Ela não queria nada além de paz; no entanto, o que sentia era o oposto disso.

Hades falou em voz baixa:

— Mas você vem tendo medo por um longo tempo.

A mulher assentiu, e lágrimas escorreram pelo seu rosto. Ela secou as lágrimas ferozmente, com as mãos tremendo, e tornou a rir, nervosa.

— Eu disse a mim mesma que não choraria também.

— Por quê?

— Os Divinos não se comovem com a dor.

Ela tinha razão: ele não se comoveu com sua dor, mas se comoveu com sua força.

— Suponho que não posso culpá-lo — prosseguiu a mulher. — Eu sou uma em um milhão, suplicando por uma graça para mim mesma.

Ela era uma entre um milhão que já tinha feito o mesmo pedido; no entanto, aquele era diferente.

— Mas você não está suplicando para si mesma, está?

A boca da mulher tremeu, e ela respondeu em um sussurro:

— Não.

— Me diga.

— Minha filha. — As palavras saíram com a mulher aos prantos, e ela tapou a boca para reprimir sua emoção. Depois de um instante, ela prosseguiu, limpando o rosto. — Ela está doente. Pineoblastoma. É um câncer agressivo.

Ele estudou a mulher; mágoa jazia em sua alma ferida. Ela tivera dificuldades para ter filhos. Depois de vários abortos espontâneos devastadores e tratamentos dolorosos, finalmente conseguiu: deu à luz uma menina perfeita. Mas, aos dois anos, ela começou a ter problemas para andar e ficar em pé, e toda a euforia que a mulher sentia se transformou em desespero.

Ainda assim, sob aquela tristeza horrível, Hades sentia a esperança que ela ainda nutria com relação à sua filha, os sonhos que ainda tinha para a criança. A mulher sofrera para ter aquela filha e lutaria para mantê-la na Terra, mesmo que isso a matasse.

E isso a mataria.

Hades cerrou os punhos com aquele pensamento.

— Quero vender minha vida pela dela.

Muitos mortais haviam oferecido a mesma coisa, a vida de um ente querido por outra, e ninguém desejava isso mais do que as mães que imploravam aos seus pés. Ainda assim, ele nunca aceitara.

— Meus contratos não servem para almas como a sua.

— Por favor — sussurrou a mulher. — Eu te dou qualquer coisa, o que você quiser.

Uma risada sem graça escapou dele. *O que você sabe sobre o que eu quero?*, queria dizer enquanto seus pensamentos se voltavam para Perséfone.

— Você não poderia me dar o que eu quero.

A mulher piscou e pareceu chegar a algum tipo de conclusão tácita, porque abaixou a cabeça entre as mãos e seus ombros tremiam enquanto soluçava.

— Você era minha última esperança. Minha última esperança.

Hades se aproximou dela, colocou os dedos sob seu queixo e ergueu sua cabeça.

— Não vou fazer um contrato com você, porque não desejo tirar nada de você. Isso não significa que não vou ajudá-la.

A mulher inspirou bruscamente e seus olhos se arregalaram, pois ficara em choque com as palavras de Hades.

— Sua filha terá meu favor. Ela ficará bem e será tão corajosa quanto a mãe, eu aposto.

— Ah, obrigada! Obrigada! — Ela jogou os braços em volta dele.

Ele ficou todo retesado, pois não esperava uma reação física dela; mas, depois de um instante, retribuiu o abraço e disse:

— Vá. Cuide de sua filha.

A mulher deu alguns passos para trás.

— Você é o deus mais generoso.

Os lábios de Hades se contraíram quando ele riu.

— Vou alterar minha declaração anterior. Em troca do meu favor, você não dirá a ninguém que a ajudei.

As sobrancelhas da mulher se ergueram.

— Mas...

Ele ergueu a mão para silenciá-la. Hades tinha lá seus motivos para pedir anonimato, entre eles, o de que que aquela oferta poderia ser mal interpretada. Ele pôde oferecer-lhe a garantia de que sua filha ficaria bem porque ela ainda não estava morta, só estava no limbo. Não era o mesmo caso de Orfeu, que pedia o retorno de Eurídice ao Mundo Superior.

Hades tinha mais controle sobre as almas no limbo porque eram como curingas: seu destino era indeterminado. Havia várias razões para isso: às vezes o destino original precisava mudar, e as Moiras usavam o limbo como um mecanismo para alterar vidas; às vezes, as próprias almas não sabiam se desejavam viver ou morrer, e o limbo era uma maneira de dar-lhes um tempo para decidir.

Por fim, ela assentiu e então abriu um sorriso, as lágrimas ainda escorrendo pelo rosto.

— Obrigada. — Ela deu meia-volta. — Obrigada!

Hades observou a porta depois que ela saiu, com a satisfação que sentiu em ajudar a mortal se dissolvendo em algo desagradável assim que ele ficou sozinho, pois Hermes e Perséfone ainda estavam escondidos em seu escritório. Virou-se, sua magia cresceu e forçou os dois para fora do espelho que ficava sobre sua lareira. Hermes, tendo estado naquela situação inúmeras vezes, preparou-se e pousou de pé. Perséfone não teve tanta sorte. Caiu de quatro com um baque alto.

— Rude — disse Hermes.

— Eu poderia dizer o mesmo — retrucou Hades, e seu olhar rapidamente se voltou para Perséfone enquanto ela se levantava, limpando as mãos e os joelhos. Parecia diferente, mas ele presumiu que era pelo modo como ela estava vestida: blusa branca e calça preta, um coque no topo da cabeça, expondo sua mandíbula angulosa e seu pescoço gracioso. Hades gostou de vê-la assim. Parecia à vontade.

— Ouviu tudo o que queria? — perguntou a ela.

Ela lançou um olhar de fúria para ele.

— Eu queria ir para o Submundo, mas *alguém* revogou meu favor.

Hades não havia revogado seu favor, apenas a impedira de entrar no Submundo antes que tivesse a chance de falar com ela. Infelizmente, ele agora precisava falar com Hermes, e ainda por cima sem audiência.

Ele se voltou para o Deus da Trapaça:

— Eu tenho um trabalho para você, mensageiro.

Hades estalou os dedos e enviou Perséfone para o Submundo. Hermes ergueu uma sobrancelha, e parecia particularmente crítico.

— O que foi? — indagou Hades, mordaz.

— Você poderia ter lidado melhor com essa situação.

— Não pedi a sua opinião.

— Não é opinião, é fato. Até mesmo Hécate concordaria comigo.

— Hermes... — avisou Hades.

— Eu posso chamar Hécate para provar minha teoria.

— Você está em meu território, Hermes, não se esqueça disso.

— E eu sou seu mensageiro, não se esqueça disso.

Eles trocaram olhares fulminantes. Receber conselhos de Hermes sobre relacionamentos era como pedir a mesma coisa a Zeus: inútil.

— Sorte a minha que não são suas habilidades de mensageiro que estou procurando, Deus dos Ladrões.

14

UMA BATALHA DE FORÇA DE VONTADE

Enquanto Hades ia para o Submundo, sentiu seu peito se apertar com culpa. Era como ter pedras empilhadas em seu corpo, e ele pensou nas palavras de Hermes: *Você poderia ter lidado melhor com isso*. Mas, à medida que considerava suas ações, não via outro jeito. Estava pedindo a Hermes que roubasse e preferia não se explicar para Perséfone, mesmo que achasse que tinha boas razões.

Mas ele agonizava. Teria sido aquela uma ocasião em que ele deveria ter se comunicado? Deveria ter contado a ela toda a história por trás da missão que havia atribuído a Hermes? Que queria que o Deus da Trapaça interceptasse todos os carregamentos de Sísifo? Com isso, Hades pretendia desmantelar seu império. Ou bastaria pedir a Perséfone que lhes desse um momento de privacidade?

Com esse pensamento, ele de repente entendeu por que não havia feito tal oferta: ela basicamente o espionara, e ele reagiu com raiva em vez de ser calmo e racional.

Resmungou.

Era um fracasso naquilo.

Ainda assim, foi procurar Perséfone e a encontrou na biblioteca. Estava na ponta dos pés, as mãos apoiadas nas laterais de uma bacia que continha um mapa do Submundo. Ela se inclinou cada vez mais perto da superfície aquosa, e o movimento deixou Hades ansioso, porque a bacia também funcionava como um portal. Com um toque, ela seria transportada para outro local no Submundo. Normalmente, aquilo não o preocuparia tanto porque ele poderia recuperá-la depressa, mas ele sabia como a mente de Perséfone funcionava, e era provável que ela acabasse caindo nas águas flamejantes do Flegetonte.

Ele escolheu aquele momento para anunciar sua presença.

— A curiosidade é uma qualidade perigosa, milady.

Perigosa. Enfurecedora. Excitante. Era multifacetada e tinha seu lugar, mas ele preferia que ela estivesse curiosa sobre outras coisas; sobre ele, por exemplo.

Perséfone se virou para encará-lo, seus lindos olhos verdes se arregalando. Ela pousou sua mão sobre seu coração, e os olhos de Hades se voltaram para seus seios perfeitos. Por um momento, só teve olhos para a intumescência dos mamilos dela, que despontavam sob sua blusa branca.

— Estou mais do que ciente. E não me chame de milady — retrucou Perséfone, e então olhou de volta para a bacia. — Este mapa do seu mundo não está completo.

Hades avançou. Gostava do modo como ela precisava inclinar a cabeça para trás apenas para retribuir seu olhar. Parou a centímetros dela, desejando diminuir ainda mais a distância, desejando erguê-la em seus braços e fazer amor com ela contra aquela bacia. Talvez eles caíssem e terminassem em meio à flora do Submundo. Pelos deuses, como ele ansiava por tomá-la sob seu céu.

Um arquejo de Perséfone tirou Hades de seus pensamentos carnais, e seu olhar se moveu para a água. Ela se virou para olhar o mapa, de modo que ficou de costas para ele. Aquela posição tampouco ajudava. Dali, poderia passar o braço em volta da cintura dela, pressionar seu peito contra as costas dela e beijar seu pescoço enquanto sua outra mão explorava seus seios, descendo pela barriga e entre as coxas.

Hades sacudiu a cabeça, tentando espantar esses pensamentos.

— O que você vê?

— Seu palácio, Asfódelos, o rio Estige e o Lete... e só. Onde estão os Campos Elísios? O Tártaro?

Ele sorriu perante a ânsia dela de entender o Submundo, mesmo que aquilo o deixasse levemente incomodado. Se ele pudesse evitar, ela nunca exploraria as montanhas e as cavernas do Tártaro. Aquela parte de seu reino era uma manifestação de sua alma: escura e angustiante.

— O mapa os revelará quando você conquistar o direito de saber.

— O que você quer dizer com *conquistar*?

— Apenas aqueles em quem mais confio podem ver este mapa na sua totalidade. — O mapa era uma verdadeira arma, e Hades dava acesso a poucos; entre eles, Tânatos e Hécate.

— Quem pode ver o mapa completo? — A voz de Perséfone se esganiçou, e seus olhos se semicerraram, desconfiados. — Minta pode?

O ciúme dela o interessou, e ele não pôde deixar de incitá-la.

— Isso te incomodaria, Lady Perséfone?

— Não — disse Perséfone rapidamente, e deixou seus olhos caírem para onde suas mãos descansavam na bacia.

Ela estava mentindo. Hades podia perceber pela inflexão de sua voz e por sua linguagem corporal; podia saborear a mentira no ar entre eles. Ele deveria desafiá-la, tanto quanto fez no dia em que ela fora a Nevernight exigir respostas por suas barganhas. *Você poderia falar sobre como enrubesce da cabeça aos pés na minha presença e como eu te faço perder o fôlego?* Pôde perceber claramente que ela não havia se afastado desde que ele se aproximou, e que estava se inclinando para mais perto dele enquanto falavam, arqueando as costas de uma forma que ressaltava as suas curvas.

Isso o fez querê-la ainda mais, e Hades sabia que se a beijasse naquele momento, Perséfone se renderia. O sexo seria brusco, rápido e desesperado, e repleto de arrependimento.

Não podia amá-la e vê-la mentindo para ele, de modo que se virou, pois precisava de distância. Recuou até as estantes, mas Perséfone o seguiu, sufocando-o com seu calor e seu cheiro.

Ela tentou acompanhar o passo dele, ofegando:

— Por que você revogou meu favor?

— Para te ensinar uma lição — respondeu, sem olhar para ela.

— Não trazer mortais para o seu reino?

Hades achou estranho que os pensamentos dela se voltassem para Adônis, não para Orfeu. Ele não sabia como interpretar aquilo.

— Não ir embora quando estiver com raiva de mim — disse ele.

— Como assim?

Ela se deteve, deixou de lado os livros que carregava, e Hades se virou para encará-la. O coração disparou, e ele não sabia se estava preparado para ter aquela conversa.

— Você me parece alguém que tem muitas emoções e nunca foi ensinada a lidar com todas elas, mas posso lhe garantir que fugir não é a solução.

Só que eu não sou um bom exemplo nesse caso, pensou. Estava falando aquilo tanto para si mesmo quanto para ela.

— Eu não tinha mais nada a dizer a você.

— Não se trata de ter o que dizer — retrucou, frustrado, e então fez uma pausa para respirar um pouco antes de explicar. — Prefiro ajudá-la a entender minhas motivações do que ter você me espionando.

— Não era a minha intenção espionar — falou ela. — Hermes...

— Eu sei que foi Hermes quem te puxou para dentro do espelho — falou ele. Não se tratava do espelho. Tratava-se de mudar a opinião de Perséfone sobre ele. — Não quero que você saia e fique com raiva de mim.

Ela balançou a cabeça levemente, franzindo as sobrancelhas, e perguntou:

— Por quê?

— Porque... — Hades se sentiu um idiota. Em todas as suas vidas, ele jamais tivera de dar satisfações. — É importante para mim. Prefiro explorar sua raiva. Prefiro ouvir seu conselho. Desejo entender sua perspectiva.

Perséfone começou a falar novamente, e Hades sabia o que ela ia perguntar. *Por quê?* Então, ele respondeu:

— Porque você viveu entre mortais. Você os entende melhor do que eu. Porque você é compassiva.

Ela desviou o olhar, e um leve rubor se formou em sua face. Depois de um instante, ela perguntou em tom calmo:

— Por que você ajudou aquela mãe esta noite?

— Porque eu quis — respondeu, e praticamente podia sentir os olhos de Hécate se revirando. *Você pode fazer melhor do que isso. Eu disse para se comunicar!*

— E Orfeu?

Hades suspirou, esfregando os olhos com o indicador e o polegar. Hécate tinha razão; ele tinha que se explicar melhor.

— Não é tão simples assim. Sim, tenho a capacidade de ressuscitar os mortos, mas não funciona com todos, especialmente quando as Moiras estão envolvidas. A vida de Eurídice foi interrompida pelas Moiras por um motivo. Eu não posso tocá-la.

— Mas e a garota?

— Ela não estava morta, apenas no limbo. Posso negociar com as Moiras por vidas no limbo.

— O que você quer dizer com negociar com as Moiras?

— É uma coisa delicada — explicou ele. — Se eu pedir às Moiras para poupar uma alma, não posso decidir pela vida de outra.

Isso significava que outra vida no limbo seria tirada, algo em que Hades se esforçou para não pensar naquele momento.

— Mas... você é o Deus do Submundo!

Ele era, mas isso não significava que iria desautorizar decisões. Mesmo que pudesse, muito tempo antes ele aprendera que havia consequências para tais ações, além de alguns fardos que não estava disposto a suportar. Sempre havia um propósito maior em ação e, para ele, interferir significaria a ruína.

— E as Moiras são Divinas também — disse ele. — Devo respeitar a existência delas como elas respeitam a minha.

— Isso não parece justo.

— Não parece justo? Ou não soa justo para os mortais?

Os olhos de Perséfone brilharam, e um vestígio da ilusão dela palpitou sob sua pele.

— Então os mortais têm que sofrer pelo bem do seu jogo?

— Não é um jogo, Perséfone. Muito menos meu — devolveu, frustrado. Por acaso ele não tinha sido claro quando explicou o equilíbrio do Submundo? Ou será que ela realmente queria pensar o pior dele?

— Você ofereceu uma explicação para parte do seu comportamento. Mas e as outras apostas?

Hades abaixou a cabeça, suas sobrancelhas cobrindo os olhos, e deu um passo à frente. Não gostou da pergunta. Ele já havia respondido àquilo, ela ainda não estava satisfeita? Ou estaria zangada com sua própria barganha? Hades achou que Perséfone recuaria à medida que ele se aproximasse, mas ela não o fez, permanecendo onde estava e erguendo o queixo em desafio.

— Você está perguntando por si mesma ou pelos mortais que alega defender?

— *Alego?* — Novamente, aquela luz em seus olhos se agitou, e Hades queria sorrir para ela.

Sim, minha rainha. Deixe-me alimentar esse fogo, desperte seu poder.

— Você só se interessou pelos meus empreendimentos depois que firmou um contrato comigo.

Era verdade. Teria Perséfone começado aquela caça às bruxas se ele a deixasse sair de sua casa noturna sem contrato?

— Empreendimentos? É disso que você chama me enganar deliberadamente?

— Então é sobre *você*.

— O que você faz é injusto. Não apenas para mim, mas para todos os mortais...

— Eu não quero falar sobre mortais. Eu quero falar sobre você. — Hades se inclinou para mais perto, guiando Perséfone em direção à estante. Suas mãos a enjaularam, uma de cada lado de seu rosto. — Por que você me convidou para sua mesa?

Perséfone desviou o olhar, e os olhos de Hades baixaram para seu pescoço enquanto ela engolia em seco.

— Você disse que me ensinaria.

Perséfone sussurrou aquelas palavras, que deslizaram pela espinha de Hades, fazendo-o estremecer, fazendo-o querer pressionar seu corpo contra o dela, abrigar a suavidade dela entre suas coxas.

— Ensinaria o quê, Deusa? — Os lábios de Hades tocaram a pele dela e roçaram seu pescoço. Ele sentiu Perséfone estremecer enquanto sussurrava palavras contra a sua pele. — O que você realmente desejava aprender?

— Jogar cartas.

A palavra saiu em um suspiro, e o ar entre eles estava carregado, um peso tangível cheio de pensamentos e fantasias eróticas. A cabeça de Perséfone caiu para trás, apoiada na estante, e suas mãos agarraram as prateleiras como se estivesse lutando contra seus próprios instintos e a voz em sua cabeça que ordenava que o tocasse também.

Os lábios de Hades exploraram e, quando ele deu um beijo entre os seios dela, olhou para cima.

— O que mais?

Ela encontrou o olhar dele então, olhos brilhantes e inquisitivos. Seus lábios roçaram um no outro enquanto compartilhavam a respiração.

— Diga — implorou Hades.

Diga que você me quer, pensou ele, *e vou comer você agora mesmo*. Ele queria erguê-la em seus braços, abrir as suas pernas e roçar entre elas. A fricção liberaria sua paixão, sacudiria a terra e alteraria o curso dos rios. Acabaria com mundos e criaria outros.

Mudaria tudo.

Ele esperou, e os olhos dela se fecharam enquanto os lábios se abriram, convidando os dele. Ela respirou fundo, seu peito arfando contra o dele. Hades se inclinou, pronto para capturar a boca de Perséfone quando ela admitisse a verdade. *Diga que você me deseja.*

— Apenas jogar cartas.

Hades se afastou rapidamente, apesar de seu desejo furioso, e tentou mascarar sua frustração com a resposta dela. Foi difícil, e seus dedos se fecharam em punhos, unhas perfurando suas palmas. A dor tornou aquilo mais fácil e o ajudou a se concentrar em algo que não fosse sua ereção dura feito aço.

Me fodi, pensou ele.

Se ela não confessasse seu desejo, ele não continuaria a fazer papel de bobo.

— Você deve estar querendo voltar para casa — falou Hades, afastando-se dela e deixando as estantes, parando para olhar para trás. — Pode pegar esses livros emprestados, se desejar.

Ela piscou, como se estivesse sob algum tipo de feitiço, antes de pegar os livros e segui-lo até a parte principal da biblioteca.

— Como? Você retirou meu favor.

— Acredite em mim, Lady Perséfone — disse, mantendo seu tom indiferente. — Se eu a excluísse de meu favor, você saberia.

Seria doloroso, como a pele arrancada dos ossos.

— Então, sou Lady Perséfone de novo? — O tom de voz dela era de desprezo, e ele se perguntou o que significaria aquela resposta. Estaria brava com ele?

— Você sempre foi Lady Perséfone, quer opte por assumir seu sangue ou não.

— O que há para assumir? — perguntou Perséfone, sem olhar nos olhos de Hades. — Sou uma deusa desconhecida, na melhor das hipóteses, e uma deusa menor.

Hades franziu a testa; aquelas crenças eram as grades que mantinham sua verdadeira natureza enjaulada.

— Se é isso que você pensa de si mesma, nunca conhecerá o poder.

Hades não tinha mais nada a dizer. Ele tinha uma ninfa para interrogar, energia para gastar, e Perséfone deixara claro que queria ir embora. Começou a reunir sua magia para se teleportar para a Nevernight quando um comando ríspido o deteve.

— *Não!* Você pediu que eu não fosse embora quando estivesse com raiva, e eu estou pedindo para não me mandar embora quando você estiver com raiva.

Ele abaixou a mão.

— Não estou com raiva.

— Então por que você me jogou no Submundo mais cedo? — perguntou ela. — Por que me mandou embora?

— Eu precisava falar com Hermes — retrucou ele.

— E não poderia dizer isso?

Ele hesitou.

— Não peça de mim coisas que você mesmo não pode dar, Hades.

Ele a encarou. O questionamento o ajudou a entender algumas coisas sobre ela. Havia magoado Perséfone quando a deixou no Submundo mais cedo. Sentira-se ignorada e descartada.

Somos iguais, dissera ela no segundo encontro deles, quando foi pedir que sua marca fosse removida. Estava fazendo o mesmo apelo agora.

Depois de um instante, ele falou:

— Concederei essa cortesia.

Perséfone exalou, e Hades se perguntou se ela esperava que ele dissesse não. Sentiu um aperto no peito com o pensamento.

— Obrigada.

Suas palavras o relaxaram, e ele estendeu a mão.

— Venha, podemos voltar para a Nevernight juntos. Tenho... negócios inacabados lá.

Ela ajeitou os livros nos braços e pegou a mão dele, e os dois voltaram para o escritório de Hades. O olhar dela se fixou no espelho sobre a lareira e, depois, em Hades.

— Como sabia que estávamos aqui? Hermes disse que não podíamos ser vistos.

— Sabia que você estava aqui porque pude senti-la.

Ela estremeceu visivelmente e desvencilhou sua mão da dele. Hades lamentou a ausência de seu calor. Ela pegou a mochila onde a havia deixado e a colocou no ombro. No caminho para a porta, fez uma pausa. Parecia tão jovem, tão bonita, emoldurada por suas portas douradas, e Hades se perguntou que diabos estava fazendo.

— Você disse que o mapa só é visível para aqueles em quem você confia. O que é necessário para ganhar a confiança do Deus dos Mortos?

— Tempo.

Hades acompanhou Perséfone até a saída, apesar das reclamações dela. Ele sabia que ela temia ser vista com ele, e realmente não podia culpá-la.

A mídia era implacável e obsessiva, e caçava deuses como presas, esperando por uma foto que perpetuasse o sensacionalismo e as fofocas. Alguns de seus companheiros olimpianos adoravam essa atenção, mas Hades tinha como objetivo evitar completamente, chegando ao ponto de colocar guardas em sua rua, em telhados e edifícios em volta de sua casa noturna para manter sua privacidade.

— Antoni vai levá-la para casa — disse Hades, já tendo convocado o ciclope. Ele estava do lado de fora do Lexus preto. Hades esperava que Perséfone protestasse, mas ela o encarou com uma expressão gentil no rosto.

— Obrigada.

Entrou na parte de trás do carro e olhou pela janela nos olhos de Hades enquanto Antoni fechava a porta.

Vê-la partir foi diferente daquela vez, como se eles tivessem descoberto algo que tinham em comum. Como se estivessem mais perto de se entender... e Hades se sentiu esperançoso.

Assim que seu carro estava fora de vista, Elias se aproximou e lhe entregou um arquivo que havia feito sobre a dríade que seguiu Perséfone em sua casa noturna. Ele deu uma olhada no conteúdo e o devolveu ao sátiro.

— Obrigado, Elias — disse e desapareceu, tornando a aparecer no pequeno quarto onde a dríade tinha sido mantida. Ela gritou quando viu Hades e se encolheu contra a parede, tremendo.

— Rosalva Lykaios. Assistente de Deméter. Engraçado que seu currículo também não inclui o cargo de *espiã*.

Ela falou baixinho, a voz trêmula:

— P-Por favor, milorde...

— Serei breve — falou, cortando-a. — Você tem duas opções: ou mente para Deméter e diz a ela que Perséfone não esteve aqui esta noite, ou diz a verdade.

Hades se moveu na direção dela enquanto falava, e a garota se encolheu.

— Na primeira, você arrisca a ira de Deméter — disse ele. — Na segunda, arrisca minha ira.

— O senhor está me pedindo para fazer o impossível.

— Não — respondeu ele. — Estou perguntando: de qual de nós você tem mais medo?

15

UM JOGO DE TRAPAÇA

Era cedo quando Hades caminhou até os estábulos do Submundo. Ficavam na parte de trás de sua propriedade e eram tão grandiosos quanto seu palácio. Pisos de mármore forravam um amplo corredor ladeado por baias com portas pretas brilhantes. Hades tinha quatro cavalos pretos, Orfeneu, Éton, Nicteu e Alastor, que ocupavam cada baia, e relincharam e bateram no chão com seus cascos quando o deus apareceu.

— Sim, sim, eu sei. Vocês estão definhando nestes estábulos e querem dar uma corrida — disse Hades enquanto eles reclamavam ruidosamente. — Vou barganhar com todos vocês. Sejam bons enquanto escovo sua pelagem e aparo seus cascos, e vou deixar vocês vagarem pelo reino.

Eles bufaram em resposta: tinham fechado um acordo.

— Quem quer ir primeiro?

Todos ficaram quietos.

Eles eram de fogo e enxofre, tinham visto a guerra, assim como Hades, e representavam sua ira divina. Apesar serem bem cuidados, seus espíritos eram indômitos, seus sonhos, assombrados. Tinham sido torturados, assim como Hades.

— Venham. Quanto mais esperam, mais longe estão da liberdade.

Isso chamou a atenção deles, e todos responderam ao mesmo tempo, batendo nas portas de suas baias.

Hades escancarou um sorriso e depois gargalhou.

— Um de vocês vai ter que me convencer.

Ele se esgueirou ao longo da passarela de mármore, parando em cada baia.

— Alastor? — questionou, e o cavalo gemeu. De todos, Alastor era o mais calmo; irônico, pois em batalha era conhecido como o algoz. Sua memória era boa, e ele nunca esquecia um inimigo.

— Orfeneu? — A fera ganiu.

— Éton? — O garanhão exalou com rudeza e bateu contra o portão, o mais agressivo dos quatro.

— Nicteu? — O mais novo dos quatro bufou.

Hades riu e se aproximou da baia de Éton.

— Tudo bem, já que você foi tão enfático assim.

Ele abriu o portão e levou a fera para a estação de lavagem nos estábulos. Não precisava prendê-lo para impedi-lo de fugir. Apesar de seu desejo de vagar, não desobedeceriam a seu lorde. Hades começou o processo limpando os cascos de Éton, tirando sujeira e lama das solas. Depois, limpou a pelagem, soltando lama, areia e sujeira. Enquanto trabalhava, ele falava:

— Hécate me disse que vocês quatro estiveram pastando em seu bosque de cogumelos novamente.

Eles bufaram, negando a acusação.

— Vocês têm certeza?

Eles balançaram a cabeça, relinchando.

— Porque Hécate disse que chamou cada um de vocês, e vocês fugiram como sombra, olhos em chamas.

Ficaram quietos.

Então, Alastor zurrou, e Hades riu.

— Você está sugerindo que Hécate *alucinou* a coisa toda?

Os quatro bufaram em concordância.

— Embora eu não duvide que Hécate consuma cogumelos alucinógenos, também não duvido que *vocês* consumam — falou.

Hades seguiu em frente, soltando os nós da crina e da cauda de Éton. Escovou mais duas vezes, com uma escova mais dura e uma mais macia para o acabamento. Por último, usou um pano úmido para limpar em volta dos olhos, focinho e orelhas de Éton.

— Vá embora — disse, e Éton correu do estábulo para o início da manhã do Submundo.

Hades passou para Orfeneu, depois Nicteu e, por último, Alastor, repetindo os mesmos passos de limpeza de cascos, pelagem e crina.

Enquanto enxugava os olhos de Alastor, perguntou em voz baixa:

— Você está bem, meu amigo?

O cavalo olhou para Hades com olhos escuros, e, dentro deles, havia a profundidade de sua tortura. Dos quatro, Alastor era o mais assombrado. Ele muitas vezes se separava dos outros para vagar sozinho, pois precisava do isolamento para lutar contra seus próprios demônios.

Hades compreendia.

O cavalo exalou silenciosamente, e Hades acariciou seu focinho.

— Eu lamentaria sua perda — disse ele. — Mas se você precisar beber do Lete... concederei seu desejo.

Alastor bufou e balançou a cabeça, recusando a oferta.

Hades escancarou um sorriso.

— É apenas uma oferta — explicou. — É uma opção... caso você fique farto disso.

Ele terminou de limpar as orelhas de Alastor e se afastou.

— Certo, meu amigo. Vá.

Enquanto Alastor corria dos estábulos, passou por Minta, que chegava com uma expressão presunçosa. Hades não tinha certeza do motivo, mas uma sensação estranha tomou conta dele com a aproximação da ninfa.

— Milorde — cumprimentou ela. — Trago notícias.

Hades se concentrou na limpeza que fazia e não olhou para ela.

— E que notícias são essas, Minta?

— É algo que você vai querer ver.

Ele pendurou as últimas escovas em um poste perto da estação de lavagem antes de se virar para ela. A ninfa ergueu um exemplar do *Jornal de Nova Atenas*. Então os olhos de Hades foram imediatamente atraídos para a matéria de capa, que incluía seu nome.

Hades, Deus do Jogo
por Perséfone Rosi

Hades arrancou o papel das mãos de Minta e olhou para aquelas letras pretas em destaque até que se borraram na página.

— Parece que sua preciosa Perséfone o traiu — dizia Minta, mas sua voz soava distante. Hades estava concentrado demais nas palavras que sua deusa havia escrito para prestar atenção.

Em meu breve encontro com o Deus do Submundo, diria que posso descrevê-lo como tenso. Ele é frio e grosseiro, seus olhos são incolores abismos de julgamento em um rosto insensível. Ele se esconde nas sombras de sua casa noturna e ataca os vulneráveis.

Hades sentiu uma onda de constrangimento, vergonha e raiva. Por um instante, só um pensamento lhe ocorria: *Então é isso o que ela realmente pensa de mim?* No entanto, ele não conseguia conciliar o texto com o modo como ela havia agido na biblioteca na noite anterior: como se inclinara para ele, como abrira os lábios para receber os dele. Havia sentido a paixão dela de modo tão intenso quanto a sua própria.

Seriam realmente aqueles os pensamentos de Perséfone? As palavras dela? Ou estaria ela tentando enjaular seu próprio coração?

Ele continuou lendo.

Hades diz que as regras da Nevernight são claras. Se perder, será obrigado a cumprir um contrato que expõe seus devedores à vergonha, e embora tenha reivindicado o sucesso, ainda não foi capaz de dizer o nome de uma só alma que tenha se beneficiado de sua "caridade".

Caridade, entre aspas.

Ele trincou os dentes; era *bastante* caridoso.

Mas como ela poderia saber? Eu nunca disse a ela, pensou.

— Vou visitar Demetri hoje. Perséfone nunca mais vai escrever nada — disse Minta.

Essa era a maneira habitual de eles lidarem com esse tipo de situação. Qualquer um que fotografasse ou escrevesse sobre Hades geralmente perdia o emprego e não conseguia achar outro. Ninguém queria incorrer na ira do deus; mas, apesar de como aquele artigo o fez se sentir, Hades não poderia roubar o sonho de Perséfone.

— Não — disse Hades, e a palavra foi dura, uma mistura de alarme e frustração.

Minta arregalou os olhos.

— Mas... isso é difamação!

— Cabe a mim castigar Perséfone, Minta.

As sobrancelhas da ninfa se estreitaram duramente sobre seus olhos ardentes.

— E como está pensando em puni-la? Metendo até que ela implore para gozar?

— Vá se foder, Minta.

— Você não costuma agir assim — argumentou ela. — Se fosse qualquer outro mortal, você me deixaria fazer meu trabalho!

— Ela não é mortal — retrucou Hades. — Vai ser minha esposa, e você vai tratá-la como tal.

Fez-se um silêncio e, depois de um instante, Minta perguntou com a voz embargada:

— Sua esposa?

— Sua rainha — disse Hades.

Minta trincou os dentes.

— Quando você ia me contar?

— Você age como se eu lhe devesse satisfações.

— E você não deve? Nós já fomos amantes!

— Por uma noite, Minta, nada mais.

Ela o encarou, os olhos brilhando.

— É porque ela é uma deusa?

— Se está me perguntando por que não escolhi você, nunca houve essa chance, Minta.

As palavras eram duras, mas verdadeiras, e ele esperava que tivessem efeito. Cuidaria para que Minta respeitasse Perséfone como sua rainha, ou a demitiria.

A ninfa permaneceu por mais alguns segundos antes de se virar e correr dos estábulos.

— Estou decepcionada com você — disse Hécate.

Os dois estavam nas sombras do lado de fora do Estaleiro Dolphin & Co. Era uma empresa de Poseidon e, como era de propriedade de um deus, tinha o monopólio da construção de navios e barcos na Nova Grécia. O sucesso ficava por conta da garantia de Poseidon de que seus navios eram inafundáveis, e nesse caso era difícil duvidar do Deus do Mar. Seu estaleiro se estendia por quilômetros e empregava milhares de mortais e imortais que construíam iates, navios de carga e navios de guerra, sendo estes últimos um tipo de navio que Zeus ordenou que Poseidon parasse de construir após a Grande Guerra. Hades duvidava que o irmão tivesse obedecido.

Foi ali que Sísifo concordara em encontrar Poseidon sob o pretexto de que o deus o ajudaria a escapar da ira de Hades, um ardil que não era implausível. Hades não confiava em Poseidon; estava bem ciente de que o irmão havia cumprido sua parte no trato: atrair Sísifo. Além disso, ele não era obrigado a ajudar Hades a capturar o mortal.

— Por que agora? — perguntou ele, respondendo ao comentário de Hécate.

— Eu disse que queria estar presente quando você contasse a Minta que ia se casar.

Hades olhou para a deusa, levantando a sobrancelha. Ela usava uma capa de veludo preto, como sempre fazia quando vinha ao Mundo Superior. Preferia se misturar com a escuridão. Hades havia pedido que ela o acompanhasse naquela viagem para manusear o fuso. Elias não fora capaz de descobrir como Poseidon havia conseguido se apossar do fuso, de modo que Hécate teria que rastrear o objeto.

Esse era o problema com as relíquias... sempre deixavam um rastro de problemas.

— Como você sabe que contei a ela?

— Porque ela desabafou com metade da equipe sobre isso — disse Hécate. — Embora não tenha conseguido o resultado esperado.

— Como assim?

— Ela esperava que eles ficassem tão ofendidos quanto ela, mas acho que a equipe está esperançosa.

— Esperançosa?

— Querem Perséfone tanto quanto você, Hades — revelou Hécate, um pouco maliciosamente.

— Hum — resmungou Hades.

Era verdade que ele a queria, mas depois do artigo, não tinha certeza se ela o queria, ou se um dia iria querer. Ainda assim, sabia que as almas do seu reino haviam gostado de Perséfone. Depois que ela regava seu jardim, passava horas com as almas. Havia aprendido o nome de muitas e passava algum tempo com elas, fazendo caminhadas ou tomando chá, até limpando.

Brincava com as crianças e trazia presentes, até os cachorros dele tendiam a segui-la, mesmo que Hades prometesse que ia brincar com eles.

Ela caíra nas graças das almas rapidamente, ao passo que ele ainda não caíra nas dela.

Hades se concentrava no cheiro da magia de Poseidon — sal, areia e sol quente — quando seu irmão apareceu diante deles. Estava completamente vestido desta vez, com um terno rosa com lapelas pretas e um lenço branco no bolso. Apesar de usar uma ilusão mortal, ele manteve sua coroa, cujas pontas de ouro perdiam seu brilho em meio a seu cabelo cor de mel. Hades se perguntou se usava aquilo como uma demonstração de poder, para lembrá-lo de que estavam em seu território.

— Eu vejo que você trouxe sua bruxa — disse Poseidon, seus olhos azuis deslizando para Hécate.

Não era de Hécate que Poseidon não gostava, mas de seu relacionamento com Zeus. A deusa, por outro lado, odiava Poseidon apenas por ele ser arrogante. Assim que o deus falou, os olhos de Hécate se semicerraram e a perna da calça dele pegou fogo.

— Filha da puta! — rugiu ele enquanto pulava, tentando apagar o fogo místico de Hécate.

Hades sorriu com a dor de seu irmão.

— Hécate é muito mais velha do que nós, Poseidon — falou Hades por cima dos gritos de seu irmão. — Devemos respeitar os mais velhos.

— Cuidado, Hades. Posso colocar fogo em você também — respondeu a Deusa da Magia.

— E eu posso incinerar seus pés de beladona.

Eles sorriram um para o outro.

— Se vocês dois já terminaram de flertar — gritou Poseidon. — Devo lembrá-los de que *a porra da minha perna está pegando fogo*!

— Ah, eu não esqueci. — Os olhos de Hécate brilharam quando ela voltou seu olhar para Poseidon, o que paralisou o deus.

O que quer que ele tenha visto nos olhos dela lhe causou mais medo do que o fogo que consumia a sua perna. Finalmente, ela desfez a magia. Poseidon esfregou a perna da calça, as mãos tremendo enquanto avaliava o estrago. O tecido estava preto e enrugado, e partes dele se fundiam com sua pele cheia de bolhas. Ele olhou para Hécate, e ela deu de ombros.

— Você me chamou de bruxa — disse ela.

— Você é uma bruxa — recordou Hades.

— O problema foi o *tom* que ele usou, como se fosse um insulto. Talvez da próxima vez, ele se lembre do poder por trás da palavra.

Poseidon se endireitou, os punhos fechados ao lado do corpo. Hades sentiu raiva agitando sob a superfície, feroz como uma tempestade mortal. Ele não sabia o que o deus pretendia fazer em seguida. Talvez desejasse lutar com Hécate, o que significaria um desastre para Hades, seus negócios e o objetivo daquela reunião.

— Onde está o mortal? — indagou Hades.

Os olhos de Poseidon se voltaram para os dele, e Hades sentiu seu ódio. Normalmente, a emoção intensa de seu irmão o fazia sorrir, mas naquele dia, ele temeu. Poseidon tinha uma série de razões para estragar tudo. Favor ou não, Hades o tinha envergonhado na frente de seu povo e de sua esposa, e ainda que Poseidon tivesse merecido a ira de Hécate, o Deus do Mar não suportaria muito mais antes de se vingar. Todo mundo tem um limite, e Poseidon fez bem em manter a compostura por tanto tempo. Hades se perguntou que tipo de magia Anfitrite havia lançado sobre o marido.

— Ele vai chegar em breve. — Poseidon indicou uma torre de vigia que dava para seu estaleiro. — Esperem lá.

Os dois fizeram o que ele indicou e se teleportaram para a torre. A cabine era pequena, então Hades e Hécate ficaram ombro a ombro enquanto olhavam para o pátio. Aquele posto de segurança específico dava para a entrada e para o escritório principal. Ao longe, uma série de luzes iluminava centenas de navios em vários estágios de construção. Hades achou a vista bonita à sua maneira.

— Ele é ainda mais desagradável do que eu me lembrava — murmurou Hécate.

— Você sabe que ele pode te ouvir? — relembrou Hades.

— Espero que sim.

Hades sorriu, e então olhou para a entrada do estaleiro. Algo ondulou no ar — magia, mas não a de Poseidon ou de Hécate. Ele ficou tenso e viu Sísifo entrar no campo de visão. O corpo atarracado do mortal era inconfundível. Ele se aproximou do escritório de Poseidon, e o deus saiu para encontrá-lo.

— Aquele não é um mortal — disse Hécate.

Foi naquele momento que Tânatos apareceu em uma nuvem de fumaça preta, suas grandes asas bem abertas, e empunhava uma longa lâmina. O deus deslizou a lâmina através do corpo de Sísifo, mas o mortal se desintegrou em pedaços de rocha e barro.

— *Poseidon* — rosnou Hades.

A risada de Sísifo ecoou em todas as direções, e Hades olhou para Hécate.

— Alguém deu magia ao mortal — disse a deusa.

— Você pode ser todo-poderoso, mas posso adivinhar seus truques, *Lorde Hades*.

Hades rangeu os dentes, invocou sua magia e enviou suas sombras em busca do mortal na escuridão. Hades faria aquele homem aparecer de qualquer modo, seria como expurgar veneno de uma ferida.

— Ah!

Assim que Sísifo gritou, Hades se teleportou e o encontrou no alto do largo muro de pedra do pátio.

— Olá, mortal.

Hades deu um chute na barriga de Sísifo, que caiu da parede de costas no meio do pátio. Hades o seguiu, estacas saindo de seus dedos. Ele as afundaria tanto no peito de Sísifo que perfuraria seu coração.

O mortal gemeu e rolou de costas, os olhos se arregalando quando Hades se aproximou. Sísifo se apoiou nos cotovelos, seus pés deslizando contra a terra enquanto tentava rastejar para longe.

Mais uma vez, Hades sentiu uma mudança no ar. Era algum tipo de magia, mas não era divina.

— Hades! Abaixe-se! — ordenou Hécate, e sua voz estava próxima, mas ele não podia vê-la.

Ele obedeceu, abaixando-se ao mesmo tempo que a parede atrás dele explodiu. Escombros voaram e atingiram as costas de Hades. O impacto foi forte, e ele gemeu. Poderia se curar facilmente, mas isso não significava que não sentia dor.

Em algum lugar distante, Poseidon riu.

— É melhor você correr, mortal, a menos que queira se encontrar com as garras de Hades.

Hades olhou para cima e, através da fumaça ondulante, viu Sísifo se levantar. Estava coberto de poeira, e sua cabeça estava sangrando.

— Não! — rosnou Hades.

Com sua magia trabalhando para curá-lo rapidamente, não teve tempo de se teleportar. Em vez disso, retirou a pequena caixa que Hefesto havia feito e a jogou atrás do mortal. Ao mesmo tempo, Tânatos foi atrás de Sísifo, bloqueando a mira de Hades. A caixa caiu aos pés de Tânatos, e as correntes se desenrolaram, prendendo o Deus da Morte em pesadas algemas.

Sísifo correu em direção à abertura escancarada na parede de Poseidon, e Hades rosnou, levantou-se e seguiu, mas quando chegou do lado de fora, o mortal tinha ido embora, e a rua estava silenciosa.

Um mortal não poderia ter fugido tão rápido assim; ele teve ajuda de alguém.

— Magia — disse Hécate, aparecendo ao lado dele. — O ar cheira a magia. Se eu tivesse que chutar, diria que ele escapou por um portal.

Hades ficou por alguns momentos em silêncio, olhando para o vazio antes de retornar ao pátio. Poseidon estava perto de seu escritório, com seus braços grandes cruzados sobre o peito e uma expressão presunçosa no rosto.

— Qual é o problema, irmão? A noite não correu exatamente como planejada?

Hades estendeu o braço, e as estacas que se projetavam das pontas de seus dedos dispararam em direção a Poseidon como balas. O Deus do Mar invocou uma parede de magia, e as estacas pararam a centímetros de seu rosto.

Hades voltou sua atenção para Tânatos, cujo corpo ágil se curvou sob o peso das correntes de Hefesto. Hécate ficou de lado, estudando-o, sorrindo com o canto da boca.

— Correntes da Verdade, Hades? — perguntou, erguendo uma sobrancelha. — Tânatos, o que você acha do corte de cabelo de Hades?

Os olhos do Deus da Morte se arregalaram de medo, e quando ele falou, foi como se as palavras tivessem sido arrancadas de sua garganta.

— Horrível. Está em completa contradição com sua aparência imaculada.

O sorriso de Hécate se alargou, e Hades olhou para os dois.

— *Eleftherose ton.* — disse, e quando Tânatos foi liberado das correntes, caiu de joelhos. Hécate o ajudou a ficar de pé.

— Eu... sinto muito, milorde.

Hades não disse nada e manteve as mãos apertadas em volta da caixa, com as quinas se cravando nas palmas. Ele olhou para Hécate.

— O que era a criatura que veio no lugar de Sísifo? — perguntou ele.

— Um golem — disse Hécate.

Um golem era uma criatura de barro e animada com magia. Poderia assumir qualquer forma, desde que a poção incluísse um pedaço da pessoa que ele deveria imitar.

— Sísifo teve ajuda para criar esse golem — concluiu Hades. — Você pode rastrear a magia?

— Claro que posso — respondeu Hécate, ofendida com a pergunta — Você pode pedir com jeitinho?

Naquele instante, o telefone tocou. Antes de Perséfone, ele mal o usava, mas foi esse pensamento que o fez tirá-lo do bolso para atender antes de responder a Hécate.

— Pois não? — sibilou Hades ao atender o telefone.

— Hades? — Afrodite ronronou seu nome.

Hades suspirou, frustrado.

— O que você quer, Afrodite?

Se ela estivesse ligando para provocá-lo, ele torturaria Basílio naquela noite. Ele jurou.

— Eu só pensei que você gostaria de saber que sua deusa veio à minha casa noturna para uma visita.

Algo possessivo encheu sua cabeça com a menção de Perséfone. Era uma sensação sombria, um monstro que saía de seu peito pronto para lutar, proteger, reivindicar.

— Uma visita?

— Sim. — Afrodite estava rouca. — Ela chegou com Adônis.

Lutar, proteger e reivindicar: que nada; aquele monstro no peito dele queria sangue.

— Espero que você se apresse — disse ela. — Ele parece apaixonado.

16

UMA BATALHA POR CONTROLE

Hades apareceu do lado de fora da La Rose. Como todos os estabelecimentos de propriedade dos deuses, o de Afrodite era um ponto de encontro popular em Nova Atenas. Enquanto muitos mortais iam lá em busca de amor, muitos também iam porque acreditavam que um gole das bebidas dela ou uma borrifada de sua infame névoa rosa significaria o fim de sua busca por uma alma gêmea.

Nada daquilo era verdade, é claro. Nenhuma bebida ou névoa poderia levar alguém a encontrar a sua alma gêmea. Isso dependia das Moiras.

Afrodite estava esperando por ele. Usava um vestido de seda rosa-claro com um decote drapeado. Parecia pálida sob a luz do lado de fora de sua casa noturna, suas faces e lábios corados.

— Não faça um escândalo, Hades — pediu Afrodite.

— Diz a deusa que começou uma guerra por uma maçã — retrucou Hades. — Onde ela está?

A Deusa do Amor olhou furiosa, e sua frustração com Hades era palpável.

— *Perséfone*, Afrodite.

— Dançando.

Dançando, pensou ele. *Com Adônis?*

Ele trincou a mandíbula, arreganhou os dentes ao passar pela deusa e convocou dois ogros, Adriano e Ésio, para flanqueá-lo.

— Hades! — A voz de Afrodite era cortante, e tinha o tom de uma mulher que lutara e matara no campo de batalha.

Hades fez uma pausa, mas não se virou para olhar para a deusa.

— Você *não* vai machucar Adônis. — Sua voz falhou enquanto ela falava.

Ele não disse nada e entrou na escuridão da boate, endireitando o paletó e alisando o cabelo.

Sou um idiota, se repreendeu ele. Invocou sua ilusão para ficar invisível quando chegou à beira da pista de dança, onde as pessoas se moviam em um emaranhado hipnótico de membros. Acima, luzes piscavam e uma névoa rosa pairava pesada no ar. O cheiro de rosas e suor grudava em sua pele, e em algum lugar em meio àquele caos, estava Perséfone.

Com Adônis.

Ele trincou os dentes outra vez.

Por acaso ele não avisara a Perséfone para ficar longe do mortal?

Hades olhou para Adriano e Ésio, e os ogros foram um para cada lado enquanto ele tomava o caminho do meio. Os mortais abriram espaço para Hades, sem saber que ele estava ali. O Deus dos Mortos examinou rostos, procurando as características familiares de Perséfone. Seu peito estava apertado e sua respiração, superficial enquanto ele buscava, pensando em todo o pecado que tinha visto na alma de Adônis. Ele era um predador mentiroso.

Estariam em algum lugar nas sombras juntos? Estaria ele tocando-a do jeito que Hades desejava tocá-la? O pensamento o fez se sentir violento.

Então, ele a encontrou nos braços de Adônis, e tudo parecia se mover em câmera lenta. Hades percebeu que nunca tinha conhecido a ira. Era um sentimento primitivo. Sacudia todo o seu corpo e o fazia estremecer. Ele queria rugir, causar medo em cada pessoa naquela pista, só para que elas dessem um fim à sua diversão descarada.

A mão de Adônis segurava a cabeça dela, dedos se entrelaçando em seu cabelo brilhante, e seus lábios estavam pressionados contra os dela com tanta força que seu nariz estava torto. Mas foi a linguagem corporal de Perséfone que Hades observou: como ela empurrava o mortal quanto mais ele tentava puxá-la, como ela apertava os lábios, recusando-se a compartilhar dos dele, a lágrima que descia pelo rosto dela enquanto ele a segurava lá.

Isso é tortura, pensou Hades.

De repente, tudo voltou à velocidade normal. Adriano e Ésio apareceram, cada um colocando a mão em um ombro de Adônis, e o puxaram para longe de Perséfone. Hades se moveu em direção a ela, sem saber o que pretendia fazer, mas querendo estar perto dela, para confortá-la.

A deusa se virou para ele enquanto limpava a boca, seus olhos encontrando os dele.

— Hades. — Perséfone sussurrou seu nome, e o som o fez estremecer.

Ele ficou ainda mais surpreso quando ela se jogou nos braços dele e enterrou a cabeça em seu peito. Por um instante, ele ficou congelado. Não queria oferecer conforto a Perséfone? Por que de repente estava incapaz de se mover? Lentamente, Hades pressionou uma das mãos nas costas dela, com a outra enroscando em seu cabelo, e detestou o fato de que os dedos de Adônis tinham experimentado aquela sensação.

Ele queria segurá-la por mais tempo, mas precisavam sair daquele lugar. Hades ergueu o queixo dela e perguntou:

— Você está bem?

Ela negou com a cabeça.

Hades trincou os dentes, reprimindo o desejo de encontrar Adônis e transformá-lo em cinzas.

— Vamos.

Ele a puxou contra si e a conduziu até a saída. Como antes, a multidão se abriu, mas desta vez foi porque podiam vê-lo. Ele havia se despojado de sua invisibilidade quando se aproximou de Perséfone e não se preocupou em invocar a ilusão novamente. Todos pararam para olhar enquanto a música tocava.

— Hades...

— Eles não vão se lembrar disso — assegurou Hades, sabendo que a ansiedade de Perséfone aumentaria por eles serem vistos juntos daquele jeito em público. A mídia cairia em cima dela, as manchetes fariam especulações. Ela passaria de repórter a personagem de uma matéria.

Nem Perséfone nem Hades queriam que aquilo acontecesse, e quando chegaram à beira da multidão, sua magia ondulou, roubando memórias e devolvendo a pista ao seu caos feliz.

Então, Perséfone tentou fugir.

— Lexa!

Ela se moveu muito rápido e se desequilibrou. Hades não tinha certeza se ela tinha tropeçado ou bebido demais. De todo o modo, ele se inclinou para pegá-la em seus braços, pois não queria se arriscar a sair correndo atrás dela.

— Vou garantir que ela chegue em casa em segurança — prometeu ele.

Hades observou o rosto dela, viu-a fechar os olhos com força e franziu a testa.

— Perséfone?

— Hum? — A voz de Perséfone vibrou, e a respiração dela provocou os lábios de Hades, carregando o cheiro de vinho e de algo metálico que ele não conseguia identificar.

— O que há de errado?

— Tontura — sussurrou ela.

Ele não falou, mas saiu do prédio. Se ficasse ali por mais tempo, iria queimá-lo até o chão e incorrer na ira de Afrodite, algo que ele receberia de bom grado para se livrar da raiva que sentia. Do lado de fora, o ar estava frio, e Perséfone começou a tremer, se enterrando mais em seu peito. Ela respirou fundo.

— Você é cheiroso.

Suas pequenas mãos agarraram o paletó dele, que riu entre dentes da falta de inibição de Perséfone e segurou-a mais firme enquanto entrava na parte de trás de sua limusine. Ele considerou mantê-la aninhada até que chegassem na Nevernight, mas decidiu não fazer isso. Ela tinha sido assediada na pista de dança da La Rose, e provavelmente queria distância. Além disso, estava com frio. Ele a ajudou a se sentar ao lado dele e ajustou os controles para que o ar quente a aquecesse.

— O que você está fazendo aqui? — perguntou Perséfone com a voz calma, e Hades olhou para ela enquanto se recostava em seu assento.

— Você não obedece a ordens.

Ela deu uma risada suave.

— Eu não recebo ordens de você, Hades.

Sentaram-se próximos, ombros, braços e pernas se tocando, cabeças inclinadas, compartilhando respiração, calor e espaço, e ele sabia que estava em apuros porque todo o seu corpo estava rígido, incluindo seu pau.

— Acredite, meu bem. Estou ciente.

— Não sou sua, muito menos seu bem.

Hades a observou, procurando seus olhos verdes, vidrados de álcool e fervendo de paixão reprimida. Quando ele falou, sua voz era rouca, pesada de tesão:

— Já conversamos sobre isso, não? Você é minha. Acho que sabe disso tão bem quanto eu.

Ela cruzou os braços, acentuando o volume dos seios, e ergueu o queixo em desafio.

— Já pensou que talvez você que seja meu?

Suas palavras acenderam um fogo baixo o ventre de Hades, os cantos de sua boca se ergueram, e seus olhos se voltaram para o pulso de Perséfone.

— É a *minha* marca na *sua* pele.

Fez-se um instante de silêncio, e o ar entre eles ardia em chamas. Então, Perséfone montou nele, com as mãos em seus ombros, e as pernas bem torneadas agarrando as coxas dele. A maciez do corpo dela pressionou a rigidez do corpo de Hades, que trincou os dentes e fechou as mãos. Ele queria tocá-la, apertá-la no seu colo, senti-la com mais força, mas ela tinha bebido, e aquilo não parecia certo.

Um sorriso curvou os lábios de Perséfone, e Hades sentiu como se seus olhos estivessem em chamas, queimando a alma dela. Perséfone sabia o que estava fazendo, provocando-o, desafiando-o. Inclinou-se sobre Hades, o bico de seus seios roçando o peito dele.

— Devo colocar uma marca em você? — perguntou ela com a voz abafada.

— Cuidado, Deusa — advertiu Hades.

Perséfone estava brincando com a escuridão, e ele a consumiria.

Ela revirou os olhos.

— Outra ordem.

— Um aviso. — As palavras rangeram entre seus dentes. Finalmente, ele não aguentou mais. Apertou as coxas nuas dela e foi recompensado com um arquejo de Perséfone. Ele inclinou a cabeça um pouco para que os lábios de ambos ficassem na mesma altura. As mãos dela se moveram, os dedos se enroscando no cabelo dele na nuca. — Mas nós dois sabemos que você não escuta, mesmo quando é para o seu bem.

— Você acha que sabe o que é bom para mim? — Os lábios de Perséfone roçaram os dele enquanto ela falava. — Acha que sabe do que eu preciso?

Ele riu entre dentes, e suas mãos viajaram por baixo do vestido dela, buscando seu calor. Perséfone suspirou.

— Eu não acho, Deusa, eu sei. Poderia fazer você me venerar.

O ar em volta deles parecia pesado e carregado, potente com a fome dos dois. Hades achou impossível se concentrar em qualquer coisa além de cada parte do corpo de Perséfone que tocava o dele, o cheiro de baunilha em seu cabelo, o jeito como ela mordia o lábio exuberante enquanto olhava para o dele.

Então ela o beijou, e ele deixou suas línguas deslizando juntas, provando, explorando, exigindo. Hades agarrou Perséfone com força, sua ereção se encaixando entre as coxas dela, seu pau ficando mais duro enquanto ela enroscava os dedos no cabelo dele e puxava sua cabeça para trás para beijá-lo com uma intimidade que ele jamais imaginara. Hades não podia deixar de pensar... Seria aquela a reação de uma mulher que acreditava que ele era tenso, frio e grosseiro?

Quando ela se afastou, foi com o lábio dele entre os dentes. Ela se inclinou, a língua tocando o lóbulo da orelha dele e, depois, seus dentes.

— *Você* que vai me venerar — falou Perséfone, roçando o corpo contra o pau dele. — Sem que eu precise te obrigar a nada.

Se você soubesse como eu te venero agora.

As mãos de Hades foram para as coxas de Perséfone novamente, agarrando-as com força. Algo primitivo estava se desenrolando em seu âmago, e ele queria saber qual seria a sensação de estar dentro dela. Ele poderia foder Perséfone assim, sentado no banco de trás daquele carro. Apreciaria ela sentando no seu pau, seus seios pulando quando ela gozasse.

E apesar de sua imaginação vívida e de seu desejo desesperado de tê-la de qualquer maneira, ele se viu colocando-a no assento e abaixando seu vestido. Conseguiu tirar o paletó e cobriu-a com ele. Tinha que eliminar a tentação, ou pelo menos contê-la. Não permitiria que Perséfone se arrependesse dele.

No entanto, enquanto a paixão deles se dissolvia em um silêncio constrangedor e abrupto, Hades não conseguia afastar a sensação de que talvez Perséfone já estivesse arrependida. Ele olhou pela janela, embora sentisse o olhar dela. Depois de um instante, ela falou, suas palavras, aquecidas e sussurradas:

— Você só está com medo.

Ela não estava errada.

Ele estava com medo de que, mesmo que por algum milagre ela decidisse que não o odiava, as Moiras a tirassem dele. Era uma possibilidade muito concreta, especialmente depois do desastre daquela noite. Sísifo havia escapado novamente.

Quando chegaram a Nevernight, Antoni ajudou Perséfone a sair da limusine. Depois, Hades a segurou, levou-a para a casa noturna e acenou para

Mekonnen enquanto eles passavam. Antes de entrarem no salão, Hades usou sua ilusão para que eles não fossem vistos em meio à pista lotada, subiu as escadas e foi para seu escritório. Ele estava nervoso demais para se teleportar com ela naquele estado e não queria que ela ficasse enjoada, pois temia que ela tivesse exagerado na bebida.

Uma vez que eles estavam dentro de seu escritório, ele desfez a ilusão, foi até o bar e serviu um copo de água para Perséfone.

Quando Hades olhou para cima, ficou impressionado com a beleza dela. Por que aquilo o impactava de forma diferente toda vez que ele olhava? Naquela noite, ela vestia uma roupa azul-petróleo, o que fazia sua pele parecer bronzeada e seus cabelos parecerem fios de ouro.

Ele empurrou o copo sobre a mesa.

— Beba.

Ela se aproximou enquanto ele se servia de uma bebida. Quando ele terminou, ela pegou o copo dele da mesa.

— Perséfone — grunhiu Hades, e ela sorriu, com o copo na altura dos lábios.

— Sim, Hades?

A voz dela era rouca e o fez agarrar a beirada da mesa com força. Ela tomou um gole de uísque e então se virou, andando pela sala. Seus quadris balançaram, chamando a atenção de Hades.

— Acho que você deveria parar de beber — disse ele.

— Você é mandão.

— Não sou mandão. Estou... apenas dando um conselho.

— Alguém pediu o seu conselho? — perguntou ela enquanto se virava e se inclinava contra a mesa dele.

— A mesma coisa pode ser dita da sua opinião.

Ela lançou um olhar fulminante.

— Por que você me trouxe aqui?

Hades se aproximou.

— Porque queria que você ficasse segura. — Ele pegou o copo dela e a encarou enquanto virava a bebida.

— Não acho que esteja segura com você — sussurrou Perséfone quando Hades olhou para ela novamente.

Hades não sabia o que aquelas palavras significavam, mas se sentiu compelido a dizer:

— Eu jamais te faria mal.

— Você não sabe disso.

Eles se encararam, e ele levantou a mão.

— Venha.

Ele a levou para a parede atrás de sua mesa e notou a hesitação de Perséfone quando ela evitou seu toque.

— Por que não nos teleportamos?

— Porque vai te deixar mais tonta — disse ele. — E eu prefiro não contribuir para piorar o seu... estado.

Os olhos de Perséfone se semicerraram e seus lábios se apertaram.

— Não estou em nenhum *estado*.

Ele se segurou para não respirar fundo e a puxou pela mão. Perséfone o seguiu através da parede, que era realmente um portal, ou portão, para o Submundo. As pessoas que entravam ali se deparavam com uma entrada cavernosa chamada Cabo Tênaro. Lá, eram recebidas pelo rio Estige, um corpo de água ao qual provavelmente não sobreviveriam.

Hades poderia usar aquela entrada para ir a qualquer lugar no Submundo que quisesse, e quando eles entraram, foram parar em seus aposentos.

Ele indicou a cama.

— Descanse. Quando acordar, conversaremos.

Ele tinha perguntas, sobre Adônis e sobre o artigo no *Jornal de Nova Atenas*.

— Não quero descansar — disse ela.

Hades apenas a encarou.

— Pergunta pra mim o que eu quero, Hades.

Ele queria resmungar. Aquilo era uma tortura e, para piorar, ele se deixava levar.

— O que você quer?

— Terminar o que começamos na limusine.

Para Hades, o fato de ela não ter respondido "você" era relevante. E serviu apenas para reafirmar que não deveriam ir além de onde já tinham ido.

— Não, Perséfone.

Ela fez uma careta.

— Você me quer.

Hades não disse nada; não podia negar, e não o admitiria.

Ela se afastou e foi até a cama, baixando as alças do vestido dos ombros.

— Perséfone...

— O quê?

Ela se virou para ele, e seu vestido caiu em um montinho a seus pés. Estava nua diante dele, pele dourada e curvas gloriosas.

— Diga que você não me quer.

Ele engoliu em seco, apertando as mãos ao lado do corpo. Muitas emoções se passavam na sua cabeça, uma necessidade carnal de tê-la para si e também de protegê-la. Não poderia fazer as duas coisas ao mesmo tempo. Pegou o robe que ela usara na última vez que estivera ali; estava pendurado no mesmo lugar, no biombo atrás do qual ela havia se trocado. Estendeu-o para que ela pudesse vestir.

— Vista-se, Perséfone.

Ela olhou furiosa para ele e arrancou o robe de suas mãos, mas não o vestiu. Em vez disso, encarou-o.

— Você não respondeu a minha pergunta.

Ele não respondera porque, se dissesse que não a queria, seria mentira, e admitir isso seria convidá-la para a sua cama.

Ela o tocou, suas mãos deslizando pelos braços dele, parando em seus punhos.

— Relaxa — persuadiu ela, chegando mais perto e colocando as mãos dele em seus quadris, seus dedos abertos, cravando em sua pele. Seria aquilo algum tipo de provação? Teria aquela mulher sido enviada para testar seu controle? Ele a estudou com atenção, esperando que ela desaparecesse na fumaça, mas ela não o fez. Permaneceu lá, sólida, quente e suave na frente dele. Suas mãos entrelaçadas atrás do pescoço dele, seus seios nus pressionados contra o peito.

— Hades? — Perséfone sussurrou seu nome, a respiração acariciando seus lábios. — Me abraça.

Ela fechou a boca sobre a dele, e os braços dele apertaram sua cintura. Hades puxou Perséfone contra o seu corpo com força, com uma mão se libertando para deslizar pelas costas até a nuca e segurar sua cabeça, os lábios pressionando com força contra os dela, incitando sua boca aberta, provando e beijando. As mãos de Perséfone passaram pela nuca de Hades e desceram pelo peito dele até chegar à virilha. Ela agarrou o pau dele por cima da calça, e ele gemeu, interrompendo o beijo.

— Perséfone.

— Quero tocar você — disse ela e, de repente, Hades se viu sendo levado de volta para a sua cama.

Ela o empurrou, indicando que ele se deitasse sobre os lençóis de seda, e quando montou nele, cavalgando-o, nua e rosada e maravilhosa, ele pensou que poderia gozar ali mesmo. Ela se inclinou sobre ele, a buceta quente e macia roçando contra o pau duro dele, o bico dos seios tocando de leve o peito dele.

— Quero te dar prazer — sussurrou ela, e o beijou novamente.

Hades jogou Perséfone na cama, prendendo-a debaixo do seu corpo, e prendeu as mãos dela para cima.

— Você me dá prazer — disse ele, beijando seus lábios inchados uma última vez, deleitando-se com a forma como seu corpo arqueou contra o dele, aquecido com a necessidade. Era um lembrete de por que ele tinha que parar com aquilo. — Durma.

O comando veio com uma onda de magia que instantaneamente enviou Perséfone para um sono profundo. Hades parou ali por um instante, suspenso sobre ela, antes de deitar-se de costas.

Ele suspirou, cheio de frustração e raiva, e rosnou:

— Malditas Moiras.

17

PONTO DE RUPTURA

Hades observou Perséfone dormir enquanto tentava conciliar a contradição de suas palavras e ações. Ele lembrou a si mesmo que ela, além de ter bebido, tinha sido drogada. Ele tinha provado o gosto em sua língua — metálico, salgado, *errado*. Perséfone não agira como si mesma, nem na limusine, nem no escritório dele, nem no quarto dele, o que significava que as palavras de Perséfone — as que ela havia escrito em seu artigo — ganharam seus pensamentos, e ele as revirou repetidamente em sua cabeça até que estivesse fervilhando.

Sentiu quando ela acordou porque sua respiração mudou. Ela se endireitou e segurou os lençóis de seda contra o peito, olhos brilhantes e faces coradas. Hades teria gostado de vê-la assim depois de uma noite de amor. Em vez disso, ele a estava observando depois de uma noite rejeitando seus avanços bêbados. Tomou um gole de seu copo e olhou para ela, que tinha os olhos fixos nele, cautelosos.

— Por que estou nua? — perguntou ela.

— Porque você insistiu — respondeu ele, mantendo sua voz tão desprovida de emoção quanto possível. Aquilo exigiu esforço, porque cada pensamento era uma lembrança da noite anterior, uma lembrança do desespero de Perséfone para ouvi-lo dizer que a queria, a pressão fantasma de seu corpo contra o dele, o calor dos lábios dela impelindo os dele a se abrirem. — Você estava muito determinada a me seduzir.

As bochechas já coradas dela ficaram vermelhas.

— Nós...?

A risada de Hades soou mais como um latido. Ele não sabia ao que estava reagindo; talvez ao fato de ela presumir que ele tiraria vantagem de seu estado embriagado. Ou por ter passado a maior parte da noite agonizando com as palavras que ela usou para descrevê-lo.

— Não, Lady Perséfone. Acredite em mim, quando transarmos, você vai se lembrar.

As feições de Perséfone se retesaram, e seus lábios se transformaram em uma linha fina.

— Sua arrogância é alarmante.

— Isso é um desafio?

— Apenas diga o que aconteceu, Hades! — retrucou ela.

Ele encarou o olhar feroz dela com a mesma quantidade de veneno antes de responder:

— Você foi drogada em La Rose. Tem sorte de ser imortal. Seu corpo eliminou rapidamente a toxina.

Perséfone ficou quieta por um instante, processando a informação que Hades acabara de dizer. Ela desviou o olhar como se procurasse por respostas para suas perguntas na distância entre eles dois.

— Adônis — disse ela de repente, com seus olhos se semicerrando em acusação. — O que você fez com ele?

Hades trincou os dentes e se concentrou na bebida que restava em seu copo para não encarar Perséfone. Ele bebeu o último gole antes de colocar o copo de lado.

— Ele está vivo, mas só porque estava no território da deusa dele.

— Você sabia! — Ela se arrastou para fora da cama, com os lençóis farfalhando à sua volta. Ele queria arrancá-los dela, desafiá-la a ficar nua e confiante diante dele como tinha feito na noite anterior. — É por isso que você me avisou para ficar longe dele?

— Eu garanto a você, há mais razões para ficar longe daquele mortal do que o favor que Afrodite concedeu a ele.

— Como o quê? — indagou ela, dando um passo em direção a ele. — Você não pode esperar que eu entenda se não explicar nada.

Que necessidade tenho eu de explicar? Ele a beijou contra a sua vontade, queria dizer Hades, mas talvez ela não se lembrasse.

— Espero que você confie em mim. — Ele se levantou, pegou seu copo da mesa e tornou a enchê-lo no bar. — E se não confiar em mim, confie em meu poder.

Ele estava mais do que consciente de que ela sabia de sua habilidade de ver o que os mortais tentavam esconder com encantos e mentiras. Era um poder que ela condenava em seu artigo, ao alegar que ele o usava para explorar os segredos mais sombrios das pessoas.

— Achei que você estivesse com ciúme!

A risada que saiu do fundo da garganta de Hades soou áspera, até mesmo para os ouvidos dele. Ele não tinha certeza do motivo de ter zombado dela, mas talvez fosse porque só então percebeu seu ciúme, agora que já haviam passado a raiva e o desafio que a noite anterior havia sido para seu senso de autocontrole.

— Não finja que não tem ciúme, Hades. Adônis me beijou ontem à noite.

Hades bateu o copo na mesa, traindo a si mesmo, e virou-se para ela.

— Continue me lembrando, Deusa, e eu o reduzirei a cinzas.

— Então, você está com ciúme! — gritou ela.

— Ciúme? — sibilou Hades, caminhando em direção a Perséfone. Ele observou como o entusiasmo pelo triunfo se esvaiu do rosto dela, substituído por uma expressão que ele não podia discernir. Só sabia que não era medo. — Aquele... verme... tocou em você depois que você disse a ele para não fazer isso. Mandei almas para o Tártaro por menos.

Ele parou a alguns centímetros dela, sua raiva intensa, irradiando como o calor do sol de Hélio.

Até que ela recuou.

As palavras saíram de sua boca, silenciosas e ofegantes:

— Desculpe.

Ele não sabia por que ela estava se desculpando, mas aquelas palavras pareciam equivocadas depois de seu discurso sobre Adônis.

Franzindo a testa, ele segurou o rosto dela, aproximando-se, selando o espaço entre eles.

— Não ouse se desculpar. Não por ele. Nunca por ele.

Perséfone segurou as mãos dele, e enquanto Hades perscrutava os olhos dela, cheios de bondade e compaixão, sentiu um pouco daquela fúria se dissipar e não pôde deixar de perguntar:

— Por que está tão desesperada para me odiar?

— Eu não te odeio — disse ela calmamente.

Ele não podia sentir a mentira, mas não conseguia entender por que ela escrevera aquele artigo sobre ele se não o odiava. Ele se afastou.

— Não? Devo lembrá-la? *Hades, Senhor do Submundo, O Mais Rico e, sem dúvida, o deus mais odiado entre os mortais, exibe um claro desprezo pela vida mortal.*

Enquanto ele falava, ela parecia se encolher, os ombros subindo, ficando cada vez menor sob suas próprias palavras viscosas.

— É isso que pensa de mim? — desafiou ele.

— Eu estava com raiva...

— Ah, isso é mais do que óbvio.

— Eu não sabia que eles iam publicar!

— Uma carta contundente ilustrando todos os meus defeitos? — Ele fez uma pausa para rir amargamente. — Você não achou que a mídia ia publicar?

Perséfone usara o artigo como uma ameaça, pois sabia que Hades valorizava sua privacidade. Ela estava bem ciente de que seria uma peça cobiçada pela mídia; no entanto, havia algo de preocupante em sua defesa: ele não pressentia mentiras nela. Ainda assim, se Perséfone realmente queria que não fosse publicado, por que o escrevera? E como fora publicado?

O sarcasmo dele não lhe rendeu nenhuma compaixão da deusa. Os olhos dela brilharam, e as palavras escaparam por entre dentes cerrados:

— Eu te avisei.

— Você me avisou? — Hades ergueu as sobrancelhas e soltou uma risada ofegante. — Você me avisou sobre o quê, Deusa?

— Eu avisei que você ia se arrepender de nosso contrato.

Eram palavras de que ele se lembrava, ditas enquanto ela ajeitava as lapelas de seu paletó e matava a flor que havia no seu bolso. Ele não teve dúvidas antes, e tampouco tinha naquele momento.

— E eu te avisei para não escrever sobre mim. — Ele se atreveu a diminuir a distância entre eles novamente, sabendo que era a coisa errada a se fazer, sabendo que sua raiva só tinha uma saída.

— Talvez, em meu próximo artigo, eu escreva sobre como você é mandão — disse ela.

— Próximo artigo?

— Você não sabia? — perguntou ela de modo presunçoso. — Fui contratada para escrever uma série sobre você.

— Não.

— Você não pode dizer não. Não está no controle.

Ele lhe mostraria o controle, pensou, curvando-se sobre o corpo dela, sentindo como ela se arqueava. Ela era uma víbora que respondia ao chamado dele, e quando desse o bote, o ataque seria venenoso.

— E você acha que está?

— Vou escrever os artigos, Hades, e a única maneira de me parar é me deixar sair desse maldito contrato!

Então aquele era o jogo dela?

— Você pensa em barganhar comigo, Deusa? — perguntou ele. — Você se esqueceu de uma coisa importante, Lady Perséfone. Para negociar, precisa ter algo que eu queira.

Os olhos dela faiscaram, e seu rosto ficou rosado novamente.

— Você me perguntou se eu acreditava no que escrevia! — argumentou ela. — Você se importa!

— Chama-se blefe, meu bem.

— Desgraçado — sibilou ela.

Aquela palavra acabou com o autocontrole de Hades. Ele a puxou, enterrando a mão em seu cabelo, e seus lábios se fecharam sobre os dela. Era suave e doce, e estava com o cheiro dele. Hades queria tudo dela; no entanto, se afastou, separando-os por meros centímetros.

— Deixe-me ser claro — disse Hades ferozmente. — Você apostou e perdeu. Não há saída de nosso contrato, a menos que cumpra seus termos. Caso contrário, você permanece aqui. Comigo.

Ela olhou para ele, olhos furiosos, lábios vivos.

— Se me tornar sua prisioneira, vou passar o resto da minha vida odiando você.

— Você já me odeia.

Ele notou como ela parecia recuar em suas palavras, olhando para ele como se seu comentário machucasse.

— Você realmente acredita nisso?

Ele não respondeu, só deu uma risada zombeteira e, em seguida, um beijo quente na boca de Perséfone antes de se afastar violentamente.

— Vou apagar a memória dele de sua pele.

Hades arrancou o lençol das mãos de Perséfone, e ela ficou nua diante dele como estivera na noite anterior, os olhos dela cheios de desejo, e tudo em que ele conseguia pensar era que queria muito tudo aquilo: a paixão e o corpo e a alma dela.

Hades agarrou Perséfone pela bunda e a levantou do chão. O corpo dela se moldou ao dele sem ser forçado a isso. Era uma rendição silenciosa, um sinal de que ambos queriam aquilo igualmente. Seus lábios esmagaram os dela, e Hades sentiu um calor que preencheu sua virilha até deixar o pau duro e desesperado para estar dentro dela. Ele se sentia frenético, e seu corpo vibrava com a necessidade, instigado pelas mãos cruéis de Perséfone, que roçavam contra o seu couro cabeludo e puxavam seu cabelo. Ele rosnou baixo, imprensando-a contra a cabeceira da cama, roçando sua ereção contra o ponto sensível dela. Hades se regozijou com a forma como Perséfone afastava a boca para recuperar o fôlego enquanto ele se movia contra ela, beijando seu pescoço e ombro, sentindo o gosto dela. Ele estava fora de si, e ela era um feitiço, um contrato que ele cumpriria infinitamente se isso significasse tê-la daquele jeito todos os dias pelo resto de sua vida.

Minha amante, pensou ele. *Minha esposa, minha rainha.*

Ele congelou, quase dizendo aquelas palavras em voz alta, e então deixou que ela caísse na cama. Parou sobre ela, respirando com dificuldade, e ela olhou para ele, surpresa, mas tão bonita e sensual como sempre, pernas abertas, seios firmes e fartos. Ele tinha duas opções: poderia tomá-la ou deixá-la, e, após o artigo dela, sentiu que era melhor deixá-la, porque a única coisa que lhes restaria em seguida seria tristeza.

Passado um instante, Hades conseguiu dar um sorriso brutal.

— Bem, você provavelmente gostaria de dar para mim, mas definitivamente não gosta de mim.

Ele mal percebeu o horror no rosto dela antes de desaparecer.

Perséfone tinha razão: ele era um desgraçado.

18

AS TRÊS LUAS

Hades estava do lado de fora de uma loja de ocultismo conhecida como As Três Luas. Fora até lá que Hécate rastreara o cheiro da magia usada no estaleiro de Poseidon. Ela estava com ele e parecia membro de um culto, vestida com uma capa de seda preta e capuz. Ambos olhavam as imagens na vitrine: uma lua cheia emoldurada por duas meias-luas. Era o símbolo de Hécate e tinha vários significados, nenhum deles representado pelo homem que dirigia a loja: Vasilis Remes, um mago.

Magos eram mortais que tendiam a praticar magia do mal sem muita habilidade e muitas vezes criavam caos, que tinha de ser controlado por Hécate.

— Diz que me trouxe aqui para amaldiçoar este mortal — pediu Hécate, esperançosa, olhando para Hades.

— Só se você se comportar.

Ele passou por ela e entrou na loja. Ao fazer isso, um sino soou no alto e uma voz estalou de algum lugar no escuro:

— Só um minuto!

Hades e Hécate trocaram um olhar.

— Excelente atendimento ao cliente — comentou ela, e começou a explorar o ambiente, torcendo o nariz enquanto andava. — Este lugar cheira a magia do mal.

Hades podia sentir também. Cheirava a carne queimada e algo... metálico. A loja estava mal iluminada. A grande vitrine com o símbolo de Hécate fora coberta por tinta escura. A única fonte de luz vinha de velas pretas de alturas variadas. Hades não entendia muito de bruxaria, mas sabia que aquelas velas eram tipicamente usadas para proteção, o que o fez se perguntar do que exatamente Vasilis Remes precisava se proteger... bem, além deles.

Por outro lado, talvez o mago tenha mantido a loja na penumbra para esconder o caos: caixas de pedras e cristais de todas as formas e tamanhos, livros desorganizados e enfiados em qualquer nicho que estivesse livre, bonecos de vodu e facas ritualísticas, frascos de óleos, poeira e...

— Sangue de pomba — disse Hécate.

Hades olhou para a deusa, que estava do outro lado da loja momentos antes. Havia muito os dois travavam uma competição: quem conseguisse se aproximar silenciosamente e dar um susto no outro ganharia, e o prêmio seria concedido no dia da vitória.

Ele ergueu uma sobrancelha.

— Eu sei que você estava tentando me assustar.

— Funcionou? — perguntou ela.

Hades se inclinou um pouco mais, soltou um deliberado "não" antes de voltar para a fileira de frascos, e apontou para aquele que continha sangue vermelho muito escuro, quase preto.

— Para que isso é usado?

— Principalmente em feitiços de amor — respondeu ela.

Hades deveria ter adivinhado. A pomba era o símbolo de Afrodite, e o amor, sua área de atuação. Aquele era um exemplo do perigo que os magos representavam: eles tentavam obter o poder dos deuses, geralmente com fins nefastos e consequências desastrosas.

— Também é usado para selar pactos e promessas — disse Hécate. — Pena que eles não podem extrair as graças dos Divinos.

— Hum — concordou Hades, quando reparou que Hécate enrijeceu. Algo a tinha surpreendido. — O que houve?

A deusa atravessou a loja e se aproximou do balcão. Hades a seguiu, a princípio curioso, e depois horrorizado com o que viu. Na parede atrás do balcão, havia prateleiras com várias mãos encarquilhadas, cada uma com uma vela presa entre os dedos, exibidas como bens valiosos.

— Hécate. — Hades disse o nome dela calmamente. — O que são?

— Mãos da Glória — respondeu ela. — Tradicionalmente, são as mãos de vítimas de enforcamento.

Os dois trocaram um olhar; a pena de enforcamento já não era aplicada na Nova Grécia. Se Hades fosse arriscar um palpite, diria que aquelas mãos haviam sido exumadas de sepulturas.

— Dizem por aí que quem possui uma dessas pode imobilizar qualquer pessoa.

Tratava-se de uma arma blasfema que poderia fazer muito mal se caísse em mãos erradas.

Naquele instante, um homem rechonchudo saiu cambaleando de uma cortina atrás do balcão. Não olhou na direção deles enquanto esfregava as palmas das mãos sobre suas vestes pretas, o que Hades achou inquietante.

— Em que posso ajudá-los? — Sua voz era um gemido agudo, e Hades pensou que seria irritante torturá-lo.

— Você pode começar nos dizendo onde Sísifo de Éfira está escondido — disse Hades.

A cabeça do mago virou-se para eles, os olhos pequenos se arregalando em seu rosto gorducho e pálido. Ele tropeçou desajeitadamente e caiu sobre algo escondido nas sombras atrás de sua mesa. Depois de um instante, ele se levantou, lutando para alcançar uma das mãos da prateleira. Quando finalmente a tirou do lugar, segurou-a no alto, tremendo.

— Fiquem onde estão!

Hades e Hécate trocaram um olhar.

— Eu possuo o poder dos deuses! — Sua voz vacilou, e ele cuspia enquanto falava. — *Pagoma!*

Fez-se um breve silêncio até que o mago percebeu que não era tão poderoso quanto os dois deuses à sua frente.

— Ah, precioso mortal — disse Hécate, e o tom doce de sua voz contradisse seu olhar, que se semicerrava. A mão encarquilhada que ele erguia se desintegrou, assim como todas as outras nas prateleiras. — Você ousa me ameaçar quando o meu símbolo estampa a vitrine de sua loja?

A voz de Hécate mudou naquele instante e assumiu um tom distorcido. Vasilis se acovardou, encolhendo-se contra a parede e tremendo. Hades não costumava testemunhar a ira de Hécate, mas tinha que admitir que gostava de ver o fogo nos olhos dela.

— Você nunca conhecerá o poder dos deuses.

O ar se agitou com a magia de Hécate e extinguiu as velas flamejantes, e por mais que Hades quisesse ver a raiva de Hécate em seu auge, também precisava do mago vivo e capaz de falar.

— Já terminou de assustar o mortal? — indagou Hades.

— Espere sua vez — retrucou ela.

— É a minha vez. — Hades lançou para ela um olhar intenso que dizia: *lembre-se do que nos trouxe até aqui.*

— Se vocês estão discutindo o meu castigo iminente — disse o mago —, eu sinceramente prefiro continuar sendo punido pela lady Hécate.

— Não pode escolher por quem será punido, mortal — retrucou Hades. — Você tem muita coragem para ameaçar deuses desse modo. Isso sem falar desse negócio blasfemo que você administra.

— Entrei em pânico — disse o mago.

Hades fechou a boca com força.

— Sísifo de Éfira. Onde ele está?

Viu reconhecimento nos olhos do mortal.

— Diga — ordenou Hades.

— Sís-Sísifo de Éfira, você diz? — gaguejou Vasilis. — N-Não. Acho que está enganado, milorde. Não conheço ninguém com esse nome.

Hades detestava mentiras, que para ele tinham um sabor e um cheiro específicos, amargo e pungente. Ele franziu a testa intensamente e, à medida que avançava sobre o mago, Vasilis mudou de tom.

— Quero dizer, você disse Sísifo de Éfira? Eu pensei ter ouvido Sísifo de Fira — prosseguiu ele, soltando uma risada desajeitada enquanto deslizava pela parede, para longe dos dois deuses. — Sim, sim... Sísifo esteve aqui ontem.

Fez-se um breve silêncio, e então Hades falou entre dentes trincados:

— *Onde ele está agora?*

— Eu... eu não sei.

A paciência de Hades era um fio tênue e se rompeu. Ele estourou. Garras se projetaram das pontas de seus dedos. Quando deu um passo em direção ao homem, ouviu-se um estrondo vindo da sala dos fundos, onde o mortal estivera. Hades olhou para Vasilis antes de mudar de rumo e seguir em direção ao barulho que ouviu.

— Espere.

— Você por acaso está pedindo a Hades, Deus do Submundo, para cortar seu rosto em pedaços? — perguntou Hécate. — Porque assistirei com prazer.

— Você está procurando por Sísifo? Eu vou te dizer onde ele está! Venha... volte! — chamou o mago quando Hades desapareceu atrás da cortina.

Hades se viu em um corredor escuro que dava em uma sala maior. O ar estava frio e rançoso, cheirando levemente a putrefação, cera e algo parecido com cabelo queimado. Era mais limpo do que a frente da loja e cheio de vitrines brilhantes, sob as quais havia uma variedade de artigos dispostos cuidadosamente. Ficou claro por que Vasilis não queria que Hades se aventurasse ali. O mago estava vendendo relíquias: tecidos esfarrapados, pedaços de joias, pontas de lanças quebradas, lascas de escudos, ossos e cerâmica quebrada. Aquelas coisas haviam sido recolhidas dos campos de batalha após a Grande Guerra. Hades não sabia por que, mas ver os resquícios da guerra nunca fora fácil para ele, pois lhe fazia recordar o trauma da Titanomaquia, de campos de batalha sangrentos e cadáveres esquartejados.

Ainda assim, Hades procurou na escuridão a fonte do barulho e a encontrou. Livros tinham sido derrubados de uma prateleira. Hades se inclinou para pegá-los e, ao se endireitar, seu olhar encontrou o de uma gata preta com olhos amarelos. A criatura sibilou para ele, e ele sibilou de volta. A gata uivou e saltou de seu lugar, desaparecendo na escuridão.

— Pegamos um traficante! — gritou Hades para Hécate.

Vasilis entrou na sala primeiro, com as mãos para o alto como se estivesse se rendendo. Foi então que Hades reparou em uma imagem familiar gravada na pele pálida de seu pulso: um triângulo. Seus olhos se semicerraram.

— Quer dizer que você é um membro da Tríade?

O mago congelou.

— Não por opção.

Foi a resposta mais rápida que ele deu até aquele momento, e pareceu verdadeira.

— Então, por que a marca deles está em sua pele?

A pergunta deixou Hades inquieto. Ele não pôde deixar de pensar em Perséfone e na marca que colocara no pulso dela contra a vontade da jovem.

— O que eles fizeram? — Foi Hécate quem fez a pergunta com um tom de voz gentil, pois via algo dentro do mortal que Hades aparentemente não via.

— Eles a queimaram — respondeu Vasilis, abaixando as mãos.

— Quem? — indagou Hades.

— Minha gata.

— Sua gata? — Hades não ficou impressionado.

— Eles a queimaram bem na minha frente — disse o homem com a voz embargada. — Pensei que a tinha perdido para sempre, mas o líder deles... guardou a coleira dela. E disse que a devolveria se eu me juntasse a eles... precisavam de magia.

— De um golem? — perguntou Hades.

Vasilis assentiu.

Então Hades entendeu tudo. O mago concordou em servir a Tríade em troca da coleira. Era o único artigo restante que pertencia à sua gata, mas ele não queria aquilo porque era sentimental; ele o queria com um propósito: o colar poderia ser usado para ressuscitá-la, o que, ao que parece, tinha funcionado.

— Então você trocou sua liberdade por uma coleira?

— O que você trocaria por algo que ama? — retrucou o mago.

O mundo, pensou Hades.

— Ah! — exclamou Hécate de repente, curvando-se para pegar a gata que havia sibilado para Hades mais cedo. — É ela? Que bebê fofo! Qual o nome dela?

— S-Serena.

— Serena — disse Hécate, levantando a gata como se fosse uma criança. — Eu tenho uma doninha chamada Gale...

Hades suspirou.

— Hécate...

— Ser humano é isso, Hades — falou a deusa. — Você deveria estar anotando. Não quer impressionar Perséfone?

— Quem é Perséfone? — perguntou o mago.

— Não é da sua conta — retrucou Hades, que então olhou para Hécate e se odiou por sua próxima pergunta. — O que uma gata tem a ver com ser humano?

— Tem tudo a ver — disse Hécate, e depois, suspirou. — A gata é a humanidade. É o que torna este — ela gesticulou em direção ao mago — infeliz, triste e lamentável mortal merecedor de salvação.

— Você não viu a alma dele — murmurou Hades.

Hécate o fulminou com os olhos.

— Estou lhe ensinando uma lição, Hades! Aprenda.

Hades estava prestes a dizer que ela era uma professora horrível quando sentiu o ar mudar atrás de si. Ele se virou e as sombras se separaram de sua essência, correndo em direção à forma do mago, que tentava escapar pelo corredor.

As sombras o envolveram e o enviaram voando para trás. O mago colidiu com uma de suas imaculadas vitrines e ficou imóvel.

Hécate fez uma careta.

— Você não precisava usar tanta força assim. Ele não é um deus.

— Ele queria agir como um.

Hécate arqueou uma sobrancelha.

— Esta é a resposta de um deus compassivo?

— Era isso que você estava tentando me ensinar?

Hades deu um passo em direção ao mortal e acenou. O mago abriu os olhos, piscou, e depois gemeu quando sentiu a dor da queda.

— Ouça aqui, mortal, e ouça bem. Você me dirá quem solicitou os seus serviços, ou passarei a eternidade cortando sua língua e dando para a sua gata comer. *Entendeu?*

O homem assentiu, respirando com dificuldade, e respondeu:

— O nome dele é Teseu.

Teseu.

Era um nome que Hades conhecia bem, pois pertencia ao filho de Poseidon, seu sobrinho.

— O golem foi ideia de Sísifo — explicou Vasilis. — Ele era meu cliente. Foi depois que ele veio me visitar que Teseu chegou, exigindo saber dos planos de Sísifo. Ele me fez invocar um portal para o armazém. E saiu daqui com Sísifo. Não sei para onde foram.

Então, Sísifo também fora enganado, assim como Hades. A questão era: o que Teseu queria com Sísifo? Ele buscava vingança pelo assassinato de Éolo Galani, ou havia outras intenções por trás de suas ações?

Passado um instante, o mago falou:

— Por favor... por favor, não leve minha gata.

— Hécate. — Hades chamou a deusa, que tinha ido em direção ao corredor escuro com a gata ainda em seus braços. — Traga a gata.

— E-espere. Eu pedi por favor!

— Ah, você também vem, mortal — disse ele, e os olhos de Vasilis se arregalaram.

— Mas eu disse a verdade! Eu...

O mago foi silenciado e desapareceu com um aceno de Hades. Ele passaria um tempo preso, mas não no Tártaro: iria para um Local Fantasma, uma prisão que só podia ser vista pelos agraciados. Era um lugar especial para mortais como ele — magos que infringiam a lei ou guardavam segredos —, que, em raras ocasiões, podiam ser usados como isca.

Hades virou-se para Hécate.

— Veja só como eu posso ser compassivo.

Antes de deixar As Três Luas, Hades convocou Elias à loja para que o sátiro pudesse se desfazer dos artigos nela contidos, o que significava queimá-los. Ele e Hécate se separaram. Hades tinha negócios com Afrodite, e Hécate pretendia retornar ao Submundo.

— As almas vão homenageá-lo esta noite. — Ela o lembrou. — Ficariam muito felizes com a sua presença.

Hades sentiu culpa, o que sempre acontecia quando seu povo reservava tempo para adorá-lo.

— Perséfone vai estar lá. Acho que estão planejando uma homenagem a ela também.

Aquilo não era surpreendente. Perséfone merecia ser adorada pois era mais digna disso do que Hades jamais fora. Além disso, teriam que se acostumar a homenageá-la, pois ela ia se tornar sua rainha.

— Talvez eu consiga desta vez — disse ele antes de partir, mas duvidou de suas palavras.

A Deusa da Bruxaria tinha boas intenções, mas havia alguns demônios que Hades não desejava enfrentar, e seu povo — mais precisamente, o modo como ele os tratara no passado — era um deles.

Hades encontrou Afrodite deitada em uma espreguiçadeira de sua mansão à beira-mar. A casa era feita de mármore e tinha janelas que iam do chão ao teto com vista para o oceano e para a ilha de Hefesto. Quando ele apareceu, ela bocejou e cobriu a boca com o dorso da mão.

— Esperava que você voltasse ontem à noite — disse ela, abanando-se com o que parecia ser um feixe de penas. — Você deve ter tido uma grande distração com que lidar.

— Seu mortal drogou Perséfone — falou Hades, chegando ao motivo de sua visita. Ele normalmente não se importava com as implicâncias de Afrodite, mas não estava com disposição para isso naquele dia.

A deusa não reagiu, mas continuou batendo um leque emplumado em um ritmo constante.

— Cadê as provas disso? — perguntou ela, entediada.

— Eu provei o veneno na língua de Perséfone, Afrodite — asseverou Hades.

— Provou? — Afrodite sentou-se, os olhos ligeiramente arregalados enquanto colocava o leque de lado. — Então você a beijou?

Hades trincou os dentes e não respondeu.

— Você está apaixonado? — perguntou ela, e havia um leve tom de alarme em sua voz que Hades não entendeu.

Por acaso Afrodite temia que ele ganhasse a barganha e ela perdesse a chance de ver Basílio voltar do Submundo? Será que ela se importava mesmo com Basílio? Ou será que temia não poder mais enxergar Hades como alguém solitário, como enxergava a si mesma?

Ele olhou com fúria para ela, e os olhos de Afrodite brilharam, um sorriso curvando seus lábios.

— Você está apaixonado! Ah, isso sim é novidade!

— Chega, Afrodite.

Ela lançou um olhar fulminante e cruzou os braços.

— Presumo que você tenha vindo aqui para ameaçar Adônis.

— Eu vim para perguntar por que você deixou isso acontecer.

Os olhos de Afrodite se arregalaram, e ela piscou, claramente não esperando que Hades fizesse aquela pergunta. Depois, semicerrou os olhos.

— Do que está me acusando, Hades?

— Você mantém seus amantes em rédea curta, mas deixou Adônis se aproximar de Perséfone e me convocou quando as coisas saíram de controle. Esperava me ver com raiva?

— Acho que você está me acusando de armar o desastre da noite passada.

Afrodite podia até ser a Deusa do Amor, mas não acreditava no amor e costumava dificultar sua conquista pelos mortais. Ela encarava aquilo como um jogo e tratava os mortais como peões ao introduzir distrações e pôr à prova o vínculo que ela nunca poderia estabelecer com outro ser.

Hades sabia o que Afrodite estava aprontando e estava lá para detê-la.

— Perséfone não é um brinquedo, Afrodite. Não mexa com ela.

Os lábios dela se estreitaram e seus olhos verde-mar se escureceram.

— Não há regras para a barganha, Hades. Posso desafiar sua escolha o quanto quiser.

— Deixe-me ser claro, Afrodite. Esta barganha afeta a probabilidade de Perséfone ser ou não a minha rainha, pois esse é um futuro tecido pelas Moiras. Se você mexer com ela, vai mexer comigo.

— Se ela não o ama, você não pode impedi-la de flertar com outros.

— Era isso o que você estava tentando provar na noite passada? Porque tudo o que vi foi minha futura esposa em perigo: um crime que não ficará impune.

— A menos que...?

A pergunta dela fez Hades rir entre dentes, e o som roubou a expressão presunçosa de Afrodite.

— Ah, não há barganha quando se trata da minha rainha — respondeu Hades. — A existência de Adônis no Submundo será terrível.

Enquanto ele falava, os olhos da Deusa do Amor se arregalaram e a raiva nublou seu rosto.

— Hades... — O nome escorregou por entre seus lábios como um aviso.

— *Nada* me impedirá de estraçalhar a alma de Adônis. Fique em paz sabendo que você selou o destino dele, Afrodite.

A última coisa que Hades ouviu antes de sair foi Afrodite gritando seu nome.

Hades voltou ao seu escritório no Submundo. De lá, via Asfódelos e observava de longe a festa de seu povo, iluminada pelas luzes de lanternas. Daquela distância, não podia enxergar Perséfone, mas sabia que estava lá. A presença dela desencavou mais lembranças da noite anterior e, junto com isso, a culpa por tê-la deixado em sua cama, nua, com a pele corada de desejo. Pelo menos ele havia provado uma coisa para si mesmo: ela o queria até mesmo quando estava sóbria.

Ele suspirou e bebeu um copo de uísque antes de afrouxar a gravata e ir para as termas. Precisava de um banho. Hades se sentia impuro, pois o fedor da magia maligna e da loja de Vasilis estavam impregnados em sua pele.

Ele parou na entrada de suas termas privativas, onde podia ouvir o barulho da água e sentir o cheiro de Perséfone. Pensar em vê-la nua novamente o encheu de tesão, e uma ereção foi se formando quando ele se imaginou dentro dela.

Mas será que Perséfone o rejeitaria? Ou iria convidá-lo a explorar cada parte do seu corpo?

Hades estava prestes a descobrir.

Ele saiu da sombra e desceu os degraus, tratando de fazer barulho o suficiente para não a assustar. Quando apareceu, ele a encontrou no centro da piscina oval, ladeada por colunas de mármore. Os olhos de Perséfone estavam arregalados, suas bochechas, coradas, e seu cabelo, molhado e colado ao corpo como trepadeiras enroladas em porcelana. A água batia em seus seios e tocava de leve seus mamilos rosados, tão transparente que Hades podia distinguir a curva de seus quadris e os cachos escuros entre suas pernas. Ele passou a pensar em como seria abrir aqueles lábios macios e explorar os sinais do desejo de Perséfone por ele. Tinha certeza de que ela estaria molhada e quente, pronta para seus dedos e sua boca, e ele beberia dela até que a deusa se desfizesse em seus braços.

Então, os olhos de Hades se voltaram para seus próprios pés, diante dos quais as roupas dela estavam empilhadas. No topo, havia uma linda coroa de ouro. Ele reconheceu a obra de Ian Kovac, um ferreiro talentoso que residia no Submundo havia séculos.

Hades se inclinou para examiná-la mais de perto. Era uma bela coroa com motivo floral e pedrarias, um equilíbrio perfeito da flora que representava ele e também Perséfone.

— É linda.

Ela olhou fixamente, seus olhos queimando como uma forja. Hades se perguntou que pensamentos acompanhariam aquele olhar. Seriam tão lascivos quanto os dele? Estaria ela imaginando como seria pegar no pau dele, como seria o gosto em sua boca, que som ele faria ao gozar?

Ela pigarreou, o que interrompeu os pensamentos de Hades.

— É sim. Ian fez para mim.

— Ele é um artesão talentoso. Foi o que o levou à morte.

Perséfone franziu a testa.

— Como assim?

— Ele foi favorecido por Ártemis, e ela o abençoou com a habilidade de criar armas que garantiam que seu portador não pudesse ser derrotado em batalha. Ele foi morto por isso.

O favor divino podia ser perigoso, pois, tanto na Antiguidade quanto nos dias de hoje, tornava os mortais alvos. Às vezes, os resultados eram positivos, e o receptor ganhava fama e status; outras vezes, morria.

Hades olhou para a coroa por mais um instante. O fato de Perséfone ter aceitado tal ornamento de seu povo, mesmo que fosse só para agradá-los, era importante, um sinal de sua dedicação a eles, uma das qualidades de uma verdadeira rainha. Ele colocou a coroa sobre a pilha de roupas e, em seguida, voltou a encarar Perséfone. O fato de ela não ter tentado se esconder dele também era importante.

— Por que você não foi? — perguntou ela. — Para a celebração em Asfódelos. Era para você.

— E você. Eles celebraram você — disse ele. — Como deveriam.

— Não sou a rainha deles.

— E eu não sou digno dessa celebração.

— Você não acha que é o suficiente eles te acharem digno de comemoração?

Hades não respondeu. Ele não queria falar daquele assunto. Na verdade, as únicas palavras que queria compartilhar naquele momento eram súplicas eróticas e gemidos ofegantes. Seu pau latejava, desesperado por liberação e prazer, o que fez seu sangue subir à cabeça e o impediu de se concentrar em qualquer coisa além de sexo.

— Posso me juntar a você?

Ele notou como Perséfone engoliu em seco enquanto assentia, o que fez atiçar ainda mais o fogo entre eles. Hades não deixou de olhar nos olhos dela enquanto se despia e quase gemeu quando liberou seu pau da prisão de suas calças. Estava inchado e duro ao ponto de doer. Hades precisava gozar e ficou ainda mais desesperado por isso quando o olhar de Perséfone percorreu todo o seu corpo. Ela estava tão faminta quanto ele.

Ele entrou na piscina e falou enquanto se aproximava.

— Eu acredito que devo a você um pedido de desculpas.

— Pelo quê, especificamente?

Um sorriso tênue se formou nos lábios de Hades. Perséfone achava que Hades deveria se desculpar por outras coisas além da forma como a deixara no dia anterior, Hades sabia. O problema era que um pedido de desculpas implicava arrependimento, e Hades nunca se arrependeria do contrato. Aquilo resultaria na liberdade dela, por mais que Perséfone não se desse conta disso naquele momento.

Ele se aproximou, elevando-se sobre ela, e tocou seu rosto, roçando o dedo em sua face.

— Da última vez em que nos vimos, fui injusto com você.

Perséfone desviou os olhos, e a mão de Hades saiu de seu rosto quando ela disse em voz baixa:

— Fomos injustos um com o outro.

Ela se referia ao artigo, e o fato de reconhecer isso fez com que Hades prendesse a respiração no peito. Seria um exagero esperar que ela estivesse mudando de ideia sobre ele?

— Você gosta de sua vida no reino mortal? — Ele tinha que perguntar, precisava avaliar o apego dela ao Mundo Superior. Estaria disposta a abandonar aquele mundo para ser sua rainha?

— Sim. — Ela se afastou nadando de costas, os seios acima do nível da água. Hades foi atrás, como se puxado por uma corda. — Eu gosto da minha vida. Tenho casa, amigos e meu estágio. Vou me formar em breve.

— Mas você é Divina.

Ele não entendia. Por que ela vivia aquela existência mundana, quando poderia ter qualquer coisa, tudo o que quisesse?

Perséfone parou de se afastar, e eles ficaram a centímetros de distância. Hades podia sentir o roçar de seus mamilos contra a pele dele enquanto ela respirava.

— Eu nunca vivi como Divina, e você sabe disso — respondeu ela, e parecia quase frustrada com ele, pois uma linha se formou entre suas sobrancelhas.

— Você não tem desejo de entender o que é ser uma deusa?

— Não.

— Acho que você está mentindo — disse ele. Sentiu imediatamente aquele gosto amargo e metálico no fundo da boca. A pergunta era: Por que Perséfone tinha tanta resistência? Caso fosse arriscar um palpite, diria que tinha a ver com o seu poder adormecido.

— Você não me conhece.

Seus olhos se acenderam como almas que sobem ao céu noturno.

Sim, pensou ele, *atice esse fogo*.

Ele a queria com raiva, queria sentir a paixão dela irradiar de seu corpo e vibrar pelo corpo dele.

Hades semicerrou os olhos.

— Eu a conheço.

Ele se posicionou atrás dela, tocando-a apenas com as pontas dos dedos, percorrendo pescoço e ombro.

— Sei como sua respiração falha quando a toco. Sei como sua pele fica vermelha quando pensa em mim. Sei que há algo por trás desta bela fachada.

Ele deu um beijo em seu ombro, antes de sua mão se mover para baixo, roçando o seio dela. Perséfone ofegou quando seu corpo se arqueou contra o dele, e Hades quase gemeu.

— Fúria. Paixão. Escuridão. — Ele marcou aquelas palavras com sua língua no pescoço dela. — E eu quero provar tudo isso.

A mão dele deslizou pela barriga dela antes de envolver sua cintura, puxando-a para ainda mais perto, deixando claro seu desejo por ela. O pau dele se encaixava perfeitamente contra a bunda curvilínea dela, e as costas dela, contra o peito dele.

— Hades. — Perséfone arfou seu nome, o que o deixou faminto.

Ele deixou cair a cabeça na curva do ombro dela e implorou:

— Me deixa te mostrar o que é ter o poder em suas mãos. Me deixa tirar a escuridão de você. Vou ajudar a moldá-la.

Enquanto a imprensava, a outra mão de Hades procurou a buceta dela. Ele passou a mão pelos cachos grossos e escuros até tocar seus lábios e sentir o calor molhar sua mão. A cabeça de Perséfone caiu para trás, repousando no ombro dele, e seu arquejo o estimulou.

— Hades, eu nunca...

— Deixa eu ser o seu primeiro.

Era um apelo, assim como uma pergunta. Ele queria aquilo desesperadamente e podia sentir o quanto ela queria também. Mas havia uma diferença entre querer e estar pronta, e ele não a pressionaria se ela precisasse de tempo.

Mas ela assentiu, instigando-o a abrir seus lábios. O polegar dele roçou levemente o clitóris dela, brincando na entrada de sua buceta delicada e deliciosa. Ela ficou na ponta dos pés, o corpo enrijecendo sob o toque dele.

— Respire — sussurrou ele, e quando ela o fez, os dedos entraram mais fundo, o que provocou um grito de Perséfone e um gemido de Hades.

A mente de Hades estava tomada de desejo. Ele queria tudo de uma vez, explorá-la com a mão, a boca e o pau. Queria tomá-la de um milhão de maneiras eróticas diferentes; no entanto, ela nunca tinha feito nada daquilo, seu corpo não estava familiarizado com aquela... invasão. Ele mordeu o próprio lábio com força para voltar a si, para se concentrar em dar prazer a Perséfone, não em sua necessidade latejante de gozar.

Naquele momento, o que importava era o prazer dela.

— Você está tão molhada... — As palavras saíram como um sibilo, o rosto dele enterrado no cabelo dela. O cheiro de baunilha e lavanda nublou seus sentidos. Quando Hades sentiu as unhas de Perséfone cravarem em sua pele, ele levou a mão dela até onde a sua estava profundamente enterrada.

— Toque-se. Aqui.

Ele mostrou a ela como acariciar o clitóris, roçando de leve o ponto logo acima de seu calor úmido, onde ele ainda metia o dedo. Ele se deleitou em observar a forma erótica como ela movia os quadris, roçando, desesperada para senti-lo mais profundamente, e ele estava feliz em obedecer. Hades amou os gemidos, os arquejos e a forma como a cabeça dela pendia contra o ombro dele. Continuou enfiando o dedo nela enquanto sua outra mão foi para os seios, apertando e estimulando seus mamilos. Então ele se afastou.

O grito chocado de Perséfone o fez sorrir, e ela se virou rapidamente para ele. Hades não tinha certeza do que ela pretendia fazer, mas não lhe deu a chance de seguir adiante. Puxou-a para si, sua boca sedenta por Perséfone, as línguas movendo-se uma contra a outra com um desespero que ele nunca havia sentido antes. Aquilo era o resultado de semanas de tesão acumulado, e ele a libertaria agora, a veneraria até que ela estivesse vermelha e em carne viva.

Ele interrompeu o beijo e descansou a testa contra a dela, pensando que sempre iria apreciar muito aquele momento: a pausa durante a paixão, na qual eles já tinham compartilhado tanto e compartilhariam mais.

— Você confia em mim?

— Sim.

Ele a analisou por mais um instante e memorizou a sinceridade gravada em seu rosto antes de beijá-la e erguê-la para a borda da piscina. Então se enfiou entre suas coxas, segurando firme a cintura dela. Ele ficaria ali eternamente sob o olhar dela inebriado de desejo.

— Me diz que você nunca esteve nua com outro homem. Me diz que sou o único.

Aquela era uma pergunta primordial, uma estranha necessidade que Hades sentia e que vibrava ao longo do fio que os conectava. Queria ser o primeiro a explorar o corpo dela, o único a conhecer sua verdade e lhe dar prazer.

A expressão de Perséfone se suavizou, e ele sentiu a mão dela em seu rosto.

— Você é.

Mais uma vez, Hades a beijou e passou os braços por baixo dos joelhos dela, puxando seus quadris até a beirada. Hades distribuiu beijos pelo pescoço, colo e barriga de Perséfone, até que, instigado pela deusa, roçou o queixo nos pelos da buceta molhada dela. As mãos dela puxavam o cabelo dele e arranhavam suas costas ao mesmo tempo que arquejos agudos e gemidos sensuais escapavam de sua boca. Era uma sinfonia erótica que ele poderia ouvir pelo resto de sua vida imortal.

Enquanto cobria a pele de Perséfone de beijos, sentindo seu gosto, Hades encontrou algo inesperado: uma mácula em sua pele perfeita. Manchas verde-amareladas, hematomas espalhados por suas coxas.

Ele olhou para ela.

— Fui eu?

— Está tudo bem.

Ainda assim, ele franziu a testa, detestando o fato de tê-la machucado, e beijando cada hematoma, curando-os completamente enquanto se aproximava da buceta. Ele já não aguentava mais esperar depois de ter sentido o calor dela. Tinha pensado em provocá-la mais, em arrancar dela gemidos de frustração e exigências por sua língua, mas Hades estava fraco, e seu autocontrole, em frangalhos. Ele avançou como se ela fosse um banquete e ele estivesse faminto. O grito de prazer de Perséfone reverberou pelo corpo de Hades e foi direto para o pau dele, o que fez com que ele se lembrasse de que os dois ainda tinham horas de prazer pela frente.

Ele começou com carícias leves, roçando o clitóris dela e deslizando sobre sua buceta molhada, mas quando as mãos de Perséfone puxaram seu cabelo e os gritos se tornaram guturais, ele a trouxe para mais perto, a língua indo fundo para saborear a pele lisa e doce. Ela se contorceu embaixo dele, que a manteve no lugar com uma das mãos, enquanto a outra provocava a parte sensível. Ela ficou tensa embaixo dele, uma represa prestes a estourar, e quando ela finalmente gozou, ele saboreou tudo.

Quando ele terminou, levantou-se e beijou-a, sua boca ainda molhada do sexo dela. Ela o acolheu, envolvendo-o com braços e pernas. Estava sentada logo acima do pau dele, com sua buceta provocando a cabeça do pau, e Hades trincou os dentes para não meter de uma vez. Quando se afastou, seus olhos perfuraram os dela.

Quero te comer, pensou ele. Hades observou enquanto Perséfone mordia os lábios, em outro convite tácito, mas assim que ele avançou para finalmente meter seu pau latejante nela, ouviu a voz de Minta:

— Lorde Hades?

Seus dentes pareciam que iam quebrar. Hades jamais detestara tanto um som em sua vida, mas aquele em especial ele amaldiçoaria pelo resto de sua existência. Notou como Perséfone enrijeceu, e a manteve no lugar enquanto se afastava da borda da piscina, virando-se para que a deusa ficasse de costas para a ninfa. Era uma tentativa de resguardar de certo modo o recato dela, mesmo com as pernas de Perséfone ainda em volta da cintura dele.

Só que Perséfone o surpreendeu agarrando o pau dele.

Eles se encararam, e se olhares pudessem provocar um incêndio, os dois arderiam em brasa.

— Ha...

Minta estava no topo dos degraus que levam às termas. Ela trincou os dentes e suas feições ficaram rígidas com a visão com a qual tinha se deparado.

— Sim, Minta? — A voz de Hades estava tensa, com sua raiva e seu desejo batalhando pelo controle de sua mente. Perséfone acariciou a ereção dele, fazendo círculos delicados com o polegar na cabeça do seu pau.

— Nós... sentimos sua falta no jantar — dizia Minta.

Só um pensamento vinha à mente de Hades naquele instante: *Por que ela ainda está falando?*

— Mas vejo que está ocupado.

A mão de Perséfone desceu até o talo.

— Muito — disse ele entre dentes.

— Vou avisar ao cozinheiro que você está completamente saciado.

A mão de Perséfone subiu para a cabeça do pau.

— Bastante — gemeu ele.

Minta permaneceu ali por mais um instante, como se quisesse dizer mais alguma coisa, mas, em uma demonstração de inteligência, não disse nada. Se virou e saiu, e Hades olhou para Perséfone. Eles continuariam de onde haviam parado. Ela o já provocara o suficiente, e agora ele saberia como era estar dentro dela, ser consumido por aquele calor hipnotizante.

Mas ela se afastou.

— Aonde você vai? — Hades a seguiu.

— Com que frequência Minta vem até você no banho? — perguntou ela ao sair da piscina.

— Perséfone.

Não faça isso. Não comece esse assunto, quis dizer Hades, mas ela não estava olhando para ele, e se cobriu com uma toalha.

— Olhe para mim, Perséfone.

Ele foi saindo da piscina até que a água chegasse às suas coxas. De alguma forma, se sentia igualmente exposto, com sua ereção em plena exibição, para que ela não tivesse dúvidas de seu desejo.

— Minta é minha assistente.

— Então ela pode ajudá-lo com sua necessidade. — Perséfone se atreveu a encarar o pau dele com um olhar feroz.

Ele fechou a cara, saiu da água, pegou-a pela cintura e a puxou contra o corpo.

— Eu não quero Minta — grunhiu Hades.

— Eu não quero *você* — disparou Perséfone.

Quis rosnar por conta do gosto amargo no fundo de sua boca enquanto saboreava a mentira dela.

— Você não... me quer? — perguntou ele.

— Não — disse ela, mas sua voz era um sussurro rouco.

Hades fitou seus lábios inchados de tanto beijar antes de se voltar para os seus olhos mais uma vez. Depois de um instante, ele perguntou:

— Você conhece todos os meus poderes, Perséfone?

Hades reparou na forma como a deusa engolia em seco. Tentou imaginar por que ela estaria nervosa depois do que tinham feito na piscina. Talvez Perséfone achasse que ela mesma não seria capaz de manter aquela fachada de indiferença.

— Alguns — respondeu ela.

Ele inclinou a cabeça, aproximando-se.

— Me conte.

— Ilusão — disse ela, e enquanto falava, os lábios de Hades roçaram o pescoço dela.

— Sim — sussurrou ele, continuando a explorar e saborear a pele dela.

— Invisibilidade?

— Muito valioso.

— Encanto? — Ela ofegou enquanto os lábios dele se moviam em direção aos seios.

— Huhum. — Ele fez uma pausa e olhou para ela. — Mas não funciona com você, não é mesmo?

— Não. — Ela estremeceu ao responder, e um sorriso ameaçou a compostura séria de Hades.

Ele deslizou um dedo pelo centro de seu peito, enganchando-o na toalha e expondo seus seios.

— Você parece não ter ouvido falar de um dos meus talentos mais valiosos. — Ele colocou um mamilo entumecido na boca e chupou, apreciando como Perséfone de repente respirou fundo. Ele se afastou e olhou em seus olhos.

— Posso sentir o gosto de mentiras, Perséfone. E as suas são tão doces quanto a sua pele.

Ela plantou as mãos no peito dele e o empurrou para longe.

— Isso foi um erro.

Aquela não foi uma mentira, e isso dilacerou a alma de Hades.

Perséfone juntou o resto de suas roupas e a coroa que Ian havia feito. Segurou-as contra o peito como se fossem um escudo, como se estivesse envergonhada do que tinha deixado acontecer. Hades olhou enquanto ela se retirava escada acima.

— Você pode acreditar que foi um erro — falou Hades, e Perséfone parou, sua cabeça virando apenas um pouco para que ele pudesse ver seu perfil. — Mas você me quer. Eu estive dentro de você. Eu provei você. Essa é uma verdade da qual você nunca vai escapar.

E foi essa verdade que lhe deu esperança, porque Hades sabia que podia gerar afeto por meio do fogo.

Ele viu Perséfone estremecer e correr.

19

PROJETO ANOS DOURADOS

Hades se teleportou para seus aposentos, nu, pau latejando, desesperado para gozar.

Ela me deixou, pensou enquanto tomava um longo gole direto da garrafa de uísque que havia pegado em seu bar. Ele andava de um lado para o outro, o corpo rígido. Quanto mais se movia, mais se lembrava de sua necessidade.

Malditas Moiras. Maldita Minta.

Estou provando do meu próprio remédio, pensou ele. *Eu a deixei também. Foi assim que ela se sentiu?*

O pensamento era agradável e agonizante ao mesmo tempo.

Ele fez uma pausa, bebeu mais uma vez da garrafa e jogou-a no fogo crepitante. A garrafa espatifou e, por um instante, as chamas se enfureceram, a representação perfeita de como ele se sentia por dentro. Quando as chamas diminuíram, ele se apoiou contra a mesa, agarrou sua ereção, rangeu os dentes e fechou os olhos.

Na escuridão de sua mente, ele se teleportou até Perséfone, e a encontrou esparramada na cama, de pernas abertas e metendo os dedos em si mesma, se dando prazer assim como ele a havia ensinado nas termas. Os calcanhares dela estavam fincados na cama, suas costas, arqueadas, sua respiração, pesada. Ela era linda e tinha a pele banhada pelo luar... uma deusa prateada nos espasmos da paixão.

Então, ela ficou de joelhos e balançou para a frente e para trás, mexendo os quadris enquanto cavalgava sua própria mão.

— Diz que está pensando em mim — pediu Hades, que pegou o pau e o acariciou de leve, desfrutando da sensação de prazer que o deixava tonto.

Perséfone se virou, com seus grandes olhos verdes encontrando os dele no escuro. Até mesmo sob aquela luz, podia ver que as bochechas dela estavam coradas, o cabelo caía desarrumado em volta do rosto, e os mamilos despontavam da camisola.

— Então? — instigou ele.

— Hades — suspirou ela. — Eu estou pensando em você.

Ele ronronou.

— Não para por minha causa.

Ela tirou a camisola. Os olhos dele percorreram seu belo corpo, seios fartos e mamilos escuros. Hades queria apertar aquela cinturinha fina enquanto ela o cavalgava até ele gozar, e os quadris largos que o engoliriam quando ele metesse.

A deusa recomeçou, abrindo os lábios para dar prazer a si mesma. Por um tempo, eles mantiveram contato visual, Perséfone cavalgando e Hades acariciando o próprio pau. A urgência dele aumentava, conforme testemunhava a paixão dela, sua cabeça caindo para trás, os seios pulando, os dentes mordendo o lábio. Hades começou a mexer os quadris enquanto se masturbava.

— Goza para mim — ordenou ele. — Goza.

Os gritos dela deram lugar aos dele enquanto seu corpo estremecia, a mão se enchendo com o gozo quente. Ele caiu contra a mesa, respirando com dificuldade. Apesar de sua necessidade de recuperar o fôlego, ele riu.

Riu porque acabara de ter um dos encontros sexuais mais intensos de sua longa vida. Porque sua deusa — sua futura esposa — tinha dado prazer a si mesma... pensando nele.

— Será que você pode me dizer por que vai levar Minta para o Baile de Gala Olímpico esta noite em vez de Perséfone?

A pergunta veio de Hécate, que estava atrás de Hades enquanto ele ajustava a gravata no espelho. A Deusa da Bruxaria não parecia satisfeita, e surgira imponente em suas vestes roxas, os braços cruzados sobre o peito.

O Baile de Gala Olímpico era realizado todos os anos no Museu de Artes Antigas. Era um evento extravagante e uma desculpa para os deuses ostentarem sua riqueza. Hades só foi porque o evento também serviria para arrecadar fundos. Naquele ano, o baile teria como tema o Submundo, o que significava que Hades e sua fundação participariam da escolha da instituição de caridade.

— Eu não vou levar a Minta como acompanhante — disse Hades. — Minta é minha assistente.

E ele não tinha chamado Perséfone porque ela estava indo a trabalho, com Lexa a tiracolo.

— Você não percebe que a única coisa que Perséfone vai ver é você chegando no baile com Minta?

Hades pensou na outra noite nas termas, quando Minta os interrompeu. Perséfone olhara incisivamente para sua virilha, seu pau e seu saco pesado. Ele ouviu as palavras dela em sua mente. *Então ela pode ajudá-lo com sua necessidade.*

Hades trincou os dentes e virou-se para a deusa.

— Não pretendo chegar de braço dado com ela — disse Hades. — Ela vai para apresentar o Projeto Anos Dourados.

Tratava-se de um projeto em que sua equipe estava trabalhando na Fundação Cipreste: uma organização sem fins lucrativos que forneceria cuidados de reabilitação aos mortais gratuitamente. Fora inspirado por Perséfone, cujas palavras ele ainda podia ouvir, claras como o dia. *Se você vai fazer uma barganha, desafie-os a ir para a reabilitação se forem viciados, e faça algo ainda melhor: pague por isso.*

Hades fizera menos do que podia em seu trabalho. Se seu verdadeiro objetivo era garantir que a vida no Submundo fosse uma existência melhor para as almas, elas precisavam ter esperança enquanto estivessem vivas. Nas últimas semanas, Hades aprendera mais sobre esperança do que jamais pôde imaginar.

Hécate estava olhando, sobrancelha erguida.

— Minta sabe disso?

— Não dei a ela nenhuma razão para pensar o contrário — retrucou Hades.

A deusa balançou a cabeça.

— Você não entende as mulheres — disse Hécate. — A menos que tenha deixado absolutamente claro, ou seja, a menos que tenha falado *Minta, você não vai como minha acompanhante*, ela vai pensar exatamente o contrário.

— E o que faz de você uma especialista de repente?

— Posso não estar interessada em relacionamentos, Hades, mas vivi mais do que você e vi essas emoções destruírem a humanidade. Além disso — ela ergueu o queixo —, ouvi Minta dizendo às suas subordinadas que tinha um encontro com você esta noite.

— *Subordinadas?* — perguntou ele.

— Ela tem um grupo de ninfas com quem reclama de tudo. Você deveria ouvir como ela fala sobre Perséfone.

Os olhos de Hades se estreitaram e, de repente, ele estava cheio de curiosidade.

— *Como* ela fala de Perséfone?

Os olhos de Hécate brilharam ameaçadoramente enquanto ela descrevia em detalhes as coisas horríveis que Minta havia dito sobre a Deusa da Primavera, inclusive chamá-la de *foda de favor*, um termo depreciativo que os mortais usam para descrever as pessoas que transavam com um deus em troca de favor. Quando Hécate terminou de falar, Hades só fez uma pergunta:

— Por que só agora estou sabendo disso?

— Eu estava coletando provas — disse ela, na defensiva. — E se acha que deixei que elas se safassem por ofender Perséfone, está enganado.

Hades esperou, e Hécate finalmente explicou:

— Talvez eu tenha enviado um exército de lacraias para invadir seu piquenique. Na segunda vez, mandei caga-fogos.

— Segunda vez? Isso aconteceu mais de uma vez?

— O que posso dizer? Minta está fora de controle — falou Hécate, ignorando a verdadeira natureza da pergunta de Hades, que era: "por que Hécate não veio até ele antes?".

Hades se afastou de Hécate, tirando sua máscara da mesa atrás dele.

— Então, o que você vai fazer? — perguntou Hécate, evasiva.

— Vou falar com Minta — respondeu Hades.

— Falar — repetiu Hécate. — Você por acaso não vai usar isso como uma oportunidade para... sei lá... *banir* Minta do Submundo?

— Talvez eu não tenha sido claro o suficiente — retrucou Hades, e nivelou seu olhar com o de Hécate. — Conforme você apontou tão... *apropriadamente* no início desta conversa. Confie, Deusa, depois que eu terminar com Minta, não lhe restarão dúvidas sobre como ela deve tratar Perséfone.

Hades moveu-se para abrir a porta e se deparou com a ninfa do outro lado. A mão dela estava erguida, como se estivesse prestes a bater. Minta estava vestida de verde-esmeralda, e joias pesadas pendiam de suas orelhas e pescoço.

— Ah — disse ela, sorrindo largamente, seus olhos correndo para Hécate, que permanecia ali. Eles se semicerraram um pouco antes de focar novamente em Hades. — Eu... vim ver se você estava pronto.

— Mais do que pronto — respondeu Hades, e antes que a ninfa pudesse reagir, ele reuniu sua magia e se teleportou.

Eles apareceram no Museu de Artes Antigas, do lado de fora do salão de baile onde aconteceria o jantar.

— Foda de favor — disse Hades, enquanto colocava sua máscara.

Minta olhou para ele com uma mistura de apreensão e medo.

— Perdão?

— Você não reconhece essas palavras? — indagou Hades.

Minta não tinha nada a dizer.

— A próxima vez que eu souber que você falou mal de Perséfone será a última vez que trabalhará comigo — disse Hades. — *Fui claro?*

A ninfa ergueu o queixo, os olhos brilhando de raiva, mas permaneceu em silêncio, provavelmente envergonhada e zangada por ter sido repreendida por seu comportamento maldoso. Hades saiu do corredor e entrou no salão de baile. Ele foi saudado imediatamente pela visão de Perséfone descendo as escadas coroada de ouro e vestida de fogo.

Ele olhou descaradamente, sedento. O vestido dela estava colado ao corpo, o que fez Hades lembrar que a tinha visto nua, tocado-a da maneira mais íntima, ouvido-a sussurrar seu nome. Ele sabia que ela tinha os mesmos pensamentos enquanto seus olhos verde-garrafa percorriam o corpo dele, inflamando-o, e então os pensamentos de Hades se tornaram um caos e ele se perguntou se Perséfone usava alguma coisa por baixo daquele vestido.

Mas enquanto ela olhava, seus olhos escureceram. Hades enrijeceu quando Minta surgiu ao lado dele, e o farfalhar de seu vestido rangeu contra seus ouvidos como uma lâmina de aço sendo afiada.

Ele não olhara para a ninfa, mas não importava. Entendeu a expressão de Perséfone. Ela havia presumido o que Hécate previra, que eles estavam juntos. Hades podia ouvir a voz presunçosa da amiga.

Eu avisei.

Perséfone bebeu seu vinho e então desapareceu na multidão, e Lexa foi logo atrás.

— Acho que você foi esnobado — comentou Minta.

O humor de Hades piorou, e ele contornou a multidão na tentativa de manter Perséfone à vista. Queria explicar antes que fosse tarde demais, mas encontrou seu caminho bloqueado por Poseidon. O deus usava um terno chamativo, e seu cabelo parecia ter sido modelado em algo que se assemelhava a uma onda do mar. Hades achou ridículo e se perguntou o que Tânatos pensaria.

— Irmão — disse Poseidon, e olhou por cima do ombro para onde Perséfone estava com Hermes. — Estou te impedindo de encontrar alguém?

Hades não respondeu.

— Ela é linda — comentou Poseidon. — Dá para perceber até mesmo com a máscara. Quem sabe você não compartilha quando se cansar.

Hades semicerrou o olhar, inclinando a cabeça enquanto dava um passo para mais perto de seu irmão. Eram da mesma altura, mas não do mesmo tamanho. Poseidon era mais corpulento, mas Hades era mais forte. Se Poseidon precisasse de um lembrete disso, Hades ficaria feliz em atender.

— Se você olhar para ela novamente, vou arrancar cada membro do seu corpo e alimentar os Titãs com sua carcaça — vociferou Hades. — Duvida de mim?

Poseidon teve a ousadia de parecer estar se divertindo, com seus olhos azuis brilhando, e ergueu uma sobrancelha loira.

— Isso é ciúme, irmão?

— Isso não é nada. Você deveria ter visto o que ele fez quando eu salvei Perséfone de um afogamento — falou Hermes, passeando em volta deles, as asas arrastando no chão.

Hades deu um passo para trás.

— Ele fez um círculo de mijo em volta dela? — perguntou Poseidon.

Hades trincou os dentes e voltou seu olhar sombrio para Hermes, que ia abrir a boca, mas desistiu quando olhou para Hades. Ele tinha a sensação de que sabia o que Hermes estava prestes a dizer, que havia marcado Perséfone de outra maneira por meio de uma barganha.

— Qual é o problema, irmão? Está com medo de que ela olhe para outros homens?

Hades sentiu a escuridão crescer dentro de si. Mostraria a Poseidon o que era olhar para outros homens ao arrancar os olhos dele de sua cara e atirá-los pelo salão.

Mas Poseidon foi salvo por Minta, que apareceu, deslizando o dedo pelo braço dele e dando um sorriso encantador.

— Poseidon — disse em uma voz sensual. — Há quanto tempo...

O Deus do Mar olhou para ela e escancarou um sorriso de predador.

— Minta. Você está arrebatadora.

Ela puxou o braço de Poseidon.

— Já encontrou sua mesa? — perguntou. — Ficaria mais do que feliz em te ajudar.

Quando ela se virou, olhou com fúria para Hades como se dissesse *não arme um escândalo*.

Quando eles se foram, Hermes falou:

— Se não quer que Poseidon aja feito um babaca, não provoque ele.

Hades olhou para o Deus da Trapaça.

— O que Perséfone disse para você?

Hermes ergueu a sobrancelha.

— Briga de amante?

Hades olhou furioso. Hermes continuou:

— Eu peguei Perséfone comendo você com os olhos e ela tentou negar, mas todos nós vimos e ficamos constrangidos. Na verdade, vocês dois estavam se comendo. Sabia que ela acha que você não acredita no amor?

— O quê?

— Ela também parece bem amargurada quanto a isso — acrescentou Hermes, os olhos vagando pelo salão. — Ah! Cerejas!

Ele se virou para sair, mas parou e olhou para Hades.

— Se você quer meu conselho...

Hades não queria, mas não sentiu vontade de falar nada.

— Diga a ela.

— Dizer a ela o quê?

— Que você a ama, seu idiota. — Hermes revirou os olhos. — Depois de todos esses anos de vida, você ainda não é nem um pouco consciente das suas emoções.

Então, Hermes saiu, e quando Hades tentou encontrar Perséfone novamente, ela não estava mais lá. Ele deu um suspiro frustrado e apertou os punhos. Havia palavras demais dando voltas em sua cabeça — de Hécate, de Minta, de Poseidon e de Hermes. Estranhamente, o que ecoava naquele momento era algo que Hécate havia dito fazia muito tempo.

Perséfone espera encontrar amor, assim como você, Hades, e em vez de confirmar isso, você zombou dela. Paixão não requer amor? O que você estava pensando?

Ele não estava pensando, esse era o problema.

Por que eu a deixei pensar algo tão falso assim? E então respondeu à própria pergunta. *Porque eu temia revelar a verdade do meu coração: que sempre desejei amar e ser amado.*

Hades quis proteger seu coração, construir em volta dele uma gaiola tão grossa que nada — nem mesmo Perséfone e sua compaixão — conseguisse abrir. No entanto, naquele momento, ela era a única pessoa que ele queria perto. Era a compaixão dela que buscava. Era o amor dela que desejava.

Porque era ela que ele amava.

Aquelas palavras perfuraram seu peito e se retorceram lá dentro como lâminas. Ele sentiu a dor por todo o corpo, da sola dos pés às pontas dos dedos da mão. Ficou se sentindo trêmulo e exposto. Olhou para a multidão de mortais e imortais reunidos, alheia ao fato de que ele acabara de sofrer uma mudança drástica naquele exato momento, no lugar mais bizarro possível.

Por que não poderia ter se dado conta daquilo em outro lugar? No Submundo, quem sabe? Deitado sobre Perséfone com seu pau provocando a buceta dela?

— Malditas Moiras — murmurou.

— O que houve? — perguntou Minta, aparecendo ao seu lado.

Hades olhou para ela.

— Acredito que Poseidon tenha achado sua ajuda prazerosa.

— Com ciúmes, Hades?

— Dificilmente — respondeu ele.

— Não me insulte — retrucou Minta. — Eu fiz aquilo por você. Tudo o que faço é por você.

Eles se encararam. Hades não tinha certeza de o que deveria dizer. Ele não ignorava os sentimentos de Minta e tinha que admitir que nunca havia lidado bem com eles.

— Minta...

— Vim para lhe dizer que é hora de seu anúncio — disse ela, interrompendo-o. — Você deveria tomar seu lugar.

Ela puxou a barra de seu vestido, se virou e foi em direção ao palco. Hades foi logo atrás, mantendo-se nas sombras, sua presença ignorada quando Minta foi apresentada e ganhou os holofotes. Ela parecia quase alegre enquanto falava, sem qualquer resquício de sua frustração anterior, mas não conseguia esconder de Hades seu desgosto. Podia ver isso de maneiras sutis: olhos que não estavam brilhantes o suficiente, sorriso que não estava largo o suficiente, ombros que não estavam altos o suficiente.

— Bem-vindos — disse ela. — Lorde Hades tem a honra de revelar a instituição de caridade deste ano, o Projeto Anos Dourados — anunciou ela.

As luzes se apagaram, uma tela desceu, e foi exibido um vídeo curto sobre o projeto. Hades não era sentimental, mas aquele era um projeto que tocava o seu coração. Talvez porque fora inspirado por Perséfone, ou porque ele estivera muito envolvido no projeto do edifício, e escolhera a tecnologia e os serviços que as instalações forneceriam. Cada vez que Katerina, a diretora de sua fundação, lhe fazia perguntas, ele as respondia pensando em Perséfone. Hades esperava que ela se orgulhasse daquilo, que ela visse o quanto as palavras dela significavam para ele.

Hades subiu no palco no escuro e, quando as luzes se acenderam, ele parou diante de uma multidão que aplaudiu ao vê-lo. Enquanto se acalmavam, ele falou:

— Dias atrás, um artigo foi publicado no *Jornal de Nova Atenas*. Foi uma crítica contundente ao meu desempenho como deus, mas, entre aquelas palavras raivosas, havia sugestões de como eu poderia ser melhor. Não imagino que a mulher que escreveu o artigo esperasse que eu levasse essas ideias a sério, mas, ao passar um tempo com ela, comecei a ver as coisas do seu jeito. — Ele sorriu, pensando em quão feroz ela era ao defender os mortais. — Nunca conheci ninguém que me mostrasse tão apaixonadamente como eu estava errado, então segui o conselho dela e iniciei o Projeto Anos Dourados. Por meio dessa exposição, espero que Anos Dourados sirva como uma chama no escuro para os perdidos.

Deuses e mortais se levantaram, batendo palmas, e Hades recuou, incomodado com os holofotes. Ele queria se desmaterializar na escuridão pelo resto da noite, mas também queria saber o que Perséfone achava do projeto. Ele abriu passagem enquanto uma fila de pessoas entrava na exposição, e seu olhar encontrou o de Afrodite, que o fulminava, provavelmente porque não o havia perdoado pela ameaça que ele fizera a Adônis.

Ele procurou por Perséfone e a encontrou em uma mesa. Reconheceu o olhar da primeira vez que ela foi à Nevernight.

Ela estava hesitando.

Perséfone não se aproximou até que quase todos tivessem entrado, e quando ela o fez, Hades a seguiu, invocando sua ilusão para caminhar ao lado dela. Parecia intrusivo observá-la daquela maneira, mas também íntimo, e ele ficou maravilhado com a expressão serena em seu rosto enquanto vagava pela exposição, parando em cada cartaz para ver as plantas do prédio e dos jardins, estatísticas sobre o estado atual de dependência e saúde mental na Nova Grécia, e como esses números só aumentaram desde a Grande Guerra.

Ela permaneceu por mais tempo em uma maquete em 3D do edifício real e dos terrenos amplos, cheios de árvores, jardins e caminhos secretos. Ele pensou em se aproximar, mas havia algo bonito no olhar de Perséfone — algo contemplativo e gentil —, e ele não queria perturbá-la, de modo que foi embora.

Fora da exposição, Hades encontrou seu irmão Zeus. O Deus do Trovão sorriu, e Hades notou que ele se parecia mais com o antigo Rei dos Deuses do que com o homem moderno que normalmente tentava encarnar, seminu ao lado de Hera.

— Bem bolado, irmão. — Ele deu um tapinha nas costas de Hades, e o deus cerrou os punhos para evitar socá-lo. — Você deixou o mundo todo fascinado com sua *compaixão*.

— Muito bem — disse Hera, que parecia entediada. Ela encarou Hades apenas brevemente antes de esticar o pescoço e olhar para algum lugar do outro lado do salão, seu braço ainda enroscado no marido.

— Do que você está falando, Zeus? — perguntou Hades.

— Da mortal! — gritou ele. — Usar a calúnia dela a seu favor foi uma jogada de gênio, de verdade.

Hades lançou um olhar de fúria. Ele não interpretara aquilo como uma oportunidade de melhorar sua imagem e detestava que o irmão estivesse corrompendo suas intenções, mas aquilo não era nada surpreendente.

— Não desejo tal elogio ou atenção — disse Hades, pois Perséfone tinha argumentos válidos, e ele dera ouvidos.

— É claro que não — brincou Zeus, cutucando Hades como se estivessem compartilhando algum tipo de segredo. — Devo admitir que mantive minhas expectativas baixas quando soube que o tema do Baile de Gala Olímpico seria o seu reino, mas isso... até que é legal.

— Que elogio — comentou com indiferença Hades. — Se vocês me derem licença, preciso de uma bebida.

Hades se esquivou de seu irmão e de Hera, e foi direto para o bar. Pediu um uísque e bebeu rapidamente, imaginando quanto tempo mais ele precisaria ficar ali. Os convidados não tinham comparecido por causa dele ou pela caridade. A festa se tratava de moda, bebida, dança, diversão, mas Hades não via diversão naquilo. Ele queria mesmo era passar a noite entre as pernas de Perséfone, dando e recebendo prazer.

Com esse pensamento, ele se virou e encontrou o objeto de seus pensamentos escandalosos a poucos passos de distância. Seus olhos foram imediatamente atraídos para as costas nuas dela, e ele pensou em como Perséfone se arqueara contra ele na piscina, desesperada por prazer. Ele se aproximou, e sabia que ela o sentia porque se empertigou e virou a cabeça para que ele pudesse ver o perfil de seu rosto, com o nariz delicado e os lábios bonitos.

— Alguma crítica, Lady Perséfone? — perguntou ele.

— Não — disse ela calmamente, pensativa. — Há quanto tempo você está planejando o Projeto Anos Dourados?

— Não muito.

— Vai ser lindo.

Ele se inclinou, os dedos roçando o ombro dela, traçando as bordas do aplique preto que serpenteava pelas costas de Perséfone. Ela estava quente, sua pele, macia, e estremecia cada vez que eles tocavam pele com pele.

— Um toque de escuridão — murmurou ele, os dedos descendo pelo interior do braço de Perséfone até encontrarem os dela. — Dance comigo.

Ela se virou para ele, a cabeça inclinada para que seus olhares se encontrassem. Ele podia ver claramente a alma brilhante de Perséfone, e sua escuridão foi atraída para ela.

— Tudo bem.

Hades levou a mão dela aos lábios, beijando os nós dos dedos antes de levá-la ao salão. Ele a puxou para perto, seus quadris se tocando, e rosnou baixo. Começou a ficar duro, e se lembrasse das termas e de como queria comer Perséfone. Perguntou-se que tipo de manchetes os jornais estampariam se ele a beijasse agora e a levasse para o Submundo.

Hades rapta Perséfone, pensou ele, com os dedos se apertando em volta dos dela e de seu quadril enquanto a guiava em uma dança, seus olhares inabaláveis, o calor entre eles crescendo, um inferno que se tornou tão frio quanto gelo quando ela falou:

— Você deveria dançar com Minta.

Hades trincou os dentes.

— Você prefere que eu dance com ela?

— Ela é seu par.

— Ela não é meu par. — Ele teve que se esforçar para controlar sua frustração. — Ela é minha assistente, como eu disse a você.

— Uma assistente não chega de braço dado com o patrão em um baile de gala.

Ele reconheceu as palavras de Hécate enquanto Perséfone falava e ficou com raiva.

— Você está com ciúmes — disse Hades, sorrindo.

— Não estou com ciúmes! — Os olhos dela faiscaram. — Eu não serei usada, Hades.

Ele franziu o cenho.

— Quando usei você?

Ela ficou em silêncio, sua frustração, palpável.

— Responda, Deusa.

— Você dormiu com ela?

Ele congelou, assim como todos os que estavam no salão.

— Parece que você está solicitando um jogo, Deusa.

— Você quer jogar? — Ela puxou as suas mãos para longe dele. — Agora?

Era a única maneira de responder à pergunta dela, e ela sabia disso. Estendeu a mão para ela, olhos brilhantes, implorando para ela restabelecer sua conexão.

— Venha para o Submundo comigo. *Você vai voltar mudada.*

Ele soube quando Perséfone tomou sua decisão, porque o olhar dela se tornou feroz e determinado: ela conseguiria o que queria. Então, os dedos dela se entrelaçaram nos dele. Hades sorriu e teleportou-os para o Submundo.

20

UM JOGO DE PAIXÃO

Hades apareceu em seu escritório, a mão ainda entrelaçada com a de Perséfone. Seu corpo estava tenso com a expectativa, e sua mente girava com as possibilidades daquela noite. Por que Perséfone tinha ficado tão ansiosa assim para saber sobre seu relacionamento com Minta? Se ele respondesse, será que ela sucumbiria a ele?

Eles se encararam por um instante e Hades soltou a mão dela, com seus os dedos percorrendo a palma. Estendeu a mão para desamarrar a máscara dela. O movimento parecia íntimo, mas correto, e ele nunca sentira tanto desejo. A sensação se revirava em sua barriga e apertava sua garganta.

— Vinho? — perguntou ele enquanto se aproximava do bar e tirava sua própria máscara incômoda.

— Por favor. — Ela falou baixinho, e o peito de Hades ficou pesado quando ele imaginou aquela palavra na língua de Perséfone enquanto ela implorava para que ele a comesse.

Ele serviu uma taça e deslizou-a para ela. Perséfone a pegou, com seus dedos graciosos se curvando em volta da haste enquanto bebia. Hades a observou por um momento, distraído por sua boca e pela forma como a língua dela escapuliu para umedecer os lábios. O olhar faminto de Perséfone queimava a pele dele.

— Com fome? — perguntou ele. — Você mal tocou no jantar.

Ela semicerrou os olhos.

— Estava me observando?

— Meu bem, não finja que não estava me olhando. Eu sinto o seu olhar sobre mim como sinto o peso dos meus chifres.

Ela desviou os olhos, corando.

— Não, não estou com fome.

Que pena, pensou ele, e se serviu de um copo de uísque.

Eles estavam em extremidades opostas de uma mesa diante da lareira, com um baralho no centro.

— O jogo? — perguntou ela quando Hades pegou as cartas.

— Pôquer — respondeu ele, abrindo a embalagem e embaralhando as cartas.

Ela respirou fundo.

— A aposta?
Com a pergunta dela, o ar ficou espesso, e Hades deu um sorriso.
— Minha parte favorita. Me diga o que você quer.
— Se eu ganhar, você responde às minhas perguntas.
Ele sabia que aquela era a aposta que ela faria.
— Fechado — disse enquanto terminava de embaralhar as cartas. — Se eu ganhar, quero suas roupas.
Se ela ficou chocada, não demonstrou.
— Você quer me despir?
— Meu bem, isso é apenas o começo do que eu quero fazer com você.
Será que ele tinha imaginado que ela franziria os lábios?
— Uma vitória é igual a uma peça de roupa?
— Sim — disse, olhando para o vestido dela... aquele glorioso corte de cetim. Ele esperava que ela não estivesse vestindo nada além daquilo. Então Hades reparou que a mão de Perséfone roçava o colar no ponto em que ele mergulhava entre seus seios.
— E... as joias? Você as considera peças de roupa?
Ele tomou um gole de sua bebida.
— Depende.
— Do quê?
— Eu posso decidir que quero te comer com essa coroa.
Naquele momento ele já não precisava imaginar o sorriso de satisfação dela; estava estampado sobre seu lindo rosto, cheio de malícia.
— Ninguém disse nada sobre sexo, Lorde Hades.
— Não? Que pena.
Ela se inclinou sobre a mesa, oferecendo-lhe uma visão completa de seus seios. Ele segurou um gemido.
— Aceito sua aposta.
Ele ergueu as sobrancelhas.
— Está confiante na sua capacidade de vencer?
— Eu não tenho medo de você, Hades.
Nunca, pensou ele. Ele nunca iria querer que ela o temesse, nem mesmo em seus momentos mais sombrios. O problema era que ela nunca o tinha visto daquele jeito: raivoso, agressivo e violento. Só o futuro revelaria a verdade dessa afirmação.
Perséfone estremeceu.
— Frio? — perguntou ele quando deu as cartas.
— Calor — murmurou ela e sorriu, os olhos cheios de paixão.
Hades baixou suas cartas: um par de reis.
Foi a posição dos lábios de Perséfone que indicou a Hades que ela havia perdido, o que pôde confirmar quando ela baixou as cartas. Ele sorriu,

e o desejo correu por suas veias e foi direto para o seu pau. Ele a avaliou, demorando-se ao examinar seu corpo, decidindo que peça escolheria.

— Acho que vou pegar o colar.

Ela estendeu a mão para abri-lo, mas ele a deteve.

— Não. Eu tiro.

Perséfone pousou as mãos no colo quando Hades se aproximou. Os dedos dele formigaram ao pegar o cabelo farto de Perséfone para ajeitá-lo sobre seu ombro. Soltou a corrente, deixou o metal cair entre os seios dela e gostou de como ela ofegou quando ele beijou seu ombro.

— Calor ainda? — perguntou contra a pele dela.

— Um inferno.

Hades praticamente podia sentir o cheiro da buceta de Perséfone.

— Eu poderia te libertar desse inferno. — Os lábios dele percorreram o pescoço dela.

— Estamos apenas começando — sussurrou ela.

A decepção que ele sentiu foi intensa, mas não tão intensa quanto a pressão que aumentava no pau dele. Hades conseguiu rir e se afastar, pronto para dar outra mão, já pensando no que pediria em seguida.

Só que Perséfone ganhou.

Ela sorriu satisfeita enquanto colocava as cartas na mesa.

Hades ficou mais impaciente do que qualquer coisa. Ele a queria nua, aberta diante dele. Queria meter fundo nela.

— Faça sua pergunta, Deusa. Estou ansioso para jogar outra mão.

Sabia o que ela diria e queria tirar aquilo do caminho.

— Você já dormiu com ela?

Ele odiava aquela pergunta porque o lembrava de como era uma pessoa diferente no passado. Costumava se sentir desesperançoso e desapaixonado. Queria reavivar qualquer sentimento de pertencimento e necessidade, e se voltara para Minta. Não se orgulhava daquilo, mas sabia que ela estaria disposta.

Foi uma decisão da qual se arrependeu, não apenas por sua falta de sinceridade, como também porque tinha sido injusto com ela. Dera esperanças quando não tinha intenção de estabelecer um relacionamento, e era exatamente o que Minta esperava depois que eles transaram. Além do mais, Hades dissera que ela nunca se sentaria ao lado dele como rainha.

Então, ele respondeu à pergunta sentindo um gosto amargo na língua:

— Uma vez.

Ela empalideceu visivelmente, e Hades de repente se deu conta da carga de emoção que Perséfone depositara naquela pergunta. Para ela, era relevante o fato de Hades ter estado com aquela mulher, mas será que o rejeitaria por isso?

— Há quanto tempo?

— Há muito tempo, Perséfone.

Ele não podia pedir que ela esperasse mais uma rodada pela resposta. Não parecia justo, pois aquilo era muito importante para ela.

Ao ouvir isso, ela desviou o olhar.

— Você está brava? — perguntou ele.

— Sim. — Hades ficou surpreso com a honestidade de Perséfone, surpreso quando ela encontrou seu olhar e expressou sua confusão. — Mas... não sei por que exatamente.

Ele tentou se colocar no lugar dela, mas quando se viu pensando em Perséfone dando para outro homem, decidiu que era melhor não tentar fazer aquilo. O pensamento só serviu para atiçar a violência dele. Então, se concentrou nas cartas e deu outra mão.

Daquela vez, ele ganhou e se reclinou em sua cadeira, examinando a deusa diante dele. Não havia muito o que confiscar, mas ele não desfrutava tanto assim de tomar as peças de roupa dela; gostava mesmo era do fogo que acendia o ar entre eles enquanto ele escolhia a peça e ela esperava. Por fim ele se levantou e Perséfone se endireitou enquanto ele se aproximava, esticando o pescoço para continuar olhando nos olhos dele.

— Vou pegar os brincos, meu bem.

Ela não estava respirando. Ele sabia, porque quando se inclinou na direção dela, seu peito não se moveu; então, quando roçou os lábios contra a orelha dela, ele sussurrou:

— Respire.

E foi recompensado com a respiração profunda dela. Hades começou a envolver os brincos de Perséfone com seus lábios e arrancá-los de suas orelhas, pegando as tarraxas em sua mão. Retirados os brincos, ele passou a língua e mordiscou as orelhas da deusa, notando que as mãos dela agarraram a borda da mesa.

Quando ele voltou ao seu lugar para a próxima rodada, rezou para as Moiras que haviam lhe presenteado aquela mulher, e poderiam levá-la embora, para que aquela fosse a última rodada. *Deixem-me tomá-la*. Aqui, agora, nesta mesma mesa em que eles concordaram em barganhar por roupas e respostas e pelo resto de suas vidas.

Mas as Moiras não atenderam as preces dele — não deram alívio para a ereção furiosa de Hades —, porque Perséfone venceu.

— Seu poder de invisibilidade — começou ela, olhando para ele como se esperasse que ele ficasse surpreso por ela saber. — Você já usou... para me espionar?

Hades considerou a pergunta com cuidado, particularmente a palavra *espionar*. Era uma palavra que, naquele contexto, soava como uma acusação, e ele tinha a sensação de que a pergunta não tinha a ver com aquela noite, quando ficou ao lado dela durante a exposição. Aquela era uma forma diferente de intimidade.

A pergunta tinha suas raízes na noite em que Hades viu Perséfone se masturbar... quando ele também se aliviou com a visão.

Na verdade, ele não estava usando a invisibilidade, mas um poder diferente, que envolvia projetar a alma. Além disso, poderia aquilo de fato ser chamado de espionagem se ela sabia que ele estava lá?

— Não — respondeu ele por fim.

— E você promete nunca usar a invisibilidade para me espionar?

Aquele não era o único método que ele poderia usar para manter o controle sobre ela, e se ele tivesse que desistir de um, poderia muito bem ser a invisibilidade. Hades esperava que, em breve, aonde quer que Perséfone fosse, ela desejasse sua presença.

— Prometo.

Suas mãos se flexionaram sobre as cartas enquanto Perséfone fazia outra pergunta.

— Por que você deixa as pessoas pensarem coisas tão horríveis sobre você?

Enquanto embaralhava as cartas, Hades considerou não responder, mas decidiu que iria fazer a vontade dela... e se distrair da fonte de desconforto que crescia entre suas pernas.

— Não controlo o que as pessoas pensam de mim.

— Mas você não faz nada para contradizer o que dizem sobre você — argumentou ela. Perséfone parecia irritada com aquilo, o que intrigou Hades.

Ele ergueu uma sobrancelha.

— Você acha que as palavras têm significado?

Uma linha apareceu entre as sobrancelhas dela, e ele deu outra mão.

— São apenas isto: palavras. São usadas para inventar histórias, mentir e, ocasionalmente, são amarradas juntas para dizer a verdade.

O mundo foi construído com base em palavras: as palavras dos deuses, as palavras dos inimigos, as palavras dos amantes.

— Se as palavras não têm peso para você, o que tem?

Quando Hades encontrou os olhos de Perséfone, sentiu o mundo inteiro mudar e se aproximou dela. Ela o encarou, e o ar entre eles se transformou em algo quente e pesado. Hades olhou para suas cartas enquanto as espalhava na mesa diante dela: um royal flush.

— Atos, Lady Perséfone. — A voz dele saiu rouca, feito um fósforo se acendendo. — Atos têm peso para mim.

Ela se levantou para encontrá-lo, seus lábios colidindo, braços e línguas emaranhados. Seus movimentos eram frenéticos, como se a união deles precisasse de mais rapidez e intensidade. Finalmente, Hades agarrou os quadris de Perséfone e virou-se para se sentar, arrastando-a para seu colo. Ele teve o pensamento fugaz de que aquele vestido que ela usava era feito para o sexo quando ele puxou as alças pelos braços dela, expondo seus seios, manipulando-os até que os mamilos estivessem entumecidos. Perséfone arquejou e mordeu o lábio de Hades, o que arrancou um rosnado do fundo do seu peito. Seus quadris se esfregaram nos dele e, por um breve instante, ele a ajudou a se mover, apreciando a fricção que o movimento provocava. Mas os seios dela pressionaram contra o corpo dele, e ele se viu atraído para lá, pegando cada globo perfeito em sua mão e devorou-os com a boca. Perséfone soltou um gemido gratificante, sua cabeça pendendo para frente e para trás, seus dedos correndo imprudentemente pelo cabelo dele até soltá-lo em volta de seu rosto. Logo, a única coisa que Hades ouvia era a respiração pesada dela, seus preciosos gemidos, seus rosnados frustrados. Então puxou Perséfone para a mesa, as mãos sobre os joelhos abrindo-os o máximo que podiam.

Eles se entreolharam, com Perséfone apoiada nos cotovelos e Hades curvado sobre ela.

— Tenho pensado em você todas as noites desde que me deixou no banho — disse Hades, pressionando sua ereção contra o calor dela, e sua voz ficou mais grave, perturbada pelo desejo que sentia. — Você me deixou desesperado, latejando, com uma necessidade que mais ninguém pode aplacar. — Ele fez uma pausa e beijou o joelho dela. — Mas serei um amante generoso.

Hades foi beijando a parte interna da coxa de Perséfone, seguindo com a língua até chegar ao centro. Lá, ele a deixou aberta, expondo sua buceta rosa e seu clitóris latejando, que tocou com a língua, circulando-o, antes de lamber a fenda. Ela se contorceu embaixo dele e estendeu a mão, mas Hades agarrou os pulsos de Perséfone e os manteve na mesa, olhando para ela de seu lugar entre suas pernas.

— Eu disse que seria um amante generoso, não gentil.

Ele voltou para a buceta dela, roçando-a com a língua, lambendo seu calor, afundando dentro dela, enquanto mantinha seus quadris no lugar, enfiando a cara, estimulado por seus gemidos perversos. Logo, os dedos dele se juntaram à sua língua, afundando no calor dela. Perséfone era uma fornalha e retesou os músculos em volta de Hades enquanto ele movia os dedos para dentro e para fora e tomava seu clitóris na boca até ela se desfazer e chamar seu nome.

De repente, Hades puxou Perséfone e beijou sua boca. Ele queria que ela sentisse o sabor do próprio desejo nos lábios dele. Quando suas bocas colidiram, as mãos dela foram para os botões da camisa dele, mas antes que ela pudesse abri-los, Hades a deteve, afastando-se e arrumando seu vestido.

— O que está fazendo?

Por um instante, ele viu o medo brilhar nos olhos dela, como se pensasse que talvez ele fosse embora.

Ele era egoísta demais para fazer isso.

— Paciência, meu bem.

Hades pegou Perséfone no colo e saiu de seu escritório para os corredores do palácio.

— Aonde estamos indo? — perguntou ela.

— Para meus aposentos.

— E não pode nos teleportar?

— Prefiro que todo o palácio saiba que não devemos ser perturbados.

Era uma demonstração ridícula de masculinidade, uma demonstração primitiva de sua reivindicação por ela, mas ele queria que o castelo inteiro estivesse em alvoroço naquela noite, não queria deixar dúvidas na mente de seu povo de que Perséfone era intocável.

Uma vez que eles estavam em seus aposentos, ele a colocou no chão, mantendo-a perto. Ele a analisou, seus olhos perscrutando, procurando qualquer sinal de hesitação. Seu maior medo era o arrependimento dela, de modo lhe deu uma saída.

— Não precisamos fazer isso — disse ele.

Ela espalmou as mãos no peito dele, alisando seus ombros até que seu paletó deslizou por seu braço. Ela teve certa dificuldade para tirar as mangas por conta do tamanhos dos bíceps dele. Assim que tirou a peça de roupa, ela encontrou seu olhar.

— Quero você. Seja meu primeiro... seja meu tudo.

Ele a beijou, delicadamente a princípio, saboreando aquela sensação, mas as mãos de Perséfone vagavam, primeiro sobre a barriga dele e, depois, direto para o seu pau. Ela o abraçou, e ele a beijou mais forte, a mão segurando a parte de trás da cabeça dela, até que ele não aguentou mais o fato de eles estarem vestidos.

Ele se afastou e a girou, abrindo o zíper do vestido e deslizando-o pelos quadris bem torneados até que ela ficou nua diante dele, usando apenas a coroa e os saltos.

Ele não sabia que aquilo era possível, mas seu pau ficou mais grosso ainda e seu gemido foi audível. Andou em volta dela, seus músculos retesados, os dedos se flexionando. Mal podia esperar para estar dentro dela.

— Você é maravilhosa, meu bem.

Hades segurou o pescoço de Perséfone e beijou-a enquanto os dedos dela se atrapalhavam com os botões da camisa dele. Quando ela deu um grito de frustração, ele tomou o controle e puxou o tecido, rindo entre dentes enquanto tirava a camisa.

Uma fome sem fim irrompeu no corpo de Hades, e ele estendeu a mão para ela, mas ela se afastou. Hades se deteve e trincou os dentes, já tirando conclusões. Teria decidido que não queria mais aquilo? Mas como ela era capaz olhar para ele daquele modo e ainda assim rejeitá-lo?

— Abandone sua ilusão — disse ela.

Ele inclinou a cabeça, curioso.

Ela deu de ombros.

— Você quer me comer com esta coroa; eu quero dar para um deus.

Quem era ele para negar algo a uma rainha?

— Como quiser.

A ilusão de Hades se esvaiu feito uma sombra, revelando sua forma divina, que ele não costumava assumir. Ele não desgostava de sua verdadeira natureza, mas ela parecia deixar os outros incomodados. Hades sabia bem que era enorme e, com seus chifres em espiral, parecia ainda maior. Seus olhos passaram de pretos para um azul elétrico que tinha sido descrito como estranho e inquietante, mas não era assim que ele se sentia quando Perséfone olhava para ele. Se sentia poderoso.

Ele a ergueu do chão e a deitou na cama, cobrindo seu corpo com o dele. Beijou-a, os lábios trilhando seu pescoço, seus seios, lambendo cada bico duro enquanto Perséfone se remexia embaixo dele, as mãos procurando o botão de sua calça. Ele riu entre dentes.

— Ansiosa por mim, Deusa? — perguntou enquanto beijava seu ventre e suas coxas até ficar de pé, tirando os sapatos e o resto das roupas.

Quando ele estava nu diante dela, o ar no quarto ficou espesso e quente. Os olhos de Perséfone pareciam brasas em meio a cinzas e queimavam a pele de Hades enquanto percorriam o seu corpo, demorando-se em seu pau inchado. Perséfone ficou de joelhos, seus dedos envolvendo a ereção dele. Hades ofegou bruscamente, e ela encarou como se perguntasse *estou fazendo direito?*

A mão dele se enroscou no cabelo dela enquanto ela o acariciava, com seu polegar brincando com a umidade que se acumulava na cabeça do pau. Então ela beijou o pau dele e o tomou em sua boca. Os dedos de Hades puxaram o cabelo dela.

— Porra.

O pau dele foi envolto por calor, e ele sentiu uma onda de tontura. A língua dela deslizou ao longo de todo o comprimento, provocando e provando, pressionando em todos os lugares certos. Por algum tempo, ela se concentrou na cabeça do pau, rolando a língua lá, e ele agarrou o cabelo dela com mais força, com a outra mão apoiada no ombro dela. Por um instante, temeu que ela não gostasse do sabor dele, mas Perséfone não deu nenhuma indicação disso enquanto tirava e tornava a botar o pau na boca, roçando levemente os dentes. Logo depois Hades começou a mover os quadris, dando estocadas na boca de Perséfone, agarrando a cabeça dela e olhando no seu olho até que não aguentou mais e a puxou para longe, segurando seu pescoço.

— Eu fiz algo de errado? — perguntou ela.

Ele riu entre dentes de modo sombrio, olhando nos olhos dela.

— Não.

Ela era perfeita. Ela era tudo, e ele a beijou novamente, a língua explorando fundo antes que ele se afastasse.

— Diz que você me quer.

Ele precisava ouvi-la dizer aquilo, porque antes ele não havia sido de todo sincero: as palavras importavam sim, e as únicas que ele ouvia em sua mente desde a noite anterior eram as dela nos degraus das termas. *Eu não quero você.*

— Eu quero você.

Deitou-a na cama e montou nela, esfregando o pau em sua barriga. A encarou e roçou os dedos em seus lábios, e seus dedos roçaram os lábios dela enquanto sussurrava:

— Diz que você mentiu.

— Achei que as palavras não significassem nada.

A boca dele se fechou sobre a dela, e enquanto a beijava, ficou sarrando até seu pau doer, até que os lábios dela parecessem esfolados e inchados contra os dele.

— Suas palavras importam — disse, o nariz roçando o dela. — Só as suas.

A resposta dela foi passar as pernas em volta da cintura dele e puxá-lo contra seu calor.

— Você quer que eu te coma?

Os olhos dela brilharam, desesperados, e ela assentiu.

— Fala pra mim. Você usou palavras para me dizer que não me queria; agora use palavras para dizer que quer.

Ela obedeceu, a voz baixa e rouca, e foi a coisa mais erótica que ele já tinha ouvido:

— Eu quero que você me coma.

Ele a beijou novamente e pegou seu pau para provocar a buceta dela. Abaixo dele, Perséfone arqueou o corpo, seus calcanhares cravados na bunda dele.

— Paciência, meu bem. Eu tive que esperar por você — lembrou.

Perséfone fez uma pausa, e a pressão de seus calcanhares diminuiu enquanto ela falava baixinho:

— Desculpe.

Assim, Hades meteu, preenchendo Perséfone completamente. Ele gemeu quando o corpo dela se retesou em volta do dele, e então se deteve por um instante, sem tirar o pau de dentro, com a cabeça descansando na curva do pescoço dela. Quando levantou o rosto, viu que Perséfone tapava a boca, e tirou a mão dela dali.

— Não, quero te ouvir — disse, prendendo os pulsos de Perséfone sobre a cabeça dela.

Ela estava tensa embaixo dele e, depois de um instante, relaxou, mas a pressão no pau dele se manteve. A buceta dela apertou o pau de Hades feito um torno, e quando ele começou a dar estocadas, não quis mais parar. Ela abriu mais as pernas, e ele meteu mais fundo, como se suas almas pudessem se encontrar.

— Você me deixou desesperado — disse ele, retirando o pau até que só a cabeça permanecesse dentro. Perséfone olhou para Hades com fúria e trincou os dentes, até que ele voltou a meter, com as veias do pau dele enviando prazer direto para seu cérebro. *Isto é que é felicidade*, pensou ele.

— Tenho pensado em você todas as noites desde então.

Ele podia sentir o coração dela batendo, o cheiro de baunilha em seu cabelo, o gosto de seu suor na língua dele enquanto chupava um dos seios dela.

— E cada vez que você dizia que não me queria, eu provava suas mentiras.

É isto o que é ser um deus.

— Você é minha.

Quanta abnegação. Ela me deixou entrar em seu corpo.

— Minha.

Hades sentiu Perséfone gozar apertando seu pau, um jorro de calor, uma convulsão de músculos. Agarrou os pulsos dela com força, movendo-se mais rápido, metendo nela com mais força, até começar a latejar. Ele retirou o pau e gozou na coxa de Perséfone antes de desabar sobre ela, ofegante. Por algum tempo depois, ainda permaneceu perdido na euforia daquele momento. Seus pensamentos se misturavam com as lembranças de como eles tinham chegado àquele ponto, suas provocações e toques, corpos se unindo, os sons de seus orgasmos. Então, ele começou a se sentir cansado, a mente entorpecida de euforia.

Eles se entreolharam, e Hades beijou os olhos, o rosto e os lábios de Perséfone.

— Você é um teste, Deusa. Uma provação enviada a mim pelas Moiras.

Ele se mexeu para sair da cama e ficou surpreso quando Perséfone pegou sua mão.

Uma linha apareceu entre suas sobrancelhas, e ele se inclinou para beijá-la, prometendo:

— Eu voltarei, meu bem.

Ele desapareceu no banheiro adjacente, se limpou e depois molhou um pano para Perséfone. Quando ela terminou de se limpar, ele se deitou ao lado dela novamente, puxando seu corpo quente contra o dele, e caíram em um sono profundo.

    Hades acordou de repente, de pau duro.
    Ele gemeu e se virou para o corpo quente de Perséfone, com sua ereção perfeitamente aninhada na bunda dela. Ele agarrou seus quadris e beijou seu pescoço, e quando ela se virou, ele montou nela, prendendo seus pulsos sobre sua cabeça para que pudesse provocá-la com seus dentes e lábios, deleitando-se com os sons de seus gemidos ofegantes.
    Ele abriu as pernas dela e bebeu seu calor, usando os dedos para dar prazer a ela até que ela chamou seu nome. Aquilo o deixou desesperado para estar dentro dela, e ele pairou sobre seu corpo e meteu com uma rápida estocada. Ele começou a comer, e quanto mais forte metia, mais os músculos dela o apertavam.
    Quando sentiu que estava prestes a gozar, trocou de posição, sentando na cama e trazendo-a consigo. Agarrou os quadris dela e a ajudou a cavalgar, seus seios balançando. Suas bocas colidiram. Foi um beijo molhado, repleto de línguas e dentes, uma marca do prazer que eles compartilhavam.
    Não disseram palavra, se ouviam os sons vindos de sua transa calma e sonolenta: arquejos, gemidos e o grito agudo do orgasmo.
    Eles desabaram, braços e pernas entrelaçados, repetindo seu ritual anterior de se lavar e se afundar no calor um do outro, e quando Hades começou a sentir sono, pensou que destruiria este mundo caso alguém tentasse tirar Perséfone dele.

21

UMA MEMÓRIA MARCADA

Hades acordou sozinho.

Ele se sentou, e seu coração batia com força. Por um instante, temeu que Perséfone tivesse se arrependido e fugido no meio da noite, mas uma vez que a surpresa diminuiu, ele foi capaz de se concentrar nela, e soube que permanecia no Submundo, sua presença tão calorosa e certa quanto o corpo dela contra o seu.

Com essa percepção, ele se espreguiçou, recostando-se nos travesseiros, com as mãos atrás da cabeça, e se aqueceu nas lembranças da noite anterior.

Perséfone não era a única mulher com quem transara, mas era a única de que ele precisava. Hades nunca sentira aquele tipo de conexão antes, e preferia a intimidade, pois tornava o sexo com ela ainda melhor, todas as sensações mais intensas, os arquejos de prazer mais gratificantes, o pós-sexo mais terno.

Isso o deixou ainda mais determinado a garantir que o destino deles dois não fosse desfiado, algo que ainda era uma possibilidade com Sísifo em fuga. Ao pensar no mortal fugitivo, Hades sentou-se e manifestou um pedaço de pano para se cobrir. Ele encontraria o mortal naquele dia e acabaria com ele. Pois nada, nem um mortal, nem as Moiras, tirariam dele a euforia que era Perséfone: sua amante, sua rainha, sua deusa.

Ele saiu para a sacada e encontrou Perséfone caminhando pela trilha do jardim. Ela vestia preto, e sua pele clara se iluminava com o contraste. Hades não pôde deixar de pensar como Perséfone parecia à vontade entre as flores do Submundo, apesar de seu desdém por elas. Ele sabia que a deusa invejava a magia dele, mesmo que sua criação não fosse real e não tivesse vida de verdade. Suas flores não precisavam de sol nem de água. Não inspiravam ou expiravam. Simplesmente existiam, assim como as almas, sem nenhum propósito além da beleza.

Mas Perséfone tinha a capacidade de criar vida. Vida real. Ele podia sentir aquilo dentro dela, o cerne potente de seu ser, enjaulado pela descrença. Chegaria um dia em que flores desabrochariam com a presença dela, sua respiração chamaria o vento, suas lágrimas se transformariam em tempestades. Ela faria a terra tremer e ergueria reinos a partir dos escombros.

E ele ficaria parado observando: seu marido, seu rei.

Hades desceu as escadas para o jardim bem a tempo de ver Perséfone sair da trilha de pedra preta, pés descalços tocando o solo, rosas e peônias florescendo em volta dela. As cores realçavam os tons quentes da pele dela — rosada, com marcas vermelhas do sexo em pontos que ele apertara com força, e leves hematomas deixados por sua boca. Hades apreciou a vista de sua mulher arrebatada por sua própria mão e sentiu o fogo crescer no seu corpo.

— Você está bem?

Ele se perguntou por que ela não se movera desde que saíra da trilha. Perséfone se virou para Hades quando ouviu sua voz, como se ele a tivesse assustado. Nas primeiras horas da manhã no Submundo ela estava linda: olhos bem abertos, cabelos rebeldes, levemente descoloridos pelo sol, lábios entreabertos. Perséfone percorreu o corpo de Hades com os olhos, e o sangue dele ferveu de desejo. Os dedos dele se contraíram, em um lembrete para ficar onde estava e não diminuir a distância entre os dois. Ela ainda precisava responder à pergunta dele.

— Perséfone?

Ela olhou para ele e sorriu. Parecia pacífica, quase lânguida.

— Estou bem — assegurou.

Hades suspirou de alívio, como se aquelas palavras lhe tivessem dado permissão. Sabia que temia o arrependimento dela, mas nada o havia preparado para o custo físico daquela ansiedade: o aperto no peito e o pavor que lhe dava um nó na garganta. Ele se aproximou e tocou o queixo dela.

— Não está arrependida de nossa noite juntos?

— Não! — A resposta rápida dissipou os pensamentos ansiosos dele e, como se ela soubesse que ele precisava ouvir aquilo de novo, acrescentou calmamente: — Não.

Hades olhou para os lábios de Perséfone e os tocou com o polegar.

— Acho que não suportaria seu arrependimento.

Ele se sentiu estranhamente desnudado ao admitir o que estivera pensando momentos antes; no entanto, depois do que eles haviam compartilhado na noite anterior, sentir-se vulnerável parecia certo.

Ele correu os dedos pelos cabelos sedosos dela enquanto a beijava, insaciável, pois o desejo que sentia por ela voltou dez vezes mais intenso, zunindo por suas veias, mais espesso do que o seu sangue, incitando-o a tocá-la, tomá-la, comê-la. Ele não se sentiu inclinado a brincar ou provocar: apenas agarrou-a pelas coxas, levantou-a do chão e levou sua ereção pesada até a buceta dela, inclinando-a para trás antes de começar a meter. Eles estavam próximos, a energia era de intimidade.

Por um tempo, ficaram se entreolhando, compartilhando respirações e gemidos suaves, mas logo estavam respirando com mais força, afundados no pescoço um do outro e, enquanto seguia metendo, Hades sentiu

Perséfone gozar. A buceta dela se contraiu em volta do pau dele, e ela mordeu sua pele, o que provocou um rosnado áspero do fundo de sua garganta. Isso fez com que ele se sentisse selvagem, como uma fera que desejava reivindicar sua presa. Os braços de Hades se retesaram e ele deu estocadas mais fortes, meteu mais fundo, até que gozou, esvaziando-se nela.

Depois, Hades permaneceu de pé, ainda dentro dela, segurando Perséfone até que sua respiração voltasse ao normal. Quando ele a ajudou a descer, os dedos dela beliscaram seus braços. Ele franziu a testa e a pegou, embalando-a contra seu peito. Ao fazer isso, Perséfone fechou os olhos, e Hades franziu a testa, imaginando o que a deusa estava pensando. No entanto, ele não disse nada nem perguntou nada, e os dois voltaram para os aposentos dele.

Uma vez lá dentro, ela abriu os olhos.

— Aonde estamos indo? — perguntou ela enquanto ele se dirigia ao banheiro.

— Tomar banho — disse ele.

Ele meio que esperava que ela reclamasse, o que ela não fez. Deixou que ele a colocasse de pé no chuveiro, a despisse e a lavasse. Enquanto ele trabalhava, passando a toalha sobre suas panturrilhas e entre suas coxas e sobre seus quadris, ela apoiou as mãos nos ombros dele, estremecendo enquanto seus lábios sugavam a umidade da pele dela.

— Hades. — Perséfone falou o nome dele, que olhou para ela do chão do chuveiro. — Deixa eu te dar prazer.

Os olhos dela queimaram os dele, e enquanto ela falava, Hades se levantou. Ergueu a mão e segurou o rosto dela, com o polegar passando sobre seus lábios.

— E como você me daria prazer? — perguntou ele.

A resposta dela foi pegar o pau dele, o polegar roçando a cabeça sensível, e ajoelhar.

— Perséfone. — O nome dela saiu áspero, e ele não sabia se o havia dito como um aviso ou como uma prece. De qualquer forma, ele não se sentia completamente preparado para a boca de Perséfone, mesmo sabendo das sensações que ela havia provocado nele na noite anterior. De algum modo, aquilo era diferente: era um boquete à luz do dia, uma escolha que não tinha sido estimulada pela frustração ou pelo vinho. A boca da deusa era quente, sua língua, provocante, sua garganta, profunda. Ele agarrou a cabeça dela e meteu até gozar, e desfrutou da visão dela lambendo-o até que ele ficasse limpo.

Ele a ajudou a ficar de pé novamente e devorou sua boca até não poder mais saborear a doçura salgada de seu próprio gozo.

Eles terminaram o banho e começaram a se vestir, quando Perséfone se virou para ele, segurando a seda vermelha de seu vestido contra o peito.

— Tem algo que eu possa vestir?

Ele olhou para ela com admiração e disse:

— O que você está usando vai ficar bem.

O olhar que ela lançou foi um desafio.

— Você prefere que eu vagueie pelo seu palácio nua? Na frente de Hermes e Caron...

Hades de fato preferia não passar o dia arrancando olhos.

— Pensando bem... — disse, e se teleportou para o único lugar onde conseguiria encontrar um vestido: a cabana de Hécate.

Quando chegou lá, a deusa estava sentada em sua mesa, com um conjunto de cartas aberto à sua frente. Ela não olhou para Hades enquanto falava:

— Em cima da cama.

Ele se virou e encontrou um peplo verde já separado. Pegou a peça de roupa e se virou para Hécate.

— Eu já te disse que você é o máximo?

— Vou anotar a data e a hora — disse ela. — E lembrá-lo sempre que puder.

Hades riu e saiu, e voltou para Perséfone.

— Posso ajudá-la a se vestir?

Ela olhou para o peplo e depois, para ele. Hades fez a pergunta em parte porque não tinha certeza se ela estava acostumada a usar aquele tipo de roupa, e vesti-la poderia ser difícil, mas também era uma desculpa para tocá-la. Passado um instante, ela engoliu em seco e assentiu, e Hades pensou que, assim como ele, ela também estava rememorando os acontecimentos recentes.

Ele começou a vesti-la, num processo lento e tedioso, envolvendo o peplo nos seios dela, sobre cada ombro. Ela segurou o tecido enquanto ele prendia, dando beijos no ombro, pescoço e queixo dela. Quando foi amarrar seu cinto, sua boca desceu sobre a dela, e ele passou vários minutos beijando-a, sua língua movendo-se languidamente sobre a dela.

Finalmente, ele se afastou, entrelaçando os dedos nos dela, e a levou para a sala de jantar. Era uma sala que ele nunca usava, exceto em ocasiões muito raras, quando hospedava um dos Divinos em seu reino. Ainda assim, era um cômodo feito para impressionar, com candelabros incrustados de diamantes, cadeiras de ouro e uma mesa de banquete cor de ébano talhada em obsidiana proveniente do Submundo.

— Você realmente come aqui? — perguntou Perséfone.

Hades não conseguiu discernir o tom da voz dela, mas teve a sensação de que a deusa achava aquela sala tão extravagante quanto ele. No entanto, Hades sabia bem o que era competir com os deuses, e, embora detestasse aquilo, não se fazia de rogado quando o assunto era ressaltar sua riqueza e poder.

Hades sorriu para Perséfone.

— Sim, mas não sempre. Geralmente pego meu desjejum para viagem.

Uma vez que estavam sentados, os empregados entraram na sala trazendo bandejas de frutas, carne, queijo e pão. Minta veio logo depois. Era impossível para Hades ignorar a batida distinta de seus saltos contra o chão de mármore. Ele não olhou para a ninfa enquanto ela se aproximava, nem enquanto ela ocupava o espaço entre ele e Perséfone. Podia sentir seu julgamento e sua raiva, pois ela sem dúvida ficara sabendo de como ele havia carregado Perséfone para seus aposentos na noite anterior.

— Milorde. Você tem a agenda cheia hoje.

— Desmarque tudo da manhã.

— Já são onze horas, milorde. — A voz de Minta estava tensa e revelava sua frustração.

A bem da verdade, naquele momento Hades não se importava nem um pouco com as horas nem com suas obrigações. Ele acabara de ver meses de fantasias agonizantes se realizarem. Aquela era a manhã seguinte, e que manhã já tinha sido. Hades estava decidido a desfrutar daquilo; ele se deleitaria como se deleitara com a guerra havia muito.

Ele se concentrou em Perséfone e, enquanto fazia seu prato, perguntou:

— Você não está com fome, meu bem?

— Não. — Ela olhou para ele timidamente. — Normalmente só tomo café no desjejum.

De alguma forma, aquilo não o surpreendeu. Ele pensou falar de nutrição, de como ela precisaria de energia depois da noite deles, mas desistiu. Em vez disso, invocou uma xícara de café.

— Leite? Açúcar?

— Leite — respondeu ela com um sorriso que o fez querer dar-lhe o Sol e a Lua. — Obrigada.

— Quais são seus planos para hoje? — perguntou ele, colocando um pedaço de queijo em sua boca.

Ela ficou em silêncio por um instante, olhando de soslaio para Minta, que estava mal-humorada, mas quando o silêncio se estendeu, seus olhos se arregalaram ao perceber que ele estava falando com ela.

— Ah, eu preciso escrever...

Ela se deteve de súbito.

— Seu artigo?

Ele tentou evitar demonstrar amargura em sua voz, mas era difícil. Não podia negar que se sentiu levemente traído ao pensar que ela continuaria escrevendo, mesmo depois da noite que eles haviam tido.

— Estarei com você em breve, Minta — disse, dispensando-a, mas quando a ninfa hesitou, ele falou com firmeza: — Nos deixe a sós.

— Como quiser, milorde. — Minta fez uma mesura e praticamente saltitou para fora da sala de jantar.

Ele quase gritou com ela, mas se conteve, pensando: *Uma batalha de cada vez.*

— Então, você vai continuar a escrever sobre meus defeitos? — perguntou ele, uma vez que estavam sozinhos.

— Não sei o que vou escrever desta vez — disse ela. — Eu...

— Você o quê? — Não tinha a intenção de explodir, mas não conseguia esconder sua frustração quanto àquele assunto, e Perséfone semicerrou os olhos.

— Eu esperava poder entrevistar algumas de suas almas.

— As que estão na sua *lista*? — Ele jamais esqueceria aquela lista, jamais esqueceria aqueles nomes, pois cada um deles suscitava um tipo diferente de dor.

— Não quero escrever sobre o Baile Olímpico ou o Projeto Anos Dourados — explicou ela. — Todos os outros jornais terão essas histórias.

É claro que teriam, mas ela queria ser singular, queria se destacar na multidão. Definir-se como nunca havia sido definida antes. Ele sabia o que ela queria: ser boa em alguma coisa, mas não em qualquer coisa. Queria ser boa em algo que *escolhera*, porque não era boa na coisa para a qual nascera. Hades considerou dizer isso em voz alta, as palavras estavam na ponta da língua, mas ele sabia que aquilo a magoaria, de modo que limpou a boca e se levantou para sair, mas Perséfone o seguiu.

— Achei que tivéssemos concordado em não ir embora quando estivéssemos com raiva. — As palavras dela o detiveram. — Você não tinha pedido para trabalharmos nisso?

Hades a encarou e deu uma resposta sincera:

— É que não estou particularmente animado com minha amante escrevendo mais sobre minha vida.

— É meu trabalho — disse ela na defensiva. — Eu não posso simplesmente parar.

— Não seria mais seu trabalho se você tivesse atendido meu pedido.

Ela cruzou os braços sobre o peito, e ele não pôde deixar olhar, mas o que ela disse prendeu mais a sua atenção do que os seios:

— Você nunca pede nada, Hades. Tudo é uma ordem. Mandou não escrever sobre você. Disse que haveria consequências.

— E mesmo assim — disse ele, com tanta admiração quanto possível — você escreveu.

Ela não tinha medo dele. Era como poucos.

— Eu deveria saber. — Ele cutucou a cabeça dela. — Você é desafiadora e está com raiva de mim.

— Eu não estou...

195

Ele a cortou, segurando seu rosto.

— Devo lembrá-la de que posso sentir o gosto de mentiras, meu bem? — Ele olhou para os lábios dela, roçando-os com o polegar, e disse em voz baixa: — Eu poderia passar o dia todo beijando você.

— Ninguém está te impedindo — respondeu ela, seus lábios tocando os dele enquanto falava.

Ele riu entre dentes e fez o que ela desejava: beijou-a. Passando o braço em volta da cintura dela, ele sentou-a sobre a mesa e se colocou entre suas pernas. Chupou cada mamilo dela por cima do peplo até que eles ficaram entumecidos, enquanto suas mãos mergulhavam entre as coxas dela para explorar sua buceta molhada. Pouco depois, ela estava chamando o nome dele, as pernas abertas na beirada da mesa de jantar, a cabeça jogada para trás, com o pescoço tenso e exposto. Ele a beijou ali, chupando a pele até ficar roxa, e quando ela gozou, ele retirou os dedos e os levou à boca.

Hades sorriu.

— Você tem gosto de que pertence a mim.

Um sorriso curvou os cantos dos lábios de Perséfone, mas ela abaixou a cabeça e desviou o olhar.

— Não fique envergonhada — disse ele, erguendo o queixo dela para que olhasse nos olhos dele. — Falemos como amantes falam.

Os olhos dela se escureceram.

— E como amantes falam?

Ele parou por um instante e então respondeu:

— Com sinceridade.

Ela olhou para ele, suas pernas ainda abertas como se o convidassem. Parecia doce e febril.

— Você quer honestidade? — sussurrou, e sua voz rouca, deu calafrios na espinha dele. — Você disse uma vez que apagaria a memória de Adônis da minha pele. Jurou, gravou seu próprio nome em meus lábios. Agora vou fazer a mesma coisa. Vou apagar a memória de cada mulher da sua mente.

Meu bem, queria dizer, *você é a única mulher em minha mente*. Mas ele ficou quieto enquanto ela fazia seu juramento, seu coração se expandindo e seu pau ficando mais duro a cada maldita palavra. Ela passou as pernas em volta da cintura dele, os calcanhares cravando em sua bunda.

— Quero você dentro de mim — disse. — Quero que você me coma e diga meu nome quando gozar. Que sonhe comigo, e somente comigo, pelo resto da eternidade.

— Sim — sussurrou ele, enquanto mexia os quadris para a frente.

Era tudo o que Hades queria, uma prece atendida pelas Moiras, e enquanto dava a Perséfone exatamente o que ela pedira, rezou para as Moiras e as ameaçou.

Levem Perséfone daqui, e eu destruirei este mundo. Levem ela daqui, e eu destruirei vocês. Levem ela daqui, e eu acabarei com todos nós.

Quando saíram da sala de jantar, ele o fez com um sorriso no rosto, e seus pensamentos sobre o artigo dela o irritaram menos, de modo que ele sentiu que aquilo de certo modo era uma vitória. Ele levou Perséfone para fora, seus dedos entrelaçados, e chamou Tânatos.

O Deus da Morte apareceu instantaneamente, suas feições pálidas brilhando contra suas vestes pretas. Quando ele se manifestou, sua expressão era séria, e Hades imaginou que era porque o deus havia presumido que ele estava sendo convocado para discutir Sísifo. Aquele mortal ocupara bastante os pensamentos dos dois.

Então seus olhos se fixaram em Perséfone e se suavizaram.

— Milorde, milady. — Ele fez uma mesura.

— Tânatos, Lady Perséfone tem uma lista de almas que gostaria de conhecer. Você se importaria de acompanhá-la?

— Eu ficaria honrado, milorde.

Hades usou suas mãos entrelaçadas para levá-la até Tânatos.

— Vou deixá-la aos cuidados de Tânatos.

— Vou vê-lo mais tarde? — perguntou ela, e sua esperança descarada o fez sorrir.

— Se assim desejar. — Ele roçou os lábios sobre os nós dos dedos dela, e ela corou. Ele riu baixinho, pensando que ela não tinha corado tão rápido assim quando ele se deitou entre suas coxas e bebeu sua doce paixão.

Então, ele desapareceu.

22

UMA BARGANHA AMARGA

Deixar Perséfone era a última coisa que Hades queria fazer. Caso Sísifo ainda não estivesse à solta, ameaçando seu futuro com a bela Deusa da Primavera, ele não a teria deixado, mas fato era que o mortal ainda estava fugindo, e manter o mago da organização preso não atraiu a Tríade, ao contrário do que ele imaginara. Hades não sabia ao certo quais eram as motivações deles, mas se incomodava com o envolvimento deles.

Era inevitável que forças se levantassem para se opor aos deuses. Tinham surgido de variadas formas ao longo da história: eruditos e opositores e ateus e Ímpios.

Hades entendia o ressentimento dos Ímpios. Eles se ressentiam da sua distância e rejeitaram seu governo quando os deuses desceram à Terra, e tinham motivos para tanto. Pouquíssimos deuses haviam feito o seu trabalho devidamente, e nunca ofereciam palavras de profecia ou importância. O próprio Hades nunca havia estimulado os mortais a acreditar em uma eternidade feliz no Submundo. Em vez disso, os deuses passavam o tempo brincando com os mortais por pura diversão, colocando-os uns contra os outros em batalhas.

No entanto, a Tríade era diferente: era organizada, e suas táticas prejudicavam pessoas inocentes. Em seus primórdios, a organização detonara bombas em locais públicos e, depois disso, exigiu saber por que os deuses não a impediram se eram todo-poderosos. Seu objetivo parecia ser continuar a mostrar como os Olimpianos permaneciam deslocados e desinteressados pela sociedade mortal, e apesar de isso ser verdade para alguns, não era verdade para todos, o que a Tríade estava prestes a descobrir.

Hades apareceu na pista de dança da Nevernight. Sua intenção era encontrar Elias para começar sua busca por Teseu, mas, em vez disso, quem o encontrou foi o sátiro.

— Milorde — disse Elias. — Há um homem aqui que ver você. Um semideus chamado Teseu.

Hades se retesou com a menção ao nome, desconfiado de que seu sobrinho tivesse ido vê-lo por vontade própria. O que será que ele estava armando?

— Manda ele entrar.

Elias assentiu e saiu. Em seguida voltou com um homem que parecia mais um guerreiro enfiado em um terno. Ele tinha cabelos escuros e curtos, e uma barba sempre por fazer. A única coisa que herdara de Poseidon foram seus olhos de água-marinha, que pareciam dois sóis brilhando contra sua pele bronzeada. Dois homens entraram com ele. Eles eram grandes e seu incômodo, óbvio. Hades teve a sensação de que Teseu não precisava daqueles homens para protegê-lo, que eram apenas para exibição.

— Você é um homem de poucas palavras, então vou direto ao ponto — disse Teseu e, enfiando a mão no bolso de seu paletó, tirou de lá um fuso... aquele que Poseidon dera a Sísifo. Ele o estendeu para Hades, mas o deus não se aproximou para pegá-lo. Elias o fez e entregou a Hades.

Hades olhou para o fuso. Era de ouro e afiado, e ele podia sentir a magia das Moiras irradiando, o cheiro distinto, mas difícil de descrever. Era o cheiro da vida... o cheiro de grama molhada depois da chuva e de ar fresco e madeira, atenuado pelo odor de fumaça e sangue e uma nota de morte.

Aquele aroma era um gatilho para Hades, e suscitava lembranças de escuridão, batalha e conflito. Ele devolveu o fuso a Elias, perguntando-se que tipo de horrores a relíquia conseguira arrancar de Sísifo, até de Teseu.

— É bom um começo — respondeu ele. — Mas é só uma das duas coisas que eu quero.

Teseu deu um leve sorriso.

— Antes de prosseguirmos, creio que você está de posse de algo que é meu.

Hades ergueu uma sobrancelha para a escolha de palavras de Teseu, mas não disse nada, apenas convocou o mago com sua magia. Ele apareceu e imediatamente caiu no chão com um baque sonoro. Ele gemeu, ficou de quatro, e então olhou para cima e começou a choramingar.

— Grão-senhor. — A voz dele vacilou.

Teseu olhou para um de seus homens, que sacou uma arma e atirou no mortal. Ele caiu, e seu sangue se acumulou no chão da Nevernight. Hades de repente entendeu a função dos guarda-costas de Teseu: eles estavam ali para fazer o trabalho sujo. O deus conhecia bem aquele tipo de homem, o tipo que *não suja as mãos*. Hades chegara a pensar que essas pessoas achavam que, se não puxassem o gatilho ou empunhassem a faca, ele não poderia rastrear seus pecados.

Estavam enganadas.

Hades manteve sua expressão passiva, mas por dentro, fez uma careta. A morte do homem não era necessária nem justificada. Ele não dera a Hades nenhuma informação sobre a Tríade, razão pela qual Hades o havia detido.

— Interessante. Você não interveio — disse Teseu.

— Você estava me testando? — perguntou Hades, erguendo uma sobrancelha.

Teseu deu de ombros.

— Estava apenas tentando entender você, Lorde Hades.

Hades só ficou encarando. Talvez Teseu pensasse em desafiá-lo assim como a Tríade desafiava os deuses, mas Hades não mordeu a isca. Se Teseu e seus homens queriam aumentar sua lista de pecados e conquistar seu lugar no Tártaro, quem era ele para impedi-los?

— Uma das duas coisas que quero, Teseu — lembrou Hades, com sua paciência se esgotando.

Aquela foi a primeira vez que Hades viu a centelha do ressentimento de Poseidon nos olhos de Teseu. Ele entendeu que o mortal tinha vindo para jogar, para mostrar ao Deus dos Mortos que tinha poder. Mas Hades era o próprio poder, e não estava com vontade de entreter aquele homem que brincava de ser um deus, mesmo que fosse semidivino.

Teseu acenou para um de seus homens, que falou algo em um microfone. Logo depois, um terceiro homem apareceu arrastando Sísifo, e o jogou no espaço entre eles. Sua boca estava tapada com fita adesiva, seus pulsos e pernas, amarrados. Ele tinha a mesma aparência de antes, pelo que Hades se lembrava, só que estava mais velho, o que era uma das consequências de ter usado magia que não lhe pertencia.

Apesar da mordaça em volta da boca, Sísifo conseguiu dar um grito abafado.

— Silêncio — disse Hades, e roubou a voz do homem.

Sísifo arregalou os olhos quando não conseguiu mais emitir sons e ficou se debatendo no chão feito um peixe fora d'água.

Instalado o silêncio, Hades olhou para Teseu. Havia algo de errado em tudo aquilo.

— O que é que você quer? — perguntou Hades.

Ele não era ignorante. Hades podia ver que Teseu estava ansioso por poder e faminto por controle. Sua alma era uma torre de ferro, forte e inabalável. Por isso ele havia sequestrado Sísifo: desejava algo dele. Agora Hades entendia.

— Por ter devolvido o fuso, gostaria de um favor. — Ele fez uma pausa e acrescentou: — Por Sísifo, não peço nada.

— Quanta generosidade da sua parte.

Seu sobrinho sorriu de satisfação, mas Hades não achou a menor graça naquilo.

— Quanta gentileza da sua parte dizer isso.

Hades considerou o pedido de Teseu. A ideia de fazer um favor para Teseu não lhe agradava nem um pouco, pois era um pedido em aberto, algo que Hades seria obrigado a cumprir devido à natureza vinculante dos favores e do sangue imortal.

No entanto, um favor não era um pedido inadequado para o que o imortal havia devolvido a ele. Ele basicamente havia assegurado seu futuro com Perséfone.

No entanto, Hades se deu conta de que tinha perguntas a fazer. Seus olhos se semicerraram quando ele afirmou:

— Você é Divino, mas ouvi falar que lidera a Tríade.

— Você está fazendo uma pergunta, milorde?

— Estou apenas tentando descobrir o que é que você apoia.

Teseu voltou a estampar aquele sorriso, e Hades sabia por que detestava tanto aquilo. Era o mesmo sorriso do seu irmão.

— Livre-arbítrio, liberdade...

— Não estou falando da Tríade — disse Hades, cortando-o. — Falo de você. O que *você* apoia?

— Você não consegue ver? — desafiou ele.

Sim, queria sibilar Hades. *Eu vejo a sua alma.* Corrompida. Faminta por poder, assim como seu pai, mas sem o peso do fracasso, o que tornava Teseu perigoso, porque o fazia se sentir invencível.

— Só estou me perguntando qual é a diferença entre o seu governo e o meu.

— Não há governantes na Tríade.

Hades ergueu uma sobrancelha.

— Não? Qual é o seu título mesmo? Grão-senhor?

Hades sabia o que estava acontecendo ali. Ele reconheceu a ambição de Teseu, porque era a mesma que os seus irmãos demonstraram no ápice da Titanomaquia.

— Os outros grão-senhores são semideuses também? — Hades inclinou a cabeça e semicerrou os olhos. — Você por acaso pretende inaugurar uma nova legião de Divinos?

— Está se sentindo ameaçado, tio? — perguntou Teseu.

Hades deu um sorriso perverso e viu a confiança de Teseu vacilar.

— A arrogância é sempre punida, Teseu. Se não em vida, sempre na morte.

— Pode ter certeza, tio, se Nêmesis me receber após a minha morte, não será um castigo, mas a confirmação de que vivi como desejei. Você pode dizer a mesma coisa? Um deus torturado, com uma existência eterna, cuja chance de amar depende da captura deste mortal? — Teseu fez uma pausa. — Vou aceitar aquele favor agora.

Hades trincou os dentes com tanta força que pensou que poderiam quebrar.

— Concederei seu pedido — disse Hades. — Mas não será Nêmesis quem o cumprimentará após sua morte.

Seria o próprio Hades quem o receberia, e ele se deleitaria em torturar aquele imortal que tinha usado Perséfone para conseguir o que queria. Hades o esfolaria e observaria os corvos se banquetearem com seus restos mortais.

Com a promessa de um favor, Teseu partiu. O olhar de Hades se voltou para Sísifo, que estava tentando se afastar do deus.

— O senhor não deveria ter concedido a ele o favor — disse Elias. — O senhor não sabe o que ele vai pedir.

— Sei o que ele vai pedir — retrucou Hades.

— E o que é?

— Poder — respondeu Hades. Poder bruto sob qualquer forma, e com um favor de Hades, ele conseguira o que queria.

Hades se inclinou para Sísifo e, enquanto falava, o mortal começou a tremer.

— Bem-vindo ao Tártaro.

Hades se teleportou para o laboratório de Hefesto. Normalmente, entraria pelos portões da frente e cumprimentaria Afrodite, mas desde La Rose, não queria vê-la, e não queria que ela ouvisse o que ele tinha vindo pedir. Ele encontrou o deus em sua forja, seu grande corpo desajeitado diante de uma fornalha aberta que cuspia fogo e faíscas enquanto ele martelava uma chapa de metal — uma espada — presa entre um par de tenazes. Pela posição dos ombros de Hefesto e pela força com que trabalhava, Hades pôde ver que ele estava com raiva.

A visão o deixou apreensivo, de modo que tocou uma campainha perto da porta para chamar a atenção do deus. Hades não ficou surpreso quando Hefesto deu um solavanco e jogou a chapa de metal que estava martelando em sua direção.

Hades desviou, e o metal caiu na parede atrás dele.

Fez-se um silêncio, e então Hades perguntou:

— Você está bem?

Hefesto ofegava.

— Sim.

O deus jogou suas tenazes no chão e se virou completamente para ele.

— Em que posso ajudá-lo, Lorde Hades? Quer outra arma?

— Não — respondeu Hades. — Tem certeza de que não precisa de um minuto?

O olhar de Hefesto foi duro. Hades tomou aquilo como um não.

— Eu não desejo uma arma — disse ele. — Desejo um anel.

Hefesto não pareceu se importar, embora sua voz traísse sua surpresa.

— Um anel? Um anel de noivado?

— Sim — disse.

Hefesto o estudou por um longo momento. Hades se perguntou em que ele estava pensando; talvez fosse algo como: *Quem se casaria com você?* Ou algo ainda mais cínico, como: *Não faça isso; não vale a pena.*

No entanto, até mesmo Hades sabia que Hefesto não pensava aquelas coisas. Sabia disso com certeza, depois que o deus usou as Correntes da Verdade para perguntar a Hades se ele estava transando com Afrodite.

— Você tem um desenho?

Hades sentiu uma estranha onda de constrangimento ao retirar um pedaço de papel no qual havia feito um esboço. Era semelhante à coroa que Ian confecionara para Perséfone, só que Hades escolhera menos flores e pedras preciosas: turmalina e dioptásio.

Entregou o desenho para Hefesto.

— Quando planeja fazer o pedido?

— Não sei ainda — disse Hades. Não havia pensado em uma data ou hora em que pediria Perséfone em casamento. Só achava que encomendar o anel era importante. — Não há pressa, se é isso o que você está perguntando.

— Muito bem — disse Hefesto. — Mandarei te chamar quando ficar pronto.

Hades assentiu e ia se retirar, mas teve seu caminho bloqueado por Hermes.

— Não — disse Hades imediatamente.

Hermes abriu a boca, ofendido.

— Você nem sabe o que eu ia dizer!

— Eu sei por que está aqui. Você só tem dois propósitos, Hermes, e já que não está guiando almas para o Submundo, deve estar aqui para me dizer algo que eu não quero ouvir.

Hades passou por ele e Hermes o seguiu.

— Quero que saiba que estou ofendido — disse Hermes. — Não sou apenas um guia ou mensageiro; também sou um ladrão.

— Perdoe o descuido — disse Hades.

— Achei que estaria de bom humor — disse Hermes. — Tendo finalmente afogado o ganso, molhado o biscoito, agasalhado o croquete...

— Basta — retrucou Hades, virando-se para o deus cujos olhos brilhavam com diversão. — Por que você está aqui?

Ele escancarou um sorriso.

— Fomos convocados para o conselho em Olímpia. Alguém se meteu em apuros por roubar as vacas de Hélio... e adivinha só? Não fui eu desta vez!

23

OLÍMPIA

Hades não estava ansioso para ir a uma reunião do conselho. Ele detestava seus colegas olimpianos, assim como odiava a pompa e o drama. Preferiria passar a noite com Perséfone, fodendo, explorando seu corpo novamente, descobrindo novas maneiras de comê-la, dando prazer a ambos. Em vez disso, seria forçado a se sentar no conselho, ouvir seus irmãos discutirem, ouvir Atena tentar selar a paz, ouvir Ares exigir guerra, e teria que enfrentar Deméter, sabendo que tinha comido a filha dela.

Ele suspirou e se materializou no Jardim dos Deuses no campus da Universidade de Nova Atenas, usando sua magia para localizar Perséfone.

A encontrou mais rápido daquela vez e pensou que aquilo poderia ter a ver com o tênue eco de poder dentro dela. Sua escuridão fora atraída para aquela luz, querendo abraçá-la e acolhê-la.

Hades teleportou Perséfone até onde ele estava. Assim que ela apareceu, ele a agarrou pelo pescoço e a beijou. Ela deu um gemido profundo que o incitou a separar os lábios dela e enterrar a língua em sua boca. Queria sentir o sabor dela nos lábios quando chegasse a Olímpia; seria um segredo perverso que levaria consigo.

Ele se afastou relutantemente, mordiscando o lábio inferior dela.

— Você está bem?

— Sim — respondeu ela, sem fôlego. — O que está fazendo aqui?

Ele sorriu, quase triste, olhando os lábios da deusa. Deveria dizer toda a verdade, inclusive que queria comê-la naquele jardim.

— Vim dizer adeus.

— O quê? — O tom da voz dela foi cortante. Ela claramente não esperava aquilo, e a surpresa fez Hades rir.

Ele gostou da ideia de que ela ficaria decepcionada com sua ausência. Talvez aquilo rendesse um reencontro apaixonado.

— Eu preciso ir a Olímpia para o Conselho.

— Ah. — Ela franziu o cenho. — Quanto tempo vai demorar?

— Se depender de mim, não mais que um dia.

Ele não era como os outros olimpianos, que ficavam para festas e folia.

— E por que não dependeria de você? — perguntou ela.

— Porque vai depender do quanto Zeus e Poseidon vão discutir — respondeu Hades, revirando os olhos.

Ao fazê-lo, viu o que ela estava segurando. Um exemplar da revista *Divinos de Delfos*, com uma manchete que dizia: "Deus do Submundo credita a jornalista o Projeto Anos Dourados". Hades arrancou dos braços dela a revista, que estava no topo da pilha de livros que ela carregava, e passou os olhos pelas primeiras linhas.

Hades, Deus dos Mortos, surpreendeu a todos no sábado à noite quando anunciou uma nova iniciativa, O Projeto Anos Dourados, uma clínica de reabilitação para mortais a ser concluída no próximo ano. As instalações de última geração ocuparão quatro hectares de terra e atenderão a pacientes com variados problemas de saúde mental. Lorde Hades ainda declarou que sua generosidade foi inspirada por uma mortal, Perséfone Rosi, a jornalista responsável por escrever e divulgar um artigo escandaloso sobre o Rei do Submundo. Agora, as pessoas estão questionando a autenticidade das alegações de Rosi. Ou será que o Deus do Submundo simplesmente está apaixonado?

Hades trincou os dentes. Era por isso que ele odiava a mídia: eles nunca conseguiam se ater aos fatos. Tinham que incluir especulações e comentários, para piorar, ele sabia que Perséfone ficara incomodada com aquela matéria por causa da pergunta que ela fez:

— É por isso que você anunciou o Projeto Anos Dourados no baile de gala? Para tirar o foco da minha avaliação do seu caráter?

— Você acha que criei o Projeto Anos Dourados para minha reputação? — Hades tentou evitar que a decepção e a raiva fossem percebidas em seu tom de voz, mas aquilo era um desafio.

Ela deveria saber que ele, mais do que ninguém, não se importava com o que os outros pensavam. Ela era a exceção.

Perséfone deu de ombros.

— Você não queria que eu continuasse escrevendo a seu respeito. Você disse ontem.

Ele precisou de um instante para responder, um instante para relaxar a mandíbula para que as palavras pudessem se formar em seus lábios.

— Não comecei o Projeto Anos Dourados na esperança de que o mundo me admirasse. Eu comecei por sua causa.

— Por quê?

— Porque vi verdade no que você disse. É realmente tão difícil de acreditar?

Ela não respondeu, e Hades detestou como aquilo o fez se sentir: como se houvesse algo pesado sobre o seu peito. Talvez tivesse sido um erro ir até lá para se despedir, ou pensar que o reencontro deles seria doce.

— Minha ausência não afetará sua habilidade de entrar no Submundo. Você pode entrar e sair quando quiser.

Algo mudou na expressão de Perséfone, e ele pressentiu que ela de repente se sentiu tão desolada quanto ele. Perséfone deu um passo na direção dele, pegou as lapelas de seu paletó, com seus quadris pressionando os dele. Hades queria gemer, mas se contentou em agarrar a deusa pelos pulsos.

— Antes de você ir, eu estava pensando. Eu gostaria de dar uma festa no Submundo... para as almas.

Ele ergueu uma sobrancelha, os olhos procurando os dela.

— Que tipo de festa?

— Tânatos me disse que algumas almas vão reencarnar no final da semana e que Asfódelos já está planejando uma festa. Acho que nós devemos movê-la para o palácio.

Ela estava se referindo à Ascensão. Era um evento que acontecia a cada três meses, no qual as almas que estavam prontas renasciam. Os moradores de Asfódelos sempre comemoravam, pois aquilo simbolizava uma nova vida, uma segunda chance.

— Nós? — perguntou Hades.

Ele gostou de como Perséfone mordeu o lábio.

— Estou perguntando se posso planejar uma festa no Submundo.

Ele piscou, um tanto confuso. Como tinham chegado àquele assunto? Ela tinha acabado de questionar seus motivos para lançar o Projeto Anos Dourados, mas agora estava planejando comemorar com seu povo em seu reino.

— Hécate já concordou em ajudar — acrescentou ela, como se aquilo pudesse influenciá-lo, as mãos no peito dele.

Isso o divertiu, e ele ergueu as sobrancelhas.

— Ela concordou?

— Sim. Ela acha que deveríamos dar um baile.

Hades não estava conseguindo se concentrar direito nas palavras de Perséfone. A única que ele realmente ouviu foi *nós*, que ela não parava de falar. Ele também queria usar aquela palavra. *Nós devemos ir para a cama. Nós devemos fazer amor por horas. Nós devemos tomar banho juntos e foder um pouco mais.*

— Você está tentando me seduzir para que eu concorde com o seu baile? — perguntou ele.

— Está funcionando?

Ele sorriu satisfeito e passou os braços em volta da cintura dela, puxando-a contra si, pressionando sua ereção contra a barriga dela.

— Está funcionando — sussurrou Hades no ouvido de Perséfone, e seus lábios roçaram o pescoço dela antes de tocarem sua boca.

Ele desceu as mãos, agarrou a bunda de Perséfone, e se imprensou contra ela. Quando a soltou, os olhos dela brilhavam de desejo, e ele se perguntou se ela daria prazer a si mesma naquela noite, pensando no pau dele. Ele sem dúvida tocaria pensando nela.

— Planeje seu baile, Lady Perséfone.

— Volte para casa logo, Lorde Hades.

Ele sorriu antes de desaparecer e se ateve às palavras dela enquanto aparecia em meios às sombras no piso dourado da Câmara do Conselho, onde os deuses estavam reunidos. Colunas dispostas em formato oval ladeavam o salão, no qual havia doze tronos, um para cada um dos olimpianos. Cada trono tinha sido feito de modo diferente, com símbolos exclusivos de cada deus.

Zeus estava sentado na cabeceira, em um trono feito de carvalho, com um raio e um cetro de ouro cruzados na parte de trás. Sua águia, um pássaro dourado, estava empoleirada no cetro, e seu nome era Aetós Diós. Era um espião que Hades gostaria de assar em um espeto, mas ele achou melhor não provocar conflitos no conselho, de modo que se conteve. Zeus era quem mais se parecia com o pai deles, um homem grande com cabelos ondulados e barba cheia. Na cabeça, usava uma coroa de folhas de carvalho, um de seus muitos símbolos.

Ao lado dele estava Hera. Era bonita, mas rígida, e Hades sempre achou que ela parecia incomodada ao lado do marido, algo pelo qual não podia culpá-la. O Deus dos Céus era conhecido por fornicar por toda a eternidade, e a sua descida ao mundo moderno não alterou isso. A Deusa das Mulheres estava sentada em um trono de ouro, exceto pelo encosto, que lembrava as penas coloridas de um pavão: azul iridescente, turquesa e verde.

Em seguida veio Poseidon, cujo trono parecia sua arma, o tridente, e fora feito para ele pelos três Ciclopes Anciões antes da Batalha de Titanomaquia. Ao lado dele estava Afrodite, cujo trono imitava uma concha, de cor rosa e enfeitada com pérolas e flores carmesim. Então, veio Hermes, cujo trono era de ouro, com um encosto que parecia o seu caduceu — um bastão com asas e duas cobras entrelaçadas.

Depois, veio Héstia, a Deusa do Lar, cujo trono era vermelho-rubi e feito em forma de chamas. Ares estava ao lado dela, sentado sobre uma pilha de crânios, alguns brancos e outros, amarelados pela idade. Eram todos de pessoas — mortais e imortais — e de monstros que ele matara.

Ao lado dele estava Ártemis, para seu grande desânimo, pois ela — ninguém, na verdade — não se dava bem com Ares. Seu trono era simples, uma meia-lua dourada. Ao lado dela estava Apolo, cujo assento imitava os raios do sol na forma de uma auréola brilhante que formava um círculo atrás dele. Em seguida vinha Deméter, cujo assento mais parecia uma árvore coberta de musgo, repleta de flores brancas e rosa, com hera se espalhando pelo chão. Ao lado dela, Atena, cujo trono era um conjunto de asas de prata e ouro. Ela estava sentada, bonita e equilibrada, rosto inexpressivo, coroado com um diadema de ouro cravejado de safiras azuis. Por último, entre o trono de Atena e Zeus, ficava o de Hades, um trono de obsidiana preta com bordas irregulares e letais, muito parecido com o seu no Submundo.

O único deus que falava era Zeus, e todos os outros pareciam zangados ou entediados, exceto Hermes. Ele parecia se divertir.

Provavelmente ainda está rindo da piada que fez antes, pensou Hades.

Hades não sabia bem sobre o que Zeus estava falando, mas achou que deveria estar contando uma história.

— Como eu não sou um deus irracional, eu disse...

Hades saiu de seu esconderijo e caminhou pelo centro do salão. A voz de Zeus retumbou e ecoou por toda parte.

— Hades! Atrasado, como de costume.

Ele ignorou o julgamento de seu irmão e se sentou ao lado dele.

— Você está ciente das acusações contra você? — perguntou o Deus dos Céus.

Hades ficou só encarando. Não ia facilitar as coisas. Sabia que haveria repercussões por suas ações e admitia que sua decisão de roubar o gado de Hélio fora mesquinha, mas Hélio havia impedido Hades de executar o Juízo Divino. O Titã não vivia nos céus ainda só pela graça do próprio Zeus?

— Ele disse que você roubou o gado dele — prosseguiu Zeus. — E está ameaçando mergulhar o mundo na escuridão eterna se não os devolver.

— Então teremos que lançar Apolo aos céus — disse Hades.

O Deus da Música e do Sol lançou um olhar fulminante.

— Ou você pode devolver o gado de Hélio. De todo modo, por que os roubou? Você não vive nos condenando por tal... comportamento *banal*?

— Não seja muito duro com Hades. É assim que ele acha que deve agir, dado que é o mais temido entre nós. — Aquelas palavras foram de Hera, e elas fizeram Hades trincar os dentes.

— Não é mais não! — bradou Zeus. — Nosso rabugento oficial se apaixonou por uma mortal. Ele deixou o mundo todo *extasiado*.

Zeus riu, e ninguém mais. Hades se sentou, seus dedos curvados sobre as bordas de seu trono, a obsidiana arranhando sua pele. Ele podia sentir a raiva irradiar de Deméter. Nenhum desses deuses, exceto Hermes, sabia das verdadeiras origens de Perséfone. Ele se perguntou se o Deus do Relâmpago iria rir, sabendo que Hades havia se apaixonado por uma deusa. Havia implicações maiores quando os deuses se uniam, porque aquilo significava compartilhar o poder.

— Seja gentil, pai. — Foi Afrodite quem falou, sua voz cheia de sarcasmo, sua raiva por Adônis ainda aparente. — Hades não sabe a diferença entre atenção e amor.

— Você fala por experiência própria, Afrodite? — provocou Hades.

Sua expressão ficou mal-humorada, e ela cruzou os braços sobre o peito, afundando em seu assento.

Sua resposta a Afrodite silenciou o resto, porque, por mais que gostassem de fazer graça, sabiam que Hades era perigoso. Roubar o gado de Hélio tinha sido uma demonstração de gentileza, vingança em sua forma mais tênue. Se quisesse, ele mesmo poderia ter mergulhado o mundo na escuridão. Hélio não precisava fazer aquela ameaça.

— Você vai devolver o gado dele, Hades — disse Zeus.

Mais uma vez, Hades não disse nada. Se recusava a discutir com Zeus na frente dos outros deuses.

— Já que estamos reunidos, há algum outro assunto que desejam abordar?

Aquela era a parte que Hades temia. O conselho deveria se reunir só quatro vezes por ano; no entanto, Zeus o convocava por motivos triviais e depois pedia para ouvir queixas, como se não tivesse nada melhor para fazer do que mediar discussões entre Poseidon e Ares, os únicos que falavam.

Exceto daquela vez.

— A Tríade está sendo liderada por semideuses — disse Hades, e olhou para Poseidon enquanto falava. — Tenho motivos para acreditar que eles estão planejando uma rebelião.

Desta vez, Zeus não foi o único a rir. Poseidon, Ares, Apolo e até Ártemis riram.

— Se desejam guerra, é isso que terão — disse Ares, sempre ansioso por derramamento de sangue.

Hades o detestava, odiava seu desejo de morte e destruição. Ele não conhecia nenhum outro deus que desejasse se deleitar com o horror da guerra.

— Suponho que vocês riem porque pensam que é impossível que isso aconteça. Mas nossos pais pensavam a mesma coisa, e olhem onde estamos sentados — falou Hades.

— Por acaso eu detecto medo em sua voz? — provocou Ares.

— Sou o Deus dos Mortos — retrucou Hades. — Quem sou eu para temer a guerra? Quando todos vocês morrerem, virão a mim e enfrentarão meu julgamento, como qualquer mortal.

Fez-se silêncio após aquela declaração.

— Seria necessário um grande poder para esses semideuses nos derrotarem — disse Ártemis. — Onde o conseguiriam?

Por graça divina, pensou Hades, mas não disse.

— Não estamos mais vivendo no mundo antigo — disse Atena. — Eles agora dispõem de outras armas além da magia.

Era verdade, e quanto mais os mortais estudavam a magia dos deuses, mais entendiam como aproveitá-la e potencialmente usá-la contra os Divinos.

— Só estou afirmando que seria de nosso interesse observar — disse Hades. — Caso os grão-senhores da Tríade sejam tão previsíveis quanto eu penso, a organização aumentará em termos de membros e de poder de fogo.

— E quem são esses grão-senhores? — indagou Zeus.

Hades semicerrou os olhos na direção de Poseidon, e o olhar de Zeus o seguiu.

— Isso é algum esquema seu, irmão?

— Como ousa?! — Os punhos de Poseidon apertaram os braços de seu trono, o que provocou uma rachadura na concha de que ele era feito.

— Você já tentou tomar meu trono antes, seu idiota intrometido!

— Idiota? Quem está chamando de idiota? Preciso lembrá-lo, irmão, de que o fato de você se sentar no trono como Rei dos Deuses não significa que eu seja menos poderoso.

De repente, todos estavam olhando furiosos para ele, exceto Zeus e Poseidon, que estavam travando uma batalha verbal. Hades só fez rir.

— Imagine isso como sua tortura no Tártaro — disse ele. — Pois é a sentença que todos receberão por me fazer passar por essa sacanagem.

Horas depois, Hades se viu no escritório de Zeus. Era um espaço tradicional, mobiliado com uma grande mesa de carvalho que ficava diante de um conjunto de estantes forradas com volumes encadernados em couro que sem dúvida eram pura decoração. Amplas janelas davam para a vasta propriedade de Zeus, onde ele criava touros, vacas, ovelhas e cisnes. Era onde Hades estava, enquanto Zeus lhes servia uma bebida.

— Então você roubou o gado de Hélio — falou Zeus.

— Ele me impediu de executar o Juízo Divino — rebateu Hades. — Precisava ser punido.

— Mas você concorda que o castigo dele já durou tempo o bastante, não é?

— Se você está pedindo a confirmação de que devolverei o gado dele, sim. — Hades fez uma pausa. — No seu devido tempo.

Zeus suspirou.

— Hélio pode ameaçar deixar o mundo na escuridão o quanto quiser, mas ele esquece que eu sou a própria escuridão. A escuridão me obedece.

Zeus não tinha como argumentar contra aquilo. Ele tomou um gole e bochechou a bebida antes de dizer:

— Tudo bem, mas se a situação ficar difícil, eu não vou intervir.

— Ficaria ofendido se fizesse isso — respondeu Hades.

Ele virou a bebida que Zeus havia oferecido e colocou o copo na mesa com um baque, preparando-se para sair.

— Me conte sobre essa mulher que virou a sua cabeça.

Hades congelou.

— É como eu disse no baile, e nada mais.

— Não acredito — disse ele. — Se fosse qualquer outro mortal, você teria se vingado pelas coisas que ela disse. Em vez disso, deu trela e colocou um maldito prédio inteiro à disposição dela.

— Ela tinha argumentos válidos — afirmou Hades, pronto para sair.

— E despertou seu interesse. Admita, irmão!

Hades não admitiu.

— Ora! Eu não deveria esperar que você fosse vulnerável, embora eu te deseje felicidade.

Hades ergueu as sobrancelhas.

— Que você se lembre dessas palavras, irmão.

Você não vai tê-las em mente por muito tempo, pensou ele.

— De todo modo, sinto que é meu dever alertar você sobre a manipulação das mulheres, das mortais em particular.

— Disse o deus que se transformava em animais para seduzir as mulheres.

— Isso não foi manipulação. Eu não poderia abordá-las em minha forma divina, pois é uma forma que meros mortais de fato não conseguem compreender.

No entanto, nenhum de nós tem o mesmo problema, pensou Hades.

— Você se disfarçou porque elas já tinham te rejeitado — rebateu Hades. — Não tente mentir para mim, irmãozinho. Nós dois sabemos que é inútil.

Os lábios de Zeus se apertaram, seus olhos se semicerraram.

— As mulheres só querem uma coisa, Hades: poder.

Hades não tinha dúvidas de que aquela era uma das várias coisas que as mulheres queriam, assim como queriam a liberdade de existir sem ter que se preocupar com predadores como Zeus.

— Talvez você tenha medo de mulheres no poder por causa do modo como usa o seu próprio: para estuprar, abusar e torturar.

Aquela conversa não correra como Zeus esperava, mas Hades não ia admitir que seu irmão falasse mal das mulheres.

Hades se virou e saiu do escritório. Do lado de fora, ele se viu em um pátio a céu aberto. Uma trilha cortava o centro, ladeado por estátuas de mármore de ninfas. No centro havia uma fonte simples em forma de hexágono. Quando Hades começou a descer a trilha, foi parado por Deméter, que saiu de trás de uma das colunas que delimitavam o pátio.

Ela estava cheia de ódio por ele. Dava para ver em seus olhos, que tinham uma cor escura, como água de pântano. Hades sabia que aquele confronto estava por vir. Por mais que Deméter não soubesse que sua filha estivera presente no baile de gala, soube que Hades falara dela quando fez seu discurso, e aquilo a assombrava. E era bem provável que ela tivesse ouvido aquela história repetida em todos os jornais, em todas as revistas, em todas as mídias. Nem mesmo na reunião do conselho ela podia escapar daquele assunto. Esta talvez tenha sido a melhor tortura já aplicada por Hades.

— Fique longe da minha filha, Hades. — A voz dela era calma, mas ameaçadora. Era a voz que ela usava para causar medo nos corações de suas ninfas e para amaldiçoar os mortais.

Mas isso só deu prazer a Hades.

— Qual é o problema, Deméter? — provocou ele. — Medo das Moiras?

Suas palavras foram um reconhecimento. *Eu sei da profecia*, diziam.

— Se você realmente se importa com Perséfone como afirma publicamente, suma da vida dela — disse Deméter. — Ela pode perder tudo se você não o fizer.

— Por acaso essa seria a atitude de alguém que se importa com ela? — perguntou Hades.

Deméter deu um passo em direção a ele, sua voz vacilando.

— Estou fazendo isso porque me importo! *Você não é a pessoa certa para minha filha.*

— Acho que ela discordaria.

Deméter olhou, e depois de um instante, deu um passo para trás, rindo.

— Minha filha nunca me trairia. — Hades teve a sensação de que Deméter estava apenas tentando se convencer disso. — Ela nunca preferiria você a mim.

— Então você não tem nada a temer — disse Hades.

Só que ela tinha tudo a temer, porque Perséfone já havia traído Deméter. Ela a traíra todas as vezes em que fora para a Nevernight, todas as vezes em que beijara Hades, todas as vezes em que colocara a boca no pau dele, abrira as pernas e deixara que ele a saboreasse. Perséfone havia traído Deméter todas as vezes em que eles se encontraram, com um chamando pelo nome do outro, e foi esse pensamento que fez Hades sorrir enquanto se teleportava de Olímpia.

24

O BAILE DA ASCENSÃO

Hades se teleportou para o Submundo. Sua primeira parada foi na cabana de Hécate, onde encontrou a deusa se preparando para a noite. Ela parecia a Lua, envolta em prata, e suas lâmpades prendiam no cabelo escuro dela estrelas que combinavam.

— Hades — disse Hécate. — Como foi a reunião do conselho?

Ele não era muito de falar, mas sentiu a necessidade de contar sobre o tempo que passara em Olímpia.

— Zeus vai pagar caro por seu comentário sobre as mulheres — disse Hécate quando Hades terminou.

Hades não duvidava. Hécate não tinha medo de punir os deuses. Já tinha feito isso muitas vezes e de muitas maneiras, ao armar armadilhas ou lançar maldições para revogar a vitória de um herói precioso, por exemplo. A ira dela era concreta e mortal quando provocada.

— Tenho medo de que Zeus volte sua atenção para Perséfone — disse Hades.

Os olhos de Hécate brilharam como brasas.

— Se isso acontecer, ela saberá se defender.

Hades olhou para a deusa interrogativamente.

— Como?

— Ela não te contou? Naquela noite que vocês... hum... — Ela fez uma pausa, e Hades a encarou. Sabia o que ela ia dizer. *A noite em que eles fizeram sexo.* — No dia seguinte ao Baile Olímpico, ela sentiu a vida pela primeira vez. Sentiu a própria magia.

Hades absorveu com calma as palavras de Hécate. Perséfone *sentiu* sua magia. Ele sabia que era possível que os poderes dela começassem a despertar, mas não esperava que acontecesse tão rápido assim. Aquilo significava que Perséfone aceitara a adoração de Hades, que se sentira poderosa e digna enquanto faziam amor.

Significava que ela confiava nele.

A percepção fez seu peito inchar, e fez as palavras de Deméter parecerem ainda mais ameaçadoras, mas quando Hades expressou isso para Hécate, a deusa apenas sorriu e disse:

— Tenha esperança em sua deusa, Hades. Ela já não escolheu você?

* * *

Hades não ficou muito tempo com Hécate. Ele estava ansioso para ver Perséfone. Parecia estranho, mas ele estava curioso para observar uma mudança dentro dela. Sua capacidade de sentir a vida alteraria a maneira como ela pensava em si mesma e em seu sangue Divino? Ele pensou em quando a conheceu. Era como se ela se ressentisse de quem era, como se ela não se sentisse como uma deusa porque não podia invocar seu poder. Poder esse que não surgira porque esteve escondida toda a sua vida.

Hades cerrou os punhos com aquele pensamento. Deméter deixou Perséfone acreditar que era impotente, e nada fez à medida que a situação dela se agravava, com a filha se distanciando tanto de sua divindade que já não se via como uma deusa.

No entanto, Perséfone era a mais divina entre todos eles.

A primeira coisa em que Hades reparou quando se manifestou na Suíte da Rainha — a suíte que um dia pertenceria a Perséfone — foi o cheiro dela: baunilha doce e lavanda terrosa. Seus olhares se encontraram no espelho, e assim que ela começou a se virar para ele, ele a deteve.

— Não se mova. Deixe-me olhar para você.

Ela congelou.

Era um exercício de controle, porque tudo o que Hades queria fazer era estar perto dela; no entanto, ele manteve distância e caminhou lentamente em volta dela, saboreando cada detalhe. Estava vestida de ouro, a cor do poder. O tecido era como água que se empoçava em sua pele e a tocava em todos os lugares que Hades desejava que suas mãos pudessem estar. Sob aquele tecido fino, ele notou como os mamilos se entumeceram. Quando ele chegou por trás dela, envolveu sua cintura e a puxou contra si, encontrando seu olhar no espelho.

— Abandone a ilusão.

Os olhos dela se arregalaram.

— Por quê?

— Porque desejo ver você — disse ele. Sentiu que Perséfone congelou. Foi como na noite depois da La Rose, quando ela segurou aqueles lençóis contra o peito, um escudo que usava para se proteger do olhar dele. Hades usou sua própria magia para entrar em contato com a dela, acariciando-a, e sentiu-a abrir-se para ele. Ele virou a boca para o ouvido dela, ainda mantendo contato visual: — Me deixe ver você.

Perséfone fechou os olhos enquanto relaxava, e Hades observou enquanto ela se transformava. Ela era tudo. Era tudo em qualquer forma, mas havia algo a mais em vê-la abraçar sua divindade, algo inspirador. Era maravilhoso. Agora, parecia íntimo.

— Abra os olhos — sussurrou, e quando ela o fez, não olhou para Hades, mas para si mesma. Ela era encantadora, e tudo nela se intensificou. Sua pele brilhava, seus olhos eram luminosos, seus chifres espiralavam graciosamente, mas talvez ela parecesse uma chama porque estava diante de sua escuridão. — Meu bem, você é uma deusa.

Ele beijou o ombro de Perséfone e sentiu a mão dela envolver seu pescoço. Ela se virou para o beijo, e seus lábios se chocaram, famintos e quentes. O coração de Hades disparou e o tesão que sentiu fez seu pau ficar duro. Ele emitiu um som carnal que veio do fundo de sua garganta. Hades se afastou, segurando o rosto dela.

— Eu senti saudade — disse ele.

Ela sorriu timidamente e admitiu:

— Também senti.

Os lábios dele acariciaram os dela, mas Perséfone estava ansiosa. Ela ficou na ponta dos pés, e seus lábios colidiram. Ele gostou da fome e da ousadia dela, suas mãos acariciando o peito dele, descendo por sua barriga, buscando seu pau, mas antes que ela pudesse alcançá-lo, Hades a deteve, interrompendo o beijo.

— Estou tão desejoso quanto você, meu bem — falou ele. — Mas se não sairmos agora, acho que vamos perder sua festa. Vamos?

Ela realmente hesitou, e ele se viu sorrindo, mas ela pegou a mão estendida dele. Quando o fez, ele abandonou sua ilusão e revelou sua forma divina. Cabelo solto, vestes pretas e uma coroa de prata de bordas pontiagudas que ficava na base de seus chifres. Podia sentir o olhar de Perséfone, pecaminoso e doce. Aquele olhar tocou-o em todos os lugares e despertou sua fome.

— Cuidado, Deusa — avisou ele. — Ou não sairemos deste quarto.

Ele sentiu a verdade de suas próprias palavras profundamente, até mesmo quando conseguiu levá-la para fora da suíte, em direção ao salão de baile. Eles pararam atrás de portas folheadas a ouro, e Hades ficou feliz porque desejava saborear aquele momento: a primeira vez que se apresentaria à sua corte com Perséfone ao seu lado.

Ela talvez nem se desse conta do significado daquilo, mas a partir daquele momento, eles a veriam como sua consorte, como uma rainha.

As portas se abriram e o silêncio se instalou. O aperto de Hades na mão de Perséfone ficou mais forte, e ele acariciou o polegar dela para tranquilizá-la. A ansiedade de Perséfone pareceu diminuir assim que ela viu a multidão e os sorrisos daqueles que a conheciam. Quando ele olhou para ela, viu que sorria de volta.

Seu povo se curvou em reverência, e ele a conduziu escada abaixo até a multidão que os esperava. Se levantavam à medida que os dois passavam, e Perséfone sorriu, chamou cada um pelo nome, enchendo-os de elogios ou perguntando sobre o seu dia. Hades nunca tinha levado tanto tempo para chegar ao seu trono, mas vê-la interagir com as almas era uma lição de humildade.

Os olhos de Hades vagaram para os outros rostos na multidão, e quando ele os pegava encarando-o, eles desviavam o olhar rapidamente, em parte por vergonha, em parte por medo, e aquela estranha culpa retornou em uma onda feroz, apertando seu coração. Então, Perséfone soltou a mão dele e atravessou a multidão para abraçar Hécate. Pouco depois, ela foi cercada por almas. Como mariposas atraídas pelo fogo, elas foram até Perséfone assim que a escuridão se foi.

Hades seguiu caminhando, com a multidão abrindo caminho sem demora, e não pôde deixar de reparar como as almas tendiam a ficar distantes dele. Vendo como estavam ansiosas para tocar e abraçar Perséfone, a diferença no tratamento dos dois era gritante. Ele franziu a testa, e a culpa se intensificou à medida que caminhava para seu trono, por onde pairava Minta. Ela estava bem-vestida para a ocasião, com um vestido justo cor de vinho que fazia seu cabelo parecer um pôr do sol e acentuava sua palidez. Ele sabia pela expressão da ninfa que ela tinha coisas a dizer, e Hades esperava que ela entendesse que ele não queria ouvir nenhuma delas.

O Deus dos Mortos se afundou em sua cadeira e observou a festa, mas seus ombros estavam caídos e seus dedos, curvados nos braços de sua cadeira. Ele se sentiu no limite, esperando que Minta dissesse algo que só aprofundaria a escuridão dentro dele.

— Você levou isso longe demais — falou ela finalmente, sua voz trêmula, uma sugestão da tempestade de emoções que havia por baixo de suas palavras.

Hades não olhou para ela, mas podia ver seu perfil pelo canto do olho, e ela tampouco olhava para ele.

— Coloque-se no seu lugar, Minta.

— Eu? — Ela girou em direção a ele, que a encarou. — Ela deveria se apaixonar por *você*, não o contrário.

— Se eu não soubesse, diria que você está com ciúmes.

— Ela é um jogo, um peão! E você a está exibindo como se fosse sua rainha.

— Ela *é* minha rainha! — bradou Hades, quase se levantando de seu trono.

Minta fechou a boca com força, os olhos se arregalando um pouco, como se não pudesse acreditar que Hades havia levantado a voz para ela. Quando tornou a falar, foi em um tom tão frio quanto o ar em volta.

— Ela *nunca* vai te bastar. Ela é primavera. Ela vai precisar de luz, e você é escuridão.

Minta deixou o salão de baile, mas suas palavras permaneceram, enganchadas na pele dele. Elas trouxeram à tona os próprios pensamentos dele, aqueles que ele havia enterrado profundamente, a dúvida se Perséfone, Deusa da Primavera, poderia amar o Rei dos Mortos.

Eles não poderiam ser mais diferentes, e a entrada dos dois no salão de baile naquela noite indicara isso a ele.

— Por que você está deprimido? — perguntou Hécate.

Tinha a sensação de que a deusa estava tentando se aproximar dele de soslaio para dar um susto, mas como todas as tentativas dela, aquela também fracassou. Hades olhou furioso para ela.

Ela fez um bico.

— Conheço esse olhar. O que Minta fez?

— Disse o que não devia, o que mais ela faria? — reclamou ele.

— Bem... — A voz de Hécate mudou de tom, e Hades sabia que a deusa estava prestes a dizer algo que só aumentaria sua frustração. — Ela deve ter falado a verdade, ou você não teria ficado tão zangado assim.

— Eu não quero falar sobre isso, Hécate.

Estava olhando para Perséfone enquanto ela dançava com as crianças do Submundo. Eles deram as mãos, formaram uma roda, e ficaram saltitando. De vez em quando se soltavam da roda para dar piruetas ou para Perséfone os levantar no ar, rindo enquanto gritavam de alegria.

— Ela ama as crianças — disse Hécate.

Outra pontada no peito.

Crianças.

Era algo que ele não podia dar a Perséfone, uma opção que havia muito perdera em uma barganha. Seria justo pedir a ela que abdicasse de ser mãe para passar a eternidade com ele?

Depois de um instante de silêncio, ele falou baixinho:

— Eu deveria desistir dela.

Hécate suspirou.

— Você é um idiota.

Hades lançou seu olhar de fúria.

— Ela está feliz! — argumentou Hécate. — Como você pode olhar para ela e pensar que deveria desistir?

— Nós somos imortais, Hécate. E se ela se cansar de mim?

— Estou cansada de você e ainda estou aqui.

— Sabia que não deveria ter tentado falar com você sobre isso.

Olhou fixamente para a pista de dança quando viu Perséfone se virar e ficar cara a cara com Caronte. Ele fez uma mesura para ela, com aquele maldito sorriso. Ele a chamou para dançar, e ela pegou sua mão.

Seus dedos ficaram lívidos quando ele apertou os braços de seu trono.

— Você não conseguiria desistir dela — disse Hécate. — Você nunca conseguiria ver Perséfone com outro homem.

— Se for isso o que ela quiser, eu...

— Ela não quer — disse Hécate, cortando-o. — Você não deve presumir que sabe o que se passa na cabeça dela só porque tem medo. Esses são seus demônios, Hades.

Ele lançou a ela um olhar sombrio e, por um instante, a expressão de Hécate ficou tão séria quanto a de Hades, mas depois se suavizou, e o canto de sua boca se ergueu.

— Se permita ser feliz, Hades. Você merece Perséfone.

Depois, ela desapareceu na multidão. O olhar dele se voltou para Perséfone. Ela atraía atenção feito uma chama, sua beleza, seu sorriso e risada, sua própria presença, irradiando calor, paixão e vida, e apesar de ele não gostar de ficar longe dela, gostava de observá-la. Isso o distraiu do fato de que Minta voltou, postando-se à sua esquerda, enquanto Tânatos apareceu à sua direita.

— Veio se desculpar? — perguntou a ela.

— Vai se foder.

— Ele já fez isso — comentou Hermes, passando por eles, asas brancas arrastando o chão. Ele estava ridículo, de peito nu, vestindo apenas um tecido dourado na cintura. — Não deve ter sido muito bom, porque não acredito que ele tenha feito de novo.

— Hermes — rosnou Hades, mas o deus já estava abrindo caminho em meio à multidão, indo direto até Perséfone.

Perséfone se virou quando Hermes se aproximou fazendo uma mesura e a convidando para dançar. Hades assistiu, frustrado, enquanto ele a tomava em seus braços e balançava, com movimentos exagerados e ocupando espaço demais.

Não que ele pensasse que Caronte ou Hermes tomariam liberdades, ou que estivesse com ciúmes pela interação entre eles. Estava com ciúmes porque se sentia como se não pudesse se aproximar dela, como se a atmosfera do salão fosse mudar se fizesse isso. Hades não deveria temer, aquele era seu reino, mas havia algo muito vibrante naquela noite. Havia uma vida ali que não existia antes de Perséfone.

Enquanto pensava no nome dela, o olhar de Perséfone encontrou o dele e lá ficou, e Hades percebeu o desejo em seus olhos, como se a distância entre eles fosse uma tensão. Não demorou muito para que ela deixasse Hermes e se aproximasse de Hades, os olhos ardendo e o corpo pingando de ouro. Era algo saído de uma fantasia, e ele não podia deixar de imaginá-la ajoelhada à sua frente para chupar o seu pau, que já estava duro dentro de suas vestes.

Ela fez uma mesura, o ângulo dando a ele uma visão de seus seios fartos. Quando se endireitou, perguntou:

— Milorde, dançaria comigo?

Ele faria qualquer coisa para tocá-la, qualquer coisa para abraçá-la, qualquer coisa para sentir o atrito onde ele mais desejava. Levantou e pegou a mão dela, sem tirar os olhos da amada enquanto a conduzia para a pista de dança. Ele a puxou para perto, cada linha dura de seu corpo aninhada pela suavidade dela, o que o fez pensar na forma como seus corpos se encaixaram quando ele desabou sobre ela após o orgasmo. Um orgasmo que ele queria naquele momento.

— Você está descontente? — perguntou ela.

Ele levou um instante para se desligar de seus pensamentos e se concentrar nas palavras dela.

— Se estou descontente por você ter dançado com Caronte e Hermes?

Ela olhou, e seus lábios ameaçaram se franzir. Obviamente estava preocupada com o mau humor dele. Hades se inclinou para ela, os lábios tocando sua orelha enquanto falava:

— Estou descontente por não estar comendo você — sussurrou ele rispidamente, e puxou o lóbulo de sua orelha entre os dentes.

Ela estremeceu contra o corpo dele, e enquanto falava, havia um sorriso em sua voz:

— Milorde, por que não disse antes? — provocou ela.

Ele se afastou, os olhos escurecendo de carência, e a guiou em uma piruetas antes de puxá-la de volta para si.

— Cuidado, Deusa. Eu não teria escrúpulos em comer você na frente de todo o meu reino.

— Você não faria isso.

Faria sim, pensou ele. Cobriria aquele lugar de escuridão e puxaria Perséfone para si até que ela se encaixasse confortavelmente em seu pau. Pediria que ela não fizesse barulho, mas tornaria isso extremamente difícil enquanto a levava ao orgasmo.

Os pensamentos eram excessivos, e ele se viu tirando Perséfone da pista e subindo as escadas, seu povo aplaudindo e assobiando, alheio — ou talvez não tão alheio assim — às suas intenções.

— Aonde estamos indo? — perguntou Perséfone, lutando para acompanhar seus passos largos.

— Remediar meu descontentamento.

Ele a levou para uma sacada que dava para o pátio do palácio. Ela começou a andar na frente dele, atraída para a borda como se estivesse hipnotizada. Ele não a culpou, a vista era deslumbrante, pois todo o Submundo estava escuro como breu, exceto pelas estrelas que apareciam em aglomerados de vários tamanhos e cores. Hécate sempre disse que Hades trabalhava melhor no escuro.

Estava prestes a tornar isso verdadeiro também em relação ao prazer quando puxou Perséfone de volta para si.

Ela o encarou, os olhos procurando os dele.

— Por que você me pediu para abandonar minha ilusão?

Ele colocou um cacho dourado atrás da orelha dela enquanto respondia:

— Eu disse: você não vai se esconder aqui. Precisa entender o que é ser uma deusa.

— Não sou como você.

Ela havia dito aquelas palavras antes e, daquela vez, Hades dera um sorriso. Não era como ele; ela era melhor.

— Não, temos apenas duas coisas em comum.

— Que são...? — Ela arqueou uma sobrancelha, e ele não sabia dizer se ela gostara de sua resposta, mas isso não importava. Logo estaria tendo prazer com ele e nada importaria, nem o mundo em volta deles nem sua divindade.

— Somos Divinos — disse, enquanto suas mãos traçavam um caminho pelas costas dela, pela bunda, onde elas se instalaram, puxando o corpo contra o pau dele. — E o espaço que compartilhamos.

Ele a empurrou contra a parede enquanto suas mãos procuravam desesperadamente abrir suas vestes e levantar o vestido dela, expondo suas partes mais sensíveis ao ar noturno, até que afundaram um no outro. Uma vez dentro, ele permaneceu imóvel, a testa encostada na dela. Queria permanecer naquele instante, a sensação inicial de preenchimento, com o sexo dela apertando o dele para se acomodar ao seu tamanho, e o suspiro de satisfação que ela soltou quando ele finalmente entrou.

— É assim que é ser um deus? — sussurrou.

Hades tinha um braço em volta das costas dela, e o outro, pressionado na parede ao lado de sua cabeça, e depois que ela falou, ele se afastou para encarar Perséfone.

— É assim que é ter meu favor — respondeu ele, e enquanto metia, uma eletricidade percorria seu corpo, uma corrente imparável que ficava mais intensa quanto mais tempo eles estavam juntos. Viu como ela estava dominada pelo prazer, a cabeça caindo para trás, expondo seu pescoço branco aos beijos dele.

— Você é perfeita — sussurrou, segurando a parte de trás da cabeça dela para suavizar o impacto de seus movimentos, e quando sentiu que estava prestes a gozar, ele diminuiu a velocidade, quase se desvencilhado para depois voltar a meter. — Você é linda. Nunca quis ninguém como quero você.

Ele nunca tinha falado palavras mais verdadeiras do que aquelas, e enquanto elas se enterravam em seu peito, ele se viu beijando Perséfone, os dentes batendo uns contra os outros enquanto ele continuava metendo com força. O coração de Hades batia forte, seus músculos estavam retesados, e ele só conseguia pensar na sensação de seu pau latejante e seu saco se contraindo. Tremeu ao gozar, com o gozo derramando-se sobre ela no que pareciam ondas. Ele pressionou o corpo contra Perséfone, ofegante, seus chifres entrelaçados nos dela.

Hades precisou de um instante para se recompor, mas por fim se endireitou e se afastou dela, colocando-a no chão. Quando os pés dela tocaram o chão, o céu se iluminou atrás deles com o espírito das almas reencarnadas. Hades segurou Perséfone, e eles foram para a borda da sacada.

— Observe.

Ao longe, o céu se acendeu quando as almas se transformaram em luz, em energia, e subiram para o éter de seu reino. Estavam partindo para reencarnar, para nascer de novo no Mundo Superior e viver uma nova vida. Com sorte, uma vida mais gratificante do que a anterior.

— As almas estão retornando ao mundo mortal — explicou a Perséfone. — Esta é a reencarnação.

— É lindo — sussurrou ela.

Seu povo havia se reunido no pátio abaixo e, quando a última das almas deixou um rastro de faíscas no céu, eles começaram a aplaudir. A música começou novamente, e a celebração continuou, mas o olhar de Hades não se moveu do rosto de Perséfone.

— O que foi? — perguntou ela enquanto olhava para ele, os olhos brilhando, e seu sorriso fez o peito dele parecer estranho e caótico.

— Me deixe venerar você.

O sorriso dela mudou, assumindo um tom sensual, e apesar de eles terem acabado de gozar juntos, Hades sabia que poderia comer Perséfone de novo, e de novo e de novo, se ela concordasse.

— Sim.

Hades se teleportou para a casa de banho. Ele queria recomeçar de onde eles tinham parado na primeira noite em que ele explorou o corpo e a pele doce e sensível dela. Então assim que os pés dos dois tocaram os degraus de mármore, a boca de Hades avançou sobre a dela e eles se ajoelharam no chão, onde fizeram amor ao ar livre.

Mais tarde naquela noite, Hades sentou-se na beira da cama enquanto Perséfone dormia. Sua respiração suave trazia conforto ao corpo elétrico dele. O Deus dos Mortos estava inquieto, uma ocorrência rara agora que Perséfone dividia sua cama. Havia algo de errado em seu reino. Ele podia sentir aquilo num canto de sua mente, na fronteira de seus sentidos, como um espinho inexistente que espetava a pele.

Ele se levantou, conjurando roupas enquanto se teleportava para o Tártaro, para seu escritório, onde havia deixado Sísifo. Mas descobriu que ele tinha ido embora.

25

PARA O SEU PRAZER, UMA MONTAGEM

Hades estava no topo do precipício em sua sala do trono, vestindo um robe e despojado de sua ilusão, exibindo toda a sua forma divina. Sentia uma raiva intensa, que vibrava por seus braços e pernas, e que ele ansiava extravasar violentamente. Era madrugada, e ele chamara Hécate e Hermes. Os dois tinham expressões diferentes: Hécate parecia alegre, e Hermes, sonolento.

— Você não podia adiar a sua vingança até a manhã? — perguntou Hermes.

Hades o ignorou e falou com Hécate:

— Chame Minta.

— Com prazer — respondeu a deusa.

A magia de Hécate cresceu, e Minta apareceu do nada, caindo no chão com um grito, braços e pernas se debatendo. Ela bateu no mármore com um baque alto.

— Hécate, a ninfa pode se machucar — lembrou Hermes.

— Eu sei — respondeu ela, maliciosa.

Minta gemeu e apoiou-se em suas mãos e joelhos, carrancuda enquanto olhava para os três deuses diante dela. Seu nariz estava sangrando, e o sangue cobria seus lábios de carmesim e escorria para o chão.

Sua expressão assassina logo se transformou em medo quando ela olhou para Hades.

— Você ajudou Sísifo em sua fuga do Submundo — disse. Mal conseguiu evitar que sua voz vacilasse enquanto falava, pois a raiva era muito intensa. — Tem alguma ideia do que eu sacrifiquei para acorrentá-lo?

Hades havia concedido um favor a Teseu. Tinha aberto mão de seu controle, e, ao pensar naquilo, seu peito parecia um abismo, escancarado e supurante. Aquele sacrifício já não valia de nada.

— Hades, eu...

— Não diga meu nome! — rugiu ele, dando um passo em direção a ela. A sala inteira tremeu.

Minta se afastou, com os olhos arregalados.

Ela tinha razão em temê-lo. Normalmente, quando Hades convocava pessoas para castigá-las, ele tinha alguma ideia de como aplicaria a punição, mas não daquela vez. Daquela vez, tudo era possível. A ninfa achava que já experimentara todas as emoções associadas à raiva, à perda e à dor. Hades mostraria que ela estava enganada.

— Eu posso explicar...

— Por acaso seu ciúme era tão intenso que ofuscou a sua lealdade?

— Sempre fui leal a você! — Os olhos de Minta se acenderam como um fogo etéreo.

— Mentira! — O gosto era amargo, e ele cuspiu antes de falar. — Você é leal apenas a si mesma.

— Eu amei você! — O grito dela era gutural, real e cruel. — Eu te amei, e você só se importa com sua rainha impostora!

Hades rosnou. Perséfone não era uma impostora. A verdadeira fraude estava diante dele, porque se Minta o amasse, nunca teria ajudado Sísifo a escapar.

— Você ficou exibindo ela na minha cara, me alfinetando, me repreendendo, me provocando. Você merece ver seu destino se desfiar. Espero que Sísifo arranque o fio.

Fez-se silêncio.

Então, ela compreendera metade da situação, a parte em que as Moiras ameaçaram desfazer o futuro de Hades com Perséfone caso Sísifo não fosse capturado. Era uma informação que a ninfa provavelmente havia obtido enquanto espionava. Bem, ela não espiaria mais. Não a ele.

— Se é realmente assim que se sente, então você não tem lugar no Submundo.

A boca de Minta se abriu.

— Mas esta é a minha casa — disse ela, seus lábios tremendo.

— Não é mais. — As palavras de Hades eram frias.

A ninfa engoliu em seco.

— Para onde eu vou?

Ele não sabia; ela nunca existira fora dos limites do reino de Hades, até mesmo no Mundo Superior. Todos os contatos dela eram dele, e desapareceriam no instante em que vazasse a informação de seu exílio. Ninguém a ajudaria, porque ninguém queria desafiar Hades.

— Isso não é problema meu. Minta, você está banida imediatamente do meu reino. Se tentar colocar os pés aqui novamente, não terei piedade.

A magia de Hades se fechou em torno dela, e ela desapareceu de vista. Fez-se um breve silêncio, e então ele falou:

— Hermes, espalhe a notícia de que estou disposto a negociar com Sísifo. Se é a eternidade que ele quer, só precisa vir à Nevernight e solicitar um contrato.

A vida eterna não era algo que Hades pudesse conceder sem sacrifício e requeria o mesmo pagamento: uma alma por outra. E, neste caso, se ele perdesse, as Moiras tirariam a vida de um deus.

Ele estava jogando um jogo. Um jogo do destino.

— Presumo que isso não possa ser adiado até a manhã, não é mesmo? — perguntou Hermes, e quando Hades olhou para ele, o deus riu de nervoso. — Digo, estou indo imediatamente, milorde.

Ele desapareceu.

— Não...

— Diga "eu avisei"? — perguntou Hécate. — Esperei muito por esse momento. Eu te disse para me deixar envenená-la; e, antes disso, disse para tirar o cargo de assistente dela; e antes ainda, disse para você nunca transar com ela.

Hades se afundou em seu trono. Sentiu-se exausto subitamente, e à medida que falava, sua voz soava cansada e baixa:

— Tenho arrependimentos suficientes, Hécate — disse.

A deusa não disse nada e, após alguns instantes, desapareceu silenciosamente.

Hades não ficou a sós por muito tempo, pois Perséfone entrou na sala do trono e ficou recostada contra a porta.

Parecia sonolenta e bonita, e vestia um conjunto de camisola branca e um robe vaporoso. Seu cabelo estava revolto e despenteado, e caía em ondas douradas pelas costas. A presença dela deu forças a Hades para se empertigar.

— Por que está acordada, meu bem? — perguntou ele.

— Você sumiu — disse, aproximando-se. Ela se acomodou em seu colo, as pernas dobradas sobre as dele, as mãos enfiadas no robe. Respirou fundo e se aninhou no peito dele.

— Por que você está acordado? — indagou, com um sussurro.

Hades considerou contar a Perséfone sobre a saga de Sísifo — como ele havia enganado a morte duas vezes e roubado a vida de dois mortais, destruindo suas almas para sempre —, mas se ele explicasse aquilo, teria também de revelar a ameaça das Moiras, e tendo Sísifo fugido novamente, preferiu guardar para si.

Então, em vez disso, respondeu:

— Eu... não consegui dormir.

Ela recuou e olhou para ele com as pálpebras pesadas.

— Você poderia ter me acordado. — Sua voz era um sussurro erótico. Prometia coisas como lábios latejantes, corações palpitantes e calor suave.

Ele ergueu uma sobrancelha e perguntou:

— Por que eu faria isso?

As mãos dela tocaram o pau inchado dele, e o acariciaram de leve sob o seu robe.

— Você gostaria de uma demonstração?

Hades sorriu e a puxou, se teleportando para o quarto.

* * *

— Alguma notícia? — perguntou Hades a Elias enquanto caminhavam pelas sombras de sua casa noturna. Ele estava esperançoso de que aquela seria a noite em que Sísifo aceitaria a oferta de uma barganha.

— Nenhuma — respondeu Elias. — As notícias correm lento pelo submundo dos mortais.

Hades franziu a testa.

As Moiras não ficaram satisfeitas quando souberam que Sísifo havia escapado.

— *Arrogante* — dissera Láquesis.
— *Confiante demais* — sibilara Cloto.
— *Abusado* — acrescentara Átropos.

Hades não discutira com elas. Era a primeira vez que ia até elas e as temia, temia sua vingança, temia que desfiassem os fios que tinham tecido com muito cuidado, prontas para se deleitar com a infelicidade dele.

Mas elas não fizeram isso: simplesmente perguntaram quem Hades estava disposto a trocar caso ele perdesse sua barganha com Sísifo, uma pergunta que ele não respondeu.

— Ele virá quando perceber que não tem nada — disse o sátiro enquanto subiam as escadas. — Hermes conseguiu interceptar vários milhões de dólares das ações de Sísifo. O que o senhor gostaria de fazer com o dinheiro?

Hades sabia como deixar um mortal desesperado. Sísifo podia continuar fugindo se seus negócios ainda estivessem prosperando, achando que poderia sobreviver com as vidas que ele já havia tirado, mas Hades havia adivinhado os planos do mortal e lhe tomara tudo... e continuaria tomando tudo... até que aquele homem viesse até ele implorando.

No fim das contas, ele iria desejar ter morrido no seu devido tempo.

— Queime — disse ele. — E não guarde segredo quanto a isso.

Então Elias partiu, e Hades entrou em seu escritório e se deteve, ao se deparar com Perséfone sentada em sua mesa, nua. As costas dela estavam retas, suas pernas, cruzadas, seus seios perfeitos se erguiam a cada respiração, seus mamilos, rosados. Ele ficou instantaneamente de pau duro, instantaneamente agradecido por Sísifo não ter chegado e por Elias não tê-lo seguido até o escritório.

— Perséfone — falou ele, trancando a porta.
— Hades — respondeu ela.
— Você está ciente de que alguém poderia ter entrado neste escritório?
— Pensei em arriscar — rebateu ela, com um leve sorriso.
— Hum — disse ele, afrouxando a gravata enquanto se aproximava.

225

— Por acaso você de fato *usa* esta mesa? — perguntou ela, sua mão acariciando a obsidiana.

— Não — retrucou ele. — Não uso. Não consigo ficar parado.

Era verdade, ele odiava se sentir confinado.

— Que pena — disse ela calmamente. — É uma bela mesa.

— Eu nunca pensei que fosse de muita utilidade, até agora — falou ele.

— Ah, é? — perguntou ela com uma inclinação inocente da cabeça, os olhos fazendo uma lenta descida para o pau dele, que se apertava contra as suas calças. Ela não poderia manifestar seu desejo de modo mais óbvio do que aquele.

Ele se inclinou, os lábios pairando sobre os dela enquanto falava:

— A mesa tem a altura perfeita — disse ele em um sussurro áspero — para te comer.

Ela levantou a cabeça ligeiramente.

— Então você está esperando o quê?

Hades riu entre dentes.

— Ninguém te proibiu de simplesmente pegar qualquer coisa que você queira, meu bem.

As mãos dela foram para o pau de Hades, e ele respirou fundo antes de beijar Perséfone e enfiar as mãos em seu cabelo. Ele puxou a cabeça dela para trás com uma das mãos enquanto a língua explorava a boca da deusa. Com a outra mão, Hades segurou um dos seios de Perséfone, os dedos provocando o mamilo até ficar entumecido. As mãos dela estavam frenéticas e deslizaram do peito dele até os botões de sua calça, e quando ela os desabotoou, o pau dele pulou para fora, já pingando de prazer. Ela apertou o pau dele com firmeza e o puxou de leve algumas vezes antes de posicioná-lo em sua buceta.

— Estou ardendo de desejo — disse ela quando Hades agarrou-a pelos joelhos e puxou-a para si, penetrando-a em um movimento rápido.

Ela arqueou o corpo contra ele, os seios pressionando em seu peito, a cabeça caindo para trás. Ele beijou seu pescoço enquanto dava estocadas. Eles se moviam juntos, descontrolados, mãos agarrando, bocas acariciando, línguas se tocando, respirações emboladas. Hades mudou de posição, afastando-se dela, apenas para virá-la de lado e penetrá-la com as pernas dela pressionadas contra o peito. A respiração de Perséfone mudou, seus gemidos ficaram mais altos, e Hades prosseguiu, metendo mais forte, puxando a perna dela para escorá-la em seu ombro e meter mais fundo.

Quando ele tornou a tirar o pau, pegou-a em seus braços e se sentou na cadeira atrás da mesa. Com ela em seu colo, de costas para ele, Hades voltou a meter. As mãos dele deslizavam pelo corpo dela, uma, em seus seios, a outra, provocando seu clitóris. A cabeça de Perséfone caiu para trás no ombro de Hades, que beijou, lambeu e mordeu seu pescoço e ombro.

Finalmente, Hades não aguentou mais e deu uma estocada forte, saindo de sua cadeira enquanto fazia isso, com corpo inteiro dela quicando até que eles gozaram freneticamente.

Depois, Hades aninhou o corpo dela contra o dele.

— Por mais que eu ame te ver nua e esperando por mim — disse —, eu realmente preferiria que você só me recebesse desse modo no Submundo. Qualquer um poderia ter entrado neste escritório.

Ela deu uma risadinha.

— E o que você teria feito se alguém me visse?

— Não sei — admitiu, e passou o dedo sob o queixo de Perséfone e inclinou a cabeça dela para que seus olhares se encontrassem. Ele queria ter certeza de que ela captaria o peso de suas palavras. — Isso deveria assustá-la.

Perséfone teve um calafrio, e ele percebeu que ela havia entendido o recado. Hades não podia prever qual seria a sua reação; das duas, uma: ou ele compreenderia que aquilo não fora por querer e relevaria, ou liberaria a violência que espreitava sob sua pele, a crueldade que fora imbuída em seu sangue.

Passado um instante, Hades puxou Perséfone para perto, carregou-a para diante do fogo, e colocou-a de pé. Ela ergueu a mão, os dedos deslizando sobre os lábios dele.

— O que você quer? — perguntou ela.

— Você — disse ele. — Sempre você.

Eles se beijaram novamente, e Perséfone tirou o paletó de Hades. Suas mãos se esbarraram à medida que ambos abriam os botões da camisa dele. Logo depois, ele também ficou nu e, juntos, se ajoelharam no chão. De joelhos um diante do outro, a mão de Hades escorregou entre as coxas de Perséfone. Ele brincou com a abertura dela, os dedos mergulhando em sua buceta quente e molhada. O outro braço envolveu a cintura dela, e ele fundiu os corpos dos dois enquanto penetrava mais fundo, usando um dedo, e depois dois. Ele amou a sensação de estar dentro dela, a forma como a respiração dela acelerou, seus gritos de prazer. Não demorou muito para que Hades a deitasse de costas, abrisse suas pernas o máximo possível e a lambesse, chupasse e provocasse. As mãos de Perséfone se enredaram nos cabelos de Hades, e ela enfiou mais a cara dele, enquanto movia os quadris, e quando gozou, arqueou as costas, suas mãos cravadas no cabelo de Hades, que bebeu cada gota de sua doçura. Quando ela terminou, ele deitou por cima e meteu o pau. Instalado entre as pernas da deusa, não se moveu imediatamente. Olhou nos olhos dela, direto na alma, e pôde ver como seria a vida a dois, não apenas como rei e rainha, mas como amantes.

Afastou o cabelo do rosto dela, que grudou no suor em sua testa. Depois, beijou-a.

— Você é linda — disse, ficando na ponta do pés e metendo mais fundo.

Ela suspirou e gemeu.

— Você também é — respondeu.

Ele riu entre dentes e chegou um pouco para trás, deixando só a cabeça do pau dentro dela.

— Eu acho que você está cega de prazer, meu bem.

Ela mordeu os lábios e então respondeu:

— Sim. — Deu um suspiro quando ele deu mais uma estocada. — Mas eu sempre achei você bonito. Mais bonito do que qualquer homem que já vi.

Ele continuou a meter, eles prosseguiram com aquela conversa agradável, e, à medida que Hades olhava nos olhos brilhantes de Perséfone, lhe ocorreu que havia algo de diferente na forma como eles se uniram daquela vez, algo mais profundo e mais sombrio e ainda mais íntimo.

— Eu nunca vou esquecer como me senti quando te vi pela primeira vez — disse ela.

— E como foi?

Apesar do calor do fogo próximo e do suor que escorria por sua pele, ela estremeceu.

— Senti seus olhos em mim como mãos que tocavam meu corpo inteiro. Nunca senti tanto calor assim. Nunca senti tanto medo.

— Por que medo? — perguntou Hades. Ele se inclinou mais para perto dos lábios dela, que abriu mais as pernas para acomodar os movimentos dele, cujo ritmo acelerara.

— Porque... — começou ela, e então fez uma pausa. — Porque eu sabia que poderia amar você, e não deveria.

Os lábios de Hades se fecharam sobre os dela. Ele sentiu como se seu peito se abrisse e todos os seus pensamentos e sentimentos se derramassem sobre ela. Ele acelerou o ritmo, e ficaram em silêncio depois disso, seus gemidos e suspiros inclusive ficaram baixos, até chegarem ao clímax, que veio em ondas quebrando sobre braços e pernas e respirações e suor.

Hades rolou e se deitou de costas, e Perséfone se imprensou contra o deus, com a cabeça no peito dele.

— Sua mãe me odeia — disse Hades. — Se ela souber que está aqui, vai te punir.

Perséfone sentou nele. Os olhos dele se acenderam quando a fenda molhada e inchada envolveu seu pau duro.

— Só se ela descobrir.

— Serei para sempre o seu segredo? — perguntou Hades, fazendo de tudo para parecer que estava brincando, mas a pergunta de fato era séria, porque a resposta de Perséfone lhe indicaria como ela via o futuro dos dois.

Só que ela não respondeu.

— Eu não quero falar sobre a minha mãe — disse ela, seus dedos se entrelaçando nos dele, quadris pressionando os dele, e Hades não insistiu. Não queria arruinar aquele momento: como ela pegou as mãos dele e levou-as até alto, se inclinando sobre seu corpo, a maneira como os seios saltavam quando ela sentava no pau dele, como ela o cavalgou até que estivesse cansada demais para se mexer. Então ele teve que tomar as rédeas: sentou-se, colando o corpo de ambos e continuou criando aquela deliciosa fricção que os levaria ao limite, até eliminar qualquer pensamento de sua mente, esquecendo-se de suas preocupações quanto à eternidade que eles passariam juntos.

26

O PASSEIO DE UMA VIDA

— Por que eu a chamei para um encontro? Eu não sei nada sobre encontros — reclamou Hades, frustrado consigo mesmo. Decidira fazer aquilo por impulso, em um momento em que se sentia extasiado, feliz e benevolente. Ele queria dar tudo a Perséfone, até mesmo uma certa dose de normalidade.

— Como você quer ficar junto dela, aproveite para conhecê-la melhor — disse Hécate. — Fora do quarto.

Hades olhou para ela, irritado.

— Eu a conheço bem.

— Qual é a cor favorita dela? — desafiou Hécate.

— Rosa — disse Hades.

Ela fez um bico.

— Flor favorita?

— Ela não tem — respondeu Hades. — Gosta de todas as flores.

— O que ela faz em seu tempo livre?

— Que tempo livre? — perguntou. Ela estava sempre ocupada; ia da aula para o trabalho e, depois, ia se encontrar com ele. Hades já a pegara na biblioteca algumas vezes, enrolada em uma das cadeiras, dormindo, com um livro no colo.

— O que ela mais odeia?

Hades estampou um sorriso tênue.

— Nossa barganha.

— Você a ama?

— Sim — disse Hades sem hesitação. Ele se dera conta disso na noite depois da casa do banho.

— Você disse a ela?

— Não.

— *Hades*. — Hécate cruzou os braços. — Você tem que dizer isso a ela.

Hades ficou tenso imediatamente.

— Por quê? — Ele não via necessidade. Por que haveria ele de arriscar ser rejeitado por ela ao confessar seus sentimentos? Ele preferiria guardá-los para si por enquanto.

— Ela precisa saber, Hades. Talvez esteja tentando entender os próprios sentimentos, então a sua confissão poderia ajudar nesse processo.

— Ou ela me ama ou não, Hécate — disse Hades.

A expressão da deusa ficou sombria.

— O amor por você não é um conceito maniqueísta, concebido em termos absolutos, Hades, e se acha que isso é possível, especialmente no caso de Perséfone, você é um idiota.

— Hécate...

— Por toda a vida de Perséfone, disseram que ela deveria odiá-lo, e a existência dela no Mundo Superior é ameaçada todos os dias que ela vem para sua cama. Ela sabe disso e mesmo assim vem. Está indicando que te ama por meio de suas atitudes. Por que você precisa de palavras para confessar que sente o mesmo?

— Você permite a ela a opção de indicar que me ama com atitudes. Não posso fazer a mesma coisa?

— Não! Porque ela não vai entender, assim como *você* não entende. Conheço a natureza humana. E antes que você fale sobre ser imortal, eu vou te dizer que o amor, isso de se apaixonar, estar apaixonado, sofrer desilusões amorosas, é igual para todos, não importa o seu sangue.

Fez-se uma breve pausa, e Hades desviou o olhar, frustrado. Tentou imaginar como diria a Perséfone que a amava, mas quando pensou em dizer as palavras, pôde ouvir o silêncio que se seguiria, a pausa terrível enquanto ela procurava algo que pudesse aliviar seu constrangimento.

Ele tinha certeza de que ela o rejeitaria. Ainda que Hécate tivesse tentado interrogá-lo sobre seus conhecimentos acerca de Perséfone, ele a conhecia melhor do que a deusa imaginava, porque conhecia sua alma. Ele estava bem ciente da opinião dela sobre como ele lidava com os mortais e suas vidas, como ele negociava para aniquilar seus maiores pecados. Nem mesmo o trabalho dele no Projeto Anos Dourados apagaria o fato de que a havia envolvido em uma daquelas barganhas, e era por isso que, mesmo que Perséfone o amasse, ela não diria nada.

Ainda assim, por que era importante ouvir aquelas palavras? Ele não disse a ela que as atitudes significavam mais do que as palavras?

Porque tudo é diferente com ela, pensou ele. *As palavras dela importam.*

— Agora — disse Hécate. — Se você já terminou de ficar de mau humor, vamos planejar esse encontro.

Hades estava do lado de fora do apartamento de Perséfone com o estômago embrulhado. Ele se sentia ridículo. Tinha comido aquela mulher, feito amor com ela no chão de seu escritório, e ainda ficava nervoso com a ideia de levá-la para jantar.

Ele culpou Hécate. Não fosse pela conversa anterior deles, Hades não se sentiria tão inseguro ou tão dividido assim quanto a expressar seus sentimentos. Seu incômodo se agravou quando ele reparou na expressão de Perséfone ao sair de casa: sobrancelhas franzidas, olhar distante. Estava distraída.

— Está tudo bem? — perguntou Hades quando ela se aproximou.

— Sim — disse ela com um sorriso tênue. — Foi apenas um dia cansativo.

Ele não ficou satisfeito com a resposta, mas não queria estragar a noite desafiando-a no início do encontro, de modo que correspondeu ao sorriso dela e disse:

— Então vou ajudá-la a descansar.

Ele abriu a porta traseira e pegou a mão dela enquanto ela entrava na limusine. Hades entrou em seguida, enquanto Antoni a cumprimentava.

— Milady — acenou, sorrindo para Perséfone.

— Bom te ver, Antoni — respondeu ela com uma sinceridade que fez o coração de Hades doer. Não era de admirar que seu povo a amasse. Ela era uma pessoa muito franca.

— Basta pressionar o botão se precisar de alguma coisa.

Ele fechou a janela que separava o motorista dos passageiros e, de repente, se viram a sós, e o ar no carro estava espesso e elétrico, repleto de todas as coisas não ditas que ele deveria estar dizendo a ela. Era como se ela soubesse, como se ela também sentisse aquele incômodo, porque começou a se agitar, cruzando e descruzando as pernas.

Os olhos de Hades se voltaram para as coxas nuas e para o vestido dela que ficava subindo. Preferiria ter seus dedos, seu rosto, seu pau entre aquelas pernas do que todos aqueles pensamentos agonizantes sobre confessar seu amor por ela.

Ele colocou a mão na coxa dela, e Perséfone arquejou e olhou para ele lentamente.

— Quero te venerar.

Isso, pensou Hades. *Eu vou aceitar.*

— E como você me veneraria, Deusa?

A voz de Hades retumbou entre eles, e ele observou, os olhos escurecendo, enquanto ela se ajoelhava à sua frente, abria suas pernas e se encaixava ali no meio.

— Devo mostrar a você?

Desde quando ele tinha tanta sorte assim?

Ele engoliu em seco, mas, com seu tom de voz, conseguiu disfarçar a excitação que sentia. Não podia dizer a mesma coisa do seu pau, que já estava duro.

— Uma demonstração seria apreciada.

Ela abriu a calça dele e agarrou o pau com as mãos, acariciando-o uma vez enquanto encarava Hades. Cravou as mãos em suas próprias coxas para evitar agarrar a cabeça dela e assumir o controle. Ela se inclinou para ele, saboreando a cabeça do pau já molhada. Gemeu ao ver seu pau inteiro na boca de Perséfone. Todo o corpo se contraiu, e quando sua cabeça caiu para trás, o carro parou.

— Porra! — Hades procurou o interfone, mas errou o botão, distraído pela boca de Perséfone engolindo o pau inteiro até atingir o fundo da garganta.

— Antoni — disse ele, trincando os dentes. — Dirija até que eu mande parar.

— Sim, milorde.

Hades se recostou no assento, e respirava pela boca, com as mãos emaranhando os cabelos dela, e os dedos cravando em seu couro cabeludo. Ele a manteve naquela posição enquanto ela chupava. Hades só conseguia pensar que seu coração parecia estar em carne viva pois batia forte e rápido. Seu peito parecia o universo, extenso e cheio de amor por aquela mulher, aquela deusa, aquela rainha. Quem precisava de um reino de almas devotadas quando ela o venerava daquele modo?

A língua percorreu o comprimento do pau antes de os lábios se fecharam sobre a cabeça, e as mãos brincaram com o saco.

— Perséfone. — Ele sibilou seu nome, dando estocadas no céu da boca e no fundo da garganta dela, com suas mãos puxando o cabelo dela até gozar, rosnando seu nome. Quando ela o soltou, ele a arrastou para seu colo e a beijou. Depois, afastou-a de leve, mordendo os seus lábios. — Eu quero você — falou ele, como se estivesse confessando um pecado.

Um sorriso tênue se formou nos lábios dela, que ainda brilhavam por conta do boquete e dos beijos.

— Como você me quer?

— Para começar — disse ele, suas mãos subindo pelas coxas dela, os polegares roçando os cachos úmidos. Ela se empertigou, com as mãos plantadas nos ombros dele. — Vou te pegar de quatro.

Perséfone ofegou e tremeu.

— E depois?

Hades franziu os lábios. Ela gostava de provocar, mas também sabia jogar aquele jogo, então abriu sua buceta e tocou de leve seu clitóris. Ela se derreteu contra o corpo dele.

— Eu vou puxar você por cima e te ensinar como me cavalgar até gozar.

— Hum, gostei dessa.

Perséfone tornou a agarrar a ereção dele, e quando ela se ergueu, Hades a ajudou a sentar no seu pau. Ela estava quente, molhada e apertada; era uma sensação diferente daquela proporcionada pela boca de Perséfone, porque os músculos da buceta dela se contraíam em volta do pau dele, pressionando cada centímetro.

A princípio, ele a ajudou a se mexer, indicando que ela deveria sentar até o talo antes de se levantar novamente, mas depois de algumas estocadas, ele a deixou assumir o controle, encontrando seu próprio ritmo e seu prazer. Lentamente, suas respirações se aceleraram e a cabine da limusine ficou quente, o ar espesso com o sexo deles.

Os lábios de Perséfone se fecharam sobre os de Hades e percorreram seu queixo, e seus dentes roçaram a pele dele enquanto ela sussurrava:

— Diga como você se sente com o pau dentro de mim.

— Como a vida.

Ela era a vida, a vida dele.

Hades deslizou uma das mãos entre os corpos deles dois e provocou o clitóris sensível e entumecido dela até que Perséfone gozou com um grito gutural. Ela apertou o braço de Hades que envolvia sua cintura, e ele deu mais algumas estocadas antes de gozar também. Ficou abraçado a ela por um longo tempo, descansando dentro dela, saboreando aquele momento, tonto com a intensidade compartilhada.

Quando ela se afastou, Hades disse a Antoni que eles estavam prontos para chegar ao Grove, um de seus restaurantes. Eles entrariam pela garagem, em um andar a que apenas Hades e sua equipe tinham acesso. Por mais que se perguntasse por quanto tempo ele seria o segredo de Perséfone, Hades não queria que Deméter ficasse sabendo do relacionamento deles pelos meios de comunicação.

Assim que chegaram, Hades ajudou Perséfone a sair da limusine e foi com ela até um elevador.

— Onde estamos? — perguntou ela quando as portas se abriram.

Ele conduziu-a para dentro do elevador e apertou o botão do décimo quarto andar, que levava ao terraço. As portas se fecharam, não deixando o cheiro dela escapar. Ele olhou para o botão de parada de emergência e imaginou quantas vezes poderia fazê-la gozar antes que alguém — desnecessária e indesejadamente — viesse socorrê-los.

— No Grove. Meu restaurante — acrescentou, porque poucas pessoas sabiam que ele era dono de outros estabelecimentos além da Nevernight.

— Você é o dono do Grove? Como é que ninguém sabe?

Ele deu de ombros.

— Eu deixo Elias administrá-lo e prefiro que as pessoas pensem que ele é o dono.

Optava por manter seus bens em segredo. Era melhor assim. Ninguém realmente sabia quão poderoso Hades era ou quantas propriedades ele de fato possuía na Nova Grécia.

O elevador parou e as portas se abriram, revelando o terraço. Fora decorado para se parecer um dos jardins do Submundo, com canteiros de rosas e peônias, heras e árvores carregadas de frutas e flores.

— É lindo, Hades — comentou ela enquanto era guiada por uma trilha escura de pedra. As luzes acima iluminavam uma clareira em meio ao arvoredo onde ficava a mesa deles. Ele puxou a cadeira para Perséfone e serviu o vinho.

— Você disse que seu dia foi agitado — começou Hades, bebendo o vinho. Ele não costumava beber nada além de uísque e tinha que admitir que sentia falta do gosto defumado de seu destilado favorito tanto quanto da boca de Perséfone.

Ela hesitou, e Hades percebeu que talvez essa não fosse a melhor pergunta a ser feita. As conversas sobre o trabalho dela nunca terminavam bem. Ele podia perceber que a deusa estava escondendo algo, até mesmo quando ela respondeu:

— Sim. Eu tinha muito... o que pesquisar.

— Hum. — Ele tomou outro gole do vinho. Era amargo e fez sua garganta arder, mas o ajudou a se concentrar em outra coisa além de sua irritação com o trabalho dela. O que ela estava pesquisando? Seu passado? Suas barganhas? Será que tinha criado uma lista de perguntas para fazer a ele naquela noite? Ou será que tinha trazido outra lista de nomes?

— Pensei que Cérbero era um cão de três cabeças — disse ela de repente.

Hades foi pego de surpresa, e riu entre dentes, levantando uma sobrancelha.

— É esta a pesquisa a que você estava se referindo?

— Todos os textos dizem que ele tem três cabeças — disse ela defensivamente.

— Ele tem — respondeu Hades, se divertindo. — Quando quer.

— O que você quer dizer com isso?

— Cérbero, Tifão e Órtros podem se transformar. Às vezes, eles preferem existir como uma só criatura, outras vezes, preferem ter seus próprios corpos. — Hades deu de ombros. — Eu deixo eles escolherem, desde que protejam as fronteiras do meu reino.

— Como você virou dono dele? — Ela fez uma pausa e então se corrigiu. — Deles.

— Ele é o filho dos monstros Equidna e Tifão, que vieram residir em meu reino — disse Hades.

— Você é um amante dos animais?

Ele riu.

— Cérbero é um monstro, não um animal.

Uma linha se formou entre as sobrancelhas de Perséfone.

— Mas... você o ama?

Ele a encarou por um momento e sentiu que aquela pergunta — e o motivo de Perséfone para fazê-la — significava mais do que ele imaginava.

— Sim — disse ele por fim. — Eu o amo.

Hades ficou aliviado quando ela mudou de assunto e começou a contar histórias sobre as almas com quem passara a noite anterior. Hades passara a fazer questão de acompanhá-la em suas caminhadas, a visitar Asfódelos e a cumprimentar as almas. Ela até o convencera a brincar com as crianças, algo que ele era competitivo demais para não levar a sério. Comeram enquanto conversavam e quando terminaram, caminharam de mãos dadas pelo jardim do terraço.

— O que você faz para se divertir? — perguntou ela, olhando para ele timidamente.

— Como assim? — Ele tinha uma resposta, que envolvia ela e sua cama. Na verdade, só envolvia ela. Ele poderia foder em qualquer lugar.

Ela deu uma risadinha.

— Essa pergunta já diz tudo. Quais são os seus hobbies?

— Cartas. Andar a cavalo. — Ele fez uma pausa para pensar. Merda, aquilo era mais difícil do que ele pensava. — Beber.

— E as coisas não relacionadas a ser o Deus dos Mortos?

— Beber não está relacionado a ser o Deus dos Mortos.

— Também não é um hobby. A menos que você seja alcoólatra.

Ele provavelmente era alcoólatra.

— Então quais são os seus hobbies?

— Fazer biscoitos — respondeu ela automaticamente, e ele pôde perceber por sua expressão que ela adorava aquilo.

— Fazer biscoitos? Eu sinto que deveria ter ficado sabendo disso antes.

— Bem, você nunca perguntou.

Ele se pegou desejando praticar aquele hobby com ela. Ele queria saber por que aquilo lhe causava tanta alegria. O que naquilo a acalmava e aliviava a preocupação de seu rosto? Ele franziu a testa enquanto eles continuavam a caminhada, parando para que ela se virasse para olhar para ele.

— Me ensina.

Ela arregalou os olhos.

— Hã?

— Me ensina — disse ele. — A fazer biscoitos.

Ela riu, e o bico que Hades fazia ficou mais pronunciado: ele estava falando sério. Ela pareceu perceber isso, e sua expressão se suavizou.

— Sinto muito, estou apenas imaginando você na minha cozinha.

— E isso é difícil?

— Bem... sim. Você é o Deus do Submundo!

— E você é a Deusa da Primavera — apontou ele. — Usa a sua cozinha e faz biscoitos. Por que não posso?

Ela o encarou, e Hades se perguntou por um instante se tinha falado algo errado. Estendeu a mão para tocar a borda dos lábios dela, que agora estavam tristes.

— Você está bem?

Sua pergunta trouxe um sorriso ao rosto dela, mas algo ainda parecia fora de lugar. Ele reparou que ela estava prestes a chorar.

— Muito bem — concordou ela, e o surpreendeu ao beijá-lo na boca e se afastar cedo demais. — Eu vou ensinar.

— Bem, então — disse ele, com as mãos na cintura dela. — Vamos começar.

— Espere. Quer aprender agora?

— Agora é um momento tão bom quanto qualquer outro — comentou ele. — Pensei que talvez... pudéssemos passar um tempo no seu apartamento. — Mais uma vez, ela parecia atordoada, e ele deu de ombros, explicando: — Você está sempre ao Submundo.

— Você... quer passar um tempo no Mundo Superior? No meu apartamento?

Teria que sugerir aquilo com mais frequência. Ela estava demorando demais para entender o que ele queria dizer com aquilo.

— Eu... tenho que preparar Lexa para a sua chegada.

— Está certo. Vou pedir a Antoni para deixá-la em casa. — Ele olhou para seu terno. — E preciso me trocar.

27

ENSINANDO NOVOS TRUQUES A UM DEUS ANTIGO

Hades devolveu Perséfone ao Lexus, se teleportou para o Submundo e apareceu em seus aposentos. Parou um instante para beber um copo de uísque. Ele se odiava pelo que estava prestes a fazer.

— Hermes!

Ele convocou o deus com um único comando, e Hermes apareceu, vestindo um cropped de malha furadinha e shorts de couro minúsculos.

Que porra ele havia interrompido?

— Sim, Rei da Morte e das Trevas... — A voz de Hermes desapareceu enquanto seus olhos varriam a sala. Quando ele encontrou o olhar de Hades novamente, parecia atordoado. — Estou sonhando?

— Eu preciso de sua... ajuda — disse Hades.

— Estou sonhando. — Hermes deu um tapa no próprio rosto.

— Hermes — falou Hades, entre dentes.

— Não, não — retrucou Hermes, levantando as mãos como se quisesse silenciar Hades. Ele respirou fundo. — Não estrague isso para mim. Posso estar sonhando, mas estou prestes a realizar uma das minhas cinco fantasias favoritas...

Hades deu um tapa no deus, que parecia chocado.

— Você não está sonhando, Hermes. — Eles se entreolharam e, em meio ao silêncio, Hades levantou uma sobrancelha. — Cinco favoritas, hein?

Hermes ergueu o queixo e limpou a garganta.

— Do que você precisa?

— Primeiro, podemos concordar que nenhum de nós revelará o que está acontecendo aqui esta noite, tudo bem?

Os olhos do deus se arregalaram e sua boca se abriu.

— Ai, meus deuses, eu realmente estou sonhando.

— Hermes! — retrucou Hades. — Eu preciso de... *conselhos de moda!*

— Ah. — Ele piscou e então escancarou um sorriso. — Milorde, por que você não disse antes?

Hades olhou com fúria para Hermes. Deveria ter virado uma garrafa inteira de uísque antes de invocá-lo. Depois de um instante, ele explicou:

— Perséfone vai me ensinar assar biscoitos. O que eu devo vestir?

— Ela vai te ensinar a assar biscoitos? — A surpresa coloriu a voz de Hermes. — E você vai por livre e espontânea vontade?

Hades lançou um olhar fulminante.

— Você realmente a ama.

— *Hermes...* — avisou Hades. Se tivesse que dizer o nome do deus mais uma vez, o mandaria passar a noite no Tártaro.

Hermes pareceu captar a indireta e se empertigou.

— Certo... Encontro casual para assar biscoitos.

Ele correu para o armário de Hades.

— Por que você só usa terno? — reclamou Hermes. — O que usa para dormir?

— Nada — respondeu Hades. — Por que eu usaria algo para dormir?

Além de serem quentes, as roupas eram camadas das quais ele teria de se livrar para conseguir o que queria, até mesmo quando Perséfone não estava dormindo ao lado dele.

Hermes suspirou.

— Você é impossível. Espere um pouco.

Ele desapareceu por um instante e voltou com uma camisa preta e uma calça de moletom cinza.

— O que é isso? — perguntou Hades, fazendo cara feia.

— *Roupas* — disse Hermes. — *Roupas casuais*. Não que eu espere que você conheça a definição de casual, Sr. Terno e Gravata.

Hermes jogou as roupas contra o peito de Hades.

— Vista.

Ele encarou Hermes com fúria enquanto se dirigia ao banheiro. Quando voltou, Hermes bateu palmas.

— Perfeito! Está pronto para assar biscoitos! — Depois, o deus balançou a cabeça. — Nunca pensei que essas palavras sairiam da minha boca.

Hades puxou a camisa, e Hermes deu um tapa em suas mãos.

— Pare! Você não quer que a Séfi saiba que eu vesti você, quer?

— Séfi?

— O que houve? É o apelido dela.

Hades não tinha certeza de como se sentia quanto ao fato de Hermes ter um apelido para sua amante.

— Vai antes que Perséfone pense que você mudou de ideia! — disse Hermes. — Ah, e eu aceito o pagamento em biscoitos!

Ele cantou a última palavra antes de desaparecer, e Hades nunca esteve tão feliz por se livrar de um deus em sua vida.

Hades apareceu do lado de fora do apartamento de Perséfone e bateu. A porta abriu imediatamente, e ele se perguntou se ela estava do outro lado, esperando sua chegada.

Ela lançou para ele um olhar avaliador, mas seus olhos rapidamente se semicerraram.

— Você já tinha essas roupas? — Ela apontou para a calça de moletom.

Ela o conhecia bem, e ele sorriu, admitindo:

— Não.

Ela deu um passo para o lado, e ele se espremeu para passar pela porta. Isso o lembrou de que não fora feito para habitações mortais. As portas eram muito baixas, os corredores, muito estreitos, mas Hades não se importava com a proximidade de Perséfone. Ela olhou quase como se não pudesse acreditar que ele tinha de fato ido até lá.

— O que foi? — perguntou ele.

— Nada.

Ela sorriu brevemente e deu um passo para perto dele, pegando sua mão e arrastando-o para a sala de estar, onde sua melhor amiga, Lexa, estava sentada em um sofá com um homem que Hades não conhecia.

— Hum, Hades, esta é Lexa, minha melhor amiga, e Jaison, o namorado dela.

Jaison acenou. Hades podia sentir o incômodo e constrangimento dele, mas era um homem bom o suficiente, gentil e despretensioso... o oposto de Lexa, que era ousada e enérgica. Ela se aproximou de Hades sem medo e o abraçou.

— É um prazer conhecê-lo — cumprimentou.

Hades passou um braço em volta dos ombros dela.

— Poucos já falaram essas palavras.

Mas ele ficou grato.

— Contanto que você trate bem a minha melhor amiga, continuarei feliz em vê-lo.

— Pode deixar, Lexa Sideris. — Ele sorriu e fez uma mesura. — Se me permite, é um prazer conhecê-la.

Lexa corou e pigarreou, olhando para Perséfone antes de exclamar:

— Então! Vocês vão fazer biscoitos? Isso não é algum código para outra coisa, né?

Hades esperava que fosse um código para alguma coisa.

Tipo sexo.

Mas Perséfone foi rápida em acabar com essa esperança ao revirar os olhos.

— Não, Lexa, não é um código para nada. — Ela pegou a mão de Hades e o puxou para a cozinha. — É melhor começarmos!

Hades reparou que Perséfone agora se sentia mais à vontade para tocá-lo, e não tinha certeza quando aquilo tinha começado, mas gostou da sensação.

A cozinha de Perséfone era pequena e iluminada por lâmpadas fluorescentes. Ela já havia separado algumas coisas: tigelas, um conjunto de copos medidores de jogos diferentes, que não combinavam, e um livro de receitas. Hades olhou para a página.

— Vamos fazer biscoitos com glacê? — perguntou ele.

— Meus favoritos — disse ela, mordendo o lábio.

Ele realmente desejava que ela não mordesse o lábio assim, pois o deixava duro e o distraía.

Talvez devesse dizer isso a ela.

Só que ela nem reparou, e o instruiu a pegar uma lista de ingredientes. Apesar da falta de arrumação, ela tinha tudo organizado e o orientava com facilidade, como se estivesse acostumada a conseguir o que queria.

— Por que você coloca tudo tão alto? — perguntou ele.

— Eu coloco onde cabe. Caso você não tenha notado, eu não moro em um palácio.

Ele estava bem ciente disso e pensou que gostaria muito de vê-la assar biscoitos nas cozinhas do Submundo.

Depois que pegou todos os itens da lista, Hades sorriu com orgulho e indagou:

— O que você faria sem mim?

— Pegaria eu mesma.

Hades riu. Gostaria de ver aquilo; Perséfone teria que subir na bancada, o que daria a Hades uma ótima visão de sua bunda.

— Bem, vem cá. Você não vai aprender se olhar de longe.

Ele se afastou do balcão onde estava encostado e se aproximou, apoiando os braços nas laterais do corpo dela, prendendo-a. Não se inclinou na direção dela, mas pensou em fazê-lo. Seu pau estava duro e se encaixaria perfeitamente naquela bunda que ele tinha acabado de fantasiar. Em vez disso, ele pressionou os lábios em sua orelha.

— Por favor, instrua.

Ela levou um instante para falar, e Hades sorriu. Ele esperava que ela estivesse tão distraída quanto ele. Em que fantasias Perséfone se perdia à noite ou no trabalho enquanto eles estavam separados?

— A coisa mais importante a lembrar, ao assar biscoitos, é que os ingredientes devem ser medidos e misturados corretamente, ou pode acontecer um desastre.

Hades ouvia o que Perséfone dizia, mas tinha outras coisas em mente, como enfiar a mão nas calças dela para ver quão molhada estava. Apertou com mais força o balcão, o que o impediu de concretizar seus pensamentos, mas não o impediu de pressionar os lábios contra o pescoço de Perséfone e deixar sua língua provar a pele dela.

Perséfone ofegou e lançou um olhar fulminante para Hades por cima do ombro.

— Esqueça isso. A coisa mais importante a lembrar é *prestar atenção*.

Ela empurrou um copo medidor na mão de Hades.

— Primeiro, farinha — ordenou ela, e ele sorriu. Ela levava os biscoitos a sério.

Ele manteve os braços em volta dela enquanto trabalhava. Medir farinha era como andar sobre cinzas: nublava o ar e grudava na pele. Quando colocou a farinha na tigela, ele inclinou a cabeça na direção de Perséfone, notando sua postura rígida. Então ele imprensou sua ereção contra o corpo dela, e ela espalmou as mãos no balcão.

Hades levantou uma sobrancelha, provocante.

— E depois?

— Fermento em pó.

Eles continuaram assim até que todos os ingredientes estivessem na tigela e misturados. Perséfone aproveitou aquele momento para passar por baixo do braço dele, libertando-se da jaula humana que havia criado. Ela desempilhou um conjunto de assadeiras e deu a ele uma colher.

— Use isso para pegar a massa e transformá-las em... bolas de três centímetros.

Ela pigarreou quando disse a palavra *bolas*.

E Hades só conseguia pensar em como ela brincara com suas bolas na parte de trás da limusine enquanto chupava o pau dele, e ficou mais duro ainda.

Porra.

Trabalharam juntos, colocando a massa em uma colher e transferindo-a para a assadeira. Quando Hades terminou, ele comparou as assadeiras dos dois, e Perséfone se saíra melhor do que ele. Ela tinha feito bolas perfeitas de massa. As de Hades eram disformes e nada caprichadas, como se ele tivesse simplesmente atirado a massa sobre a assadeira. Hades ficou com inveja da habilidade dela.

— Coloque isso — disse Perséfone, entregando uma luva com estampa floral.

— O que é?

— É uma luva de forno — disse ela. — Para você não se queimar ao colocar os biscoitos no forno.

Hades considerou dizer a Perséfone que ele era basicamente à prova de fogo, mas ficou quieto, vestiu a luva e ouviu Perséfone rir. Ele olhou de súbito para ela:

— Você está rindo de mim?

Ela pigarreou.

— Não. Claro que não.

Os olhos dele se semicerraram, em uma promessa tácita de que ela pagaria por aquela humilhação. Depois que botou os biscoitos no forno, Hades tirou a luva. Ele tinha a intenção de pegar Perséfone em seus braços e deleitar-se em sua boca, mas ela tinha outros planos.

— Agora fazemos o glacê. — Ela sorriu, os olhos brilhando.

Ele teria gostado de lamber glacê de cada parte do corpo de Perséfone, mas ela lhe entregou algum tipo de utensílio de cozinha com um cabo fino e arames volteados.

— O que devo fazer com isso? — perguntou ele.

— Você vai bater os ingredientes — disse ela, despejou vários ingredientes em uma tigela e empurrou na direção dele. — Bata.

Aquela sim era uma tarefa em que ele se destacava.

— Com alegria.

— Já está bom — disse Perséfone, praticamente arrancando a tigela da mão de Hades depois de alguns minutos. Talvez ele tenha exagerado um tanto, pois havia glacê por todo o balcão e na blusa deles.

Perséfone dividiu o glacê em algumas tigelas e entregou a ele um pequeno tubo de corante verde.

— Pingue algumas gotas e misture.

Eles fizeram glacê colorido. Perséfone trabalhou com as cores mais vivas — amarelo, rosa e lilás —, ao passo que Hades, com as mais escuras — vermelho, verde e até preto, uma cor que Perséfone o ajudou a fazer. Perto do fim, ele a pegou lambendo a cobertura dos dedos.

— Que gosto tem isso? — perguntou ele, pegando a mão dela. Ele colocou um dos dedos dela bem fundo em sua boca e gemeu. Era doce e salgada, e a maneira como olhava para ele enquanto a saboreava fez o fogo que sentia aumentar. — Delicioso.

Ela retirou os dedos, e fez-se um instante de silêncio.

— E agora?

Eles se entreolharam, e o ar na cozinha era quase insuportável.

Hades agarrou Perséfone pela cintura e ergueu-a sobre o balcão. Perséfone riu e colocou as pernas em volta dele, puxando-o para que seu pau ficasse contra a buceta dela. Ele a beijou e percebeu que a deusa tinha gosto do glacê que ele chupara dos dedos dela. Hades puxou-a pelo cabelo com uma das mãos e, com a outra, pegou os seios dela, quando alguém pigarreou.

Alto.

Perséfone se afastou do beijo enquanto as mãos de Hades caíram sobre a bancada e sua cabeça descansou no ombro dela. Ele precisava de tempo para se recompor. Se estivessem no Submundo e fossem interrompidos por um de seus funcionários, ele não teria parado.

— Lexa. — Perséfone pigarreou. — E aí?

— Estava pensando se vocês não querem assistir a um filme...

— Diga não — sussurrou Hades em seu ouvido.

Perséfone deu um tapa de brincadeira no peito dele.

— Que filme?

— *Fúria de Titãs*.

Hades bufou e se afastou dela, olhando para Lexa.

— Antigo ou novo?

— Antigo.

— Tudo bem — concordou Hades, e beijou a bochecha de Perséfone.

— Vou precisar de um minuto.

Hades saiu da cozinha e desapareceu pelo corredor até encontrar o banheiro. Ele se trancou lá e se encostou na porta, enfiando a mão nas calças e apertando o pau. Preferia ter a mão de Perséfone sobre ele, sua boca em volta dele, seu sexo apertando o dele, mas teria que se contentar com aquilo até que os dois estivessem a sós. Ele se tocou até gozar.

Quando os biscoitos terminaram de assar, eles os retiraram e os deixaram esfriar enquanto assistiam a *Fúria de Titãs*.

— Deuses, eu tinha me esquecido de como esse filme era lento — disse Jaison, que era o único a prestar atenção.

Com Perséfone deitada em cima dele, seu corpo encaixado entre suas coxas, Hades só conseguia pensar em sexo. Ela também estava rindo, e ele tinha certeza de que não era do filme.

— Eu sei o que você está pensando — sussurrou ele, seu braço se apertando em volta dela, imprensando seus corpos um contra o outro.

— Impossível.

— Depois de tudo que passei esta noite, tenho certeza de que você está rindo de várias coisas.

Em algum momento, Perséfone adormeceu e ele a carregou até o quarto.

— Não vá — disse ela, sonolenta, quando ele a deitou na cama.

— Não vou. — Ele beijou sua testa. — Durma.

Hades se deitou ao lado dela bem desperto. A cama de Perséfone era pequena e tinha o cheiro dela. Ele fechou os olhos, mas seu corpo estava quente e seu cérebro, a mil, pensando em seu encontro anterior na cozinha e em como ele queria terminar o que eles começaram. Mas Perséfone estava cansada e ele não queria acordá-la, de modo que rolou para o lado e fechou os olhos com força. Pareceu uma eternidade até que ele adormecesse, e durou apenas alguns segundos antes que estivesse acordado novamente, seu corpo em cima de Perséfone, sua boca devorando a pele dela. Ela gemeu e estendeu a mão para ele, seus beijos, urgentes, como se eles estivessem separados havia semanas, meses.

Hades tirou a camisa de Perséfone e libertou-a de suas calças antes de mergulhar entre suas coxas. Ele a tomou devagar, beliscando o interior de suas pernas, soprando sua buceta quente, chupando seu clitóris até ela implorar pela língua dele. Em vez disso ele ofereceu os dedos, que meteu na buceta dela. Ela estava encharcada, e ele gemeu.

— Tudo isso por mim — disse enquanto retirava os dedos, com o gozo dela espesso e pingando, e colocava-os na boca antes de montar em Perséfone. As pernas dela se abriram e ela arqueou as costas, os seios enchendo sua visão quando a penetrou. Hades fez uma pausa, pressionando sua testa na dela.

— Você é linda — disse ele.

— Você é um gostoso — sussurrou ela. — Com você eu me sinto... poderosa.

A princípio, ele se sentiu controlado, como se talvez pudesse fazer amor com ela do jeito que fizera diante da lareira em seu escritório. Só que, quanto mais ela reagia às estocadas dele — agarrando os braços de Hades e os cobertores, e pressionando sua cabeça no colchão —, menos ele conseguia se controlar. Um rosnado feroz e reivindicativo irrompeu de sua garganta, e ele a beijou com força, os dentes roçando os lábios dela, chupando seu pescoço e metendo, movendo seu corpo inteiro até que os dois estivessem espremidos contra a cabeceira da cama. Hades usou as mãos para amortecer a cabeça dela enquanto as unhas de Perséfone arranhavam suas costas. Ele nem sequer sentiu dor; apenas o êxtase de estar com ela.

A cama tremeu, com seus gritos guturais enchendo o quarto, e quando ele gozou, desabou sobre ela, seus corpos escorregadios de suor. Foi só quando Hades recuperou o fôlego que percebeu que Perséfone estava chorando.

— Perséfone. — Ele se afastou dela, sentindo a histeria crescer no fundo do peito. — Eu te machuquei?

— Não — sussurrou ela, cobrindo os olhos, e ele sentiu uma imensa sensação de alívio. — Não, você não me machucou.

Hades olhou para Perséfone por um instante enquanto ela chorava baixinho. Ele sabia que poderia haver uma série de razões para estar chorando, mas não especularia e não perguntaria. Se ela quisesse contar a ele, contaria. Ainda assim, não queria que ela se escondesse, qualquer que fosse o motivo. Ele tirou as mãos delas do rosto, enxugou as lágrimas das bochechas dela e beijou sua testa antes de se deitar de lado e aconchegá-la contra si. Ele cobriu seus corpos nus com cobertores.

— Você é perfeita demais para mim — sussurrou ele, beijando seu cabelo, e eles caíram em um sono tranquilo.

Hades acordou imediatamente, e desta vez, não tinha nada a ver com desejo e tudo a ver com o cheiro da magia de Deméter, que esfriou o ar como uma geada amarga.

Ele se sentou, mas não conseguiu manifestar roupas antes de Deméter aparecer, olhos como fogo, rosto frio como gelo.

Perséfone, alheia à chegada de sua mãe, rolou em direção a ele, a mão estendida sobre os lençóis.

— Volta para a cama.

O coração de Hades se apertou, e então a voz de Deméter preencheu o ambiente, e soava como se trovões e relâmpagos guerreassem no céu.

— Se afasta da minha filha!

— Mãe! — Perséfone sentou-se e empalideceu, segurando os lençóis contra o peito. — Sai daqui!

O olhar de Deméter se voltou para Perséfone, e Hades precisou dar tudo de si para permanecer onde estava. Ele queria protegê-la da mãe dela, da promessa de vingança que viu escrita em seu rosto. Mesmo se ele tivesse acordado Perséfone a tempo de se vestir, teria sido impossível esconder o que eles estavam fazendo: seus corpos, ainda suados e impregnados do cheiro de sexo.

Perséfone pegou sua camisola e a empurrou sobre a cabeça, cobrindo-se o mais rápido possível.

— Como você ousa! — A voz de Deméter vacilou, sua boca tremendo de raiva.

Hades permaneceu sentado na cama, corpo tenso, pronto para agir ao menor sinal de ataque.

— Desde quando? — Deméter exigiu saber.

Meses, queria dizer Hades, porque sabia que isso iria enfurecer a Deusa da Colheita, mas uma coisa era enfrentar sozinho a raiva de Deméter, outra completamente diferente era ver Perséfone sofrer com isso também.

— Não é da sua conta, mãe — retrucou Perséfone.

— Você se esqueceu do seu lugar, filha.

— E você se esqueceu da minha idade. Eu não sou criança!

— Você é minha filha e traiu minha confiança.

A magia de Deméter estava se reunindo em volta dela como um vórtice. Hades sabia que a deusa estava se preparando para teleportar sua filha e, apesar de estar tenso, não estava com medo. Deméter não poderia tirar Perséfone dele enquanto sua filha estivesse em dívida com ele. Ainda assim, ver Perséfone olhar freneticamente dele para sua mãe partiu seu coração.

— Não, mãe!

— Você não vai mais viver esta vida mortal vergonhosa!

Perséfone fechou os olhos, e ele se viu dividido entre intervir e desejar ver como Perséfone reagiria. *Aceite o seu poder*, pensou ele. Era o momento perfeito, pois ela estava protegida pela marca dele. *Eu sei que está lutando dentro de você.*

Mas ela não o fez.

A magia de Deméter havia culminado, e Perséfone permaneceu imóvel, de olhos fechados, aceitando o castigo de sua mãe como um peão em um jogo.

Mas quando Deméter estalou os dedos, nada aconteceu. Sua expressão mudou, oscilando entre choque e raiva, os olhos finalmente se dirigindo para o bracelete de ouro que Perséfone usava para cobrir a evidência de sua barganha.

Deméter arrancou a pulseira da filha e segurou seu braço. Hades sentiu sua magia se acumular. Ele lutaria contra a deusa por sua amante. Ele a mataria se ela deixasse uma marca sequer na filha.

— O que você fez? — Deméter exigiu saber, voltando seu olhar feroz e odioso para Hades.

— Não toque em mim! — Perséfone tentou se soltar das garras de sua mãe, mas as unhas de Deméter cravaram em sua pele e ela gritou.

— Solte ela, Deméter — sussurrou Hades, mas sua raiva era intensa.

— Não se atreva a me dizer o que fazer com minha filha!

Hades estalou os dedos, e de repente estava vestido e em sua altura máxima. Seu poder se reuniu à sua volta, um peso invisível, mas tangível, que ele sabia que Deméter podia sentir. Ela soltou Perséfone, que se retirou para longe.

— Sua filha e eu temos um contrato — explicou Hades. — Ela ficará até que ele seja cumprido.

— Não. — Deméter olhou para Perséfone. — Você removerá sua marca. Remova-a, Hades!

— O contrato deve ser cumprido, Deméter. As Moiras exigem.

Ela já tentara enganar as Moiras uma vez; não poderia tentar fazer aquilo de novo.

A Deusa da Colheita olhou para Perséfone.

— Como você pôde?

— Como eu pude? Eu não queria que isso acontecesse, mãe!

Hades se encolheu, incapaz de esconder o impacto daquelas palavras. Estava perfeitamente ciente de que ela estava apenas falando a verdade, uma que ele já conhecia bem. Perséfone não queria a barganha, e embora isso não significasse que ela não o queria, ele não podia deixar de pensar que, com o fim do contrato, viria o fim deles.

— Não queria? Eu te avisei sobre ele! Eu te avisei para ficar longe dos deuses!

— E, ao fazer isso, você me deu este destino.

Os avisos apenas plantaram a semente da intriga, algo que Deméter deveria ter aprendido depois de ter existido por tantos anos, mas ela, como muitos deuses, fora vítima de suposições mortais. E uma dessas suposições era achar que ela poderia ser a exceção.

— Então a culpa é minha? Quando tudo que fiz foi tentar protegê-la? Bem, você verá a verdade muito em breve, filha.

Se Deméter estivesse tentando proteger Perséfone, não teria impedido que seus poderes se manifestassem. Deméter tornou sua filha codependente, garantindo que sempre precisasse da mãe — precisasse de alguém — para sobreviver. Hades odiava isso, e esperava que, no fim das contas, antes que seu contrato fosse cumprido, os poderes dela se manifestassem.

Aquele desejo se intensificou quando ele observou Deméter retirar seu favor de Perséfone, expondo a forma divina dela. A deusa não foi nada delicada e arrancou o favor com tanta força que Perséfone caiu de joelhos, ofegante.

— Quando o contrato for cumprido, você voltará para casa comigo — asseverou Deméter, e Perséfone olhou para ela. — Nunca vai voltar a esta vida mortal e nunca vai ver Hades novamente.

Deméter olhou furiosa para ele antes de desaparecer e, naquele momento, Hades jurou que a Deusa da Colheita se arrependeria de seus atos.

Hades pegou Perséfone do chão e embalou-a enquanto se sentava na beirada da cama. Ela não conseguia recuperar o fôlego.

— Shh — consolou Hades. — Vai ficar tudo bem. Prometo.

Ela se desfez em lágrimas.

— Eu não me arrependo de você. Eu não quis dizer que me arrependia de você.

Ele estava feliz por isso, mesmo sabendo que ela não quisera dizer aquelas palavras.

— Eu sei. — Hades beijou-a até que ela parasse de chorar.

Ouviu-se uma batida na porta, mas antes que Hades ou Perséfone pudessem falar, Lexa entrou e parou, os olhos arregalados enquanto observava a aparência de Perséfone.

— Que porra é essa?

Não havia como esconder sua divindade: Perséfone era a Deusa da Primavera. Hades meio que esperava que a amada implorasse para ele apagar a memória de Lexa, mas, em vez disso, ela se afastou e se levantou, parecendo alta e régia enquanto falava:

— Lexa. — Ele a ouviu dizer. — Eu tenho uma coisa pra te contar.

28

UM PIQUENIQUE NO SUBMUNDO

Hades saiu do apartamento de Perséfone e se teleportou para Olímpia. Ele odiava ter que voltar, odiava ter que aparecer diante de Zeus, mas era necessário e, assim como ele suspeitava, Deméter já havia chegado. Hades podia ouvir a voz dela do lado de fora do escritório de Zeus.

— Ele não pode ter minha filha, Zeus! — gritou. — Vou matar seu povo de fome se você deixar que ele fique com ela!

Quando Hades entrou, ela se virou para encará-lo. O rosto de Deméter mudava quando estava com raiva. Hades imaginou que Perséfone tinha visto aquilo várias vezes: os olhos de Deméter pareciam afundar em seu rosto e escurecer. Ela se inclinou para frente, ombros curvados, como se o peso de sua fúria fosse demais para suportar.

— Você!

— Mate todo mundo, Deméter, isso só me torna mais poderoso.

— Hades — disse Zeus, sentado atrás de sua mesa de carvalho. — O que Deméter diz é verdade? Você seduziu a filha dela?

— Não a seduzi — disse Hades. — Ela veio até mim de bom grado em mais de uma ocasião.

Hades olhou com fúria para a Deusa da Colheita, e ela retribuiu o olhar.

— Mentiroso! A marca no pulso ela mostra o contrário.

Zeus olhou para Hades, esperando sua resposta.

— Ela me convidou para jogar. A marca foi colocada de acordo com as regras.

— Parece que Perséfone tomou suas próprias decisões, Deméter — opinou Zeus.

— Ela é minha filha, Hades! Eu tenho o direito de decidir o destino dela!

Hades não olhou para a deusa, mas para o irmão.

— Ela é filha de Deméter — falou Hades —, mas está destinada a ser minha esposa. As Moiras teceram Perséfone em meu futuro, e Deméter interferiu.

Havia poucas coisas que assustavam Zeus, mas as Moiras eram uma delas.

— Isso é verdade, Deméter? — Ele olhou para a deusa esperando sua resposta, mas Hades respondeu em vez disso. Queria dar um fim àquilo.

— Foi o que as Moiras exigiram em troca de dar a ela uma filha.

— Eu nunca vou acreditar que ela foi até você por vontade própria! — Deméter fervilhava. — Que se danem as Moiras!

— Tenho certeza de que Hécate ficaria feliz em dar um depoimento a meu favor — acrescentou Hades.

— Isso não será necessário — disse Zeus, e Hades sabia que seu irmão não queria parecer estar questionando a Deusa da Bruxaria. A amizade deles era antiga, estranha e, assim como Hades, Zeus também se aconselhava com ela. — Deméter, não vou atender ao seu pedido. Parece que seus desejos não estão de acordo com a vontade das Moiras.

A fúria de Deméter aumentou, e raízes enormes irromperam o piso de mármore de Zeus. Hades lançou sua magia como uma rede, envolvendo todo o lugar em sombras, cegando a deusa e Zeus. No entanto, sua batalha foi de curta duração, pois um raio de Zeus separou os dois. Com a concentração dos dois perdida, a magia se esvaiu.

— Não vou mediar brigas infantis entre vocês — disse Zeus. — Minha palavra é lei, e os dois a obedecerão.

Hades olhou furioso. *Brigas infantis?* Não havia nada de infantil em seu amor por Perséfone, nada de infantil na ira de Deméter. Ainda assim, estava agradecido por Zeus ter ficado do lado dele, embora aquilo não tivesse muita relevância no fim das contas. Perséfone era dona do próprio nariz, tinha livre-arbítrio. Se de fato quisesse, ela poderia abandoná-lo.

— Há outro assunto que devemos discutir — falou Zeus. Hades não achou que fosse possível, mas o clima da sala ficou mais sombrio. — Faz séculos que não nasce uma deusa. Ela tem algum poder?

— Nenhum, até agora — respondeu rapidamente Deméter. Hades olhou furioso para ela. Deméter respondera rápido demais.

Zeus olhou para Hades. Ele teria que responder com sinceridade.

— O poder dela está adormecido. Ela não demonstrou nenhuma habilidade para manejá-lo.

— Hum. — Zeus ficou calado, sempre desconfiado de novos deuses. Era justo que ele temesse uma rebelião como a que ele próprio havia liderado contra seu pai. — Desejo conhecê-la.

— Não. — disseram os outros deuses instantaneamente.

Os olhos de Zeus brilharam.

— Perséfone ainda não quer assumir a sua divindade — explicou Hades. — Apresentá-la a Olímpia cedo demais pode assustá-la. Assim, nós talvez nunca saibamos quão poderosa ela é.

Seu irmão o estudou.

— Deixe que Perséfone fique onde está — pediu Hades. — Hécate vai ajudar nos treinos, e quando seus poderes começarem a surgir... eu mesmo a trarei até você.

Só assim Hades permitiria que aquele encontro acontecesse. Seria inevitável, mas seria inevitável com ele ao lado de Perséfone.

Os olhos de Zeus se semicerraram, e depois ele riu entre dentes.

— Sempre bancando o protetor, não é mesmo, irmão? Pois bem; assim que ela manifestar seu poder, você a trará até mim. — Ele se deteve um instante, com a mão sobre a barriga, e balançou a cabeça. — Uma deusa disfarçada de jornalista mortal. Não é à toa que você se apaixonou, Hades.

Uma vez que eles estavam fora do escritório de Zeus, Deméter se virou para ele.

— Sua vida pode estar tecida com a da minha filha, mas isso não significa que vocês nasceram para se amar.

— Sempre vou amá-la — asseverou Hades. Era a única coisa que ele podia prometer. — E eu me importo com o que amo.

— Se você se importasse, nunca teria tocado em Perséfone. Ela é uma Filha da Primavera!

— E uma Rainha das Trevas — respondeu Hades. — Se deseja ficar com raiva de alguém, fique com raiva de si mesma. Foi você quem plantou a semente da traição nela, você que a afastou ainda mais com a sua tirania, você que a deixou impotente e com medo. Ela merece lealdade, liberdade e poder.

— E você acha que pode dar isso a ela? Você, o rei dos Mortos e da Escuridão?

— Eu acho que ela consegue por conta própria — respondeu e desapareceu, deixando Deméter sozinha com sua fúria.

Nas semanas que se seguiram, Hades tentou distrair Perséfone da ira de sua mãe, mas ela parecia ficar mais melancólica. Ele percebia aquilo melhor quando ela pensava que ele não estava olhando, nos momentos antes de a surpreender na biblioteca enquanto ela lia, ou pouco antes de ela sair do palácio para passear, ou de manhã cedo quando ela se levantava antes dele para tomar banho e se vestir.

Perséfone estava criando certa distância entre eles, e Hades podia sentir aquilo crescendo, puxando os fios que os prendiam por toda a eternidade, e aquilo doía.

Ele a encontrou de pé na frente de seu jardim ainda desolado. Odiava encontrá-la ali, olhando para aquele pedaço de terra que se tornara muito importante para ambos.

Passou os braços em volta da cintura dela e a puxou para si.

— Você está bem? — perguntou ele, sua cabeça caindo contra o ombro dela.

Ela não respondeu, e o peso que Hades sentia no corpo parecia penetrante e intenso. Ela se virou em seus braços, olhando para ele, que teve a sensação de que a deusa queria lhe perguntar algo. Em vez disso, ela apenas respondeu:

— Só estou estressada. Provas finais.

Ele a estudou, os olhos procurando enxergar algo além daquelas palavras.

— Perséfone, seja lá o que esteja te incomodando, você pode desabafar comigo.

Ela franziu a testa, como se não acreditasse, e Hades sentiu o interior de seu peito murchar, como uma flor exposta a muito sol.

Fechou a mão sobre o pulso dela, onde a marca cobria sua pele.

— Você está preocupada com o contrato? — perguntou ele.

Ela desviou o olhar.

Ele não sabia o que dizer; o contrato era vinculante. Os termos tinham que ser cumpridos. Ele não podia confortá-la com promessas de que tudo ficaria bem quando sabia o que ela queria: a habilidade de se mover entre mundos. Era uma realidade que estava aceitando, que seu amor por ela nunca seria suficiente. Ela também precisaria de sua liberdade.

— Venha — disse. — Tenho uma surpresa para você.

Ele pegou a mão dela, entrelaçando seus dedos, e a puxou para o campo aberto fora do jardim. Eles caminharam por um tempo e se embrenharam na floresta do outro lado do campo. Ele caminhava a esmo e passeou por entre as árvores até um prado onde um cobertor estava estendido e uma cesta de comida os esperava.

— O que é isso? — perguntou Perséfone, olhando para Hades.

— Achei que poderíamos jantar aqui — disse ele. — Um piquenique no Submundo.

Ela ergueu uma sobrancelha, desconfiada.

— Você arrumou a cesta?

— Eu... ajudei — confessou. — Até fiz biscoitos.

Perséfone deu um sorriso largo.

— Você fez biscoitos?

— Você está animada demais — comentou ele. — Baixe suas expectativas.

Mas ela já estava correndo para o cobertor. Caiu de joelhos e abriu a cesta, mexendo até encontrar o que estava procurando: um pequeno pacote de biscoitos de chocolate. Hades se esforçara. Passara horas na cozinha na noite anterior e fez uma bagunça que não deixou Milan, o chefe de cozinha, nada satisfeito.

Perséfone sentou-se de pernas cruzadas e abriu o pacote.

— Sabe que isso é para a sobremesa — disse Hades enquanto se sentava no cobertor.

— E daí? Sou adulta. Posso comer a sobremesa antes do jantar, se eu quiser.

Hades riu e retirou as outras comidas que havia embalado: carnes e queijos, frutas e pães. Por último, uma garrafa de vinho e seu cantil de bolso. Ele não queria passar mais uma noite bebendo uvas fermentadas.

Hades colocou um cubo de queijo na boca e tomou um gole de seu cantil enquanto Perséfone mordia um biscoito. O biscoito fez um barulho alto, e Hades se encolheu. Não eram nada parecidos com os que fizeram juntos. Os dela eram macios, deliciosos e derretiam na boca. Os dele estavam duros e meio queimados.

— Você não precisa comer isso — sugeriu Hades enquanto ela continuava a mastigar.

— São os melhores biscoitos que já comi.

Hades ergueu uma sobrancelha.

— Não precisa mentir.

— Não estou mentindo.

Ela não estava, mas ele não entendia. Sabia que aqueles biscoitos estavam horríveis.

— Eles são os melhores porque você que fez.

Hades riu pelo nariz.

— Estou falando sério — disse ela. — Ninguém nunca fez nada para mim antes.

Hades a encarou por um momento e, de repente, foi ele quem se sentiu ridículo por não dar valor às palavras dela.

— Estou feliz que você tenha gostado — comentou ele baixinho.

Eles ficaram sentados em silêncio. Perséfone continuou a comer seus biscoitos, e ele continuou a beber. Depois de um instante, ela ficou de joelhos.

— Você quer um?

Ela se inclinou para ele e estendeu a mão, com um biscoito entre os dedos. Hades agarrou o pulso dela e mordeu o biscoito. Era exatamente o que ele esperava, duro e sem graça, apenas ligeiramente açucarado. Ainda assim, se ela tinha gostado, ele gostava também. Enquanto ele mastigava, os olhos dela se voltaram para os lábios dele, que ergueu uma sobrancelha.

— Com fome, querida?

Ele não tinha certeza de como ela responderia, dada sua tristeza anterior, mas quando ela ergueu os olhos, ele pôde ver seu desejo.

— Sim — respondeu ela.

Ele se inclinou para pressionar a boca contra a dela. Por um tempo, eles mantiveram distância enquanto se beijavam. Hades gostou daquilo, a sensação de desejo crescendo dentro dele, resistindo à vontade de tomá-la em seus braços e tocá-la. Ele passou a língua ao longo da boca de Perséfone, e assim que estava prestes a puxá-la para si, ele a empurrou para longe quando uma bola voou entre eles, seguida por Cérbero, Tifão e Órtros.

— Perdão. — A voz de Hécate veio das árvores.

Hades suspirou e Perséfone deu uma risadinha.

— Ah, um piquenique! — disse Hécate quando apareceu na clareira.

— Hades fez biscoitos! — falou Perséfone. — Quer um?

Hécate não escondeu sua óbvia surpresa e olhou para ele.

— Você... fez biscoitos?

Hades olhou carrancudo, e Perséfone, que não percebeu o incômodo, não se importou ao dizer:

— Fui eu que ensinei!

Hécate riu e pegou um biscoito. Hades ficou um pouco aliviado. Talvez ela fosse embora, e os dois pudessem voltar a se beijar.

Só que Perséfone tinha outras ideias.

— Senta aqui com a gente!

— Ah, eu não quero me intrometer...

Não quer mesmo, pensou Hades.

— Tem mais comida na cesta, e Hades trouxe vinho!

As duas olharam para ele, que suspirou, cedendo.

— Sim, vem, Hécate.

Perséfone vasculhou a cesta, entregando a Hécate uma variedade de alimentos, enquanto Hades servia uma taça de vinho para a deusa.

Cérbero, Tifão e Órtros retornaram, os três brigando pela bola vermelha.

Logo depois, Hades sentiu a magia de Hermes.

— Malditas Moiras — murmurou ele, chamando a atenção de Perséfone e Hécate.

— Ah, Hades! — cantou Hermes quando apareceu na clareira. — Ah, um piquenique!

— Você precisa de alguma coisa, Hermes? — perguntou Hades, trincando os dentes, frustrado que a noite que ele havia planejado com Perséfone tinha se transformado naquele... circo.

— Nada que não possa esperar — disse ele. — São biscoitos?

— Foi Hades que fez! — comentou Perséfone.

Hermes caiu de joelhos no cobertor, e Hades viu Perséfone oferecer comida e vinho, sorrir e gargalhar, e sua frustração por ter a noite interrompida diminuiu porque ela estava feliz. Ele também descobriu que não se importava tanto com a companhia, embora pudesse passar sem as provocações de Hermes.

Eles ficaram muito tempo juntos na floresta, até que a luz do Submundo desvaneceu e a noite de Hades iluminou o céu. Quando eles saíram, ele e Perséfone caminharam lado a lado de volta ao palácio. Eles não se tocaram.

— Obrigada por esta noite. Sei que não saiu como planejado.

Hades riu.

— Não foi nada como eu imaginava.

Eles se detiveram, envoltos pelo jardim do lado de fora da fortaleza de Hades, e se encararam.

— Se Hécate não tivesse jogado aquela bola em nossa cara, eu teria continuado a beijar você — falou ele, e sua mão subiu para segurar o rosto dela.

— Por acaso é tarde demais? — perguntou ela. — Para ter tudo?

Hades a encarou por um instante, o polegar roçando a bochecha dela. Ele se aproximou.

— O que você está pedindo, meu bem?

— Não achei ruim que Hécate tenha nos interrompido — respondeu ela. — Mas eu ainda quero aquele beijo e tudo o que vem depois.

— Só lamento que você não tenha me perguntado antes — disse ele, atendendo o pedido dela. Ele a beijou, depois a puxou para si e fez amor com ela no jardim sob as estrelas.

29

UMA TORTURA COMO NENHUMA OUTRA

Uma semana depois, de modo inesperado, Afrodite foi visitar Hades. É verdade que ela nunca avisava antes de aparecer, mas Hades pensou que ela viria mais perto do fim do prazo de seis meses, que acabaria dali a semanas.

Hades estava sentado atrás de sua mesa na Fundação Cipreste, fechando alguns pequenos detalhes para o Projeto Anos Dourados antes de entregá-lo a Katerina. Teve dificuldade em se concentrar, pois ficou pensando que, da última vez em que ficara preso atrás de uma mesa, ele estava fazendo algo muito melhor com Perséfone.

Ele gostaria de tê-la ali naquele momento e riu com o pensamento de teleportá-la. Estaria Perséfone naquele momento escrevendo alguma matéria ou em uma reunião importante? Será que ficaria com raiva por muito tempo quando ele tomasse sua boca em um beijo abrasador? Quando suas mãos deslizassem até as coxas dela, quando seus dedos provocassem a buceta dela e ela finalmente gozasse.

— Você venceu — disse Afrodite. Ela parecia mais séria do que o normal. Não estampava aquele... olhar nem mesmo quando estava com raiva. A princípio, foi difícil para Hades reconhecer, mas logo percebeu o que era porque havia sentido a mesma coisa várias vezes nos últimos seis meses.

Histeria.

— Ela te ama.

As sobrancelhas de Hades se ergueram.

— Do que você está falando?

— Hoje eu visitei a sua amantezinha — explicou a deusa.

O estômago de Hades se revirou. Ele se levantou da cadeira, sua raiva enrolada como uma cobra.

— O que você fez, Afrodite? — A voz dele vacilou à medida que começou a sentir o medo tomar conta do corpo. Ele se sentiu como se estivesse sem fôlego e tentando respirar.

— Eu só queria avaliar a afeição dela por você. Eu...

— O que você fez? — rosnou ele.

— Contei a ela sobre a barganha.

— Porra!

Hades bateu os punhos em sua mesa imaculada, que desta vez se estilhaçou. Os olhos de Afrodite se arregalaram, mas ela se manteve firme e não vacilou com a explosão dele.

— Por quê? — questionou ele. — Isso é vingança por Adônis?

— A princípio, era mesmo — admitiu ela, parecendo surpreendentemente arrasada.

— E como terminou, Afrodite?

— Eu parti o coração dela.

— Onde ela está? — Hades exigiu saber, e se teleportou para o Submundo. Não estava calmo o suficiente para senti-la ainda. Apareceu no meio de seu palácio, onde seus criados estavam vagando, alheios à sua agonia, ao seu medo, ao possível fim da época mais feliz da vida dele.

Ele sabia que aquilo podia acontecer mas estava totalmente despreparado, porque, no fim das contas, ele a amava.

— Perséfone! Onde ela está?

— E-Ela foi passear, milorde — disse uma ninfa.

— Ela estava seguindo Cérbero — acrescentou outra.

— Em direção ao Tártaro.

Porra.

Ele desapareceu e apareceu nos arredores do Tártaro. Aquela parte de seu reino era vasta e se estendia por centenas e centenas de hectares. *Por que ela viria até aqui?*, pensou enquanto tentava se concentrar em encontrá-la em vez prestar atenção no seu coração acelerado e no pavor que fervia a boca do estômago.

Desde o princípio, Hades dissera a Perséfone que não queria que ela aprendesse o caminho para o Tártaro, pois sua curiosidade acabaria matando-a. Será que ela tinha ouvido as palavras de Afrodite e procurara provar que estava certa sobre ele? Talvez ela tivesse vindo na esperança de encontrar algo para provar que Hades era tão cruel e calculista quanto ela pensava.

Bem, ela encontraria ali.

Não demorou muito para que ele a sentisse: um leve puxão de seus sentidos.

Ela estava na Caverna, a parte mais antiga do Tártaro. Quando ele apareceu por lá, sentiu a presença de Perséfone mais forte e soube onde a encontraria.

Na caverna de Tântalo.

Desgosto contorceu as entranhas de Hades.

Tântalo era um rei, um semideus nascido de Zeus, e fazia parte da primeira geração de mortais a povoar a Terra. Dotado do tipo particular de arrogância de Zeus, ele pensou em testar os deuses ao cometer filicídio.

O rei perverso matou seu filho, Pélope, triturou a sua carne e tentou dá-la de comer aos olimpianos. Hades se lembrou do cheiro de carne queimada que pairava pelo Salão Principal. As festividades terminaram imediatamente, e a ira dos deuses foi rápida. Hades se levantou, apontou para Tântalo e o enviou direto para o Tártaro, enquanto os outros tentavam reconstituir o corpo de Pélope.

Aquele não foi o fim do castigo de Tântalo, pois Zeus havia amaldiçoado seu legado, e o impacto disso era sentido até os dias atuais.

Hades abriu caminho para a escuridão que cobria a caverna, onde Tântalo vivera e sofrera por uma eternidade. Ele viu Perséfone correr em sua direção, com pavor estampado em seu lindo rosto. Ela se chocou contra ele, que agarrou seus ombros para firmá-la.

— Não! Por favor... — A voz dela falhou, cheia de medo, e Hades se enfureceu.

— Perséfone — disse Hades rapidamente, tentando acalmá-la.

Quando ela o encarou, ficou aliviada.

— Hades!

Os braços dela se apertaram em volta da cintura dele. Ela enterrou a cabeça em seu peito e soluçou.

— Shh! — Ele beijou o cabelo dela, grato por ela ainda o tocar, por ainda encontrar alento em sua presença. — O que você está fazendo aqui?

Então, Hades ouviu a voz de Tântalo cortar a escuridão e seu sangue congelou.

— Onde você está, vadia?

Hades colocou Perséfone de lado e se aproximou da gruta em que Tântalo estava preso, estalando os dedos para que o pilar onde ele estava acorrentado girasse. O homem era um saco de ossos, pele flácida caindo sobre ângulos agudos. Estava pálido e murcho, seu cabelo, desgrenhado e emaranhado, como se arames saíssem de seu rosto e de sua cabeça.

Hades não via o prisioneiro havia anos, pois seu método de tortura não precisava de supervisão: fome e sede, com o condenado sempre tendo comida e água ao seu alcance. Só que Hades sabia que ele tinha bebido água, porque seus lábios lívidos brilhavam.

Lançou sua mão em direção a Tântalo, e os joelhos do mortal cederam, puxando as algemas que prendiam seus braços com força, e ele gritou.

— Minha deusa foi gentil com você — sibilou Hades. — E é assim que você retribui?

Hades fechou o punho e Tântalo vomitou, cuspindo a água que Perséfone lhe dera até não sobrar nada. Então, ele separou a água que havia na gruta, criando um caminho seco direto para o prisioneiro. O rei perverso tentou se equilibrar, pressionando os pés contra a coluna à qual estava acorrentado. Hades gostou de vê-lo se debater, pois aquilo aliviou o fardo de sua raiva e seu desejo de ver aquele mortal encontrar um fim violento.

— Você merece se sentir como eu: desesperado, faminto e sozinho! — Tântalo cuspiu quando Hades se aproximou.

A mão de Hades se fechou sobre o pescoço do homem.

— Como você sabe que não me sinto assim há séculos, mortal? — disse ele baixinho com um tom de voz letal, que prenunciava castigo e dor, prenunciava todas as coisas que Tântalo alegava sentir naquele momento, só que piores.

Hades se despojou de sua ilusão e ficou diante de seu prisioneiro em sua forma divina, como havia feito no passado.

— Você é um mortal ignorante! — exclamou Hades, sua magia borbulhando sob a sua pele. — Antes, eu era apenas seu carcereiro; mas agora serei seu carrasco e acho que meus juízes foram muito misericordiosos. Eu vou te amaldiçoar com fome e sede insaciáveis. Vou até colocá-lo ao alcance de comida e água... mas tudo o que você comer será como fogo em sua garganta.

Hades derrubou Tântalo, que atingiu o pilar de pedra com um baque audível. Aquilo não serviu para deter o mortal, que rosnou como um animal e tentou se lançar contra o deus batendo os dentes. Aquela tentativa feroz de ataque apenas divertiu Hades e rendeu a Tântalo um lugar na lista de vítimas do Deus dos Mortos.

Hades estalou os dedos e enviou o prisioneiro para esperar em seu escritório. Depois, ele se virou para Perséfone.

Ele nunca a tinha visto daquele modo antes: de olhos arregalados, encolhida, trêmula. Ela deu um passo para longe dele e escorregou. Hades avançou para pegá-la antes que ela pudesse atingir o chão, onde já não havia água, pois ele ainda estava no meio do lago dividido.

— Perséfone. — Dizer o nome dela machucou seu peito. — Por favor, não tenha medo de mim. Você não.

Seus olhos lacrimejaram, e ela desabou, chorando sobre as roupas dele. Hades apertou-a mais forte e, embora a segurasse apertado, sentiu que estava longe, e percebeu que aquela era a sensação de estar à beira de perder tudo.

Mesmo assim, pensou ele, *se eu a abraçar por tempo suficiente, se eu der a ela tempo suficiente, talvez eu possa mantê-la composta, talvez eu possa nos manter juntos.*

Ele se teleportou para seu quarto, onde se sentou perto do fogo, esperando que ela se aquecesse o suficiente para parar de tremer, mas não foi o que aconteceu. Ele ficou frustrado, pegou-a no colo e foi para a casa de banho.

Quando eles chegaram, Hades colocou Perséfone no chão, pousou um dedo sob o queixo dela e inclinou sua cabeça para encará-la. Ele queria que ela falasse, dissesse alguma coisa, qualquer coisa, mas ela permaneceu calada. A única coisa que lhe deu esperança foi que a deusa não protestou quando ele a despiu ou quando a aninhou contra si e a carregou para a água.

— Você não está bem — disse ele quando não aguentou mais o silêncio entre eles. — Ele a machucou? — perguntou, pois tinha que ter certeza.

A resposta dela foi fechar os olhos com força, algo que ele nunca soube que poderia magoar tanto assim o seu coração.

— Me diz — sussurrou ele, roçando os lábios na testa dela. — Por favor.

Ela abriu os olhos, que brilhavam, lacrimejantes.

— Eu sei sobre Afrodite, Hades — disse ela. — Eu não passo de um jogo pra você.

Aquelas palavras o deixaram furioso. Ela nunca tinha sido um jogo. Na verdade, ele raramente tinha pensado na barganha com Afrodite desde que a fizera. Não, sempre foi mais do que aquilo; tornou-se uma busca para atiçar o poder de Perséfone e mostrar a ela o que significava ser divina, convencê-la de que ela poderia ser uma rainha.

— Eu nunca considerei você um jogo, Perséfone.

— O contrato...

— Isso não tem nada a ver com o contrato!

Ele a soltou, e enquanto Perséfone tentava se endireitar, sua resposta foi venenosa:

— Isso tem tudo a ver com o contrato! Deuses, eu fui tão burra! Eu me permiti pensar que você era bom, mesmo com a possibilidade de ser sua prisioneira.

— Prisioneira? Você se considera uma prisioneira aqui? Eu te tratei tão mal?

— Um carcereiro gentil ainda é um carcereiro — retrucou Perséfone.

— Se você me considerava seu carcereiro, por que me deixou te comer?

— Foi você quem previu isso. — A voz dela estava embargada. — E estava certo: eu gostei e, agora que está feito, podemos seguir em frente.

— Seguir em frente? — Ele era a encarnação da raiva, e seu corpo inteiro tremia. Ela estava falando assim porque a mãe pegara os dois juntos? — É isso que você quer?

— Nós dois sabemos que é o melhor.

— Estou começando a achar que você não sabe de nada — vociferou ele. — Estou começando a entender que você nem pensa por si mesma.

Como tinham chegado naquele ponto? Onde estava a mulher que se tornara confiante entre o povo do Submundo? A mulher que o esperava, nua, em seu escritório? A mulher que tinha feito um lar em seu coração?

— Como você ousa...

— Como eu ouso o quê, Perséfone? Duvidar de você? Você age como se fosse tão impotente e nunca tomou uma maldita decisão por si mesma. Vai deixar sua mãe determinar com quem você fode agora?

— Cala a boca!

— Me diz o que você quer. — Ele a encurralou, prendendo-a contra a borda da piscina.

Ela não olhou para ele.

— Diz. — ordenou Hades.

— Vai se foder!

Perséfone estava feroz, e seus olhos faiscavam. Ela pulou para cima de Hades e colocou as pernas em volta da cintura dele. Então o beijou com força, e ele aproveitou cada segundo daquilo. Hades a manteve no lugar, as mãos abrangendo suas costas e bunda. Ele a sentou na borda da piscina, com a intenção de descer sobre ela, provar sua raiva e seu desejo furioso entre suas pernas, mas ela o agarrou.

— Não, quero seu pau dentro de mim — ordenou. — Agora.

Ele obedeceu, praticamente pulando da piscina. Ela o empurrou para que ficasse deitado, envolveu seu sexo com as mãos e o guiou para dentro dela, preenchendo-se com ele até que sua bunda tocasse o saco. Ele gemeu, as mãos cravando a pele dela.

— Dá pra mim, mais rápido, porra — vociferou ele. Ambos estavam com raiva e incitando o outro, e por dentro, Hades sentiu sua própria magia aumentar. Estava chamando a dela, a escuridão provocando a luz.

— Cala a boca — retrucou ela, olhando para ele.

Hades respondeu apertando os seios de Perséfone, erguendo-se para chupar seus mamilos. Perséfone gemeu, e o segurou contra si, as pernas apertando a cintura dele. Ele mal conseguia recuperar o fôlego, mas a incitou. Ele enlouqueceria por ela.

— Isso — sibilou ele. — Me usa. Mais forte. Mais rápido.

Ele gozou com um rugido e a beijou, mas o êxtase durou pouco quando ela o empurrou e se levantou, deixando-o sentado no mármore frio. Ela juntou seus pertences e correu escada acima. Hades a seguiu.

— Perséfone!

Enquanto caminhava, ela vestiu suas roupas. Ele correu para alcançá--la, exposto no corredor do lado de fora da casa de banho.

— Porra!

Quando a alcançou, agarrou-a pelo braço e puxou-a para a sala do trono. Ele fechou a porta e a empurrou para dentro, prendendo-a com os braços. Ela empurrou seu peito, mas ele não se mexeu.

— Eu quero saber por quê! — Ela exigiu, sua voz embargada, e Hades odiava que ele tivesse causado aquela dor. Odiava que ele fosse a razão pela qual ela se sentia dilacerada, mas sentiu algo mais dentro dela, algo poderoso que despertava à medida que ela ia ficando com mais raiva. — Eu era um alvo fácil? Você olhou para a minha alma e viu alguém que estava desesperada por amor, por adoração? Você me escolheu porque sabia que eu não poderia cumprir os termos da sua barganha?

— Não foi isso.

Era o completo oposto. Se ele pudesse só explicar, mas não queria começar falando das Moiras, porque, apesar de elas terem tecido Perséfone em seu futuro, ele a teria desejado de qualquer modo. Quando Hades olhou para ela, viu seu poder, viu sua compaixão, viu sua rainha.

— Então me diz o que foi!

— Sim, Afrodite e eu temos um contrato, mas o acordo que fiz com você não teve nada a ver com isso. Eu ofereci a você os termos com base no que vi em sua alma: uma mulher enjaulada pela própria mente. — Sabia que o que diria em seguida iria irritá-la, mas ela precisava ouvir. — Foi você quem chamou o contrato de impossível, mas você é poderosa, Perséfone.

— *Não* zomba de mim.

— Eu nunca zombaria.

— Mentiroso — rosnou ela.

Havia poucas coisas que ele odiava mais do que aquela palavra.

— Sou muitas coisas, mas não mentiroso.

— Não é mentiroso, então, mas enganador declarado.

— Eu só dei respostas a você — disse ele, ficando mais irritado a cada segundo. — Eu te ajudei a recuperar seu poder, mas você ainda não o usou. Eu te dei uma forma de sair do controle da sua mãe e, ainda assim, você não vai reinvindicá-la.

— Como? O que você fez para me ajudar?

— Eu venerei você! — exclamou ele. — Eu te dei o que sua mãe negou: *adoradores*.

Se Deméter tivesse apresentado Perséfone à sociedade quando ela nasceu, seus poderes teriam florescido, altares e templos teriam sido dedicados a ela, e ela teria subido na hierarquia e superaria os olimpianos em popularidade. Disso ele tinha certeza.

Ela piscou para ele.

— Você quer dizer que me forçou a um contrato quando poderia apenas ter me dito que eu precisava de adoradores para obter meus poderes?

Não era tão simples assim, e ela sabia disso. Ela havia rejeitado a divindade como se fosse uma praga. Ele não acreditava que ela teria feito qualquer coisa com aquele conhecimento além de se esconder, temendo o desconhecido.

— Não se trata de poderes, Perséfone! Não se trata de magia ou ilusão. É uma questão de confiança. É uma questão de acreditar em si mesma!

— Isso é perverso, Hades...

— É mesmo? — disse ele, cortando-a. Ele não queria ouvi-la dizer quão terrível, quão enganador, quão mentiroso ele era. — Me diz, se você soubesse, o que teria feito? Anunciado sua divindade para o mundo inteiro para ganhar seguidores e, consequentemente, poder? — Ela sabia a resposta, e ele também. — Não, você nunca foi capaz de decidir o que quer, porque valoriza a felicidade de sua mãe acima da sua!

— Eu era livre antes de você, Hades.

— Você acha que era livre antes de mim? — perguntou ele, inclinando-se para ela. — Você trocou paredes de vidro por outro tipo de prisão quando veio para Nova Atenas.

— Por que você não continua me dizendo quão patética eu sou? — cuspiu ela.

— Isso não é o que eu...

— Não? Me deixa te dizer o que mais me torna patética: eu me apaixonei por você.

Porra. Porra. Porra. O coração de Hades parecia estar sufocando no peito. Ela parecia tão arrasada quanto ele, e ele queria tocá-la, mas ela se afastou com veemência.

— Não!

Ele fez o que ela pediu, embora todo o seu corpo quisesse negar aquele pedido. A única coisa que ele queria fazer era estar perto dela, porque ela o amava. Porque ele a amava.

Ele deveria dizer aquilo a ela.

Mas ela estava muito zangada e magoada.

— O que Afrodite teria conseguido se você tivesse falhado?

Ele não queria responder, porque sabia o que ela pensaria. Naquele momento, ela sentia como se tudo o que Deméter lhe ensinara fosse verdade. Ela pensaria que Hades faria qualquer coisa para manter seu povo em seu reino, até mesmo enganá-la, mas ele respondeu mesmo assim.

— Ela pediu que um de seus heróis voltasse à vida.

Um pedido que ele concederia com prazer caso aquilo significasse que Perséfone permaneceria ali.

— Bem, você venceu. Eu amo você — vociferou ela, e ele sentiu que poderia desmaiar. — Valeu a pena?

— Não é assim, Perséfone! — disse, desesperado para que ela entendesse, e quando ela se virou, ele perguntou: — Você acredita mais nas palavras de Afrodite que nas minhas ações?

Ela fez uma pausa e o encarou, e ele pôde ver que seu corpo tremia, podia sentir como o poder corria no sangue dela. Ele podia sentir o cheiro de sua magia, e era celestial, um cheiro muito diferente de tudo o que ele já tinha experimentado. Era um cheiro específico dela: uma mistura quente de baunilha, sol e ar fresco da primavera. Mas ela não disse nada, e ele balançou a cabeça, decepcionado com a incapacidade dela de entender aquela situação, seu valor, seu poder.

— Você é sua própria prisioneira.

Aquelas palavras a dilaceraram. Ele pôde perceber, no momento em que a última sílaba saiu. Ele ouviu barulho alto, semelhante a um grito, e grandes trepadeiras pretas atravessaram o chão, emaranhando-se em volta de seus braços e pulsos como grilhões. Ficou chocado; o poder dela ganhou vida, e foi dirigido a ele.

Ela havia criado vida.

Depois, ela respirou fundo, o peito arfando. Ele gostaria de elogiá-la, celebrá-la, amá-la. Aquele era o potencial dela, um lampejo da magia que havia dentro dela, mas ela precisou de sua raiva para liberá-lo.

Ele testou os grilhões; eram fortes e apertados enquanto ele puxava, tão vingativos quanto ela em sua raiva. Olhou nos olhos dela e riu sem humor. Olhar para ela era como ver sua morte, um dia que ele achava que nunca chegaria.

— Bem, Lady Perséfone. Parece que você venceu.

30

TRAPACEIRO

Um dia depois, Hades estava diante de Tântalo, bidente na mão. Naquela alma ficou estampando um olhar fulminante desde que Hades aparecera ali. Ele não demonstrou remorso pela forma como tratara Perséfone, embora Hades não tenha ficado surpreso. Depois de anos lidando com o verdadeiro mal, ele havia entendido que nem todos os que eram submetidos à tortura eterna mudavam.

Às vezes, só se tornavam piores.

— Você desejou que eu me sentisse desesperado, faminto e sozinho — disse ele, girando o bidente na mão. — Devo falar como me sinto neste exato momento?

Hades apontou o bidente para o peito do homem.

— Eu me sinto entorpecido — sibilou ele. — Você sabe o que é se sentir assim, rei mortal?

Havia um brilho nos olhos de Tântalo e um muxoxo em sua boca quando ele começou a sorrir satisfeito.

Sim, pensou Hades. *Ria da minha dor. Sua tortura será doce.*

— Na última semana, senti coisas que eu nunca sentira antes. Eu, um deus eterno. Implorei que o amor da minha vida ficasse. Não consigo dormir sem ela. Estou sozinho. É assim que você gostaria que eu me sentisse, Tântalo.

O mortal começou a rir, e foi uma gargalhada aterrorizante, rouca e entrecortada.

Hades empurrou o bidente, e as pontas afiadas afundaram na pele dele. O homem ainda estava rindo quando começou a gorgolejar e tossir, espirrando sangue no rosto de Hades.

O Deus dos Mortos não piscou.

— Sabe como eu sei que você nunca se sentiu assim? — prosseguiu Hades. — Porque nenhum homem riria diante dessa dor, nem mesmo um canalha como você.

Hades atravessou o corpo de Tântalo com o bidente, que ficou preso na parede atrás dele.

— Milorde.

Hades virou-se para Elias de pé na porta. O sátiro olhou passivamente para o mortal preso à parede. Aquela cena não era nada incomum para nenhum deles.

— Sísifo chegou. Ele espera pelo senhor na Suíte Diamante.

Levou semanas, mas a promessa de Hades finalmente atraíra o mortal para a Nevernight.

— Devo chamar uma equipe? — perguntou, olhando para Tântalo novamente.

Hades franziu a testa. Ele tinha feito uma bagunça.

— Não — disse ele. — Eu vou trazer Tântalo de volta depois que ele apodrecer e torturá-lo novamente.

Hades começou a virar-se quando Elias o deteve novamente.

— Talvez seja proposital — comentou ele —, mas o senhor de fato parece ter acabado de assassinar alguém.

Hades olhou para suas roupas, salpicadas de sangue fresco. Ele poderia deixá-las assim: talvez servisse como um aviso para Sísifo, mas Hades sabia que poucas coisas assustariam o mortal naquele momento. Afinal, ele havia escapado de Hades duas vezes. O deus estalou os dedos, restaurando sua aparência imaculada, antes de se teleportar para a Suíte Diamante.

Assim como as outras suítes, aquela ostentava luxo. As paredes sem janelas estavam decoradas com arte moderna e monocromática. Um candelabro com cristais cintilantes em forma de gotas pendia no centro da sala e, abaixo dele, um conjunto de sofás de couro preto, um de frente para o outro, separados por uma placa de mármore transformada em mesa.

Um homem ocupava um dos sofás. Ele parecia desgrenhado, sua barba, malcuidada, seu terno, desalinhado, o ouro que pesava em seus dedos havia desaparecido e o cheiro de peixe e sal impregnavam sua pele.

Nas semanas anteriores, Hades havia imaginado aquele momento de modo muito diferente. Havia um ímpeto maior por trás de seu desejo de ver o mortal aprisionado em seu reino, porque ele corria o risco de perder Perséfone. Sentia-se desesperado e determinado, e via a captura de Sísifo como uma reivindicação de seu futuro.

E ele achava que, de certa forma, aquilo ainda era verdade.

Tratava-se do seu futuro. Ele era o Deus dos Mortos, um carrasco.

— Diga, mortal — falou Hades. Sísifo virou-se para ele e se pôs de pé. — O que o convenceu a vir?

— Milorde, eu não percebi que tinha chegado.

Hades foi até o bar e se serviu de uma bebida. Voltou-se para Sísifo, cujos olhos não se afastaram dele.

— E? — perguntou ele.

O homem riu entre dentes, ofegante.

— Bem, você ofereceu a imortalidade.

Hades virou sua bebida e serviu outra, sem dizer mais nada.

Ele se sentou em frente a Sísifo, que se afundou nas almofadas. Hades manifestou um baralho. Todas as cartas usadas ali eram do mesmo feitio, pretas e douradas, com uma imagem das Moiras estampada no verso, fiando, medindo e cortando o Fio do Destino.

Era uma imagem apropriada para eles dois.

Sísifo estava sentado na beirada do sofá, de pernas abertas, com os cotovelos apoiados nos joelhos.

— Blackjack — disse Hades enquanto cortava o baralho e embaralhava as cartas. Ele percebeu que o som das cartas sendo embaralhadas deixava o mortal nervoso. Seus dedos estavam se contorcendo. — Uma rodada, Sísifo. Você já desperdiçou demais o meu tempo.

— Uma chance de cinquenta por cento — respondeu o mortal. — Você está confiante.

Hades não respondeu enquanto dava duas cartas para cada um. Sísifo as arrastou com seus dedos gorduchos, mas assim que começou a erguer a borda, Hades o deteve.

— Antes que você revele sua mão — falou ele. — Eu gostaria de saber por quê.

— Por que o quê?

— Por que você fugiu da morte?

— Que culpa tenho eu, se a oportunidade surgiu? — disse ele.

Hades sabia que ele se referia ao fuso que Poseidon lhe dera.

— Isso não é uma resposta, Sísifo — afirmou Hades. — Por que você quer tanto prolongar sua vida patética?

— Patética? — O rosto de Sísifo ficou vermelho. — Eu estava prestes a construir um império, e então você veio e levou tudo. Por que não te desafiar? Quais seriam as consequências disso para a minha vida após a morte? Você já havia me condenado ao Tártaro.

— Hum. — Os olhos de Hades se voltaram para as cartas diante dele, dedos prontos para virá-las.

— Por que você pergunta? — questionou Sísifo, com um tom de histeria na voz. — Por que exigir uma resposta?

Hades considerou ficar calado, mas o medo passivo de Sísifo do Tártaro o irritou, de modo que ele respondeu:

— Porque, Sísifo, sua existência no Tártaro será tudo o que você sempre temeu, tudo o que sempre o irritou. Você obterá seu império e depois o perderá, repetidamente.

Hades virou suas cartas: um rei e um ás, vinte e um. A mão perfeita. O deus encarou Sísifo.

— Vire suas cartas, mortal.

Fez-se um instante de silêncio, e o mortal se moveu, não para virar as cartas, mas para sacar uma arma, um revólver.

Normalmente, Hades achava divertidas exibições como aquela, mas vinda de Sísifo, aquela o enfureceu. Seus olhos escureceram, e a arma derreteu na mão do mortal, cobrindo sua pele com metal incandescente. Seus gritos encheram a sala, penetrantes e agonizantes. Ele caiu de joelhos, erguendo a mão e com os olhos esbugalhados.

Hades suspirou e se inclinou para a frente, virando as cartas do mortal.

Um cinco de paus e um nove de copas: quatorze.

Hades se levantou, esvaziou o copo e ajeitou o paletó. Sísifo apertou o braço contra o peito, suando e respirando com dificuldade. Olhou para Hades com ódio.

— Trapaceiro — acusou ele.

Hades sorriu satisfeito.

— Só um trapaceiro para reconhecer outro.

Ele estalou os dedos, mandou Sísifo para o Tártaro e saiu da suíte.

Uma semana depois, Hades se viu no laboratório de Hefesto. Ele havia adiado aquilo o máximo possível, pois temia seu reencontro com o Deus do Fogo depois de o que ele havia pedido a Hefesto havia algumas semanas.

Quando o deus lhe entregou uma pequena caixa, Hades olhou o seu conteúdo. O anel que ele havia encomendado estava sobre uma almofada de veludo preto. Era uma coisa linda e delicada, mesmo com as inúmeras flores e pedras preciosas que o decoravam, e suscitava a dor e o constrangimento que ele sentira ao perder Perséfone. Talvez, se não tivesse sido tão presunçoso, se não tivesse mandado fazer aquele anel, ele a teria agora.

— É lindo — disse Hades, fechando a caixa. — Mas não preciso mais.

Hades encarou Hefesto, que ergueu as sobrancelhas.

— Pagarei generosamente pelo seu trabalho — prosseguiu Hades, estendendo a mão. Devolveu o anel para Hefesto.

— Você não vai levar o anel?

Hades balançou a cabeça. O anel simbolizava o que ele poderia ter tido, um futuro agora improvável, e ele não suportava vê-lo ou saber que existia no mesmo reino que ele.

— Não vou perguntar por que você não quer mais o anel. Posso adivinhar — falou o Deus do Fogo. — Mas não aceitarei pagamento por algo que você não deseja guardar.

— Você prefere que eu leve o anel?

— Não. — Hefesto sorriu. — Tenho a sensação de que acabaria no fundo do mar, e duvido que você peça a Poseidon para recuperá-lo quando o quiser de volta.

31

REIVINDICANDO UMA RAINHA

Hades observou à distância enquanto Perséfone atravessava o grande palco em sua formatura. Estava linda, seu cabelo dourado, reluzente sob o sol, sua pele, cintilando como ouro, e um sorriso curvava seus lábios perfeitos.

— Ela parece tão... feliz — disse Hades, mais para si mesmo do que para qualquer outra pessoa, mas Hécate estava lá para responder.

— Claro que ela está feliz. Acabou de sair de quatro anos no purgatório.

— Faculdade, Hécate — corrigiu Hermes. — Acho que você quer dizer "faculdade".

— Dá no mesmo — devolveu ela.

— Ela me convidou para a festa de formatura — disse Hermes escancarando um sorriso, e Hades tentou não sorrir de satisfação quando Hécate deu uma cotovelada nas costelas dele.

— Ai! Para!

Ele seguiu Perséfone com o olhar quando ela deixou o palco segurando o capelo enquanto o vento soprava. Aquele vento que levou o cheiro dela até ele, o que o deixou se sentindo vazio. Foi então que ela parou e olhou na direção deles.

— Ops! Acho que ela está nos vendo! — acenou Hermes.

— Ela não pode nos ver, estamos invisíveis! — disse Hécate, dando mais uma cotovelada.

— Cuidado, Hécate! Ou transformo você em um bode!

— Pode tentar, pé de pena!

Hades suspirou e revirou os olhos para os dois, mas rapidamente se concentrou em Perséfone novamente. Ela parecia incomodada, pois uma linha se formava entre suas sobrancelhas e os cantos da sua boca se curvavam para baixo. Foi naquele momento que Hades pensou ter percebido os verdadeiros sentimentos de Perséfone: ela estava tão arrasada quanto ele. Era quase insuportável, e o fio que ainda os ligava latejava em seu peito.

Ele sofria por ela, a queria, a amava.

— Vá até ela — incitou Hécate.

— Ela vai me rejeitar — disse Hades.

— Talvez — respondeu Hermes.

Hécate levantou o braço novamente, e o deus se encolheu e se afastou um pouco. Ela se virou para Hades e argumentou:

— Ela não vai te rejeitar. Ela te ama.

— Ela me *amava* — retrucou Hades.

— Quer que eu te chame de burro novamente?

Hades olhou furioso.

— Pelo menos ela disse que te amava — falou Hécate com as mãos na cintura. — Ela ainda não ouviu essas palavras vindas de *você*.

Ele franziu o cenho e sentiu vergonha. Hécate tinha razão: ele deveria ter dito a ela que a amava no momento em que se deu conta disso. Por todo aquele tempo, ele havia falado sobre como ela era sua deusa e rainha, mas sequer fora capaz de dizer as três palavras que ressaltariam a sinceridade de seus sentimentos, porque ele temia a rejeição dela.

A atenção de Perséfone se desviou quando o nome de Lexa foi chamado. Ela torceu por sua melhor amiga enquanto ela atravessava o palco, e as duas se abraçaram antes de voltarem para seus lugares. Apesar de seus pensamentos dolorosos, Hades se pegou sorrindo enquanto a observava seguir com a vida.

Hades teve poucos arrependimentos em sua longa existência, mas um deles sempre seria nunca ter dito a Perséfone o quanto a amava.

Hécate abriu a porta dos aposentos de Hades. Era meio-dia, e ele ainda estava na cama, exausto de uma noite de barganhas amargas na Nevernight.

— Levanta! — disse ela, e abriu as cortinas, deixando entrar a luz do dia.

Hades gemeu e rolou, cobrindo a cabeça.

— Vai embora, Hécate.

Fez-se uma pausa, e então o cobertor de Hades foi arrancado da cama.

— Hécate! — Hades sentou, frustrado.

— Por que você está nu? — perguntou ela, como se tivesse acabado de ver algo horrível.

— Porque — respondeu ele, apontando para seu quarto, — eu estou na cama!

Ela jogou o cobertor de volta para ele.

— O que está fazendo? — indagou ele.

— Nós vamos pegar Perséfone — falou ela. — Bom, *você* vai pegar Perséfone. Eu vou ajudar.

— Nós já discutimos isso, Hécate...

— Cala a boca — retrucou ela. — Eu sinto falta dela, as almas sentem falta dela, você sente falta dela. Por que estamos gastando todo esse tempo sentindo falta dela quando podemos simplesmente... tê-la de volta?

Hades riu, principalmente por descrença.

— Se fosse fácil assim...

— É fácil assim! — Hécate ergueu as mãos, frustrada. — Você passou todo esse tempo esperando que as Moiras a afastassem de você, mas elas não fizeram isso. *Você* a afastou.

— Foi ela quem foi embora, Hécate. Não eu.

— E daí? Isso não significa que você não pode ir buscá-la. Não significa que você não pode dizer que a ama. Não significa que você não pode lutar pelo amor dela. Você vive falando que atos valem mais do que palavras. *Por que você não segue o seu próprio conselho e toma uma atitude?*

— Tudo bem — concordou Hades entre dentes. — Nós vamos, e então você verá de uma vez por todas que ela não me quer.

Ele tirou o cobertor que Hécate havia jogado de volta para ele.

— Pelo amor das Moiras, coloca uma roupa! — retrucou ela.

— Se não queria me ver nu, Hécate, não deveria ter vindo até minha cama.

— Como vou imaginar que você dorme pelado? — replicou ela, revirando os olhos.

Hades suspirou, frustrado enquanto desaparecia e reaparecia no banheiro, onde jogou uma água no rosto. Estava cansado, pois não dormia bem desde que Perséfone se fora, e seu humor tinha mudado. Estava temperamental, brigando mais com todos, até mesmo com Hécate. As coisas tinham que mudar, e talvez aquela ideia de Hécate fosse a solução, mas também podia piorar tudo.

Ele invocou sua ilusão e voltou para o seu quarto, onde Hécate esperava.

— Estive pensando — falou ela, esfregando as mãos. — Devemos fazer disso uma aposta. Se ela correr para seus braços como eu acho que vai fazer, eu preciso de mais espaço para meus venen... plantas. Para minhas plantas.

Hades ergueu uma sobrancelha.

— Ótimo. Você quer uma barganha? — perguntou. — Se eu ganhar, nunca mais quero voltar a ouvir outra palavra sobre Perséfone.

Ela revirou os olhos.

— Combinado — disse, e acrescentou: — Para alguém que sente o gosto das mentiras, você com certeza fala muitas. É melhor se preparar para desistir de um quarto de seu reino, garanhão.

Hades andou de um lado para o outro de seu aposento, esperando que Hécate desse o sinal: uma explosão de magia que ela enviaria quando localizasse sua deusa. Ele não tinha sido capaz de se concentrar desde que ela saíra. Por mais que detestasse admitir, Hécate lhe dera esperança.

Fez uma pausa, franzindo a testa para seu reflexo no espelho, percebendo pela primeira vez o quanto Perséfone o havia mudado. Ela fez com que ele quisesse coisas que nunca quisera antes, como uma vida que oferecesse um pouco mais de simplicidade. Queria caminhadas, piqueniques e biscoitos queimados. Queria rir e nunca mais ir para a cama sozinho.

Aquela era a primeira vez em sua existência que ele esperava perder uma aposta.

Ele sentiu a pulsação da magia de Hécate, e algo duro como pedra se acomodou em seu estômago enquanto ele a seguia, até aparecer do lado de fora da Coffee House. Quando viu Perséfone, seu peito inteiro doeu. *Porra, ela é linda*. Estava com o cabelo preso, deixando à vista seu pescoço gracioso, mas com cachos dourados soltos. Ela usava um vestido branco cujas alças finas deixavam à mostra seus ombros magros e sardentos.

Hécate sentou-se ao lado dela, e enquanto as duas falavam, Hades captou parte da conversa.

— Então vá até ele. Diga a ele por que está magoada, diga a ele como consertar. Não é nisso que você é boa?

Hades queria rir.

Perséfone riu e esfregou os olhos, e ele pensou que talvez ela estivesse se esforçando para não chorar. Seu peito doeu.

— Ah, Hécate. Ele não quer me ver.

Ela estava enganada, muito enganada. Hades pensou que talvez ambos tivessem feito suposições sobre o outro. Talvez eles quisessem se ver o tempo todo. Talvez, se ele tivesse feito o que sempre quis, ir até ela, vê-la, abraçá-la, não tivesse sentido aquela agonia.

— Como você sabe? — perguntou Hécate.

— Você não acha que, se ele me quisesse, teria vindo até mim?

Ah, meu bem, pensou Hades. *Vou passar o resto da minha vida mostrando o quanto quero você.*

— Talvez ele só estivesse dando um tempo para você — respondeu Hécate, e levantou a cabeça para olhar nos olhos de Hades.

Perséfone acompanhou o olhar de Hécate, e quando ela e Hades se entreolharam, Perséfone se levantou da cadeira e começou a correr. Seus corpos colidiram de uma maneira familiar quando Hades a levantou do chão e suas pernas encontraram seu lar em volta da cintura dele. Seus corpos ficaram colados um ao outro.

— Senti saudade — disse ele, o rosto enterrado no cabelo dela.

— Eu também.

Ele nunca mais a deixaria escapar outra vez.

— Desculpa — sussurrou Perséfone, cujos dedos roçaram a bochecha e os lábios de Hades, e seu toque acendeu um fogo dentro dele tão intenso que ele pensou que poderia se transformar em cinzas. Ele tinha sentido a falta daquilo: arder de desejo por ela.

— Desculpa também — disse ele. — Eu te amo. Deveria ter dito antes. Deveria ter dito naquela noite no banho. Eu já sabia.

O sorriso dela era lindo, e era algo que ele queria ver todos os dias de sua vida.

— Eu também te amo.

Seus lábios se tocaram, e aquele fogo dentro dele aumentou, inebriante. Hades apertou-a com mais força, suas mãos pressionando a parte inferior das costas de Perséfone. Queria que ela soubesse o quanto ele sentia a falta dela, o quão duro ele ficava na presença dela. Queria que ela entendesse o que a esperava quando eles saíssem daquele lugar. Eles passariam o fim de semana na cama, enfurnados no quarto dele. Hades a comeria de maneiras que nunca fizera antes, e ela gozaria gritando o nome dele, já sem dúvidas quanto ao amor dele por ela.

As garras da paixão dela atingiram fundo, mas antes que eles pudessem começar seu fim de semana de felicidade, Hades tinha algo mais a reivindicar. Quando ele interrompeu o beijo, Perséfone deu um rosnado frustrado e tentou recuperar a conexão. Hades riu de sua ânsia, segurando-a um pouco mais forte, esfregando o pau contra a suavidade dela, uma promessa de que ele logo estaria dentro dela.

— Eu desejo reclamar meu favor, Deusa — disse ele. Por um instante, os olhos de Perséfone se arregalaram, de modo que Hades falou rapidamente, esperando aliviar sua ansiedade. — Venha para o Submundo comigo.

Ela abriu a boca, mas Hades a reivindicou com um beijo, e quando se afastou, descansou sua testa contra a dela.

— Viva nos dois mundos — implorou ele. — Mas não nos deixe para sempre. Meu povo, seu povo, eu.

Ela deu uma risada ofegante, seus olhos lacrimejando, e assentiu.

— Não deixarei.

Hades retribuiu o sorriso. Era como se ela tivesse acabado de lhe dar o mundo, e ele guardaria seu presente para sempre. Passado um instante, o sorriso de Perséfone tornou-se travesso, e ela alisou o peito dele com as mãos.

— Estou ansiosa por um jogo de cartas.

Ele inclinou a cabeça. Não achava que fosse possível, mas seu pau ficou mais duro ainda ao ouvir aquele pedido, e sua mente correu solta com as possibilidades: horas de preliminares, palavras eróticas e sexo incrível.

— Pôquer? — perguntou ele.

— Sim.

— As apostas?

— Suas roupas — respondeu ela, já desabotoando a camisa dele.

Quem era ele para negar algo a uma rainha?

Capítulo bônus

COMPAIXÃO

Hades apareceu na calçada do lado de fora de um bar chamado Tique, que, embora não fosse de propriedade da deusa de mesmo nome, era conhecido pelos shows de música ao vivo. Era também onde Orfeu tocava, e quando Hades se manifestou ali, ele o fez na frente do mortal.

Orfeu se deteve e arregalou os olhos para Hades; o músico vestia uma camisa de flanela vermelha e preta e jeans, tinha o violão pendurado nas costas, com a alça cruzando o peito.

Nenhum dos dois disse nada por um instante, e então Orfeu indagou:

— Veio aqui para me matar?

Hades só ficou encarando, removendo camada após camada da alma de Orfeu e, sob a dor e o desejo e o amor, ele finalmente encontrou o que estava procurando: a culpa. Era um fardo para o mortal, que se sentia como se houvesse algemas em volta de seus pulsos e tornozelos e estivesse submerso, incapaz de respirar, incapaz de abrir os olhos, incapaz de viver.

— Sua alma está curvada pelo peso da culpa — disse Hades. — Por quê?

Já vira aquilo em homens e mulheres que haviam traído, ou mentido, ou mantido segredos de seus parceiros, e Hades não conseguia entender por que eles imploravam a ele para devolver os amores de sua vida se era assim que eles os tratavam enquanto viviam... mas a culpa de Orfeu não era a mesma, e Hades se incomodava por não poder ver a raiz dela, de modo que precisou perguntar.

O mortal olhou fixamente para Hades com os olhos lacrimejantes. Então, ele olhou para seus pés e disse:

— Não sei. Eu só sinto... culpa por não ter dito a Eurídice que eu a amava mais, por não ter passado mais tempo com ela. Sinto-me culpado por viver: não apenas por existir, mas por fazer coisas corriqueiras, como assistir à televisão ou sair com os meus amigos. Eu me sinto culpado por sorrir ou rir ou sentir qualquer coisa além de tristeza em sua ausência.

Enquanto ele falava, seus olhos brilhantes liberaram as lágrimas, que escorreram por seu rosto.

— Eu me sinto culpado por tudo.

Hades sentiu o peso daquela vergonha em seus próprios ombros. Ele se enganara quanto àquele homem. Presumira que a culpa de Orfeu era porque havia traído sua esposa; nunca havia considerado que sentiria tal emoção porque ela não vivia mais.

Sabia o que era se sentir culpado, mas não conhecia esse tipo de culpa... e jamais a viria a conhecer. Ele e Perséfone eram imortais, e apesar de não estarem juntos naquele momento, Hades não queria imaginar como seria continuar existindo sem ela no mundo.

Colocou a mão no ombro do mortal e ficou surpreso quando ele não se assustou.

— Vem, tenho algo para te mostrar.

As sobrancelhas de Orfeu se ergueram, mas depois de um instante, ele assentiu. Hades se perguntou por que aquele homem estava tão à vontade perto dele... ou será que Orfeu simplesmente não conseguia se importar? Qualquer que fosse o motivo, Hades desapareceu com o mortal.

Eles apareceram em Asfódelos, no prado onde as almas construíram casas, plantaram jardins e montaram lojas. Hoje, como na maioria dos fins de semana, estavam se preparando para um festival. Bandeiras coloridas estavam penduradas entre as casas, crianças corriam com cestas cheias de flores, jogando-as na estrada, e o cheiro de doces exalava das janelas abertas enquanto eles preparavam a comida para a noite.

— Onde estamos? — perguntou Orfeu.

— Este é o Submundo — disse Hades. — Asfódelos.

Com os olhos arregalados, Orfeu encarou Hades.

— Mas é... — A voz dele se esvaiu, e um sorriso tênue se formou nos lábios de Hades. O Deus dos Mortos sabia o que o mortal diria, que não era como o que ele esperava. Não era como o que ninguém esperava.

— Por que me trouxe aqui? — falou ele por fim.

— Você pediu para tomar o lugar de Eurídice — disse ele.

— Sim. — O mortal respirou, e Hades sentiu sua esperança aumentar. Hades de fato não esperara por aquilo; pensara que, quando confrontado com isso, o mortal poderia voltar atrás, mas não o fez.

— Não consigo conceder esse desejo. Mas posso oferecer outra coisa.

Hades havia pensado muito sobre Orfeu, sobre as maneiras como poderia tê-lo ajudado. Ouviu as palavras de Perséfone em sua cabeça agora e se lembrou da frustração dela: *Oferecer a ele pelo menos um vislumbre de sua esposa, segura e feliz no Submundo, significaria abrir mão do seu controle?*

Ele faria algo melhor ainda.

— Vou lhe conceder uma noite — disse Hades. — Use bem seu tempo, mortal.

— Orfeu? — O nome escapou da boca de uma bela jovem. Seu cabelo era farto, preto e ondulado, sua pele, de um marrom intenso. A combinação fazia os olhos parecerem fogo verde, e seus lábios eram tão vermelhos quanto uma rosa imperial. Ela era vibrante e cheia de vida, até mesmo na morte.

— Eurídice.

Eles correram um para o outro e se abraçaram. Quando seus lábios se encontraram, Hades se virou. A cena fez com que ele se lembrasse do que não tinha e seu coração se apertou com a solidão.

Sentia falta de Perséfone.

Sentia falta de beijá-la e saboreá-la e comê-la. Sentia falta de seus gemidos ofegantes, de sua voz e de sua risada. Sentia falta de sentir a presença dela no Submundo, sentia falta de ouvir as almas falarem sobre como ela viera visitá-las, tomara chá com elas, dançara com elas. Sentia falta de não ser capaz de convencer Cérbero, Tifão e Órtros a brincar de buscar a bolinha porque eles queriam ficar trotando atrás dela. Sentia falta de cheirá-la, e sabia que era apenas questão de tempo para que o cheiro dela já não impregnasse os seus lençóis.

Sentia falta de tudo relacionado a ela.

— Milorde.

Hades se deteve ao ouvir Orfeu e virou-se para ele.

— Obrigado. Vou falar de sua bondade a todos os que me derem ouvidos.

Hades virou-se totalmente para o homem:

— Não fale da minha bondade; fale da bondade de Perséfone. É ela que merece sua adoração, pois foi ela quem me fez mudar de ideia.

Os olhos de Orfeu se arregalaram um pouco, e Eurídice colocou a mão em seu rosto, guiando seu olhar de volta para ela enquanto eles se beijavam novamente.

Hades partiu e voltou para o seu palácio; embora se sentisse vazio sem Perséfone, estava contente por saber que, depois daquela noite, Orfeu começaria a difundir o culto terreno à sua deusa.

NOTA DA AUTORA

Um jogo do destino é um livro para os meus leitores. Quando comecei a escrever *Um toque de escuridão*, sabia que estava escrevendo a história de Perséfone, e não poderia ser de outra forma. Na verdade, pensei que o ponto de vista de Hades seria muito difícil de explorar, pois ele não era de falar muito e muitas vezes dava respostas monossilábicas. Parece loucura, mas é assim que escrevo: conto a história que me é contada. Com essa ideia de escrever *Um toque de escuridão* do ponto de vista de Hades, e lendo mais sobre como os olimpianos chegaram ao poder, comecei a entender algo sobre nosso amado Deus dos Mortos: ele nasceu em meio a uma guerra que durava dez anos. Por alguma razão, essa informação de fato me impactou. Comecei a entender por que Hades parecia tão sombrio, por que era tão calado, por que estava tão impaciente e ansioso por controle e, no fim das contas, acabei chegando em *Um jogo do destino*.

Muito obrigada, leitores: sem vocês, este livro não existiria!

Tal como acontece com todos os meus livros, extraí elementos de uma variedade de mitos, e quero entrar nesses detalhes agora.

Obviamente, o mito principal a que aludo neste livro é ao de Sísifo (de Éfira em meu livro, outro nome para *Corinto*), o rei de Corinto que enganou a morte duas vezes. Existem algumas variações deste mito, mas os tópicos principais são os de que a primeira vez que Sísifo enganou a morte, ele prendeu Tânatos com correntes (o que é muito ridículo, mas esta é uma história absurda; então, confiem em mim) e escapou do Submundo (viram de onde tirei a ideia da corrente?). O resultado disso foi que as pessoas deixaram de morrer, pois preso, Tânatos não podia ceifar almas; e adivinhem quem ficou bravo? Ares. Portanto, Ares libertou Tânatos. Então, Sísifo viveu por um tempo e morreu novamente, e, desta vez, fez um apelo a Perséfone: ele queria retornar ao mundo dos vivos para instruir sua esposa sobre como enterrá-lo adequadamente. Vejam bem: antes de sua morte, Sísifo havia aconselhado sua esposa a NÃO o enterrar. Esse cara simplesmente não queria morrer. E é claro que a compassiva Perséfone concordou. Depois disso, Sísifo viveu até a velhice (porque... aparentemente Hades... ninguém... de fato se importava que ele tivesse escapado do Submundo???), e quando morreu uma segunda vez, ele foi condenado a

279

rolar uma pedra colina acima, pedra esta que rolava de volta para baixo quando ele chegava ao topo, o que não parece um castigo tão horrível assim, ainda mais quando pensamos que outras pessoas tiveram seus fígados comidos por abutres todos os dias como castigo. Mas trata-se de um castigo muito apropriado para Sísifo, porque ele basicamente foi condenado a passar a eternidade lutando para obter sucesso e vendo esse sucesso se tornar fracasso diante de seus olhos. Se vocês pensarem bastante sobre isso (não pensem), verão que a jornada de Hades reflete esse mesmo destino só que com um resultado positivo.

Algumas outras coisas a serem observadas sobre Sísifo: ele era conhecido por violar a Lei de Xênia de Zeus, que basicamente envolvia ser hospitaleiro com seus convidados (que legal e irônico que essa seja a lei SAGRADA de Zeus). Sísifo fazia o contrário e matava seus convidados, porque é homem e queria mostrar sua crueldade como rei. Também falo sobre como Sísifo ajudou a proteger a neta de Poseidon de Zeus. Esta é uma brincadeira com um mito semelhante, em que Sísifo conta ao Deus do Rio, Asopo, aonde Zeus levara sua filha, Egina, depois que ele a sequestrou. Em alguns mitos, Asopo é filho de Poseidon. No primeiro caso, Sísifo incorreu na ira de Zeus. Quanto ao segundo, Zeus ordenou a Tânatos que acorrentasse Sísifo no Tártaro... e todos sabemos o que aconteceu em seguida.

Vocês também reparão na apresentação de Hélio, Deus do Sol. Faço referência a vários mitos com ele. Um foi a morte de seu filho, Faetonte, que pediu para dirigir a carruagem de Hélio, perdeu o controle, e teve que ser morto por Zeus antes de incendiar o mundo inteiro. O outro mito a que me refiro é o do gado sagrado de Hélio. O gado aparece algumas vezes na mitologia — uma vez quando foi roubado pelo gigante Alcioneu e outra quando foi morto pelos homens de Odisseu. Nas duas vezes, Hélio se vingou, mas algo que notei é que a vingança dele sempre se dá por obra de outras pessoas. No caso de Alcioneu, por exemplo, Hércules o derrotou, e, no caso de Odisseu, Zeus ajudou Hélio afundando o navio do rei. Então quando Hélio está com raiva de Hades, ele pede ajuda a Zeus primeiro. Embora eu não faça referência direta a isso, na minha opinião, Hélio também contou a Deméter quando Hades estava na cama com Perséfone. Eu acho que há ironia no fato de que Hélio NUNCA mostra o seu poder: a pior coisa que ele fez foi ameaçar levar o sol para o Submundo (na mitologia) e mergulhar o mundo na escuridão (no meu livro).

Depois, Adônis. Na mitologia, ele era um belo mortal que Afrodite encontrou quando criança. A Deusa do Amor pede a Perséfone para criá-lo. Afrodite retorna quando Adônis está crescido, mas Perséfone se recusa a devolvê-lo porque se apaixonara por ele. Eu pessoalmente acho que talvez Afrodite estivesse apaixonada e Perséfone amasse Adônis como um filho, mas o mito sugere que ambas estão apaixonadas por Adônis (eca). De qualquer forma, Zeus se envolvera e declarou que Adônis tinha que passar um terço do ano com Perséfone, outro, com Afrodite e, no terço restante, ele podia escolher (não sei por que Zeus decide resolver esses acordos de custódia dividindo o ano, mas deixemos isso pra lá). De qualquer forma, Adônis escolhe passar o terço restante com Afrodite. No final, Adônis foi morto por um javali (quem sabe, talvez enviado por Séfi). Quando ele morre nos braços de Afrodite, as lágrimas dela se misturam com o sangue dele, criando a flor anêmona. É claro que, em meus livros, eu não poderia aceitar que Perséfone amasse ninguém além de Hades, e portanto quis que Adônis fosse uma espécie de vilão... e nós sabemos o fim desta história.

Não vou entrar em muitos detalhes sobre Afrodite e Hefesto, pois dedicarei um livro a eles assim que a saga "Hades & Perséfone" terminar, mas devo dizer que acho Hefesto um deus intrigante; quero dizer, ele criou algumas armas realmente poderosas e uma HUMANA (Pandora). Eu me diverti muito imaginando como ele/seus interesses iriam evoluir no mundo moderno, e mal posso esperar até que ele e Afrodite tenham seu próprio livro!

Finalmente, quero apenas dizer uma palavra sobre Hermes. Eu estava muito animada para brincar com o seu título de Deus dos Ladrões. Caso você não saiba, o título de Hermes vem do fato de ele ter roubado o gado sagrado de Apolo (eu sei, Apolo e Hélio têm um gado sagrado, mas isso provavelmente vem do fato de que esses dois deuses às vezes são considerados um só). De qualquer forma, eu mencionei que Hermes era um BEBÊ quando fez isso? Ele literalmente nasceu e, no dia seguinte, roubou esse gado PORQUE ESTAVA COM FOME. Apolo, obviamente, não fica feliz, e confronta o bebê Hermes. Os dois acabam se reconciliando (por causa de Zeus), e Hermes dá a Apolo uma lira e Apolo dá a Hermes seu caduceu de ouro. Fim.

Obrigada por virem ao meu TED Talk! Espero que todos tenham gostado de *Um jogo do destino*. Sou muito grata pelo apoio de vocês, que significa o mundo para mim. Não se esqueçam de deixar um comentário e de dizer a todos os seus amigos quão incrível eu sou para que possamos ter uma série na Netflix algum dia!

Com amor,
Scarlett

Conheça o próximo volume da série.

UM TOQUE DE RUÍNA

1

UM TOQUE DE DÚVIDA

Perséfone caminhava ao longo da margem do rio Estige. Ondas irregulares quebravam a superfície escura, e ela se arrepiou quando se lembrou de sua primeira visita ao Submundo. Tinha tentado atravessar o largo rio, sem saber dos mortos que habitavam as profundezas. Eles a tinham levado para baixo, arranhando sua pele com os dedos sem carne, instigados pelo desejo de destruir a vida.

Pensou que se afogaria — e então Hermes veio em seu socorro.

Hades não tinha gostado nada disso, mas levou-a para seu palácio e curou suas feridas. Mais tarde, ela descobriria que os mortos no rio eram cadáveres antigos, que tinham vindo para o Submundo sem moedas para pagar o tributo de Caronte. Condenados a uma eternidade naquela água, eram apenas uma das muitas maneiras de Hades proteger as fronteiras do reino contra os vivos que desejavam entrar e os mortos que desejavam escapar.

Apesar do desconforto de Perséfone perto do rio, a paisagem era linda. O Estige se estendia por quilômetros, se fundindo com um horizonte sombreado por montanhas sombrias. Narcisos brancos cresciam em moitas ao longo das margens, brilhando como fogo claro contra a superfície escura. No sentido oposto às montanhas, o palácio de Hades assomava no horizonte, se erguendo como as bordas denteadas de sua coroa de obsidiana.

Yuri, uma jovem alma com um volumoso cabelo cacheado e pele oliva, caminhava ao lado dela. Usava uma túnica cor-de-rosa e sandálias de couro — um conjunto que se destacava contra as montanhas sombrias e a água escura. Ela e Perséfone haviam se tornado amigas e, muitas vezes, saíam para caminhadas juntas no Vale dos Asfódelos, mas hoje Perséfone convenceu Yuri a se desviar de seu caminho usual.

Olhou para sua companheira, que estava de braço dado com ela, e perguntou:

— Há quanto tempo está aqui, Yuri?

Perséfone supôs que a alma já vivesse no Submundo havia algum tempo, com base nos peplos tradicionais que usava.

As sobrancelhas delicadas de Yuri se franziram sobre os olhos cinzentos.

— Não sei. Muito tempo.

— Lembra como era o Submundo quando você chegou?

Perséfone tinha muitas perguntas sobre o Submundo da antiguidade — era aquela versão que ainda exercia controle sobre Hades, que o envergonhava, que o fazia se sentir indigno da adoração e do louvor de seu povo.

— Sim. Não sei se algum dia vou esquecer. — Deu uma risada envergonhada. — Não era como agora.

— Conta mais — Perséfone encorajou. Apesar de ter curiosidade sobre o passado de Hades e a história do Submundo, não podia negar que parte dela tinha medo de descobrir a verdade.

E se não gostasse do que encontraria?

— O Submundo era... sombrio. Não havia *nada*. Estávamos todos sem cor e amontoados. Não havia dia ou noite, apenas existíamos em um tom de cinza monótono.

Então, eles realmente tinham sido *fantasmas* — sombras de si mesmos.

Quando Perséfone visitou pela primeira vez o Submundo, Hades a levou para seu jardim. Ela estava tão brava. Ele a desafiara a criar vida no Submundo depois de ter ganhado um jogo de pôquer. Ela, por sua vez, nem tinha percebido as consequências de convidá-lo para jogar, não tinha percebido que ele concordara em jogar com ela com a intenção de prendê-la a um contrato. O desafio resultante foi ainda mais enfurecedor depois que ela viu o jardim dele — um oásis lindo e exuberante, cheio de flores coloridas e salgueiros vivos. Então Hades revelou que era tudo uma ilusão. Sob o glamour que mantinha, havia uma terra de cinzas e fogo.

— Isso soa como punição — disse Perséfone, achando aterrorizante existir sem propósito.

Yuri ofereceu um leve sorriso e deu de ombros.

— Foi a nossa sentença por viver vidas mundanas.

Perséfone franziu a testa. Ela sabia que, nos tempos antigos, os heróis eram geralmente os únicos que podiam esperar uma existência eufórica no Submundo.

— O que mudou?

— Não tenho certeza. Havia rumores, é claro; alguns diziam que uma mortal que Lorde Hades amava morreu e veio para cá.

Perséfone franziu as sobrancelhas. Ela se perguntou se havia alguma verdade nisso, considerando que Hades teve uma mudança semelhante de perspectiva depois que ela escreveu sobre suas barganhas ineficazes com os mortais. Ele ficou tão motivado com a crítica dela que deu início ao Projeto Anos Dourados, um plano que incluía a construção de um centro de reabilitação de última geração especializado em atendimento gratuito para mortais.

Um sentimento feio subiu por sua espinha e através de seu corpo, se espalhando como uma praga. Talvez ela não tivesse sido a única amante que inspirou Hades.

Yuri continuou:

— Claro, eu tendo a pensar que ele apenas... decidiu mudar. Lorde Hades observa o Mundo Superior. À medida que se tornou menos caótico, o mesmo aconteceu com o Submundo.

Perséfone não achava que fosse tão simples. Ela tentou fazer Hades falar sobre isso, mas ele evitou o assunto. Agora se perguntava se o silêncio dele era menos por vergonha e mais por manter em segredo os detalhes de suas antigas amantes. Ela logo começou a surtar, seus pensamentos se tornaram turbulentos, um milhão de incertezas e dúvidas. Quantas mulheres Hades havia amado? Ainda tinha sentimentos por alguma? Teria trazido alguma para a cama que agora compartilhavam?

O pensamento embrulhou seu estômago. Felizmente, ela foi tirada desse redemoinho quando viu um grupo de almas em um píer perto do rio.

Perséfone parou e acenou para a multidão.

— Quem são, Yuri?

— Novas almas.

— Por que elas se encolhem às margens do Estige?

De todas as almas que Perséfone encontrou, estas pareciam as mais... *mortas*. Seus rostos estavam contraídos e sua pele muito pálida. Elas se agruparam, as costas curvadas, os braços cruzados sobre o peito, tremendo.

— Porque estão com medo — Yuri disse, seu tom sugerindo que deveria ser óbvio.

— Não entendo.

— A maioria foi informada de que o Submundo e seu rei são terríveis, então quando elas morrem, o medo os domina.

Perséfone odiava isso por uma série de razões — principalmente porque o Submundo não era um lugar para se temer, mas ela também descobriu que estava frustrada com Hades, que não fez nada para mudar a percepção de seu reino ou de si mesmo.

— Ninguém as conforta quando chegam aos portões?

Yuri olhou-a de um jeito estranho, como se não entendesse por que alguém tentaria aliviar ou acolher almas recém-chegadas.

— Caronte as leva através do Estige e agora elas devem trilhar o caminho para o julgamento. Depois disso, são depositadas em um local de descanso ou tortura eterna. É como sempre foi.

Perséfone apertou os lábios, sua mandíbula trincada com irritação. Havia pouco estavam falando sobre o quanto o Submundo havia evoluído e agora presenciavam práticas arcaicas. Não havia razão para deixar essas almas sem acolhimento ou conforto. Ela se soltou do aperto de Yuri e caminhou em direção ao grupo que esperava, hesitando quando elas continuaram a tremer e se afastar.

Perséfone sorriu, esperando que isso pudesse aliviar a ansiedade delas.

— Olá! Meu nome é Perséfone.

Ainda assim, as almas estremeceram. Ela deveria saber que seu nome não traria nenhum conforto. Sua mãe, Deméter, a Deusa olimpiana da Colheita, havia garantido isso. Por medo, manteve Perséfone trancada em uma prisão de vidro a maior parte de sua vida, impedindo-a de ser venerada e, inevitavelmente, de dominar seus poderes.

Uma confusão de emoções emaranhadas em seu estômago — frustração por ela não ter podido evitar o que ocorreu, tristeza por ter sido fraca e raiva por sua mãe ter tentado desafiar o destino.

— Você deveria mostrar a elas sua Divindade — Yuri sugeriu. Ela havia seguido Perséfone até as almas.

— Por quê?

— Isso as confortaria. Neste momento, você não é diferente de qualquer alma do Submundo. Como uma deusa, você é alguém que elas têm em alta conta.

Perséfone começou a protestar. Essas pessoas não sabiam o nome dela — como sua forma divina aliviaria seus medos?

Então, Yuri acrescentou:

— Nós adoramos o Divino. Você lhes trará esperança.

Perséfone não gostava de sua forma divina. Tinha dificuldade em se sentir como uma deusa antes de ter poderes e isso não mudou mesmo quando sua magia ganhou vida, encorajada pela adoração de Hades. Ela rapidamente aprendeu que uma coisa era ter magia, outra era usá-la corretamente. Ainda assim, era importante para ela que essas novas almas se sentissem bem-vindas no Submundo, que vissem o reino de Hades como outro começo e, acima de tudo, queria ter certeza de que sabiam que seu rei se importava.

Perséfone liberou o controle que tinha de seu glamour humano. A magia parecia seda escorregando de sua pele, e ela brilhou etérea diante das almas. O peso de seus chifres brancos de antílope de alguma forma parecia maior agora que estava exposta em sua verdadeira forma. Seu cabelo encaracolado iluminava-se de um dourado-acobreado até um amarelo pálido e seus olhos ardiam em um verde-garrafa sobrenatural.

Ela sorriu para as almas novamente.

— Sou Perséfone, Deusa da Primavera. Estou tão feliz por ter vocês aqui.

A reação delas ao brilho foi imediata. As almas pararam de tremer e começaram a venerá-la de joelhos. Perséfone endureceu e seu batimento cardíaco acelerou.

— Ah, não, por favor. — Ela se ajoelhou diante de uma das almas, uma mulher mais velha com cabelo curto e branco e pele fina como papel. Tocou sua face, e olhos azuis marejados encontraram os dela. — Por favor, fique em pé comigo — disse ela, e ajudou a mulher a levantar.

As outras almas permaneceram ajoelhadas, cabeças erguidas, olhos paralisados.

— Qual é o seu nome?

— Elenor — ela murmurou.

— Elenor — Perséfone disse o nome com um sorriso. — Espero que você ache o Submundo tão pacífico quanto eu acho.

Suas palavras foram como uma corda endireitando os ombros caídos da mulher. Perséfone passou para a próxima alma e assim por diante, até que tinha falado com cada uma, e todas ficaram de pé novamente.

— Talvez devêssemos todos caminhar até o Campo do Julgamento — sugeriu.

— Ah, isso não será necessário — Yuri interrompeu. — Tânatos!

O Deus alado da Morte apareceu instantaneamente. Era bonito de um jeito sombrio, com pele pálida, lábios vermelho-sangue e cabelo platinado sobre os ombros. Seus olhos azuis eram tão impressionantes quanto um relâmpago no céu noturno. Sua presença inspirava uma sensação de calma que Perséfone sentia no fundo do peito. Era quase como se ela não tivesse peso.

— Milady — ele se curvou, sua voz melódica e rica.

— Tânatos. — Perséfone não pôde evitar o sorriso largo que cruzou seu rosto.

Tânatos tinha sido o primeiro a oferecer sua visão sobre o precário papel de Hades como o Deus dos Mortos durante uma excursão aos Campos Elísios. Foi a perspectiva dele que a ajudou a entender o Submundo um pouco melhor e, sendo honesta, forneceu o que ela precisava para se entregar totalmente a Hades.

Ela gesticulou para as almas reunidas e as apresentou ao deus.

O sorriso dele foi discreto, mas sincero, quando disse:

— Nós nos conhecemos.

— Ah. — Perséfone corou. — Me perdoe. Eu esqueci.

Como ceifador de almas, Tânatos fora o último rosto que os mortais viram antes de desembarcar nas margens do Estige.

— Estava prestes a escoltar as novas almas para o Campo do Julgamento — disse Perséfone.

Ela notou que os olhos de Tânatos se arregalaram ligeiramente e ele olhou para Yuri, que falou depressa:

— Lady Perséfone é esperada no palácio. Você poderia levá-los para ela, Tânatos?

— Claro — ele respondeu, levando a mão ao peito. — Eu adoraria.

Perséfone acenou para as almas quando Tânatos se virou para a multidão, abriu bem as asas e desapareceu com as almas.

Yuri passou o braço pelo de Perséfone, puxando-a para longe das margens do Estige, mas Perséfone não se mexeu.

— Por que você fez isso? — ela perguntou.
— Fiz o quê?
— Não estão me esperando no palácio, Yuri. Eu poderia ter levado as almas para o campo.
— Sinto muito, Perséfone. Eu temia que fizessem pedidos.
— Pedidos? — Ela franziu as sobrancelhas. — O que elas poderiam pedir?
— Favores — Yuri explicou.
Perséfone riu com o pensamento.
— Dificilmente estou em posição de conceder favores.
— Elas não sabem disso — disse Yuri. — Tudo o que veem é uma deusa que pode ajudá-las a obter uma audiência com Hades ou retornar ao mundo dos vivos.
— Por que você acha isso?
— Porque eu era uma delas.
Yuri puxou seu braço novamente e, desta vez, Perséfone a seguiu. Um silêncio tenso preencheu o espaço entre elas.
— Sinto muito, Yuri. Às vezes eu esqueço...
— Que estou morta? — Ela sorriu, mas Perséfone se sentiu pequena e boba. — Está tudo bem. Essa é uma das razões pelas quais eu gosto tanto de você. — Yuri parou um momento e acrescentou: — Hades escolheu bem sua consorte.
— Sua consorte? — As sobrancelhas de Perséfone se ergueram.
— Não é óbvio que Hades pretende se casar com você?
Perséfone riu.
— Você está sendo muito presunçosa, Yuri.
Exceto que Hades *tinha* deixado claras suas intenções. *Você será minha rainha. Eu não preciso que as Moiras me digam isso.* Seu peito apertou, as palavras formando nós em seu estômago.
Essas palavras deveriam ter feito seu coração derreter, mas não fizeram, e isso a perturbava. Talvez tivesse algo a ver com o rompimento recente. Por que ela sentia tanta apreensão, enquanto Hades parecia tão certo sobre o futuro deles?
Yuri, alheia à guerra interna de Perséfone, disse:
— Por que Lorde Hades não te escolheria como rainha? Você é uma deusa solteira e não fez voto de castidade.
A alma lançou a ela um olhar profundo que fez Perséfone corar.
— Ser uma deusa não me qualifica para ser Rainha do Submundo.
— Não, mas é um começo. Hades nunca escolheria uma mortal ou uma ninfa como sua rainha. Acredite em mim, ele teve *diversas* oportunidades.
Um choque de ciúme desceu pela espinha de Perséfone como um fósforo caindo em uma poça de querosene. Sua magia cresceu, exigindo

uma saída. Era um mecanismo de defesa, e ela levou um momento para reprimi-lo.

Controle-se, ela ordenou.

Não ignorava o fato de que Hades tivera outras amantes ao longo de sua vida — sendo uma delas a ninfa ruiva, Minta, que Perséfone havia transformado em uma hortelã. Ainda assim, nunca havia considerado que o interesse de Hades por ela pudesse ser, em parte, devido ao seu sangue divino. Algo escuro serpenteava ao redor de seu coração. Como poderia se permitir pensar assim sobre Hades? Ele a encorajara a abraçar sua divindade, a venerara para que ela pudesse reivindicar sua liberdade e poder, e dissera que a amava. Se ele a fizesse sua rainha, seria porque se importava com ela, não porque ela era uma deusa.

Certo?

Perséfone logo se distraiu de seus pensamentos quando ela e Yuri voltaram para o Vale de Asfódelos, onde ela foi cercada por crianças querendo brincar. Depois de uma breve brincadeira de esconde-esconde, foi arrastada por Ofélia, Elara e Anastasia, que queriam sua opinião sobre vinhos, bolos e flores para a próxima Celebração do Solstício de Verão.

O solstício marcava o início do ano novo e significava a contagem regressiva de um mês para os Jogos Pan-helênicos — diante disso, nem mesmo a morte poderia sufocar a empolgação das almas. Com uma celebração tão importante em mãos, Perséfone perguntou a Hades se poderiam dar uma festa no palácio, e ele concordou. Ela estava ansiosa para ter as almas nos corredores novamente, tanto quanto elas estavam ansiosas para estar lá.

Quando Perséfone voltou ao palácio, ainda se sentia inquieta. A escuridão de sua dúvida aumentou, pressionando seu crânio, e sua magia pulsava sob sua pele, deixando-a dolorida e exausta. Ela pediu um chá e foi para a biblioteca, esperando que a leitura tirasse sua mente de sua conversa com Yuri.

Enrolando-se em uma das grandes cadeiras perto da lareira, Perséfone folheou o exemplar de Hécate de *Bruxaria e Caos*. Foi uma das várias atribuições da Deusa da Magia, que a estava ajudando a aprender a controlar seu poder errático.

Não estava funcionando tão rápido quanto Perséfone esperava.

Havia demorado tanto para seus poderes se manifestarem e, quando aconteceu, foi durante uma discussão acalorada com Hades. Desde então, Perséfone conseguia fazer as flores desabrocharem, mas tinha problemas para canalizar a quantidade apropriada de magia. Também descobriu que sua habilidade de se teleportar era falha, o que significava que ela nem sempre ia para onde pretendia. Hécate disse que era apenas questão de prática, mas ainda assim Perséfone se sentia um fracasso. Por essas razões, tinha decidido não usar magia no Mundo Superior.

Não até que tivesse tudo sob controle.

Então, em preparação para sua primeira lição com Hécate, ela estudou, aprendendo história da magia, alquimia e os diversos e terríveis poderes dos deuses, ansiando pelo dia em que poderia usar o seu tão facilmente quanto respirava.

De repente, o calor se espalhou por sua pele, arrepiando a nuca e os braços. Apesar do calor, ela estremeceu, sua respiração ficando rasa.

Hades estava perto, e seu corpo sabia disso.

Ela começou a sentir o desejo em seu ventre e queria gemer.

Deuses. Estava insaciável.

— Achei mesmo que encontraria você aqui. — A voz de Hades veio de trás dela.

Ao se virar, Perséfone se deparou com aqueles olhos escuros, e o Deus dos Mortos se inclinou para beijá-la, segurando seu rosto. Foi um toque possessivo e um beijo apaixonado que deixou seus lábios latejando.

— Como foi seu dia, meu bem? — As palavras carinhosas faziam Perséfone perder o fôlego.

— Ótimo.

Os cantos da boca de Hades se ergueram e, enquanto ele falava, seus olhos caíram para os lábios dela.

— Espero não estar incomodando. Parece bastante fascinada pelo livro.

— Não — disse rapidamente, então limpou a garganta. — Quero dizer... é apenas uma tarefa que Hécate me deu.

— Posso? — ele perguntou.

Sem dizer nada, ela entregou o livro e observou enquanto o Deus dos Mortos rodeava sua cadeira e o folheava. Havia algo incrivelmente diabólico em sua aparência, uma tempestade de escuridão vestida de preto da cabeça aos pés.

— Quando você começa a treinar com Hécate? — perguntou.

— Esta semana — disse ela. — Ela me passou dever de casa.

— Uhum. — Ele ficou em silêncio por um instante, mantendo os olhos no livro enquanto falava. — Ouvi dizer que você recepcionou novas almas hoje.

Perséfone se endireitou, tensa, era incapaz de dizer se ele estava irritado com ela.

— Estava andando com Yuri quando as vi esperando na margem do Estige.

Hades olhou para cima, olhos como a luz do fogo.

— Você levou uma alma para fora de Asfódelos? — Havia uma pitada de surpresa em sua voz.

— O nome dela é Yuri, Hades. Além disso, não sei por que as mantêm isoladas.

— Para que não causem problemas.

Perséfone riu, mas parou quando viu o olhar de Hades. Ele ficou entre ela e a lareira, iluminado como um anjo. Realmente era magnífico, com suas maçãs do rosto salientes, barba bem-feita e lábios carnudos. Seu longo cabelo preto estava preso em um nó na parte de trás de sua cabeça. Ela gostava do cabelo dele, porque gostava de soltá-lo, passar os dedos entre os fios e agarrá-lo no meio do sexo.

Com esse pensamento, o ar ficou mais pesado, e ela notou que o peito de Hades subiu com uma inspiração aguda, como se pudesse sentir a mudança em seus pensamentos. Ela lambeu os lábios e se forçou a se concentrar na conversa em questão.

— As almas nos Campos de Asfódelos nunca causam problemas — disse Perséfone.

— Você acha que estou errado. — Não era uma pergunta, mas uma afirmação, e ele não parecia nem um pouco surpreso. Todo o relacionamento deles começou porque Perséfone pensou que ele estivesse errado.

— Eu acho que você não se dá crédito suficiente por ter mudado e, portanto, não acha que as almas vão reconhecer isso.

O deus ficou em silêncio por um longo momento.

— Por que você recebeu as almas?

— Porque elas estavam com medo, e eu não gostei.

A boca de Hades se contraiu.

— Algumas devem ter medo, Perséfone.

— E essas vão ter, não importa quem as receba.

Os mortais sabem o que leva à prisão eterna no Tártaro, ela pensou.

— O Submundo é lindo, e você se preocupa com a existência de seu povo, Hades. Por que os bons deveriam temer este lugar? Por que deveriam temer você?

— Eles ainda temem a mim. *Você* foi quem os recebeu.

— Você poderia tê-los recebido comigo — ela ofereceu.

O sorriso de Hades permaneceu e sua expressão suavizou.

— Por mais que o título de rainha te desagrade, você já está agindo como a soberana daqui.

Perséfone congelou por um momento, presa entre o medo da raiva de Hades e a ansiedade de ser chamada de rainha.

— Isso... isso te desagrada?

— Por que isso me desagradaria?

— Não sou rainha — disse ela, levantando-se de seu assento e se aproximando dele, arrancando o livro de suas mãos. — E também não consegui descobrir como você se sente sobre minhas ações.

— Você será minha rainha — Hades disse ferozmente, quase como se estivesse tentando se convencer. — As Moiras declararam.

Perséfone se eriçou, seus pensamentos anteriores retornando rapidamente. Como perguntar a Hades por que a queria como sua rainha? Pior, por que ela sentia que precisava saber disso? Ela se virou e desapareceu entre as estantes para esconder sua reação.

— Isso te desagrada? — Hades perguntou, aparecendo na frente dela, bloqueando seu caminho como uma montanha.

Perséfone se assustou, mas se recuperou rapidamente.

— Não — ela respondeu, passando por ele.

Hades seguiu de perto.

Ao devolver o livro ao seu lugar na prateleira, ela falou:

— Embora eu prefira que você me queira como rainha porque você me ama e não porque as Moiras decretaram isso.

Hades esperou até que ela o encarasse para falar. Ele estava franzindo a testa.

— Você duvida do meu amor?

— Não! — Seus olhos se arregalaram com a conclusão a que ele tinha chegado, então ela suspirou. — Mas... suponho que não podemos evitar o que os outros pensam do nosso relacionamento.

— E o que os outros dizem, exatamente? — Ele estava tão perto que ela podia sentir o cheiro de especiarias, fumaça e um toque de ar de inverno. Era o cheiro da magia dele.

Perséfone deu de ombros e disse:

— Que só estamos juntos por causa das Moiras. Que você só me escolheu porque eu sou uma deusa.

— Já te dei motivos para pensar essas coisas?

Ela o encarou, incapaz de responder. Não queria dizer que Yuri havia plantado a ideia em sua cabeça. O pensamento já estava lá antes — uma semente plantada desde o início. Yuri apenas a regou e agora estava crescendo, tão selvagem quanto as vinhas pretas que brotavam de sua magia.

Hades falou mais rápido, exigente:

— Quem te deu motivos para duvidar?

— Acabei de começar a considerar...

— Meus motivos?

— Não...

Ele estreitou os olhos.

— Parece que sim.

Perséfone deu um passo para trás, pressionando as costas numa estante.

— Desculpa ter dito...

— Agora já era.

Perséfone olhou feio.

— Vai me punir por falar o que penso?

— Punir? — Hades inclinou a cabeça para o lado e chegou mais perto, quadris se aproximando, não deixando espaço entre eles. — Estou interessado em saber como acha que eu poderia te punir.

Essas palavras a deixaram tensa, e, apesar do calor que inspiraram, ela conseguiu encará-lo.

— Estou interessada em ter minhas perguntas respondidas.

Hades trincou a mandíbula.

— Qual era mesmo a pergunta?

Ela fechou os olhos. Estava perguntando se ele só a escolhera porque era uma deusa? Estava perguntando se ele a amava? Respirou fundo e olhou para ele com o rosto baixo.

— Se não houvesse Moiras, você ainda ia me querer?

Ela não conseguia encarar Hades e aquele olhar que parecia um raio laser, derretendo seu peito e seu coração e seus pulmões. Ela não conseguia respirar enquanto esperava que ele falasse — e ele não o fez. Em vez disso, segurou firme o rosto dela. O corpo dele vibrou — ela podia sentir a violência ali dentro e, por um momento, ficou em dúvida se o Rei do Submundo pretendia libertá-la.

Então, o aperto suavizou, e ele abriu os dedos, os olhos baixando para os lábios dela.

— Sabe como fiquei sabendo que as Moiras te fizeram para mim? — Sua voz era um sussurro rouco, um tom que ele usava na escuridão do quarto depois que eles faziam amor.

Perséfone balançou a cabeça lentamente, enredada por seu olhar.

— Pude sentir o gosto em sua pele, e a única coisa que lamento é ter vivido tanto tempo sem você.

Ele arrastou os lábios da orelha até a face de Perséfone. Ela prendeu a respiração, cedendo ao toque, buscando sua boca, mas em vez de beijá-la, ele se afastou.

A distância repentina dele a desestabilizou, e ela precisou se apoiar na estante de livros.

— O que foi isso? — ela exigiu, olhando para ele.

Ele deu uma risada sombria.

— Preliminares.

Então ele estendeu a mão e ergueu-a em seus braços, por cima do ombro. Perséfone deu um gritinho de surpresa e perguntou:

— O que está fazendo?

— Provando que quero você.

Ele saiu da biblioteca.

— Me coloca no chão, Hades!

— Não.

Ela teve a sensação de que ele estava sorrindo. A mão dele subiu por entre suas pernas, abrindo sua buceta e enfiando o dedo. Ela agarrou o paletó dele para não cair.

— *Hades!* — resmungou.

Ele riu, e ela o odiou por isso. Agarrou o cabelo dele e puxou sua cabeça para trás, procurando seus lábios. Hades foi prestativo e a apoiou contra a parede mais próxima, oferecendo um beijo vicioso antes de se afastar para rosnar em seu ouvido.

— Eu vou te punir até você gritar, até você gozar tão forte, espremendo meu pau, que não tenha dúvidas do meu afeto.

Aquelas palavras roubaram seu fôlego e sua magia despertou, aquecendo sua pele.

— Cumpra suas promessas, Lorde Hades — ela disse contra sua boca.

Então a parede atrás de Perséfone cedeu, e ela deu um grito quando Hades cambaleou para a frente. Ele conseguiu evitar que ambos caíssem no chão e, uma vez que estavam firmes, a colocou em pé. Ela reconheceu como ele a segurou — protegendo-a, um braço em volta dos ombros. Perséfone esticou o pescoço e descobriu que estavam na sala de jantar. A mesa de banquete estava cheia com a equipe de Hades, incluindo Tânatos, Hécate e Caronte.

A parede contra a qual estavam pressionados era uma porta.

Hades limpou a garganta, e Perséfone enfiou a cabeça no peito de Hades.

— Boa noite — disse Hades.

Ela ficou surpresa com quão calmo ele soou. Nem estava sem fôlego, embora ela pudesse sentir seu coração batendo forte contra seu ouvido.

Pensou que Hades se desculparia e desapareceria, mas em vez disso ele disse:

— Lady Perséfone e eu estamos famintos e queremos ficar sozinhos.

Ela congelou e deu uma cotovelada nele.

O que ele está fazendo?

De repente, as pessoas começaram a se mover, retirando pratos, talheres e enormes travessas de comida intocada.

— Boa noite, milady, milorde.

Todos saíram da sala de jantar com olhos brilhantes e sorrisos largos. Perséfone manteve o olhar baixo, um rubor perpétuo em suas bochechas enquanto a equipe de Hades desfilava pelo corredor para jantar em outro lugar do palácio.

Quando ficaram sozinhos, Hades não perdeu tempo se inclinando sobre ela, guiando-a até a mesa.

— Você não pode estar falando sério.

— Como os mortos — ele respondeu.

— Na sala de jantar?
— Estou faminto. Você não está?

Sim.

Mas ela não teve tempo de responder. Hades a colocou na mesa, se metendo entre suas pernas e se ajoelhando como um servo se ajoelharia para sua rainha. Subiu as mãos pelas pernas dela, levando junto o vestido. Ele brincou, roçando os lábios nas virilhas antes de encontrar sua buceta.

Perséfone arqueou o corpo, e sua respiração acelerou enquanto Hades a chupava, a língua implacável em seu ataque, a barba curta criando uma fricção deliciosa contra a pele sensível. Ela estendeu a mão, enroscando os dedos em seu cabelo, se contorcendo.

Hades a segurou mais forte, seus dedos cravando na carne para mantê-la no lugar. Um gemido gutural escapou dela quando os lábios dele se fecharam ao redor do clitóris e os dedos substituíram sua língua, entrando e saindo até que o prazer explodisse por todo o corpo da deusa.

Ela tinha certeza de que estava brilhando.

Isso era enlevo, euforia, êxtase.

E tudo foi interrompido por uma batida na porta.

Perséfone congelou e tentou se sentar, mas Hades a segurou no lugar e rosnou, olhando para ela do meio de suas pernas.

— Ignora. — Foi um comando, seus olhos inflamados como brasas.

Ele continuou implacavelmente, metendo mais fundo, mais forte, mais rápido. Perséfone mal conseguia ficar na mesa. Mal conseguia respirar, sentindo como se estivesse tentando chegar à superfície do Estige novamente, desesperada por ar, mas contente por saber que essa morte seria feliz.

Mas bateram novamente, e uma voz hesitante chamou:
— Lorde Hades?

Perséfone não sabia quem estava do outro lado da porta, mas a pessoa parecia nervosa e tinha razão para estar, porque o olhar de Hades era assassino.

É assim que ele fica quando enfrenta almas no Tártaro, ela pensou.

Hades sentou sobre os calcanhares.
— *Vá embora* — ele gritou.

Houve um momento de silêncio. Então, a voz disse:
— É importante.

Até Perséfone notou um alarme no tom da pessoa. Hades suspirou e se levantou, tomando o rosto dela entre as mãos.

— Um momento, meu bem.
— Você não vai machucá-lo, vai?
— Não muito terrivelmente.

Ele não sorria quando saiu para o corredor.

Perséfone se sentiu ridícula sentada na beira da mesa, então ficou de pé, ajeitou a saia e começou a andar pela extravagante sala de jantar. Sua primeira impressão do aposento foi que era exagerado. O teto ostentava vários lustres de cristal desnecessários, as paredes eram adornadas com ouro e a cadeira de Hades parecia um trono na cabeceira da mesa. Para completar, ele raramente jantava nesta sala, muitas vezes preferindo fazer suas refeições em outros lugares do palácio. Essa foi uma das razões pelas quais ela decidiu usá-la durante a Celebração do Solstício: toda essa beleza não seria desperdiçada.

Hades voltou. Parecia frustrado, com a mandíbula tensa e os olhos brilhando com um tipo diferente de intensidade. Parou a alguns centímetros dela, as mãos nos bolsos.

— Está tudo bem? — Perséfone perguntou.

— Sim. E não. Elias me alertou para um problema que precisa ser resolvido o mais rápido possível.

Ela o encarou, esperando, mas ele não explicou.

— Quando você estará de volta?

— Em uma hora. Talvez duas.

Ela franziu a testa, e Hades segurou seu rosto, encarando-a:

— Acredite, meu bem; deixar você é a decisão mais difícil que tomo todos os dias.

— Então não me deixe — disse ela, colocando as mãos em volta da cintura dele. — Eu vou com você.

— Isso não é sábio. — Sua voz era rouca, e Perséfone franziu a testa.

— Por que não?

— Perséfone...

— É uma pergunta simples — ela interrompeu.

— Não é — ele retrucou, e então suspirou, passando os dedos pelo cabelo solto.

Ela o encarou. Ele nunca tinha perdido a cabeça assim. O que o deixara tão agitado? Ela pensou em insistir por uma resposta, mas sabia que não chegaria a lugar nenhum, então apenas cedeu.

— Tudo bem. — Ela deu um passo para longe. — Estarei aqui quando você voltar.

Hades franziu a testa.

— Vou garantir que a espera compense.

Ela arqueou a sobrancelha e ordenou:

— Jure.

Os olhos de Hades fervilharam sob o brilho das luzes de cristal.

— Ah, muito bem. Você não precisa de juramento. Nada vai me impedir de te comer.

ESTA OBRA FOI COMPOSTA EM ADRIANE TEXT POR BR75 E IMPRESSA
EM OFSETE PELA GRÁFICA BARTIRA SOBRE PAPEL CHAMBRIL AVENA
PARA A EDITORA SCHWARCZ EM JANEIRO DE 2025

A marca FSC® é a garantia de que a madeira utilizada na fabricação do
papel deste livro provém de florestas que foram gerenciadas de maneira
ambientalmente correta, socialmente justa e economicamente viável,
além de outras fontes de origem controlada.